I0641637

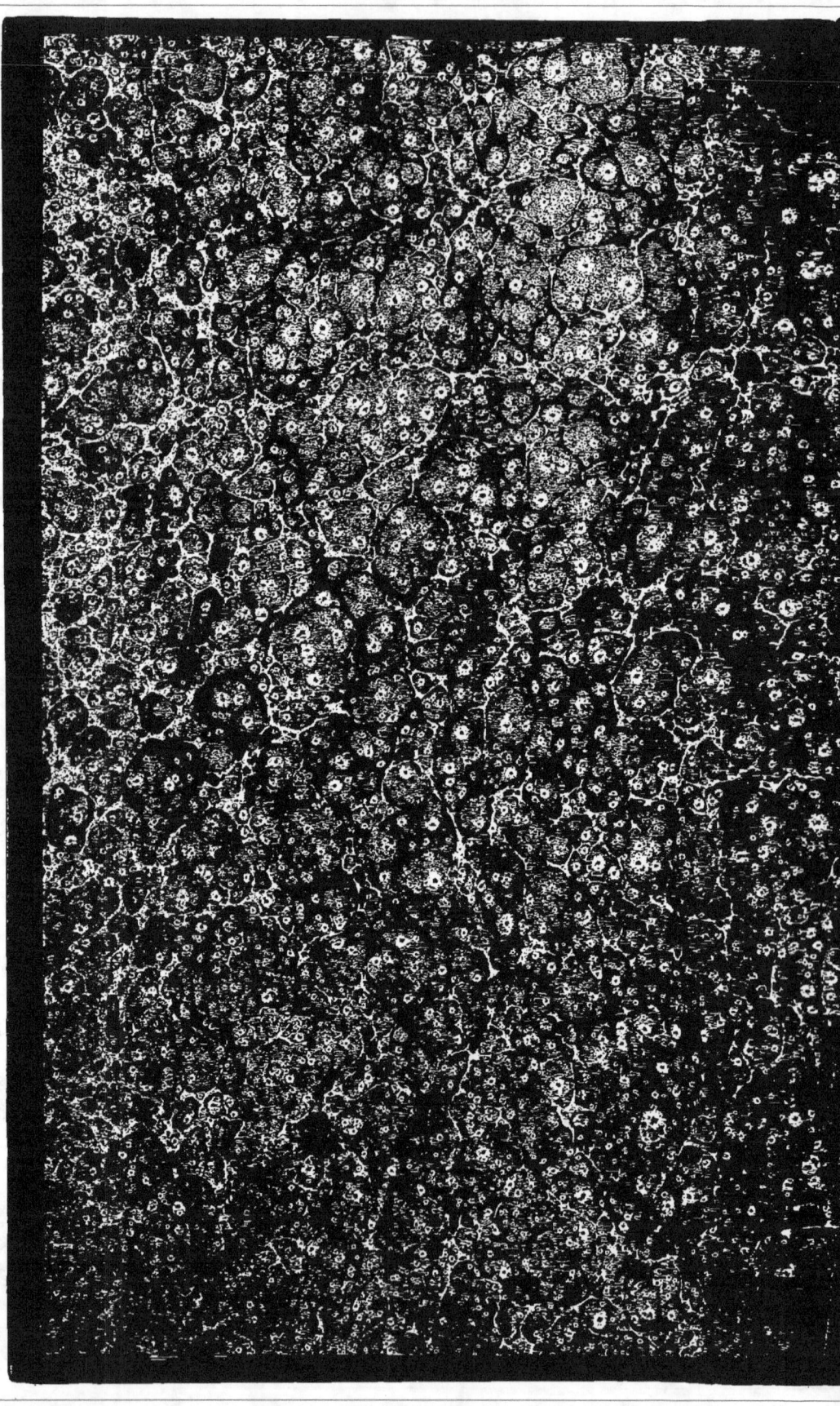

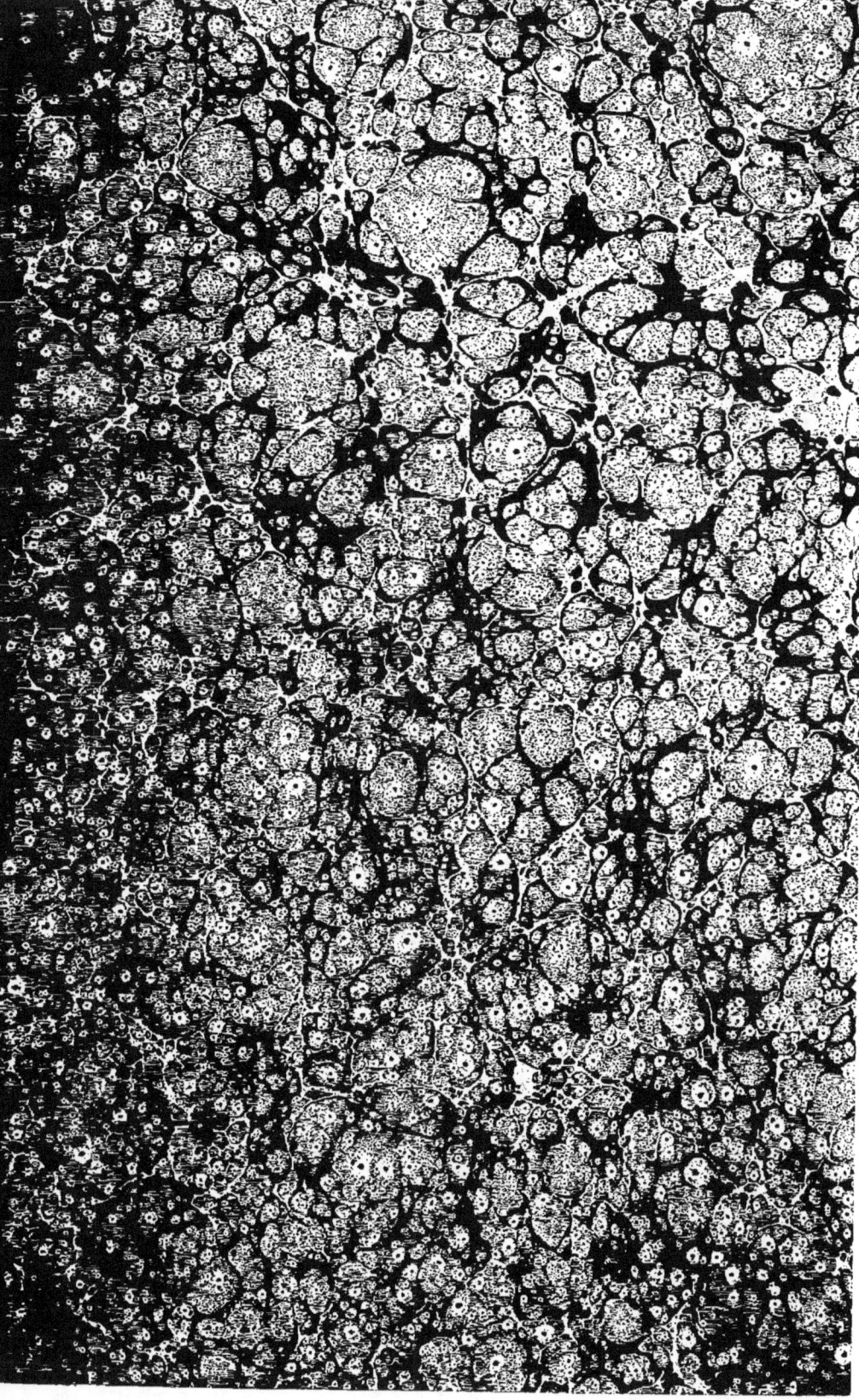

RÉFUTATION

DES

MÉMOIRES DU MARÉCHAL MARMONT

DUC DE RAGUSE.

PARIS. — TYPOGRAPHIE DE HENRI PLON,

IMPRIMEUR DE L'EMPEREUR,

8, rue Garancière.

RÉFUTATION

DES

MÉMOIRES DU MARÉCHAL MARMONT

DUC DE RAGUSE

PAR

M. LAURENT DE L'ARDÈCHE

AUTEUR

de l'Histoire de Napoléon illustrée par M. Horace Vernet.

———————

PARIS

HENRI PLON, ÉDITEUR

8, RUE GARANCIÈRE

——

1857

INTRODUCTION.

Le maréchal Marmont, rejeté de la scène politique dans la force de l'âge, et réduit par la révolution de juillet à passer les dernières années de sa vie sur la terre étrangère, a cherché à se consoler des angoisses de l'exil et des rigueurs de l'opinion publique, en élaborant une volumineuse apologie pour répondre aux accusations flétrissantes de l'empereur Napoléon et aux soupçons outrageants du duc d'Angoulême.

Singulière destinée que la sienne! Après avoir été, de son vivant, l'auxiliaire bienvenu de l'étranger, dans le renversement de l'Empire, il continue, au fond de la tombe, son œuvre antinationale, et sert d'instrument, par la publication de ses *Mémoires*, aux ennemis de la France nouvelle personnifiée dans Napoléon,

1

aux détracteurs systématiques du héros législateur, toujours attentifs à recueillir avec avidité et à exploiter sans relâche tout ce qu'ils croient profitable à leurs vieilles rancunes et à leurs nouveaux ressentiments contre la mémoire de l'Empereur.

Le duc de Raguse aurait pu intituler son livre : *l'Anti-Napoléon*.

Si le mensonge, le fiel et le venin y sont combinés de manière à réjouir l'esprit de coterie, obstiné à ne voir jamais dans Napoléon le fondateur d'un ordre nouveau, et à nier toujours la profondeur des racines de sa popularité universelle, c'est un devoir pour ceux qui ont applaudi à l'apothéose du grand homme et qui ont cru, au milieu de tant de superbes sceptiques, à l'influence traditionnelle et légitime du représentant perpétuel de la révolution française, puissamment disciplinée et glorieusement propagée; c'est un devoir pour eux de protester contre les imaginations suspectes, les appréciations malveillantes et les inductions perfides dont le duc de Raguse a composé les neuf volumes de ses *Mémoires*, et qui peuvent servir d'aliment aux plus mauvaises passions.

Ce devoir est d'autant plus impérieux que le maréchal Marmont ne s'est pas contenté de travailler odieusement à obscurcir l'éclat de la renommée du grand homme, et qu'il s'est attaqué au grand peuple lui-même, à la nation tout entière, à la jeune et noble France qui a fixé sur elle depuis plus d'un demi-siècle les regards et les respects du monde, et qui est ainsi condamnée à voir l'un de ses enfants, fatalement égaré, s'appliquer, en face de l'Europe, à ternir toutes les illustrations de son pays et de son temps, en s'efforçant d'abaisser les caractères, d'effacer les talents et d'amoindrir les services, dans toutes les classes et sous tous les régimes, sans ménager plus la Restauration et le gouvernement de juillet, que la République et l'Empire.

Infortuné soldat! Il avait été pourtant, au début de sa vie militaire, un brave et brillant cavalier, tel à peu près qu'il s'est peint lui-même dans ses *Mémoires*, aussi passionné pour les armes que pour les plaisirs, et menant très-bien de front la chasse aux Autrichiens et la poursuite des Italiennes, tout en gardant, au fond de l'âme, dans ses élans patriotiques comme dans ses ardeurs juvéniles, une large place aux froids calculs pour sa renommée et sa fortune.

Poussé de bonne heure par l'ambition, soutenu par son incontestable mérite, et aidé surtout par la haute faveur que lui accorda trop longtemps son tout-puissant camarade, il avança rapidement sous le Consulat et sous l'Empire. Nommé maréchal sur le champ de bataille de Wagram, décoré du titre de *duc* pour sa conduite en Illyrie, successeur de Masséna en Espagne, où il ne fut guère plus heureux que lui, il avait vaillamment combattu en Allemagne en 1813, aussi bien que pendant l'incomparable campagne de France en 1814, lorsque, après s'être décidé, le 30 mars, à ouvrir les portes de la capitale aux vaincus de Champ-Aubert, de Vauchamp et de Montmirail, il mit ou laissa mettre ses troupes fidèles à la discrétion de l'ennemi, au lieu de les rapprocher de l'Empereur ou de les conduire sur la Loire, selon que ses instructions le lui commandaient, et que l'honneur de l'armée et les intérêts du pays l'exigeaient.

Un an après, les Bourbons, à peine délivrés de la tutelle de leurs puissants alliés, abandon-

naient précipitamment le palais de leurs ancêtres; et la première parole que l'Empereur,
débarqué à Cannes, avait adressée à l'armée,
retentissait sur la place du Carrousel, où les
braves de l'île d'Elbe répétaient à l'envi : « *Nous
n'avons pas été vaincus! deux hommes, sortis
de nos rangs, ont trahi nos lauriers, leur pays,
leur prince, leur bienfaiteur.* »

L'accusation de l'Empereur n'étonnait personne. Elle avait été prévenue par la justice du
peuple, devancière de celle de Dieu. Depuis un
an, la population parisienne avait pris à Marmont son masque nobiliaire pour en faire un
signe d'opprobre; et, par une de ces hardiesses
néologiques qui lui sont familières, elle ne
disait plus *tromper* ou *trahir*, mais RAGUSER.

Ainsi marqué au front par le peuple et par
l'Empereur, Marmont ne sut qu'imiter et suivre
ses nouveaux maîtres; il gagna la frontière.

Singulier retour de fortune! Émigré à son
tour, le glorieux artilleur de Marengo, qui se
félicitait en l'an IV, dans une lettre à son père,
d'avoir *chassé de Vérone dix mille émigrés à la
suite du prétendu roi de France* [1], se trouva ré-

[1] *Mémoires du maréchal Marmont*, I, 326.

duit à partager l'hospitalité accordée dans les Flandres à Louis XVIII, et à rentrer en France avec lui, le lendemain du grand désastre de Waterloo, que de nouvelles défections avaient préparé et que d'inconcevables méprises consommèrent.

Quinze ans plus tard, l'émigration redevint pour lui une désolante nécessité.

Malheureux Marmont! la fatalité l'avait conduit, en 1814, à favoriser le rétablissement des Bourbons, en compromettant l'honneur de l'armée; la fatalité le poussa, en 1830, à conjurer leur chute, en faisant de Paris ce qu'il avait répugné à en faire, quinze ans auparavant, un champ de bataille. Il avait capitulé avec l'invasion; il capitula avec la révolution. Louis-Philippe fut appelé à remplacer Charles X, et le duc de Raguse, déjà solennellement flétri par Napoléon, dont il s'était trop hâté de déserter la cause au profit des Bourbons, dut se laisser jeter à la face le mot fatal de *trahison*[1], et se

---

[1] Le 29 juillet 1830, le duc d'Angoulême, apprenant l'arrivée à Saint-Cloud du maréchal Marmont, qui venait d'évacuer Paris après avoir traité d'une suspension d'armes avec l'insurrection, le manda aussitôt dans son cabinet, et lui adressa, en l'apercevant, cette apostrophe : « *Vous avez donc juré de nous trahir aussi!* »

voir arracher son épée par un des princes à qui il avait tout sacrifié, le souvenir de sa gloire, le calme de sa conscience, et jusqu'au soin de sa mémoire. On le punissait d'avoir paru moins résolu et moins ardent à combattre le peuple qu'il n'avait été prompt et décidé à trahir l'Empereur. La justice de Dieu passait par là.

Que faire après un tel outrage? où porter le poids d'un pareil affront? Le vaincu de juillet entreprit de lointains voyages, et prépara de nombreux volumes.

Marmont avait trop de pénétration et de perspicacité pour s'abuser sur l'étendue et la vivacité du sentiment de répulsion dont il était l'objet. Il entendait parfaitement le cri de la conscience publique qui s'élevait contre lui des deux pôles du monde politique. Mais son immense orgueil, qui égalait au moins sa fine intelligence, lui laissait encore des illusions qui le faisaient persévérer bravement, héroïquement, en dépit de l'opinion universelle, dans l'estime et la confiance qu'il s'était toujours largement accordées à lui-même. Si tout le monde l'accusait, c'était, pensait-il, parce que nul n'avait su le comprendre. Pourquoi

donc ne le dirait-il pas? Pourquoi, au lieu de
se résigner humblement à une injuste condamnation prononcée par des juges prévenus ou
ineptes, ne porterait-il pas sa cause devant un
autre tribunal, et ne viendrait-il pas demander
à l'impartiale postérité de reviser la sentence
de ses contemporains ignorants ou passionnés?
Dans sa conviction la plus profonde, il n'a qu'à
parler, il n'a qu'à dire ce qu'il a voulu, ce
qu'il a fait, partout et toujours, pour que la
France, honteuse de l'avoir méconnu, rougisse
bientôt de ses anathèmes immérités, et se presse
de le faire passer du pilori, où elle l'a odieusement cloué, sur le piédestal qu'elle a dressé
pour de faux grands hommes. Plus de ménagement donc pour la génération inintelligente
et ingrate qui n'a pas su découvrir, mettre en
lumière, et placer à son rang, au-dessus de
tous les rangs, le vrai génie, le véritable héros
de la France nouvelle, l'homme réellement supérieur qui, sans exercer jamais le suprême
commandement, se trouva partout aposté et
intervint toujours à propos, pour écarter les
plus grands revers ou pour décider les plus
beaux succès, dans les immortelles campagnes

d'Italie, d'Égypte, de Syrie et d'Allemagne. Que ce génie incompris et voué à l'opprobre, pour prix des services éclatants qu'il a rendus à son pays et dont il a bien voulu laisser le mérite et le profit *à un autre;* que ce génie ne s'éteigne pas sans avoir détrompé le monde et averti l'histoire à l'endroit de l'incroyable méprise dont il a été victime. Il ne faut pour cela qu'un écrit de sa main qui démente toutes les traditions contemporaines par son propre témoignage. Après avoir été souvent l'artisan secret de nos triomphes ou le réparateur invisible de nos désastres, il ne peut plus contenir les révélations qui ont manqué jusqu'ici à la vérité historique et à la justice nationale. Trop longtemps martyr discret de la fatalité, le duc de Raguse va enfin élever la voix pour rendre à chacun ce qui lui appartient.

Voyons donc à l'œuvre ce superbe redresseur de torts, inspiré d'en haut pour éclairer les générations futures sur les prodiges et sur les aberrations de son temps, sur les vrais et faux grands hommes de son époque. Dès les premiers pas, il laisse apercevoir qu'il ne veut rien moins que refaire le plan, changer les rôles,

travestir les personnages de notre drame militaire et politique depuis 1792, en couvrant
d'abondantes corrections, ou en cachant sous
d'épaisses ratures les plus belles pages de nos
annales. Tout le monde avait cru, par exemple, que la révolution française, quelque part
que l'on dût faire à la réprobation des crimes
qui l'ont souillée, avait produit des illustrations exceptionnelles dans toutes les carrières;
qu'elle avait été féconde en supériorités incontestables dans la politique, dans les sciences,
dans les arts, et surtout dans les armes. C'était
une erreur grossière, une énorme bévue. D'après
le jugement que le duc de Raguse a rendu à
huis clos et qu'il a fait prononcer sur sa tombe,
ces soldats intrépides que la France admirait et
que l'Europe redoutait; ces valeureux et habiles
généraux que toutes les nations du continent
s'étaient habituées à regarder comme les héros
d'une grande épopée, et dont le peuple français
avait fait de nouveaux demi-dieux, en offrant
partout leurs noms et leurs images à l'admiration et à la reconnaissance publiques; ces illustres guerriers, que leurs ennemis aussi bien que
leurs concitoyens avaient appelés tantôt *les fils*

chéris de la victoire, tantôt *les braves des braves,*
et qui avaient formé autour de Napoléon, depuis
Montenotte jusqu'à Waterloo, comme une phalange d'immortels; ces enfants privilégiés d'un
siècle de merveilles n'étaient tous que des hommes *médiocres* ou *nuls, lâches* ou *improbes,*
incapables ou *indignes, niais* ou *pervers.*

Tous! je me trompe. Le maréchal Marmont,
ainsi que je l'ai déjà indiqué, veut bien laisser
à son pays désillusionné une consolation, celle
de reporter sur l'un des héros du temps tous
les talents et toutes les vertus, le génie et la
gloire dont il a dépouillé les autres. A chaque
page de ses *Mémoires,* il s'applique à faire surgir, du milieu de ces nombreux pygmées, dont
un engouement inexplicable a fait, selon lui,
des géants, un homme vraiment colossal, un
miracle de nature, comme Montaigne a dit de
César, un véritable prodige d'intelligence, d'habileté, de sagesse, de bravoure et de civisme.

Maintenant, quiconque n'aurait pas encore
lu son livre, et serait néanmoins averti qu'il
renferme une vaste immolation des renommées
contemporaines, à une exception près, ne man-
querait pas de prétendre avoir deviné sans peine

l'illustration épargnée. Tout le monde, en pareil cas, croyant connaître d'avance l'*homme-
prodige,* s'empresserait de dire qu'il y avait en
effet pour l'impitoyable sacrificateur une victime impossible, une majestueuse figure devant
laquelle il devait nécessairement s'incliner; et
tout le monde ajouterait qu'il fallait bien s'attendre à ce que le maréchal Marmont, trop
adroit pour compromettre le succès de son dénigrement systématique en cherchant à l'étendre jusqu'à Napoléon, mît de l'affectation à
respecter l'évidence, et à reconnaître d'autant
mieux la supériorité de l'Empereur, qu'il pouvait
se faire un titre de cet hommage à la vérité pour
donner plus de force à ses appréciations iniques
ou mensongères à l'égard des maréchaux.

Oui, tout le monde, avant la lecture du livre
du maréchal Marmont, croirait et dirait cela,
et tout le monde se tromperait pour compter
trop sur la vraisemblance. Le duc de Raguse
consent bien parfois à payer avec éclat un tribut
forcé à l'entraînement général, et il répète de
temps à autre quelques-uns de ces mots vides
et sonores qui servent d'expression habituelle à
l'admiration ou à la flatterie; mais au moment

même où il applique à Bonaparte, général, consul ou empereur, les qualifications dont l'enthousiasme populaire a fait des lieux communs, il s'attache minutieusement dans ses récits à mettre en relief ou à supposer des erreurs et des fautes qui placent tout de suite le grand homme, gâté par le vulgaire, bien au-dessous de son lieutenant devenu son juge. Il ne dit pas de Napoléon, comme de ses autres compagnons d'armes, qu'il fut incapable ou indigne, mais il cherche à le démontrer et à le faire dire à ses lecteurs. Par une imputation formelle d'impéritie ou d'improbité, il a écarté du concours, un à un, dans la distribution des couronnes immortelles, tous les maréchaux ses collègues. Par l'ingénieux arrangement de ses révélations suspectes et de ses insinuations perfides, il voudrait bien se débarrasser aussi de la rivalité, de la concurrence écrasante de l'Empereur son maître; et si, dans ce but, il n'ose pas le déclarer médiocre ou inepte, lâche ou immoral, comme il l'a fait pour Jourdan, Brune, Bessières, Moncey, Murat, Soult, Davoust, Masséna, etc., etc., il le proclame hardiment frappé d'insanie, atteint de démence, notoirement *fou*.

Ce n'est point une raillerie. Dès le lendemain de Wagram, Marmont, revenu maréchal à Paris, et en bonne humeur pour le moment, y reçut de l'un des ministres mêmes de l'auguste insensé qu'il venait de quitter, au sommet de la gloire, la confidence de la folie de cet homme extraordinaire (t. III, p. 336). Et que de fois le duc de Raguse a eu l'occasion, dit-il, de vérifier depuis par lui-même l'exactitude du fait qu'il tenait de la confiance de Decrès (p. 337)! Napoléon était si bien *fou,* qu'il aurait voulu se faire attribuer une origine céleste, et qu'il regrettait sérieusement, Decrès l'a dit à Marmont (t. II, p. 242-243), d'être venu en un temps où il ne lui était pas permis de se donner pour *fils de Dieu* sans s'exposer aux sarcasmes du philosophisme des halles.

Comprends-tu maintenant, peuple de France, dont les vives et universelles acclamations ratifièrent avec tant d'éclat les arrêts flétrissants prononcés au retour de l'île d'Elbe, comprends-tu à quel culte nouveau l'on essaye de te convertir? Le grand homme que tu accueillis en libérateur, après en avoir fait ton idole, et qui accusa solennellement Marmont d'avoir *trahi nos lau-*

riers, son pays, son prince, son bienfaiteur,
n'avait plus rien depuis longtemps qui dût
exciter l'enthousiasme et qui pût donner de
l'autorité à sa parole. Il avait été pris de ver-
tige au milieu de ses triomphes sans que les
vaincus s'en doutassent, sans que les compagnons de ses victoires s'en aperçussent. Il était
sujet à des aberrations incroyables, il avait des
accès de délire. Ses courtisans avaient fait de
loin et de bonne heure cette découverte, bien
qu'ils l'eussent tenue secrète et qu'ils eussent
continué à suivre et à flatter le héros halluciné.
Honneur donc, et non pas anathème, à celui de
ses lieutenants qui rompit le premier les liens
que le devoir et la reconnaissance lui imposaient
envers un potentat dont l'extravagance, ignorée
de tous, mais connue de lui, ne pouvait plus que
creuser chaque jour davantage l'abîme au bord
duquel elle avait conduit la France! Ce lieutenant, d'ailleurs, n'avait-il pas été le vrai grand
capitaine des guerres de la révolution, le plus
clairvoyant des observateurs, le plus sage des
administrateurs, le plus habile des manœuvriers
et le plus résolu des combattants? Lisez plutôt
la démonstration posthume qu'il nous a laissée

de sa supériorité en toutes choses. Deux puissances rivales, déifiées par les anciens, le destin et le génie, se disputèrent un jour la gloire de sauver, de gouverner, d'élever au premier rang parmi les nations la France régénérée. Deux hommes, nés presque à la même heure et grandis l'un à côté de l'autre, furent choisis pour représenter ces dieux jaloux : le destin suscita Bonaparte, le génie s'incarna dans Marmont. L'homme du destin eut beau commettre erreur sur erreur, faute sur faute, extravagance sur extravagance, et l'homme du génie prodiguer les bons conseils, les grandes vues et les éclatants services, la fatalité, plus forte que la capacité, exalta Bonaparte et accabla Marmont. Voilà toute l'histoire de l'Empereur glorifié et du maréchal humilié, telle que ce dernier l'a conçue et racontée lui-même campagne par campagne et journée par journée.

Mais ce plaidoyer, sous forme de *Mémoires,* et qui était destiné sans doute à relever le duc de Raguse de la condamnation dont l'opinion publique l'avait frappé, ce plaidoyer posthume produira-t-il l'effet que le maréchal en attendait?

J'étais de ceux qui le désiraient, je l'avoue, quand les *Mémoires* de Marmont étaient seulement annoncés; je ne l'espère plus, après les avoir lus avec une avide curiosité et une attention scrupuleuse.

Avant leur publication, j'aimais à croire, avec ce qui reste des anciens contemporains de Marmont, que ce vétéran de l'armée d'Italie, constamment fidèle à sa renommée, en Égypte, en Hollande, en Illyrie, en Allemagne, n'avait pris la plume que pour expliquer sa faute d'un jour par les caprices de la fatalité et par la pression des circonstances, et pour atténuer la gravité et la honte d'une défaillance passagère par le souvenir et le rapprochement d'une vie entière de dévouement à l'honneur national, à l'indépendance et à la gloire de la patrie. « Marmont, me disais-je, n'avait pas cessé d'admirer et d'aimer son incomparable chef; il défendait, à son exemple, vaillamment et pied à pied, le sol de la France; il aurait donné la dernière goutte de son sang pour son général et pour son pays. Mais les hasards de la guerre ayant fait tomber en ses mains les destinées de la capitale, au moment où, déjà investie, elle allait être saccagée

2

par les armées innombrables de la coalition, le
vieux soldat put s'abuser jusqu'à croire agir en
bon citoyen en faisant violence à sa susceptibilité militaire, en étouffant ses sentiments les
plus chers, en brisant ses affections les plus
vives; pour préserver d'un immense désastre la
métropole de la civilisation universelle, et pour
faire cesser une lutte sanglante qu'il regardait
comme désespérée. Longtemps martyr muet de
cette préférence, donnée, sous un ciel menaçant,
aux considérations de prudence et d'humanité
sur les inspirations patriotiques, il n'a pas voulu
continuer, au delà de la tombe, la résignation
dont il fit preuve durant sa vie. La postérité ap-
prendra ce qu'il s'est abstenu de dire à ses contemporains : la grandeur du sacrifice que lui
coûta la capitulation de Paris, la contrainte qu'il
exerça sur lui-même, sur ses dispositions les
plus intimes comme sur ses tendances les plus
manifestes, pour se décider à se séparer tout à
coup, et à la dernière heure, du général et du
drapeau qu'il avait été si fier et si heureux de
suivre et de servir pendant tant d'années au
champ d'honneur. »

C'était trop présumer de l'esprit et du carac-

tère de Marmont. Cette justification modeste ne
lui suffisait pas. Il lui fallait une complète apologie, et il l'a entreprise et poursuivie avec une
audace qui a fait de l'accusé de tous les partis
l'accusateur de toutes leurs célébrités. Nul de
ses compagnons d'armes n'a échappé à la du-
reté ou à la perfidie dont il a fait tour à tour et
largement usage dans son long et hardi réqui-
sitoire; et non-seulement Napoléon n'a pas été
plus respecté que les autres, mais il est devenu,
ainsi que je l'ai déjà signalé, l'objet particulier,
le point de mire principal de cette monomanie
déprimante. A chaque phase mémorable de la
carrière du grand homme, Marmont s'est toujours trouvé là pour tout voir et tout entendre,
et il veut en tirer avantage, non pour dire combien il se sentait honoré de vivre dans la familiarité et de s'associer à la gloire d'un héros sans
égal, mais pour se vanter, devant la postérité,
de n'avoir jamais été auprès du général Bonaparte, comme à côté de l'empereur Napoléon,
qu'un censeur clandestin, un détracteur précoce,
un annotateur malveillant, aposté sur le seuil
des états-majors, à la porte des conseils de
guerre ou au milieu des champs de bataille,

2.

pour épier et contrôler en cachette, jour par jour, heure par heure, les actes et les pensées de l'immortel camarade dont il devait finir par trahir ouvertement la cause.

Mais alors cette fameuse désertion de 1814, dont le souvenir est si lourd à porter aujourd'hui, loin de pouvoir être expliquée indulgemment comme le résultat fortuit d'une situation exceptionnelle et le produit aussi imprévu qu'inévitable de la force majeure, reste donc sans excuse, et ne peut plus être considérée que comme la conclusion naturelle, la solution logique du passé tout entier du duc de Raguse.

Qu'on ne dise donc plus, pour justifier le maréchal Marmont, que ce fut par le concours accidentel d'événements qui déchirèrent son âme et étouffèrent momentanément ses vieilles affections, qu'il livra l'Empereur, l'Empire et la France, à la contre-révolution européenne. Marmont s'est chargé lui-même de rendre inadmissible cette interprétation de sa conduite en 1814. Il a tenu à constater, pour l'instruction des siècles à venir, qu'il n'avait jamais partagé l'admiration sans bornes, l'engouement superstitieux que le vulgaire fasciné manifestait pour

Napoléon ; et il est parvenu à établir en effet, de la manière la plus irréfragable, par ses remarques journalières, que le compagnon, l'ami, l'officier préféré du grand homme, se constitua tout d'abord auprès de lui le scrutateur minutieux de ses vues, le surveillant pointilleux de ses plans, le critique sournois de ses actes, le juge souterrain et suprême de son génie, toujours prêt à lui disputer au fond de l'âme une partie de sa gloire, constamment enclin à le chicaner sur le mérite de ses plus belles actions, rêvant et poursuivant sans cesse ce qu'on a appelé avec tant de raison un *parallèle impossible*, et cherchant à se prouver à lui-même, pour le faire croire ensuite aux autres, que la nature, cette mère intelligente et généreuse qui crée seule la supériorité réelle, l'avait fait *plus que l'égal* de celui que la fortune, fondatrice aveugle de la hiérarchie, l'obligeait à reconnaître pour supérieur.

Oui, quand Marmont suivait pas à pas Bonaparte, quand il s'attachait étroitement à lui, quand il l'observait assidûment, c'était avec le désir et l'espoir de trouver le héros en défaut et de se grandir aussitôt lui-même dans sa propre estime, par un retour incessant à sa

comparaison favorite. Sous les dehors de l'intimité, l'élégant et présomptueux aide de camp
caressait toujours l'idée d'une rivalité secrète
avec son général, et cette rivalité, plus ou moins
dissimulée d'abord, dégénérant peu à peu en
guerre sourde, devait aboutir, comme elle l'a
fait, à la rupture la plus éclatante et la plus
scandaleuse.

Marmont, tournant en raillerie l'épisode du
drapeau d'Arcole, ou s'attribuant la meilleure
part de la victoire de Marengo, se préparait déjà
à son insu pour les événements d'Essonne. L'habitude du blâme, les exigences croissantes de
l'envie, les excitations perpétuelles de la vanité,
le conduisirent insensiblement à une défection
qui, bien loin d'être fortuite, on ne saurait trop
le répéter, ne fut réellement, les Mémoires mêmes
de son auteur l'attestent, que le dernier mot
d'une opposition occulte, le terme inévitable
d'un antagonisme invétéré, l'explosion fatale
d'une mine creusée et chargée de longue main,
la transformation rationnelle d'une jalousie lentement développée en brusque trahison.

Singulière apologie que celle qui aggrave ainsi
les torts qu'elle devait redresser!

C'est l'impression qu'a laissée en moi une étude attentive des Mémoires du duc de Raguse.

Marmont a voulu finir comme Chateaubriand commença. C'est le contraire qu'il eût dû faire, non-seulement par respect pour la tradition populaire et pour le sentiment national, mais aussi dans l'intérêt de sa propre défense et pour le succès de sa laborieuse justification.

Chateaubriand s'est élevé à la hauteur du juge naturel du génie, dans les écrits de sa vieillesse, lorsqu'il a donné un solennel démenti à l'aveugle pamphlétaire de 1814, et qu'il l'a conduit au pied de la statue de Napoléon, pour le guérir, là, de sa cécité, et le forcer à la contemplation de la grandeur tardivement mais pleinement aperçue.

Cette sublime conversion n'a rien eu d'égal, en ce siècle, que la prière d'une grande reine et de ses enfants sur la tombe du martyr de Sainte-Hélène.

Marmont pouvait faire pour le négociateur de la défection d'Essonne ce que Chateaubriand avait fait pour l'auteur du libelle : *De Bonaparte et des Bourbons*. En imposant silence à la passion, en n'écoutant que la vérité, il eût été ra-

mené à une franche admiration pour son ancien
général, et plus il se serait incliné devant le
grand homme, plus il se serait relevé devant le
grand peuple.

Il a mieux aimé entreprendre de détrôner,
dans le domaine de l'histoire, le génie dont il
facilita la déchéance dans le monde politique.
On dirait qu'il a conçu sérieusement l'espoir de
convaincre la postérité que les générations contemporaines furent dupes d'une mystification
inouïe dans leur culte pour Napoléon ; et il a
combiné ses récits, arrangé ses jugements et
groupé ses insinuations, comme s'il aspirait
réellement à se substituer au grand homme dans
les souvenirs de la France et dans l'admiration
universelle.

Il n'y a pas d'efforts d'imagination ni d'ar-
tifices de langage qui puissent empêcher une
pareille prétention d'aboutir à l'impossible et
au ridicule. L'échafaudage que le maréchal Marmont a essayé d'élever pour atteindre le héros
sur son piédestal, lui enlever son auréole, le
dépouiller pièce à pièce des marques de sa grandeur, le défigurer, même en l'encensant, et le
rendre enfin méconnaissable pour les âges fu-

turs, à la honte du temps présent; cet échafaudage trahit vite sa destination et sa fragilité dès
qu'on peut le voir de près et le toucher. C'est
pour aider, si je le puis, à l'influence salutaire
et à l'efficacité de cette épreuve que je publie
ces quelques pages. Quiconque a cru fermement
au génie incomparable, à la mission providentielle, à la puissance posthume et à la popularité légitime et impérissable de Napoléon, se
serait trop facilement laissé abuser, si Napoléon
n'était après tout que ce que Marmont a osé en
faire dans ses Mémoires. Mais cette croyance
est celle de la France et de toutes les nations,
et la voix du monde ne se taira pas devant
l'ombre de l'audacieux maréchal. Le Napoléon
de Béranger restera celui du peuple de tous les
pays, sans avoir jamais rien à craindre, pour
sa position suprême dans l'histoire, de l'apparition et de la rivalité du Napoléon apocryphe du
duc de Raguse.

RÉFUTATION

DES

MÉMOIRES DU DUC DE RAGUSE

LIVRE PREMIER.

L'ÉCOLE DE CHALONS. — LE SIÉGE DE TOULON. — LE 13 VENDÉMIAIRE.

§ I.

Il ne faut pas pousser bien loin la lecture des *Mémoires de M. le duc de Raguse*, pour y trouver la justification de la pensée que j'ai déjà émise sur la longue préparation du superbe maréchal au triste rôle qui lui échut en 1814, et pour demeurer parfaitement convaincu que le signataire de la capitulation de Paris, ou si l'on veut le *manœuvrier d'Essonne*, ne fut jamais profondément attaché à la cause qu'il servit, même avec éclat, jusqu'à la Restauration.

Au début du livre, le jeune Marmont, simple élève d'artillerie à l'école de Châlons, se présente, il est vrai, comme étant alors tout disposé à se faire *une religion des principes de liberté et de patrie.* (I, 24.) Mais il déclare en même temps que ces généreuses tendances étaient combattues en lui par deux sentiments qui faillirent le jeter, dès 1792, sur le chemin de la terre étrangère. « *J'avais,* dit-il, *pour la personne du roi un sentiment difficile à définir, et dont j'ai retrouvé la trace, et en quelque sorte la puissance, vingt-deux ans plus tard.* » Cependant ce royalisme indéfinissable, qui se réveilla si vivement, en 1814, au retour de l'auguste exilé d'Hartwel, après avoir dormi d'un sommeil si profond à la poursuite du prétendant de Vérone; ce royalisme inné *qui faisait du monarque un être d'un ordre supérieur, et qui attribuait au mot de roi une magie et une puissance que rien n'avait altérées dans les cœurs droits et purs; ce royalisme qui avait un caractère presque religieux, comme l'amour de la liberté et de la patrie,* Marmont ne lui accorde que le second rang parmi les influences qui mirent en danger ses inspirations libérales et patriotiques. Admis dans les meilleures maisons de Châlons, il y rencontra *une femme charmante dont le nom ressemblait beaucoup au sien, et dont le mari, capitaine d'artillerie, avait émigré. Elle joignait à toutes les séductions de la première jeunesse un esprit extrêmement remarquable : aussi lui inspira-t-elle promptement une fort grande passion.* « Ma belle dame, dit le maréchal,

détestait la révolution, et ses excès me faisaient horreur. *Il ne s'en est pas fallu de beaucoup alors que ce sentiment ou cette influence ne m'ait précipité dans les chances hasardeuses et incertaines de l'émigration.* » (I, 24-25.)

Marmont se trompe. A cette époque, il ne songea pas sérieusement à émigrer. Les hésitations qu'il s'est rappelées plus tard ne prouvent qu'une chose, la fragilité et l'incertitude des principes libéraux et patriotiques pour lesquels il croyait et disait professer *une espèce de culte.* Pour ce qui est de l'émigration, en supposant que la belle dame y eût consenti, ce parti n'était pas fait pour tenter un jeune homme qui avait de la prévoyance, et dont l'ambition l'emportait à la fois sur le royalisme qui lui venait de la tradition, aussi bien que sur le libéralisme qu'il tenait des circonstances. La révolution, malgré ses excès, était alors dans toute sa force; elle était pleine de jeunesse et d'avenir, son drapeau portait dans ses plis d'immenses promesses. Marmont avait soif de renommée; il rêvait la gloire, la fortune, une grande existence, un grand pouvoir peut-être. L'émigration n'avait rien de pareil à lui offrir; la révolution lui faisait espérer tout cela. Marmont n'avait pas à balancer : il demeura à la révolution, sauf à l'abandonner le jour où elle ne pourrait plus sauvegarder les hautes positions qu'elle aurait données.

Il était si bien décidé à rester et si éloigné de toute idée d'expatriation, qu'ayant été compromis et menacé de la lanterne comme *aristocrate*, dans un mouvement populaire dont il impute la provocation à ceux de ses camarades *qui passaient leur vie au club des jacobins* (il cite parmi eux Foy et Demarçay), et ayant obtenu l'autorisation d'aller attendre sa destination définitive dans sa famille, d'où il aurait pu se rendre aisément à l'étranger, il fut le seul des élèves à ne pas profiter de son congé et à prolonger son séjour à Châlons. Ce fut sans doute la passion qui le retint ainsi au milieu d'une population violemment irritée contre les jeunes gens de l'école d'artillerie. Mais quand il eut été arraché par son père à la domination de sa belle maîtresse, et qu'il eut été *rendu à lui-même par les sages conseils de ce père et par les soins touchants de sa mère* (I, 29); quand, après avoir été obligé de renoncer pour toujours à la première femme qu'il eût aimée, il quitta le foyer paternel pour suivre sa vocation et courir les hasards de la guerre, le *royaliste constitutionnel*, l'*aristocrate* de Châlons pensa-t-il alors à se diriger vers l'armée des princes, et à tirer l'épée pour la famille royale dont le sort le préoccupait vivement, et contre les jacobins qui avaient voulu le mettre à la lanterne?

Non, ce ne fut pas vers le camp des émigrés qu'il se pressa de porter ses pas, bien que l'un de ses meilleurs camarades, Duroc, lui en eût montré le chemin. Il aurait volontiers, dans l'occasion, tenté de sauver le roi, *dût la mort en être le prix;* il enviait sincèrement le bonheur d'un jeune homme qui avait pu couvrir de son corps l'infortuné monarque dans les saturnales du 20 juin. (I, 25 et 26.) Mais, tout en gardant religieusement ces généreuses dispositions, il ne voulait pas manquer sa carrière, compromettre son avenir; et la royauté, précipitée du trône, n'avait plus que d'affreuses perspectives devant elle. C'était la *terreur* qui régnait, qui exerçait toutes les prérogatives de la couronne, qui distribuait les grâces, accordait les emplois, conférait les grades, en même temps qu'elle peuplait les prisons et présidait aux supplices : Marmont se mit au service de la terreur, au moment même où l'horrible souveraine épouvantait le monde par les apprêts de l'échafaud de Louis XVI. Dans les premiers jours de novembre 1792 [1], il rejoignit à Metz le 1er régiment d'artillerie. (I, 29.)

---

[1] Des milliers de volontaires accouraient alors de toutes parts sous les drapeaux de *la patrie en danger,* et certes leur patriotisme ne fut point entaché parce que leur enrôlement remontait à des jours de deuil et fut contemporain de sanglants événements. La gloire de l'armée est restée pure et intacte. Mais le jeune Marmont, volontaire de 92, et qui fit bravement son devoir sous les couleurs de la république, n'éprouvait pas certainement les vifs sentiments royalistes qu'il s'est attribués plus tard dans ses Mémoires, sous le règne des Bourbons.

§ II.

Envoyé plus tard en Dauphiné, et de là en Provence, Marmont eut bientôt à mettre son *royalisme
constitutionnel* à une rude épreuve. Ce n'était plus
seulement l'étranger qu'il allait avoir en face,
comme sur les Alpes, mais des compatriotes et des
coreligionnaires politiques, des royalistes et des
libéraux, réunis sous le drapeau de l'insurrection
fédéraliste, et rejetés dans Toulon, qu'ils livrèrent
aux Anglais. A la manière dont il parle de ce grand
fait historique, il est aisé de s'apercevoir que l'élève
de Châlons n'était pas tout à fait affranchi des influences qui lui avaient donné un an auparavant la
velléité d'émigrer, et qu'il devait ressentir un violent contre-coup, dans sa conscience, à chaque
décharge dirigée sur des insurgés qu'il était beaucoup plus enclin à plaindre et à excuser qu'à flétrir
et à maudire.

« Les habitants de Toulon, dans leur détresse,
dit-il, ne virent de salut qu'en se jetant dans les
bras des étrangers, et ils leur ouvrirent leurs portes
le 27 août, le jour même où Carteaux entrait à
Marseille. » (I, 35.) Ainsi le fédéralisme, battu et
humilié, tenta de se relever de sa défaite par un
crime envers la patrie; il n'attendit même pas
d'être investi, assiégé, pressé, poussé à bout,
pour le concevoir et l'accomplir, pour introduire

pêle-mêle dans Toulon les ennemis de la France, Napolitains, Espagnols et Anglais; et Marmont, qui voudrait que l'on prît quelques chefs de parti aux abois pour les *habitants de Toulon dans la détresse*, trouve naturel qu'une population, réduite à l'extrémité, ait cherché à se sauver en se jetant dans les bras des étrangers et en leur ouvrant ses portes. Pas un cri d'indignation, pas un mot de reproche, pas un signe de blâme pour la trahison.

Un autre artilleur qui était là aussi, comme chacun sait, s'est exprimé bien différemment sur les événements dont cette malheureuse cité fut alors le théâtre et la victime. « Les autorités de Toulon, dit Napoléon, étaient toutes compromises; elles avaient également pris part à la révolte; la municipalité, le directoire du département, l'ordonnateur de la marine, la plupart des employés de l'arsenal, le vice-amiral Trogoff, commandant l'escadre, une grande partie des officiers, tous se sentaient également coupables; et sachant à quels ennemis ils avaient affaire, ils ne virent plus de salut pour eux que dans *la trahison*. Ils livrèrent l'escadre, le port, l'arsenal, la ville, les forts aux ennemis de la France. » (*Mémoires de Napoléon*, tome I, page 7.)

Voilà l'histoire dans toute sa simplicité, dans toute sa dignité. Le crime y garde son nom; les traîtres, leur flétrissure; la morale publique, son inflexible et suprême autorité.

3

La prise de Toulon fut le point de départ de la fortune de Napoléon. Marmont, avec le parti pris de faire la part du destin la plus large possible aux dépens du génie, dans la carrière de cet homme prodigieux, ne manque pas de le faire conduire au berceau de sa grandeur par *le hasard.* Bonaparte, *simple capitaine d'artillerie, au retour d'une mission qu'il venait de remplir à Avignon et se rendant à Nice, où il servait dans l'armée d'Italie, s'arrêta devant Toulon pour voir le représentant Salicetti, son compatriote. Celui-ci le mena chez Carteaux, qui l'engagea à rester à dîner, en lui annonçant pour la soirée le spectacle de l'incendie de l'escadre anglaise. Après le dîner, Carteaux et les représentants, échauffés par les fumées du vin et pleins de jactance, se rendirent à une batterie dont on attendait ces brillants résultats. Bonaparte, en homme du métier, sut à quoi s'en tenir en arrivant..... Cette batterie, composée de deux pièces de 24, était située à 800 toises de la mer, et le gril pour rougir les boulets avait été pris probablement dans quelque cuisine.... Quatre coups de canon suffirent pour faire comprendre combien étaient ridicules les préparatifs faits ; on rentra l'oreille basse à Ollioules, et l'on crut avec raison que le mieux était* DE RETENIR LE CAPITAINE BONAPARTE ET DE S'EN RAPPORTER DÉSORMAIS A LUI. *Dès ce moment, rien ne se fit que par ses ordres ou sous son influence. Tout lui fut soumis. Il dressa l'état des besoins, indiqua les moyens de les satisfaire ;*

mit tout en mouvement, et en huit jours prit sur les
représentants un ascendant dont rien ne peut donner
l'idée. L'imbécile Carteaux renvoyé, le digne et galant
homme, le brave et respectable général Dugommier fut
chargé de le remplacer. Bonaparte prit aussitôt sur son
esprit le même empire. On le fit chef de bataillon pour
lui donner de l'autorité sur tous les capitaines d'artil-
lerie. (Mém. de Marmont, I, 38, 39.)

Heureux capitaine Bonaparte! il lui a suffi de
faire en passant une visite à un compatriote alors
puissant, d'accepter le dîner d'un général imbécile,
et de se moquer, en *homme du métier*, de quelques
préparatifs ridicules pour mettre tout de suite sa
supériorité en évidence et pour devenir tout à coup
le vrai chef de l'armée, dominant les représentants
et les généraux, et dirigeant souverainement le siége
de manière à se ménager sans contradiction tout
l'honneur et tout le profit du triomphe!

Mais est-il bien vrai que le sort ait exercé cette
influence presque exclusive sur le début merveilleux de Bonaparte, et faut-il croire que la rencontre
et le crédit de Salicetti, l'invitation fortuite et la
nullité complète de Carteaux, l'intervention de ses
convives en débauche et l'infériorité de Dugommier
et de tout le monde, en face de l'*homme du métier*,
aient fait à peu près tous les frais de l'élévation
première du grand homme?

Non, ce n'est pas tout à fait la puissance aveugle

3.

du destin qui a tiré soudainement de l'obscurité le *capitaine Bonaparte* par un concours inespéré d'insignifiantes coïncidences.

D'abord, ce prétendu *capitaine* était déjà commandant d'artillerie en arrivant à Toulon. Il ne faut que lire ses *Mémoires* pour s'en convaincre. Mais c'est là une erreur de peu d'importance.

En second lieu, le commandant Bonaparte ne se trouva pas fortuitement devant Toulon, et ce ne furent point les hasards accumulés d'une visite d'amitié, d'une invitation de simple politesse, d'une expérience absurde et d'une sollicitation improvisée dans les fumées du vin qui firent passer en ses mains la direction réelle du siége de cette place. Ce furent plutôt le discernement des chefs de son arme et la pénétration des représentants du peuple qui le signalèrent au gouvernement de la République. « Le comité de salut public, disent ses *Mémoires*, fit demander un ancien officier d'artillerie capable de diriger l'artillerie de siége ; Napoléon fut désigné ; *il était alors chef de bataillon d'artillerie ;* il reçut l'ordre de se rendre en toute diligence au quartier général de l'armée devant Toulon pour y organiser le parc et l'artillerie : il arriva au Beausset le 12 septembre, et se présenta au général Carteaux, dont il ne tarda pas à reconnaître l'incapacité. » (*Mém. de Napoléon*, I, 14.)

Mais cette incapacité contribua-t-elle du moins à

rendre le général ignorant plus docile à l'impulsion de l'artilleur instruit, et l'imbécile Carteaux, reconnaissant sa nullité, s'empressa-t-il d'accueillir le cri universel, et de se soumettre sans réserve à l'influence souveraine que Bonaparte, d'après Marmont, exerça sur tout le monde, à partir du dîner d'Ollioules?

Loin de là : l'inintelligence du général en chef ne fit que susciter contrariété sur contrariété au commandant d'artillerie. Celui-ci raconte lui-même les obstacles incessants que lui opposa l'ignorance de Carteaux et de son état-major. (*Mém.*, I, 18, 19, 20, 21.) A la fin, lassé de tant d'ineptie, il fit parvenir au comité de salut public, par l'entremise du représentant Gasparin, un mémoire sur le plan à suivre pour s'emparer de Toulon et sur les difficultés que ce plan rencontrait dans l'esprit borné du général en chef. Le comité de salut public répondit par le renvoi de Carteaux à l'armée des Alpes. Mais il lui donna pour successeur, non pas le brave et loyal Dugommier, comme Marmont le prétend, mais le Savoyard Doppet, dont il a supprimé le commandement en chef au siége de Toulon, *aussi ignorant que Carteaux dans tout ce qui tenait à l'art de la guerre* (*Mém. de Nap.*, I, 22), et qui ne subit pas plus que son prédécesseur l'empire du commandant Bonaparte, dont il ne cessa, au contraire, d'entraver les combinaisons, jusqu'à ce que le cri de l'armée amena le remplacement du nouveau général par le vénérable Dugommier.

Le duc de Raguse a donc façonné l'histoire à sa convenance, en attribuant la haute position que Bonaparte prit au siége de Toulon à la succession fortuite de chefs incapables et fatalement assujettis à l'*homme du métier*. Ce ne fut ni l'imbécillité moins docile que rétive de Carteaux, ni l'ignorance plus présomptueuse que passive de Doppet, mais le prompt discernement de Gasparin et l'intelligence confiante de Dugommier qui mirent en relief le génie naissant du grand capitaine, et qui l'aidèrent à préparer la reddition de la place avec tant d'habileté et de certitude qu'il put dire aux généraux et aux représentants, dès l'attaque du fort Malbosquet : *Demain ou après, au plus tard, vous souperez dans Toulon.* (*Mém. de Nap.*, I, 36.)

Et c'est cet éclatant triomphe, si bien combiné, si nettement prévu, si hautement annoncé, que le maréchal Marmont essaye encore de faire rentrer dans le domaine du hasard, et qu'il appelle *inopiné*. (I, 48.)

§ III.

L'influence du destin ainsi étendue aux dépens de l'action directe de la science et du génie, Marmont, qui se fait d'ailleurs, dans les travaux d'un siége dont il ne vit que les derniers jours, une part que le commandant d'artillerie n'a pas jugée digne d'une remarque dans ses *Mémoires*, Marmont s'attache à flétrir les vainqueurs en les présentant comme ayant protégé pendant *quelques jours* (I, 44, 45) les fureurs et les atrocités des patriotes toulonnais, *précédemment plongés dans les cachots du fort Lamalgue.* Il n'est que trop vrai que d'horribles vengeances furent exercées, et qu'il y eut un jour où la réaction républicaine força l'armée victorieuse à demeurer spectatrice impuissante et muette de sanglantes exécutions. Deux cents personnes, qui avaient conservé leurs emplois sous le gouvernement des Anglais, furent livrées au tribunal révolutionnaire, condamnées à mort et fusillées par un bataillon de sansculottes et de Marseillais. « Cette action, dit Napoléon, n'a pas besoin de commentaire, mais c'est la seule exécution que l'on ait faite à Toulon : il est faux qu'on ait mitraillé qui que ce soit, le commandant d'artillerie et les canonniers de la ligne ne s'y fussent pas prêtés. » (*Mém. de Nap.*, I, 44.) Marmont avoue du reste que Bonaparte, devenu puissant, employa plusieurs fois son crédit à sauver quelques victimes. (I, 45.)

A voir le jaloux maréchal condescendre à reconnaître ici en termes formels la modération et l'humanité de Napoléon, on est d'abord porté à croire qu'il a tenu sans doute son orgueil pour tout à fait désintéressé dans l'effet que pouvait produire cet acte de justice. Mais ne nous pressons pas trop de savoir gré à M. le duc de Raguse de l'impartialité qu'il affecte dans l'appréciation de la conduite politique du vainqueur de Toulon, sous le régime de la terreur. S'il fait honneur au général Bonaparte de ce que *l'armée d'Italie de cette époque respira en liberté, sans subir aucun acte arbitraire ni aucune destitution* (I, 52), c'est qu'il a cru trouver, dans cet hommage même, l'occasion d'amoindrir moralement le héros, en insinuant qu'il lui fallut peu d'efforts et peu de vertu pour ne pas s'abandonner aux fureurs du temps, puisqu'il *était éloigné par caractère de tous les excès, et qu'il avait pris d'ailleurs les couleurs de la révolution sans aucun goût, mais uniquement par calcul et par ambition.* (I, 53.)

« Son instinct supérieur, dit-il, lui faisait dès ce moment entrevoir les combinaisons qui pourraient lui ouvrir le chemin de la fortune et du pouvoir.... Plus que son âge ne semblait le comporter, il avait fait une grande étude du cœur humain : cette science est d'ailleurs pour ainsi dire *l'apanage des peuples à demi barbares*, où les familles sont dans un état constant de guerre entre elles, et à ce titre tous les Corses la possèdent. » (*Ib.*)

Ainsi, il est bien vrai que le duc de Raguse, quand il consent à louer le général Bonaparte, n'entend point s'affranchir par là, ne fût-ce que pour un moment, du joug de l'envie à laquelle il a livré sa plume, et que, sous cette apparence d'équité, il cache un nouveau biais pour ménager de plus amples satisfactions à cette infatigable et mauvaise conseillère. Il fallait bien convenir de la sagesse et de la mansuétude révolutionnaire du commandant d'artillerie, pour être amené à dire qu'il était sans conviction; que sa modération lui venait du tempérament; son patriotisme, du calcul; sa connaissance du cœur humain, de son origine demi-barbare; et que le premier Corse venu était après tout aussi savant que lui en cette matière. Mais ce révolutionnaire modéré, éloigné de tous les excès par caractère ou par défaut de conviction, s'était lié au siége de Toulon avec un représentant dont le nom servait de signe populaire au terrorisme, bien qu'il fût lui-même *de mœurs assez douces et raisonnable d'opinion*. (I, 54.) Bonaparte avait vécu dans la familiarité de Robespierre jeune. A la chute de Robespierre aîné, il regarda cet événement *comme un malheur pour la France*, dit Marmont, *non assurément qu'il fût partisan du système suivi* (sa mémoire est au-dessus de pareille accusation, et je crois l'avoir justifié d'avance), *mais parce qu'il supposait le moment d'en changer imminent : l'isolement de Robespierre, qui depuis quinze jours s'absentait du comité de sûreté générale, en était à ses yeux l'indication. Il m'a dit à moi-même ces propres paroles :* « Si Robespierre fût resté au pouvoir, il aurait modifié sa marche; il eût

rétabli l'ordre et le règne des lois; on serait arrivé
à ce résultat sans secousses, parce qu'on y serait
venu par le pouvoir; on prétend y marcher par une
révolution, et cette révolution en amènera beaucoup
d'autres. » (I, 56.)

Marmont ajoute que *cette prédiction s'est vérifiée,
et que les massacres du Midi, exécutés immédiatement
au chant du* Réveil du peuple, *étaient aussi odieux,
aussi atroces, aussi affreux que tout ce qui les avait
devancés.*

Mais, à part cette boutade d'impartialité dont il
faut d'autant plus lui tenir compte qu'il y a moins
habitué ses lecteurs, le duc de Raguse a conservé toute sa malveillance systématique à l'égard
de son ancien général, en disant, à propos des
étroites relations qu'il forma avec Robespierre jeune,
*que sans doute il avait vu en lui les éléments de sa
grandeur future.* (I, 54.)

Quoi que Bonaparte puisse faire, comme homme,
comme soldat ou comme citoyen, il n'est jamais
qu'un spéculateur politique rempli d'orgueil et dévoré d'ambition. Ses amitiés et ses haines, toutes
ses combinaisons et toutes ses démarches, exclusives
d'inspiration généreuse et de spontanéité patriotique, auraient été uniquement et toujours détermi-
nées par l'intérêt. Cette fois du moins il eût bien mal
réussi dans ses calculs, s'il se fût lié en vue de son
avancement avec le frère du dominateur de l'époque,

puisque cette liaison lui valut d'abord d'être mis en état d'arrestation à l'armée d'Italie, et ensuite d'être rejeté du service de l'artillerie par le faiseur militaire que la réaction thermidorienne avait porté au comité de salut public en remplacement de Carnot.

Mais le duc de Raguse, après avoir pris plaisir à signaler l'imprévoyance de l'ambitieux ami de Robespierre jeune, trouve dans cette disgrâce même une nouvelle occasion de dénoncer le destin comme le principal artisan de l'élévation de Bonaparte. Si le grand homme est arrêté dans sa carrière, s'il est contrarié dans ses vues et déçu dans ses espérances, « ces déceptions, dit-il, ne seront qu'un calcul de la fortune, le menant par des voies détournées à la grandeur et à la puissance. » (I, 59.) N'est-ce pas, en effet, le défaut d'emploi dans les armées en campagne qui retint Bonaparte à Paris, et qui, en faisant de lui le sauveur de la Convention au 13 vendémiaire, le porta en quelques heures au poste de général en chef?

Ainsi raisonne Marmont. « Bonaparte, dit-il, arrive presque *inopinément* à une situation très-élevée, et ce *résultat vient de toutes les infortunes qui l'ont poursuivi et dont il a souvent gémi ;* car, si une disposition générale ne lui eût pas fait quitter l'armée d'Italie, il aurait continué à y servir *avec considération, mais d'une manière subordonnée*, puisqu'il n'était pas dans les usages et dans la nature des choses qu'un simple général d'artillerie fût choisi pour commander une armée; *s'il n'eût pas été rayé du tableau de l'artillerie par Aubry, il aurait été enfoui dans l'Ouest avec ses talents supérieurs, et jamais il n'aurait pu sortir* DE LA PLUS PROFONDE OBSCURITÉ. » (I, 84-85.)

Le superbe aide de camp de Bonaparte n'a donc jamais aperçu dans son général ce que le modeste Dugommier avait si bien su distinguer dans le commandant d'artillerie, *le génie indépendant des circonstances?* Le vieux guerrier avait le coup d'œil plus pénétrant, quand il écrivait au comité de salut public, en lui recommandant le vainqueur de Toulon : « Avancez ce jeune homme, car, si l'on était ingrat envers lui, *il s'avancerait tout seul.* »

Marmont a-t-il pu penser sérieusement que si Bonaparte n'avait eu pour lui que le bonheur de se trouver oisif et disgracié dans la capitale, à un moment suprême pour la représentation nationale, cet à propos lui eût suffi pour s'élever en un clin d'œil au commandement des armées? Il ne manquait pas à Paris d'officiers généraux que les rancunes et les caprices d'Aubry avaient laissés disponibles autour de la Convention, et parmi lesquels elle pouvait choisir son libérateur. Le hasard ne lui avait-il pas déjà offert et fait accepter Menou? et après ce triste et funeste présent qui faillit la perdre, ne pouvait-il pas la livrer encore à un autre défenseur aussi inca-

pable? Heureusement pour cette assemblée, malgré
le décri dans lequel elle était tombée à la suite de
ses sanglantes alternatives de terreur et de réaction,
elle représentait toujours une grande cause, la révolution de 1789, qu'elle avait sauvée, en l'exagérant,
à travers l'horrible et le sublime, soit des agressions
de l'étranger, soit des insurrections de l'intérieur.
La Providence, qui avait présidé à cette double victoire de la souveraineté nationale, en plaçant partout
les hommes que demandaient les circonstances, ne
devait pas laisser son œuvre incomplète, et refuser
cette fois à la France révolutionnaire un nouvel instrument de salut. Elle voulait à la fin de la Convention ce qu'elle avait voulu au commencement de la
Constituante, et elle le voulait, de cette volonté qui
est autrement immuable que celle des rois. Comme
elle avait armé Mirabeau des foudres de l'éloquence,
elle avait révélé à Napoléon les secrets du génie de
la guerre, et dans un but identique, pour l'accomplissement d'une même pensée, le couronnement de
l'esprit moderne, le triomphe et le développement
de la révolution française, par la prédominance com-
binée ou successive de l'art oratoire et de la gloire
militaire. La prévision divine, et non l'aveugle hasard, avait donc tenu le vainqueur de Toulon en
réserve, derrière Menou et Barras, pour relever,
d'une main vigoureuse, *le drapeau du tour du monde,*
que ces impuissants émissaires de la fatalité auraient

laissé mettre en lambeaux ou tomber dans la boue.
Le général Bonaparte, dont l'ambition, loin d'être
exclusive de toute conviction, comme Marmont l'a
prétendu, s'alliait au contraire en lui à un vif et
ferme attachement à l'ordre nouveau, remplit avec
éclat la mission que lui avait préparée la Providence. Non-seulement il arrêta les progrès de la
contre-révolution et ruina les espérances prochaines
du royalisme; mais il gagna surtout à sa victoire de
vendémiaire, le renom, l'influence et l'autorité qui
devaient le faire passer bientôt au commandement
suprême des armées, et finir par le rendre maître
des destinées de la République, moins encore au
profit de son élévation et de son orgueil que dans
l'intérêt de la propagation des idées et des mœurs
de la démocratie française dans toute l'Europe. Que
le duc de Raguse fasse maintenant remarquer avec
affectation que Napoléon fut servi dans son rapide
avancement par la disgrâce même qui le retint à
Paris, il n'en reste pas moins vrai que ce ne furent
ni les préjugés de l'obscur Aubry, ni la nullité de
l'extravagant Menou, ni l'insuffisance du fastueux
Barras, qui firent du général Bonaparte le sauveur
de la représentation nationale, pas plus que l'imbécillité de Carteaux et l'ignorance de Doppet n'avaient
concouru à la réussite des plans du commandant
d'artillerie. En vendémiaire de l'an III, comme en
frimaire de l'an II, à Paris comme à Toulon, l'homme

grandit par l'initiative, la spontanéité, les ressources et les dispositions d'un génie indépendant, et non point par les caprices du sort et les jeux du destin, à l'aide des facilités accidentelles que lui auraient ménagées quelques incapacités environnantes.

Pour devenir un jour le suprême régulateur de la révolution, il fallait commencer par vaincre pour elle les coalitions et les factions, et c'est ce que fit le futur empereur en chassant les Anglais de Toulon et en étouffant la révolte des sections parisiennes. Mais ce ne fut pas l'habileté spéculative d'un sceptique ambitieux qui détermina cet homme extraordinaire, comme le duc de Raguse a osé le prétendre, à se jeter dans les luttes mémorables qui contribuèrent tant à sa réputation et à sa fortune. Là où Marmont n'a voulu voir que le hasard et le calcul, Bonaparte apporta certainement le génie et le patriotisme. Il a répondu d'avance au reproche d'avoir manqué de conviction politique, quand il a rappelé et fait écrire à Sainte-Hélène ce qu'il se disait à lui-même au moment où la perspective d'un combat meurtrier entre Français le faisait hésiter à accepter le commandement qui lui était offert : « *Mais si la Convention succombe, que deviennent les grandes vérités de notre révolution ?* » Et cette noble sollicitude pour les conquêtes de 1789 n'a point été imaginée après coup par le potentat déchu de 1815 ! Elle appartient bien réellement au soldat de l'an III, qui l'avait déjà exprimée avec la même énergie dans une lettre qu'il adressait, un an auparavant, aux représentants du peuple pour protester contre son arrestation. « Depuis l'origine de la révolution, avait-il dit fièrement aux commissaires de la Convention, *n'ai-je pas toujours été attaché aux principes?...* A la découverte de la conspiration de Robespierre, *ma conduite a été celle d'un homme accoutumé à ne voir que les principes;* l'on ne peut pas me contester le *titre de patriote....* Entendez-moi; détruisez l'oppression qui m'environne, et restituez-moi *l'estime des patriotes....* Une heure après, si les méchants veulent ma vie, je l'estime si peu, je l'ai si souvent méprisée.... Oui, *la seule idée qu'elle peut encore être utile à la patrie* me fait en soutenir le fardeau avec courage. »

Il ne faut point s'étonner que Marmont, qui eut l'idée d'émigrer en 1792, et qui refoula en lui-même, par pure ambition, le royalisme inné dont il s'est vanté d'avoir retrouvé la trace en 1814, n'ait pas cru à la sincérité de ce patriotique langage. Il dénie à Napoléon ses fortes convictions, parce qu'il ne trouva jamais que tiédeur, inertie et abâtardissement dans les siennes. A ses yeux, l'auteur du coup d'État de brumaire, le destructeur des institutions républicaines, le fondateur d'une dynastie nouvelle, le dictateur couronné, avait dû jouer évidemment la comédie, quand il s'était proclamé ardent patriote et fidèle sectateur des idées de 89.

La tournure sceptique de son esprit et les habitudes vulgaires d'une personnalité envieuse et vaniteuse l'empêchaient de comprendre, ou du moins de reconnaître, que le nouveau César avait, comme l'ancien, aspiré à l'autocratie dans l'intérêt de la démocratie, élevé le despotisme à la hauteur du patriotisme, et recherché un grand pouvoir pour accomplir de grandes choses, bien plus qu'il n'avait entrepris de grandes choses pour parvenir à un grand pouvoir. Quand Napoléon gourmandait vivement Fontanes sur sa complaisance pour le royalisme académique et rancuneux de Chateaubriand, il avait depuis longtemps renversé la république et rétabli la monarchie, et il n'en prenait pas moins avec véhémence la défense de la révolution. Quand il écrivait au roi de Hollande, son propre frère, qu'il n'acceptait pas le dévouement à sa personne en dehors de l'attachement à la France, et qu'il se rendait solidaire de tous ceux qui avaient aimé et servi ce noble pays *depuis Clovis jusqu'au comité de salut public*, il était empereur, souverain absolu, *despote*, si l'on veut, mais avant tout il était PATRIOTE, vivant de la vie de la France, liant de plus en plus ses destinées à celles de la France, ne s'élevant que pour discipliner, féconder et affermir au dedans, et pour répandre et faire régner au dehors l'esprit nouveau de la France.

Mais c'est trop se presser de faire intervenir le

4

dominateur de l'Europe, dans tout le développement de son génie et de sa puissance et à l'apogée
de sa glorieuse mission, quand il ne s'agit encore
que du lieutenant de Barras, surnommé *le petit mi-*
trailleur par le royalisme vaincu et déconcerté, et
de l'explication mesquine que le duc de Raguse
s'est complu à donner des premiers succès et de la
rapide élévation du grand homme. Je me hâte de
revenir au lendemain du 13 vendémiaire.

§ IV.

Le salut de la Convention valut à Bonaparte la
confiance du gouvernement républicain et le commandement de l'armée de l'intérieur. Sa première
pensée fut d'appeler auprès de lui et de s'attacher
un jeune officier qu'il avait connu presque enfant et
pour lequel il avait éprouvé tout d'abord une vive
affection. « Bonaparte, dit le duc de Raguse, devenu général en chef de l'armée de l'intérieur, se
souvint de moi, et me fit nommer son aide de
camp. » (I, 85.)

Voilà donc Marmont admis à partager les béné-
fices de *toutes les infortunes qui avaient poursuivi*
Bonaparte (I, 84), à profiter notamment de la radia-
tion du tableau de l'artillerie, sans laquelle le futur
général en chef de l'armée d'Italie *aurait été enfoui*
dans l'Ouest, avec ses talents supérieurs, et con-

damné *à ne jamais sortir de* LA PLUS PROFONDE OBS-
CURITÉ. (I, 85.)

Voilà la vanité jalouse bien placée pour épier le
génie confiant! Voyons comment elle a usé de ce
privilége et abusé d'une faveur qui aurait tenté et
satisfait l'orgueil de tant de hautes intelligences, de
tant de nobles caractères.

Accouru en toute hâte à Paris, pour y prendre
possession du poste aussi avantageux qu'honorable
que lui avait fait accorder l'amitié d'un général,
dont la renommée naissante égalait ou surpassait
déjà les plus vieilles réputations de l'armée, le jeune
Marmont profita de son séjour dans la capitale pour
prendre sa part des fêtes et des plaisirs de l'époque.
Ce fut le moment où son général rechercha et obtint
la main de madame de Beauharnais. Il dit à propos
de ce mariage : « Une chose incroyable, et cependant très-vraie, c'est que l'amour-propre de Bonaparte fut flatté. Il a toujours eu beaucoup d'attrait
pour tout ce qui se rattachait aux idées anciennes,
et, lorsqu'il faisait le républicain, il était toujours
sensible et soumis aux préjugés nobiliaires. Je le
conçois, j'ai toujours eu moi-même cette manière
de sentir.... Mais que le général Bonaparte se crût
très-honoré par cette union, car il en était très-fier,
cela prouve dans quelle ignorance il était de la société en France avant la révolution. Je l'ai entendu
plus d'une fois s'expliquer avec moi à cet égard;

4.

enfin, grâce à ses préventions, je serais tenté de croire qu'il imagina faire par ce mariage un plus grand pas dans l'ordre social que lorsque, seize ans plus tard, il partagea son lit avec la fille des Césars. » (I, 94-95.)

Tout est exagéré, dénaturé dans ces quelques lignes. Que Napoléon ait attaché plus tard de l'importance, comme fondateur de dynastie, à ce qui pouvait rester de valeur morale à la solidarité héréditaire et aux traditions domestiques dans les familles titrées, cela est incontestable; mais qu'il se soit trouvé honoré, lui, né dans le sein de la noblesse, de s'unir à une femme noble, et que l'élève du dix-huitième siècle, le savant dont la place était marquée à l'Institut, l'illustre soldat de la république estimât s'élever beaucoup, en l'an III, dans la hiérarchie sociale, en épousant son égale selon l'ordre ancien comme selon l'ordre nouveau, c'est une *prévention*, une inconséquence, une faiblesse que l'aide de camp imagina surprendre chez son général, ou une petitesse qu'il a trouvé piquant d'imaginer depuis, pour en faire une tache de plus à jeter sur la mémoire d'un maître traîtreusement délaissé et scandaleusement renié.

Marmont, sans doute, put remarquer dans les mouvements intimes, comme dans les manifestations extérieures du général Bonaparte, associant à sa destinée une femme qu'il adorait, plus de joie, d'enthousiasme et d'ivresse, que ne dut en laisser apparaître l'empereur Napoléon faisant asseoir à côté de lui, sur le trône, une princesse que les combinaisons de la politique amenaient seules dans sa couche. Mais si le contentement que le général éprouva de son premier mariage sembla le rendre fier de s'allier à une illustre famille, ce sentiment ne lui vint pas à coup sûr de ce qu'il aurait toujours été *soumis aux préjugés nobiliaires, même lorsqu'il faisait le républicain*, et de ce qu'il aurait cru *faire un grand pas dans l'ordre social*, selon l'expression du duc de Raguse ; cette fierté ridicule d'un parvenu vulgaire n'allait pas à l'âme grande et forte de l'homme qui savait n'avoir pas besoin d'alliance pour s'anoblir, et qui attachait si peu de prix à la noblesse originelle, dont le hasard de la naissance l'avait d'ailleurs gratifié, qu'il répondit un jour à des généalogistes italiens, empressés de lui découvrir des ancêtres et de lui trouver de nombreux quartiers, *que sa noblesse ne datait que de Montenotte*, c'est-à-dire de la première bataille qu'il eût gagnée, comme général en chef, sur les ennemis de la France.

Bonaparte, devenu l'époux de Joséphine, ne pouvait être et n'était réellement fier que de son bonheur ; fier d'avoir fait partager son affection à une femme dont il était éperdument amoureux et qui brillait et régnait dans le monde par les charmes de sa personne, par les grâces de son esprit et par les belles qualités de son âme, beaucoup plus que par les *attraits* de son blason.

Quant à l'accusation d'hypocrisie républicaine, glissée en passant dans une phrase incidente pour rendre plus saillante l'*incroyable* superstition aristocratique du héros populaire, elle n'a pas plus de fondement et de portée que le reproche de *soumission* intime et persévérante *aux préjugés nobiliaires*. Bonaparte, écrivant *le Souper de Beaucaire*, pratiquant Robespierre jeune, donnant les noms de *la Convention* et des *sans-culottes* à ses batteries, ou déplorant la réaction de thermidor, *ne faisait pas le républicain*, IL L'ÉTAIT !... il l'était sincèrement parce qu'il fallait l'être alors, et non pas seulement *le faire*, pour figurer au premier rang, avec vigueur et puissance, dans la lutte terrible où la révolution et la nationalité étaient menacées de périr ; parce que la république, en ces jours d'orages et de périls, était voulue de Dieu et du peuple, comme la forme logiquement indiquée par la force des choses, comme la seule institution qui pût donner à la France, attaquée de tous les côtés par les troupes étrangères et par les conspirations intérieures, la surexcitation politique et la fièvre guerrière dont elle avait besoin pour passionner les masses populaires et tirer de leur sein d'innombrables défenseurs de la patrie, d'héroïques gardiens de l'honneur national, d'in-

vincibles champions de la régénération sociale. Il
avait été républicain en l'an II, par les mêmes raisons qui le firent songer plus tard à la dictature,
par la suprême considération de la grandeur du
pays et de l'énergie du gouvernement, par le sentiment profond des nécessités auxquelles étaient attachés le salut et le développement de la révolution
française. Il l'était encore, au même titre, quand il
mitrailla sur les marches de Saint-Roch le royalisme
auxiliaire de l'étranger, et qu'il fut amené, par
cette victoire même, aux pieds de madame de
Beauharnais.

Il continua de l'être sur les champs de bataille
de l'Italie, quand il détruisit coup sur coup tant
d'armées autrichiennes et qu'il put couronner la
plus merveilleuse des campagnes par cette orgueil-
leuse exclamation qu'avait provoquée la diplomatie
étrangère : *La république française est comme le soleil; malheur à qui ne le voit pas!* Il le fut enfin aussi
longtemps que l'exigea l'intérêt bien entendu de la
France nouvelle, aussi longtemps que la représentation collective de la souveraineté nationale ne mit
pas en danger cette souveraineté elle-même. Mais
ce danger venant à se produire, le républicain de
Toulon et de vendémiaire n'était pas assez idolâtre
des signes externes et des simples images de la démocratie, pour laisser perdre au fond, et ruiner entièrement la grande et sainte cause de la révolution

française et du progrès universel, sans faire intervenir souverainement son génie libérateur, par respect superstitieux pour des divinités impuissantes,
pour des formes dépouillées de leur prestige, abandonnées de l'opinion, abusivement exploitées par
les factions, et ne servant plus, contre l'esprit et le
but de leur institution, que les desseins et les espérances des fanatiques serviteurs de l'ancien régime,
fauteurs de la guerre civile ou provocateurs de
coalitions étrangères.

En voilà assez sur la vanité aristocratique et les
semblants républicains de Bonaparte. Le sagace aide
de camp qui a surpris, sinon imaginé, ce travers et
cette dissimulation, dans l'homme et dans le citoyen,
n'a pas fait, s'il faut l'en croire, de moins curieuses
découvertes dans le général, en faiblesses, en aberrations, en bévues ou méprises de toutes sortes.
Suivons donc le héros et son Argus à l'armée d'Italie, et voyons-les tous les deux à l'œuvre dans cette
immortelle campagne.

LIVRE DEUXIÈME.

CAMPAGNES D'ITALIE. — LE 18 FRUCTIDOR. — TRAITÉ DE CAMPO-FORMIO.

§ I.

Ce n'est pas seulement sur le général en chef que Marmont établit, dans le secret de sa conscience, une surveillance continue et une juridiction souveraine. Sans perdre de vue Bonaparte, il se mit à épier et à juger en même temps les autres officiers généraux de l'armée. Masséna figure en tête de cette revue. A voir l'auteur des *Mémoires* rendre hommage à quelques-unes des grandes qualités du *fils chéri de la Victoire, à sa bravoure, à son impassibilité dans le danger, à son activité, à sa pénétration, à la sûreté de son commerce, à sa franchise de bon camarade,* on croirait que Marmont a triomphé cette fois de sa répugnance à proclamer la supériorité d'aucun de ses compagnons d'armes : ce serait une erreur. Marmont ne consent guère à louer qu'après avoir mis en réserve des traits bien acérés, et qui puissent meurtrir profondément et faire retomber tout

à coup à ses pieds l'homme qu'il a semblé un
instant élever au-dessus de lui-même. Ainsi Masséna
n'est reconnu naturellement spirituel, incompara-
blement brave, plein de ressources dans le combat,
de calme dans le danger, que sous la condition
d'être signalé à la même page (I, 147) comme
*pauvre d'instruction, fort avide, très-avare, compro-
mis dans de petites affaires, mal famé même avant
d'être riche, s'occupant peu de maintenir l'ordre parmi
ses troupes et de pourvoir à leurs besoins, faisant des
dispositions médiocres avant de combattre, et n'ayant
pas en lui les éléments nécessaires à un général en
chef de premier ordre.* (I, 148.) Voilà le Masséna de
M. de Raguse ! Ce n'est pas tout à fait celui de la
tradition populaire, celui d'Essling et de Zurich, le
Masséna de l'histoire, moins jalouse, elle, de faire
ressortir les défauts et les taches, que d'entourer de
vives lumières les talents et les services.

Augereau semblait se recommander à Marmont
par une communauté de torts et de flétrissure. Le
nom du duc de Castiglione avait été associé à celui
du duc de Raguse dans la proclamation vengeresse
du golfe Juan. Ce rapprochement, sous le coup
d'une même sentence, n'a fait que rendre Marmont
plus sévère, plus dur, plus impitoyable pour son
coaccusé. On dirait qu'il a tenu à se distinguer d'autant plus d'Augereau par les qualités et le mérite,
que Napoléon s'était appliqué à les confondre l'un

et l'autre dans leur conduite et dans leur condamnation. Augereau, d'après Marmont, n'était qu'un
aventurier, mauvais sujet. Il avait servi et *déserté*
tour à tour, en France, en Autriche, en Espagne,
en Portugal, et avait fini par aller faire le *maître
d'armes* à Naples, lorsque la révolution le ramena
dans son pays. (I, 148.) Entré dans un bataillon de
volontaires à l'armée des Pyrénées orientales, il y
passa rapidement par tous les grades jusqu'à celui
de général de division. *Ses manières étaient triviales
et communes, sa mise celle d'un charlatan.* Marmont
veut bien lui accorder toutefois, comme à Masséna,
d'avoir été *bon camarade* et *serviable;* il ajoute même
que *s'il aimait également l'argent, il avait presque
autant de plaisir à le donner qu'à le prendre, et que,
malgré son origine, il était magnifique dans ses manières.* Il reconnaît aussi qu'*il disposait bien ses troupes
avant le combat;* mais cette concession est aussitôt
accompagnée de l'accusation la plus grave qui
puisse compromettre l'honneur d'un soldat et exposer sa mémoire à l'opprobre. Augereau, s'il faut
s'en rapporter à Marmont, était d'une *bravoure médiocre,* et s'il préparait bien ses troupes à combattre,
il les dirigeait mal pendant l'action, PARCE QU'IL EN
ÉTAIT HABITUELLEMENT TROP ÉLOIGNÉ. « *Assez hâbleur,*
dit-il, *il se croyait un grand mérite et capable de
commander une grande armée. Le prétendu drapeau
porté sur le pont d'Arcole, raconté partout, n'a rien*

de vrai.... Quoique son nom ait souvent été accolé à celui de Masséna, ce serait faire injure à la mémoire de celui-ci que d'établir entre eux la moindre comparaison. » (I, 149.)

Que le duc de Raguse fasse du duc de Castiglione un hâbleur, un charlatan, un aventurier, un mauvais sujet, déserteur de tous les drapeaux, trivial dans ses manières et d'un esprit peu étendu ; qu'il refuse des sentiments élevés et une haute moralité au *bon camarade* dont le nom a été justement *accolé* au sien, dans les manifestes de l'Empereur et dans les chants du peuple, au sujet des trahisons de 1814, ce sont là des appréciations qui peuvent en quelques points paraître exagérées, mais que je n'ai nulle envie de contredire, et dont personne ne se montrera trop étonné. Il en sera autrement du défaut de bravoure imputé au soldat qui a été universellement considéré, dans les traditions de l'armée française, comme l'un des plus intrépides lieutenants du général Bonaparte. L'histoire particulière du drapeau d'Arcole ne serait qu'une fable, ainsi que Marmont est venu le révéler au monde après qu'un demi-siècle avait consacré l'inscription de ce fait d'armes dans nos fastes nationaux, que l'histoire générale des merveilleuses campagnes d'Italie n'en renfermerait pas moins, à chaque page, d'irrécusables témoignages contre la parole suspecte et les calomnies posthumes de Marmont. Les *Mémoires* de Napoléon disent expressément, non-seulement qu'Augereau *maintenait l'ordre et la discipline parmi ses soldats dont il était aimé, que ses attaques étaient régulières et faites avec ordre; qu'il divisait bien ses colonnes et plaçait bien ses réserves*, mais qu'IL SE BATTAIT AVEC INTRÉPIDITÉ. (*Mém. de Napoléon*, I, 226.) Le nouveau César mentionne ensuite honorablement, en maintes batailles, le concours glorieux d'Augereau, et il le signale surtout dans les brillantes opérations qui renversèrent les espérances de Wurmser, et qui réduisirent le sacerdoce insurgent de Crémone et de Pavie à s'humilier devant le vainqueur de Castiglione : « C'est en récompense de la bonne conduite qu'Augereau tint à la bataille de Lonato où il commanda la droite, dit Napoléon, et de la manière dont il conduisit l'attaque de Castiglione, qu'il fut depuis duc de ce nom. Cette journée est la plus belle de la vie de ce général. Napoléon n'a jamais voulu depuis l'oublier. » (*Mém. de Napoléon*, I, 290.)

Napoléon dictait ces lignes à Sainte-Hélène. La défaillance des derniers jours de l'Empire ne pouvait effacer en lui le souvenir de l'intrépidité des premières années de la République. Ce témoignage enlève toute autorité à celui de Marmont.

Après les portraits de Masséna et d'Augereau, Marmont a esquissé l'austère figure de Serrurier, dont il s'est borné à vanter les qualités morales et à indiquer les opinions aristocratiques, ainsi que les dispositions à voir tout en noir, sans lui accorder autre chose, pour titre militaire, que sa présence constante *aux avant-postes, où il s'occupait de ses devoirs et non d'intrigues* (I, 150). Napoléon a été plus explicite à l'égard de ce vieux soldat, dont la bravoure égalait la probité. Il a rappelé qu'il avait gagné la bataille de Mondovi et pris Mantoue, ce qui lui valut l'honneur de voir défiler devant lui le maréchal Wurmser. (*Mém. de Napoléon*, I, 227.)

Marmont ne consacre que quelques lignes aux autres officiers généraux de l'armée d'Italie. Il dit de Laharpe qu'*il avait peu de tête et pas beaucoup plus de courage* [1] (*Mém. de Marmont*, I, 150); de Steingel, qu'*il passait pour un excellent officier de cavalerie, mais qu'il périt en entrant en campagne* [2] (*ib.*);

---

[1] Napoléon a parlé tout autrement de Laharpe. « C'était, dit-il, un officier d'une bravoure distinguée, grenadier par la taille et par le cœur, conduisant avec intelligence ses troupes dont il était fort aimé. » (*Mém. de Napoléon*, I, 206.)

[2] Steingel ne périt pas en entrant en campagne. Il eut le temps de prendre une part glorieuse dans les premières victoires de l'armée française, puisqu'il ne fut tué qu'à la bataille de Mondovi en poursuivant l'ennemi. « Il était adroit, dit Napoléon, intelligent, alerte; il réunissait les qualités de la jeunesse à celles de l'âge mûr : c'était un vrai général d'avant-poste. Deux ou trois jours avant sa mort, lorsqu'il était entré le premier dans Lezegno, le général en chef y arriva quelques heures après, et, quelque chose dont il eût besoin, tout était prêt : les défilés, les gués avaient été reconnus, etc., etc.; toutes les mesures étaient prises pour former des magasins de subsistances, pour rafraîchir les troupes. Malheureusement Steingel avait la vue basse, défaut essentiel dans sa position, et qui lui fut funeste. » (*Mém. de Napoléon*, I, 186-187.)

de Berthier enfin, qu'*il était d'une grande force de tempérament, d'une activité prodigieuse, passant les jours à cheval et les nuits à écrire; qu'il avait une grande habitude du mouvement des troupes et de la triture des détails du service; qu'il était fort brave de sa personne,* MAIS TOUT À FAIT DÉPOURVU D'ESPRIT, DE CARACTÈRE, ET DES QUALITÉS NÉCESSAIRES AU COMMANDEMENT, capable seulement d'être *un excellent chef d'état-major,* comme il le fut *à cette époque,* AUPRÈS D'UN BON GÉNÉRAL. (*Id.,* 151.)

§ II.

Napoléon était donc UN BON GÉNÉRAL ! Marmont n'a jamais prétendu formellement le contraire; il ne lui en a pas même coûté de dire, après avoir énuméré les forces de l'armée austro-piémontaise, et montré combien elles étaient supérieures à celles de l'armée française : « Mais nous avions *un homme* à notre tête, et il manquait *un homme* aux ennemis. » (*Id.,* 154.)

Il s'en faut cependant que, par ce mot d'enthousiasme placé en tête de son récit des campagnes d'Italie, Marmont ait cédé à l'impatience de rendre pleine justice à cet *homme,* d'applaudir sincèrement à sa rapide élévation, et de s'incliner d'avance devant sa gigantesque supériorité, sans se réserver de s'appliquer jamais à élever des doutes sur l'étendue de son génie et à faire des brèches à sa gloire.

Loin de là. A peine a-t-il salué avec ostentation l'HOMME de l'armée française, qu'il cherche à démontrer que les succès inespérés de cette campagne furent dus en très-grande partie aux généraux de l'armée autrichienne. Ici encore Bonaparte triomphe et grandit par l'incapacité des autres plus que par sa propre capacité. Écoutez plutôt Marmont : « La position des troupes françaises à Voltri était très en l'air, et les mettait tout à fait à la discrétion du général autrichien..... Le général Beaulieu fut inepte dans ce début de campagne : au lieu d'aller parader inutilement devant Gênes, s'il avait profité de sa supériorité numérique, de ses forces, et de leur réunion exécutée avant la nôtre, marché vigoureusement sur Savone par Altare, comme le général Colli le proposa (et le moindre succès l'y faisait arriver), il coupait la division Laharpe et la forçait de se faire jour l'épée à la main au travers de l'armée autrichienne, ou de mettre bas les armes; mais Beaulieu eut la crainte ridicule de voir le général Bonaparte enlever Gênes, et, pour l'empêcher, il voulut couvrir cette ville et occuper Voltri. » (I, 156.)

Ce récit n'a pas besoin de commentaire. Bonaparte avait placé les troupes françaises en l'air, à Voltri, et les avait mises entièrement à la discrétion de l'ennemi. Si cette grave imprudence du général en chef n'entraîna pas la destruction totale d'une division de son armée, on le dut uniquement à l'ineptie du général autrichien, qui alla parader inutilement devant Gênes, au lieu de mettre à profit les mauvaises dispositions et les fautes du général français. Marmont le dit expressément.

Mais Bonaparte, qui ne pensait pas sans doute alors que son aide de camp attribuerait un jour les premiers succès de l'armée républicaine en Italie au général autrichien qui n'aurait pas su profiter des fautes du général français; Bonaparte a donné aussi, dans ses *Mémoires*, l'explication des mouvements que Marmont a trouvés si compromettants pour l'armée française. Le jeune général savait très-bien que, n'ayant que 30,000 hommes et 30 pièces de canon à opposer à 80,000 hommes et à 200 pièces de canon, il devait éviter *une bataille générale*, dans laquelle *l'infériorité du nombre et son infériorité en artillerie et cavalerie ne lui auraient pas permis de résister. Il dut suppléer au nombre par la rapidité des marches, au manque d'artillerie par la nature des manœuvres, à l'infériorité de sa cavalerie par le choix des positions.* (*Mém. de Nap.*, I, 174-175.) L'essentiel était de *séparer les armées sarde et autrichienne*, et c'était dans cet espoir qu'il s'était décidé à *pénétrer en Italie par Savone, Cadibone, Carrare et la Bormida,* de manière à *menacer également la Lombardie et le Piémont,* et à *pouvoir marcher sur Milan comme sur Turin.* (*Id.*, 171.) Le mouvement sur

Gênes et l'occupation de Voltri par la division Laharpe
avaient donc pour but de faire croire à Beaulieu que
Bonaparte songeait sérieusement à pénétrer dans la
Lombardie, ainsi qu'il le faisait annoncer partout
en même temps qu'il demandait au gouvernement
génois *le passage par la Bocchetta et les clefs de
Gavi.* (*Id.*, 176.) Les combinaisons du général français réussirent complétement. *La rumeur fut extrême
dans Gênes ; le sénat, les conseils se mirent en perma-
nence. Le contre-coup s'en fit ressentir à Milan. Beaulieu, alarmé, accourut en toute hâte au secours de
Gênes, et partagea son armée en trois corps.* (*Id.*) Ces
dispositions, *qui paraissaient bien entendues au premier aspect,* justifièrent les prévisions et remplirent
les vues de Bonaparte, *en divisant les forces ennemies, tandis que l'armée française, au contraire, était
placée de manière à pouvoir se réunir en peu d'heures
et tomber en masse sur l'un ou sur l'autre des corps
ennemis.* (*Id.*, 177.) Tout se passa ainsi que Bonaparte l'avait prévu. D'éclatants succès couronnèrent
l'habileté de ses calculs et la promptitude de ses
manœuvres. Montelegino, où Rampon, à la tête
d'un bataillon de la 32ᵉ demi-brigade, fit des prodiges de valeur, prépara la mémorable journée de
Montenotte, dont le vainqueur, oublieux de l'illustration de ses ancêtres, voulut faire la seule date de
sa noblesse. C'est ainsi que le général en chef de
l'armée française mérita le reproche d'avoir placé

ses troupes en l'air et de les avoir mises à la discrétion du général autrichien.

Mais ce n'est pas seulement à l'ineptie de Beaulieu, allant parader devant Gênes au lieu de suivre les conseils de Colli, que Marmont s'en prend du bonheur de Bonaparte, dont la fortune aurait, selon lui, couvert les imprudences et les fautes par des victoires. Colli a son tour dans la responsabilité que l'aide de camp du général français fait peser sur les généraux étrangers dans les rapides succès de l'armée républicaine, comme s'il se mêlait un peu de regret, dans l'âme du duc de Raguse, au souvenir des triomphes que l'on devait croire avoir fait la joie et l'orgueil de Marmont dans sa première jeunesse.

Après la bataille de Dégo, le général Provera reçut du général Colli l'ordre de se maintenir au vieux château de Cossario et de le défendre à outrance. « Rien, dit Marmont, ne peut justifier une pareille disposition; ce poste, isolé du reste de l'armée, nous gênait, mais ne défendait rien, et les troupes qui l'occupaient ne pouvaient y rester trois jours, puisqu'elles s'y trouvaient sans vivres, sans eau et sans munitions. Les Piémontais de Montésimo et du camp retranché de Céva devaient, sans perdre un instant, tomber sur la division Augereau, qui couvrait notre gauche, la culbuter et venir au secours des Autrichiens, avec lesquels nous étions aux prises. *Si ce mouvement, indiqué et commandé par l'évidence,*

5.

eût été exécuté, il est possible que CETTE MÉMORABLE CAMPAGNE *, à juste titre l'admiration des gens du métier, et destinée à être l'étonnement de la postérité,* EUT ECHOUÉ EN NAISSANT, car, en supposant même que les succès des Piémontais n'eussent pas été complets et décisifs, si les événements nous eussent forcés à séjourner seulement huit jours de plus dans la vallée de la Bormida, *la misère et l'embarras des subsistances, dont les effets étaient portés à leur comble dès le quatrième jour et causaient les plus grands désordres, auraient détruit l'armée;* ELLE AURAIT CESSÉ D'EXISTER..... » (*Mém. de Marmont,* I, 158-159.)

§ III.

Ainsi, il dépendit successivement des deux généraux en chef des armées ennemies, Beaulieu et Colli, d'anéantir l'armée française et de faire avorter, au début, la campagne qui devait élever si haut Bonaparte et la France. Il fallut que le premier, qui était pourtant un *officier distingué, ayant acquis de la réputation dans les campagnes du Nord* (*Mém. de Nap.,* I, 171), négligeât de marcher vigoureusement sur les troupes françaises *mises à sa discrétion* par leur chef, et que le second, dont Marmont reconnaît d'ailleurs le mérite, s'abstînt de faire un mouvement *indiqué et commandé par l'évidence,* pour que la campagne d'Italie n'*échouât pas en naissant* et que l'armée française *ne cessât pas d'exister*. Et c'est un soldat français, longtemps honoré pour sa brillante participation aux beaux faits d'armes de cette campagne ; c'est l'officier que la confiance et l'affection du général en chef firent assister à la conception des plans audacieux qui étonnèrent le monde ; c'est celui des compagnons de Bonaparte qui a vu de plus près le déploiement rapide des ressources de son génie, qui en est venu à prétendre que les prodiges tant admirés par les gens du métier et destinés à faire l'étonnement de la postérité, tinrent en quelque sorte à un coup de dés, et que ce fut aux fautes des généraux ennemis, à leur ineptie et à leur négligence que la République française dut principalement les succès merveilleux de ses armes en Italie !

Marmont suit admirablement la marche qu'il s'est tracée dans la rédaction de son livre. Ce n'est pas un journal qu'il a voulu écrire, pour garder mémoire et se rendre compte des événements à mesure qu'ils se produisaient ; c'est un plaidoyer qu'il a entrepris après coup, faisant subir aux faits accomplis les arrangements et les altérations nécessaires à la justification et au succès de ses conclusions. Comme il demande à la postérité de reviser le jugement des contemporains sur le grand homme qui a osé le flétrir, après l'avoir tant aimé ; il n'est rien qu'il ne doive tenter pour rapetisser le grand homme, pour amoindrir son génie et obscurcir sa gloire, afin d'atténuer le plus possible l'autorité de sa parole. Dans ce but, à chaque pas glorieux du héros, il s'attache soigneusement à démontrer que c'est l'aveuglement de la fortune ou l'incapacité d'autrui qui l'a fait avancer vite, monter haut, bien plus que sa force propre et sa grande supériorité. Le vainqueur de Montenotte, prêt à devenir le conquérant de l'Italie, n'a pas été autant qu'on l'a cru le fils de ses œuvres. C'est l'inepte Beaulieu et l'inhabile Colli qui l'ont engendré, comme Carteaux et Dugommier tirèrent du néant le vainqueur de Toulon; comme Aubry et Menou donnèrent naissance au vainqueur de vendémiaire. C'est toujours le génie mis en doute ou à l'écart dans ses manifestations les plus éclatantes; toujours le hasard élevant Bonaparte malgré ses fautes par les fautes plus graves de ses ennemis! La résolution de Marmont est si bien prise à cet égard, que, pour diminuer le héros dont la gloire absorbante l'importune, il en vient à s'efforcer de rétrécir et à ne plus comprendre le drame grandiose dans lequel il lui fut pourtant réservé de jouer un rôle qui n'était pas sans importance et sans éclat. La lutte gigantesque de la révolution française et de l'ancien régime européen est toute renfermée pour lui dans la vallée de la Bormida. La fortune militaire de la France, portant avec elle les destinées du monde, lui semble attachée aux mouvements plus ou moins prompts de quelques divisions, aux combinaisons plus ou moins habiles de quelques généraux. Dans ces deux armées aux prises, il ne voit que deux machines indépendantes de la situation morale et des ressources respectives des États belligérants, et dont le jeu peut à chaque instant, suivant le ralentissement imprévu des moteurs ou le dérangement accidentel des rouages, faire du moindre accident un événement décisif, annuler l'influence des causes premières et l'action des forces générales, et clore inopinément dans une gorge du Piémont, par le rajeunissement du passé et l'avortement de l'avenir, l'immense conflit longuement préparé et universellement soulevé entre la jeune France et la vieille Europe. Ce soldat de 92, qui combat vaillamment et étourdiment sous le drapeau de 89 sans savoir y lire la prophétie de Mirabeau et l'annonce du *tour du monde*, assiste en myope, en même temps qu'il s'y mêle en brave, au grand duel de la République française avec la coalition monarchique, et il ne distingue pas plus le grand homme et ses incalculables moyens dans le général de vingt-six ans dont il est le familier, qu'il n'aperçoit la grande nation et ses inépuisables ressources derrière la petite colonne de Voltri, qu'il croit *laissée en l'air à la discrétion de l'ennemi.*

§ IV.

En suivant pas à pas le duc de Raguse sur les champs de bataille de l'Italie, on retrouve de plus en plus dans ses récits, à chaque nouveau triomphe du général en chef, le double cachet de l'orgueil et de l'envie qui altérèrent tout d'abord les brillantes facultés de l'aide de camp favori de Bonaparte, et qui ont laissé des traces si déplorables dans ses *Mémoires*.

Je faisais remarquer naguère son laconisme à l'égard de Serrurier, dont il n'avait pas osé passer sous silence la bravoure et l'honnêteté, mais sur les talents et les succès militaires duquel il était resté absolument muet.

Une fois pourtant, le détracteur habituel du glorieux état-major de l'armée d'Italie s'est montré moins avare de louange et de justice pour ce vieux guerrier, et il s'est laissé entraîner jusqu'à célébrer l'un de ses faits d'armes les plus éclatants avec toute la chaleur d'un sincère enthousiasme. Il s'agit de la bataille de Mondovi gagnée par Serrurier. « Former ses troupes en trois colonnes, dit Marmont; se mettre à la tête de celle du centre, se faire précéder par une nuée de tirailleurs, et marcher au pas de charge, l'épée à la main, à dix pas en avant de sa colonne; voilà ce qu'il exécuta. Beau spectacle que celui d'un vieux général résolu, décidé, et dont la vigueur était ranimée par la présence de l'ennemi! » (I, 162.)

On ne saurait assez applaudir sans doute à ce noble langage; mais il doit être permis de se demander en même temps ce qui a pu déterminer un mouvement si généreux d'impartialité et d'admiration pour le vainqueur de Mondovi, chez un narrateur toujours si enclin à signaler les défauts et les faiblesses, et à taire ou à diminuer les mérites et les services de ses anciens compagnons d'armes. Comment Marmont, qui vient de s'essayer à enlever à Bonaparte lui-même l'honneur des brillants débuts de la campagne, en glissant dans ses récits des remarques et des insinuations évidemment destinées à faire considérer les triomphes de l'armée française comme le simple résultat des fautes et de l'incapacité des généraux ennemis; comment Marmont est-il devenu tout à coup si ardent à rehausser l'habileté et l'intrépidité, les vertus et les exploits de l'un des lieutenants du grand capitaine?

A coup sûr, l'orgueil jaloux qui tourmentait et gouvernait Marmont n'était pas aussi vivement aiguillonné par la position secondaire et la modeste fortune de Serrurier, que par l'étoile éblouissante de Bonaparte. Mais cet infatigable instigateur, dans ses excitations sataniques, n'a pas plus épargné, on le sait, les inférieurs et les égaux du duc de

Raguse, qu'il n'a respecté le supérieur de tous. Si la victoire de Mondovi a valu à Serrurier quelques lignes brûlantes d'admiration de la part de l'aide de camp du général en chef, ce n'est pas à une courte trêve obtenue de l'envie qu'il le doit. Ce qui précède et ce qui suit cet hommage exceptionnel l'explique à merveille, non par le relâchement passager d'une malveillance systématique, mais au contraire par la persistance invincible d'une vanité ingénieuse et toujours en éveil. Si le brave Serrurier emporta Mondovi, c'est qu'un aide de camp vint auprès de lui du quartier général *pour surveiller les mouvements de sa division*, et que cet aide de camp, qui l'*accompagna dans l'attaque, dont le succès fut complet, et qui se trouva près de lui dans ce moment périlleux, tout occupé à l'admirer*, n'était pas autre que Marmont, dont le concours compléta la victoire que sa surveillance avait sans doute préparée. « L'ennemi culbuté, dit-il, nous abandonna sa nombreuse artillerie : JE *la fis retourner et servir immédiatement contre la ville, qui, après une canonnade de quelques moments, nous ouvrit ses portes.* » (I, 162.)

Il n'y a plus lieu de s'étonner que le canon de Mondovi ait eu un retentissement prolongé en l'honneur de Serrurier dans les *Mémoires du duc de Raguse.*

Cependant le général Bonaparte, pour frapper

davantage Paris et la France de l'éclat de ses rapides triomphes, fit porter au Directoire, par ses aides de camp Junot et Murat, les drapeaux pris à Montenotte, à Dégo et à Mondovi, ainsi que le traité d'armistice conclu avec le roi de Sardaigne. Junot et Murat[1] gagnèrent à cette mission l'avancement qu'ils désiraient. Le premier fut nommé chef de brigade ou colonel, le second obtint le grade de général de brigade. Marmont considéra l'élévation de ses camarades comme une double atteinte portée à ses intérêts. Il déclare toutefois qu'il n'en éprouva aucun chagrin, tant il était peu soucieux de sa propre fortune, livré exclusivement aux nobles préoccupations du beau métier de la guerre. « D'abord, dit-il, j'avais de l'amitié pour mes deux camara-

---

[1] Junot partit de Ceva avec les drapeaux, Murat fut expédié de Chérasco avec le traité; ils ne se rencontrèrent qu'à Paris. Les *Mémoires du roi Joseph* constatent que Junot fut accompagné dans sa mission par le frère aîné du général en chef. « Nous partîmes dans la même chaise de poste, dit Joseph Bonaparte, et arrivâmes à Paris cent vingt heures après notre départ de Nice. On se formera difficilement une idée juste de l'enthousiasme qui animait les populations.... A Paris il ne fut pas moins vif. Les membres du Directoire s'empressèrent à l'envi de nous témoigner leur satisfaction pour l'armée et pour son chef. Le directeur Carnot, à la fin d'un dîner auquel j'assistai chez lui, indigné des sentiments peu bienveillants pour le général Bonaparte que lui prêtaient ses ennemis, déclara devant vingt convives qu'ils le calomniaient; et, ouvrant son gilet, il montra le portrait du général qu'il portait sur son cœur, en s'écriant : « Dites à votre frère qu'il est là, parce que je prévois qu'il sera le sauveur de la France, et qu'il faut pour cela qu'il sache bien qu'il n'a au Directoire que des admirateurs et des amis. » (*Mém. du roi Joseph*, I, 61, 62.)

des, et puis je me trouvais encore mieux traité qu'eux. *Tandis qu'ils étaient à Paris, occupés de plaisirs, moi je restais en face de l'ennemi, et tous les jours j'étais employé à ce qu'il y avait de plus important.* » (I, 166.) Marmont avoue, du reste, qu'il se reposait sans inquiétude sur l'avenir pour un avancement qui ne pouvait lui échapper; mais il n'en a pas moins pris soin d'établir entre lui, condamné à attendre sur les champs de bataille, et ses camarades, promus au sein des plaisirs, une comparaison qui devait élever l'aide de camp, satisfait d'être oublié dans les périls, bien au-dessus des officiers distingués et avancés au milieu des fêtes.

La bataille de Lodi suivit de près celle de Mondovi. Marmont y fit remarquer son intelligence et sa bravoure, et mérita d'en être récompensé par un sabre d'honneur. Mais une chose non moins remarquable que sa belle conduite en cette mémorable journée, c'est que, dans le brillant récit qu'il en a fait, il a pu cette fois se mettre en relief sans chercher à effacer personne, donnant tout à l'éloge et rien au blâme ni à la malveillance. « Cette belle et glorieuse affaire, dit-il, mettait le sceau à la réputation de l'armée, à la gloire de son général, et assurait la conquête de toute l'Italie. » (I, 175.)

Cette conquête avait été merveilleusement consommée depuis plus de trente ans, quand le duc de Raguse écrivait qu'elle avait été assurée par la bataille de Lodi. Le général Bonaparte n'avait pas attendu cet éclatant succès pour la prévoir et pour la promettre à son armée. Dès le lendemain de Mondovi, les frondeurs du quartier général prédisaient d'insurmontables difficultés et d'incalculables désastres si l'on tentait de pousser plus loin les succès des armes françaises. « Des officiers, même des généraux, disent les *Mémoires de Napoléon*, ne concevaient pas qu'on osât songer à la conquête de l'Italie avec aussi peu d'artillerie, une si mauvaise cavalerie, et une armée aussi faible que les maladies et l'éloignement de la France affaibliraient encore tous les jours. » On trouve des traces de ces sentiments de l'armée dans la proclamation que le général en chef adressa à ses soldats à Chérasco, et qui se terminait ainsi : « On dit qu'il en est parmi vous dont le courage mollit, qui préféreraient retourner sur les sommets de l'Apennin et des Alpes! Non, je ne puis le croire. Les vainqueurs de Montenotte, de Millésimo, de Dégo, de Mondovi, brûlent de porter au loin la gloire du peuple français. » (*Mémoires de Napoléon*, I, 190, 191.)

L'aide de camp Marmont, qui s'était battu vaillamment à Mondovi à côté de Serrurier, n'était pas sans doute de ceux dont le courage avait molli; mais lorsqu'on se rappelle qu'il partagea les périls et la gloire des premiers combats avec la pensée que les Austro-Sardes, mieux commandés, pou-

vaient à chaque instant faire échouer la campagne
à son début et détruire entièrement l'armée française, on est disposé à croire qu'il n'avait pas encore
tout à fait perdu à Chérasco ses doutes et ses appréhensions, et que, malgré les exigences de sa position auprès du général en chef, il put s'associer plus
ou moins ouvertement aux plaintes et aux murmures des officiers qui *ne concevaient pas qu'on osât
songer à la conquête de l'Italie.* «

Quoi qu'il en soit, le duc de Raguse, si l'on en
juge par son appréciation des conséquences de la
bataille de Lodi, se montra, à partir de cette belle
et glorieuse journée, moins timide dans ses prévisions, plus hardi dans ses espérances. S'il n'y avait
plus de scepticisme possible, plus de critique avoua-
ble pour personne dans les rangs de l'armée, après
tant de triomphes qui venaient d'étonner le monde,
comment un officier, honoré de l'intime confiance
du général qui avait prédit et accompli toutes ces
merveilles, ne se serait-il pas abandonné sans réserve à l'entraînement universel, quand l'enthousiasme était sans cesse provoqué et stimulé en lui
par la foi expansive et le langage prophétique du
héros qui lui ouvrait son âme, à tous les moments,
sans rien lui cacher de ses sublimes pensées et de
ses magnifiques espérances?

Quatre jours après Lodi, Bonaparte, entré triomphalement dans Milan, associait en effet Marmont

à ses joies les plus intimes, en lui montrant en perspective de nouvelles et prochaines victoires. « Ils n'ont encore rien vu, lui disait-il en parlant de ses admirateurs de Paris et de la France entière, et l'avenir nous réserve des succès bien supérieurs à ce que nous avons déjà fait. La fortune ne m'a pas souri aujourd'hui pour que je dédaigne ses faveurs : elle est femme, et plus elle fait pour moi, plus j'exigerai d'elle. Dans peu de jours, nous serons sur l'Adige, et toute l'Italie sera soumise. Peut-être alors, si l'on proportionne les moyens dont j'aurai la disposition à l'étendue de mes projets, peut-être en sortirons-nous promptement pour aller plus loin. De nos jours, personne n'a rien conçu de grand : c'est à moi d'en donner l'exemple. » « Ne voit-on pas dans ces paroles, dit Marmont, le germe de tout ce qui s'est développé dans la suite ? » (*Mém. de Marmont,* I, 178.)

Ce n'était pas seulement dans des conversations familières avec ses aides de camp que le général victorieux laissait apparaître les grands desseins qu'il avait conçus, les vastes projets dont son génie était incessamment travaillé, les immenses résultats qu'il attendait, pour la France et pour l'Europe, de la seconde campagne qu'il allait ouvrir sur l'Adige. Ce qu'il voulait encore, ce qu'il était impatient d'accomplir, il l'avait indiqué dans sa proclamation de Chérasco, quand il disait à ses soldats : « Vous

n'avez rien fait, puisqu'il vous reste à faire. Ni
Turin ni Milan ne sont à vous. Les cendres des vainqueurs de Tarquin sont encore foulées par les assassins de Basseville! » Il renouvela cette indication
après qu'il fut devenu maître de Milan : « Vous avez
beaucoup fait, dit-il encore à l'armée; mais ne vous
reste-t-il donc plus rien à faire? Dira-t-on de nous
que nous avons su vaincre, mais que nous n'avons
pas su profiter de la victoire? Eh bien, partons!
Nous avons des marches forcées à faire, des ennemis
à soumettre, des lauriers à cueillir, des injures à
venger... Vos victoires feront époque dans la postérité : vous aurez la gloire immortelle de changer la
face de la plus belle partie de l'Europe. Le peuple
français, libre, respecté du monde entier, donnera
à l'Europe une paix glorieuse qui l'indemnisera des
sacrifices de toute espèce qu'il a faits depuis six
ans. Vous rentrerez alors dans vos foyers, et vos
concitoyens diront en vous montrant : Il était de
l'armée d'Italie! » (Thiers, *Histoire de la Révolution*, VIII, 270-271.)

Dans ses lettres au Directoire, Bonaparte avait
exposé les mêmes vues, exprimé les mêmes espérances, dès le lendemain de Mondovi, avant l'éclatant succès de Lodi, alors que des incertitudes et
des murmures se manifestaient dans son entourage,
et rendaient nécessaire l'intervention de sa puissante parole. « Je marche demain sur Beaulieu,

mandait-il à Paris ; je l'oblige à repasser le Pô ; je le passe immédiatement après ; je m'empare de toute la Lombardie, et avant un mois j'espère être sur les montagnes du Tyrol, trouver l'armée du Rhin, et porter de concert la guerre dans la Bavière. »

Quand Bonaparte révélait ainsi ses plans hardis et parlait avec tant d'assurance des nouveaux prodiges qu'il prévoyait, dans sa correspondance officielle et dans ses proclamations, comme dans ses épanchements intimes, Marmont, qui voyait à tous moments le génie à l'œuvre sous ses formes diverses, apercevait-il alors, dans les paroles, les écrits et les actes de son général, *le germe de tout ce qui s'est développé dans la suite,* aussi bien qu'il a pu le dire en consignant, longtemps après, dans ses *Mémoires,* les confidences prophétiques de Milan ?

Non, l'aide de camp ne comprenait et ne jugeait pas mieux, dès ce temps-là, le général en chef, que le maréchal n'a compris et jugé depuis l'Empereur. Il en fournit lui-même la preuve à la page 186 du tome Ier de ses *Mémoires*. Les succès de la seconde campagne ayant donné à Bonaparte plus de confiance en lui-même et plus d'ascendant sur le gouvernement et sur l'armée, il insista pour l'exécution du plan qu'il avait communiqué au Directoire dès la conclusion du traité avec la Sardaigne, et il renouvela ses démonstrations et ses instances auprès des premiers magistrats de la République pour les déterminer à entrer dans ses vues. « Les prodiges opérés en si peu de temps, dit Marmont, et si fort au-dessus de tous les calculs, de toutes les espérances, avaient développé au plus haut degré les facultés du général Bonaparte; cette confiance en lui-même, cette confiance sans bornes qu'il inspirait aux autres, donnait à ses discours et à ses actions un aplomb, une décision capables de tout entraîner. Il lui semblait voir devant lui tous les jours un nouvel horizon; c'était le fond de son caractère, et j'en fus frappé dès cette époque. Loin de paraître s'étonner de ce qu'il avait fait, il écrivait de Vérone au Directoire que si on lui envoyait des renforts, il traverserait le Tyrol et prendrait l'armée autrichienne du Rhin à revers. Je fus frappé d'étonnement en lui entendant dicter cette phrase; cette proposition formelle, faite en ce moment, me parut presque *de la folie.* »

Le jeune triomphateur restait donc seul calme, imperturbable, entre les grandes choses qu'il avait faites et les plus grandes qu'il méditait; seul sans étonnement du glorieux passé qui venait de tromper tous les calculs, moins les siens, comme sans inquiétude pour l'avenir plus glorieux qu'il signalait et dont l'annonce l'exposait à passer pour fou dans son entourage. Marmont s'y prend de bonne heure, on le voit, pour introduire ce mot de *folie* dans l'histoire de l'homme qui, après l'avoir dominé de si haut par sa puissance intellectuelle, a fini par l'accabler sous le poids de son autorité morale : c'est un moyen de récusation préparé de loin par l'accusé contre son juge. Napoléon lui paraissait *presque fou,* ne l'oublions pas, au milieu des prodiges qui justifiaient le génie et la hardiesse de ses conceptions. Que sera-ce quand les revers effaceront les prodiges, et que les événements n'obéiront plus au génie ?

Marmont songe si bien déjà, en écrivant cette partie de ses *Mémoires,* au profit qu'il cherchera à tirer plus tard des premières remarques qu'il se hasarde à faire sur l'excentricité des idées du général Bonaparte et sur le caractère de ses desseins et de ses calculs, qu'après avoir dit de son plan de campagne à travers le Tyrol qu'il lui parut *presque de la folie,* il s'applique aussitôt à rattacher ce commencement de soupçon d'exaltation anormale dans Napoléon à une disposition permanente de son esprit à se jeter hors des voies de la prudence commune et à côtoyer l'extravagance. « Tout le monde a pu remarquer dans le cours de sa carrière, dit-il, *qu'il en a toujours été ainsi.* A force de vaincre les obstacles, il les a toujours méprisés davantage ; mais aussi, à force de les mépriser, il a fini par en accumuler une telle masse sur sa tête, qu'il en a été écrasé. Alors il était dans la mesure des choses possibles, et il y est resté encore bien longtemps ; quand il en est sorti, l'orgueil avait remplacé les éclairs du génie. » (I, 186.)

6.

Pourquoi donc les propositions du général Bonaparte au Directoire parurent-elles *presque folles* à son
aide de camp, s'il était encore *dans la mesure des
choses possibles ?*

V.

Après ce contraste entre deux phrases que l'on
rencontre à la même page, Marmont ajoute que tout
le monde au quartier général avait alors le pressentiment d'un avenir sans limites, quoique tout le
monde fût dépourvu d'ambition et de calculs personnels. (I, 186-187.)

Je n'ai garde de nier ce sentiment général qui
animait les officiers comme les soldats de l'armée
d'Italie; sentiment dont le duc de Raguse dit avec
tant de raison et de justice, que c'était *du patriotisme dans la belle acception du mot.* Mais si chacun,
à cette époque, avait le pressentiment d'un avenir
sans limites, ce n'était ni raisonnable ni juste de
s'étonner des projets gigantesques de Bonaparte et
de le soupçonner d'un peu de folie parce qu'il lui
semblait voir tous les jours devant lui un nouvel
horizon, et qu'il rêvait la jonction des armées républicaines sur le Rhin par la conquête de la haute
Italie et du Tyrol.

Marmont constate d'ailleurs lui-même que les
plans et les hauts faits du général Bonaparte furent

considérés comme étant restés en deçà du possible par un homme bien connu pourtant pour sa prudence et sa modération, le général Matthieu Dumas, qui discuta dans une brochure cette merveilleuse campagne, et qui reprocha au général en chef de s'être borné à conquérir l'Italie. Ce fut Marmont lui-même que Bonaparte chargea de sa justification; et nul ne pouvait mieux le défendre en effet que l'officier qui le trouvait presque fou pour avoir voulu trop faire, là où l'un des plus sages parmi les gens de guerre l'accusait de n'avoir pas assez fait (I, 187). Cet incident fournit du reste à l'auteur des *Mémoires* l'occasion d'attaquer en masse et violemment *les militaires de plume*, qu'il appelle *le fléau des militaires combattants*, sans s'apercevoir que, depuis sa réponse au général Matthieu Dumas jusqu'à la rédaction de ses *Mémoires*, il a bien fait preuve aussi de quelque goût et de beaucoup d'aptitude pour le maniement de la plume, quoiqu'il ne s'en soit pas toujours servi aussi bravement que de l'épée.

A cette époque Joséphine vint rejoindre à Milan son glorieux époux. « Le général Bonaparte, dit Marmont, fut très-heureux, car alors il ne vivait que pour elle; pendant longtemps il en a été de même. Jamais amour plus pur, plus vrai, plus exclusif n'a possédé le cœur d'un homme, *et cet homme était d'un ordre si supérieur!* » (I, 188.)

On pourrait croire que le duc de Raguse fait taire

ici ses ressentiments et sa malveillance, et que c'est sans arrière-pensée qu'il s'incline devant la supériorité si grande du général Bonaparte.

On se tromperait étrangement. Il n'en a jamais coûté à Marmont de donner à Napoléon les épithètes banales, les qualifications pompeuses et vagues qui expriment l'admiration sans l'expliquer. Il les lui prodigue d'autant plus, au contraire, qu'il croit en tirer le droit d'oser davantage contre le héros dans la discussion détaillée de ses actes, dans l'examen critique de chaque événement principal et des particularités remarquables de sa vie. Après des exclamations qui se perdent dans le vide des généralités, le faux admirateur, qui s'est donné par là une certaine apparence d'impartialité, poursuit plus à l'aise le système de dénigrement indirect qu'il a adopté dans l'exposition des faits.

Ainsi, au moment même où il va appeler Bonaparte *un homme d'un ordre si supérieur*, à propos de ses joies domestiques et de la pureté de ses affections privées, il essaye d'en faire un superstitieux ridicule *qui pâlit d'une manière effrayante et qui éprouve une impression des plus douloureuses* (I, 188) parce que la glace d'un portrait s'est brisée sur sa poitrine, et qu'il voit dans cet accident un avertissement mystérieux et sinistre. Il ne suffisait pas à Marmont d'avoir attribué les *préjugés nobiliaires* d'un bourgeois de l'ancien régime au glorieux représentant de la démocratie française ; il a voulu prêter aussi les terreurs superstitieuses d'une bonne femme à l'élève de la philosophie moderne, au soldat initié dès longtemps à toutes les hardiesses de la raison comme à toutes les découvertes de la science.

La postérité, malgré tout le piquant des révélations du duc de Raguse, aura peine à croire que le grand homme ait pu avoir jamais la vanité des petites gens, et que l'âme héroïque du conquérant de l'Italie fût accessible à des peurs d'enfant.

Que peut faire de plus Marmont, après avoir rendu Napoléon suspect de préjugés aristocratiques, de frayeurs puériles et de tendance à la folie, pour rapetisser le colosse et désillusionner de plus en plus ses admirateurs ? Voilà ses hautes facultés mises en suspicion, à la limite de la démence, et altérées par des faiblesses indignes d'un homme qui serait même moins supérieur. Si l'on pouvait maintenant l'atteindre, l'entamer, le diminuer dans ses qualités essentielles, dans sa réputation de rigidité morale, dans le prestige de son héroïsme militaire, c'en serait fait définitivement du grand homme, et son habile détracteur serait parvenu à consommer sur la mémoire du César moderne l'attentat qui échoua naguère, sous une plume plus exercée et autrement illustre, contre l'immortelle renommée du premier César.

Eh bien, Marmont, sans nier directement la délicatesse et la sévérité de Bonaparte sur les questions d'argent, raconte une anecdote qui lui est personnelle, et de laquelle on pourrait induire que le même général en chef qui rudoya si impitoyablement Despinois à Castiglione, n'était pas aussi rigide qu'il affectait de le paraître au sujet de l'enrichissement de ses lieutenants. Il s'agit du pillage de Pavie pendant la répression de l'insurrection que le sacerdoce italien avait réussi à faire éclater dans les campagnes de la Lombardie. « La maison du receveur de la ville était menacée, et ce malheureux croyait, en jetant son argent dans la rue, se préserver de l'entrée des soldats dans sa maison, tandis que sa conduite devait au contraire les y attirer. Le général Bonaparte, prévenu, me donna l'ordre de me rendre sur les lieux et d'enlever l'argent. Nous avions à cette époque une fleur de délicatesse qui me rendit l'obéissance pénible : je craignais d'être soupçonné d'avoir fait tourner cette mission à mon profit. Je la remplis en murmurant; mais j'eus soin, en prenant et comptant le trésor, de me faire assister par tous les officiers que je pus réunir. Les sommes trouvées furent donc remises avec une grande régularité. Plus tard, *le général Bonaparte m'a reproché de n'avoir pas gardé cet argent pour moi, ainsi que dans une autre circonstance dont je ferai le récit, et qu'il avait saisie, me dit-il, pour m'enrichir.* » (I, 180-181.)

Le général Bonaparte aurait donc manqué lui-même de cette *fleur de délicatesse* qui distinguait alors les officiers de son armée, et dont son aide de camp s'est vanté d'avoir fait preuve en deux occasions? Le prestige d'une probité exigeante et rigoureuse se serait donc attaché à tort au nom de Napoléon? C'est bien là ce que le duc de Raguse a voulu dire, mais c'est ce que personne ne croira. Tout le monde se souviendra des nombreux exemples qui ont infirmé d'avance les allégations intéressées de Marmont. La répulsion instinctive que ressentait Bonaparte pour les âmes vénales, pour *les hommes d'argent*, pour tout ce qui cherchait la fortune dans les dilapidations et les pillages publics ou clandestins; cette répulsion, constamment manifestée, est écrite partout et gravée d'une manière ineffaçable dans les souvenirs du peuple; en s'appliquant à la mettre en doute, Marmont n'a fait qu'affaiblir davantage le caractère déjà si suspect de son témoignage. N'a-t-il pas d'ailleurs, comme la critique en a déjà fait la remarque, rendu lui-même invraisemblables les anecdotes qu'il a racontées à ce sujet pour se donner les airs d'un incorruptible méconnu en face d'un corrupteur dissimulé, quand il a rappelé que ses camarades étaient comblés de richesses, tandis qu'aucun bienfait d'argent ne lui avait jamais été accordé? Si Napoléon avait eu tellement la pensée d'enrichir Marmont, qu'il lui eût fourni à diverses reprises l'occasion d'amasser une grande fortune par des voies illicites, comment aurait-il négligé de

satisfaire amplement son désir sur ce point, lorsqu'il
pouvait le faire sans difficulté par des moyens honorables ?

Je passe à l'incident que l'aide de camp bien-aimé
a si complaisamment retenu et récité pour nous
montrer le général Bonaparte, vainqueur de la Sardaigne et de l'Autriche, maître de la plus grande
partie de l'Italie, et exerçant déjà la plus haute
influence sur le gouvernement de la République,
surpris tout à coup par une fausse alerte dans un
village de la Lombardie et se sauvant seul par une
petite porte, au lieu de se mettre bravement à la
tête de son état-major, qui se croyait assez fort pour
*passer sur le ventre de deux escadrons, si cela avait
été nécessaire.* « Il faisait très-chaud, dit Marmont,
et tout le monde se reposait à moitié déshabillé ; un
coup de canon se fait entendre, en même temps
quelques coups de pistolet, et des cris : « Aux
armes, voilà l'ennemi ! » sont répétés par des
fuyards. Chacun court à son cheval ; mais les chevaux étaient débridés. Je pris sur-le-champ les dispositions nécessaires pour nous sauver de ce danger,
si pressant en apparence. Nous ne pouvions avoir à
redouter que de la cavalerie ; si déjà elle était dans
ce village, le premier détachement qui passerait,
voyant une porte ouverte, entrerait, nous sabrerait
sans difficulté, et nous prendrait. En conséquence,
je courus à la grande porte, je la poussai et la tins

fermée avec un de mes camarades, pendant que nos gens apprêtaient nos chevaux. Une fois tout le monde à cheval, nous sortîmes ensemble, *et nous aurions certainement passé sur le ventre de deux escadrons, si cela avait été nécessaire. Le général Bonaparte ne se fia pas à cette combinaison, et, je crois, à tort. Il sortit à pied par une petite porte, rencontra un dragon qui fuyait, lui prit son cheval, et arriva ainsi seul au pont.* Si l'ennemi eût été dans le village, comme on devait le supposer, il aurait été perdu. De ce jour, il prit la résolution d'avoir à lui et toujours avec lui une forte escorte : il forma ce corps de guides qui l'accompagnait partout et qui a été le noyau du régiment des chasseurs de la garde impériale. Voici maintenant la cause de l'alerte. Deux des quatre régiments napolitains servant dans l'armée autrichienne venaient de Goïto et rejoignaient le gros de l'armée; en passant devant le village de Valleggio, et marchant avec précaution, ils voulurent s'assurer si nous l'occupions, et s'en approchèrent. Des canonniers français, envoyés pour ramener quelques pièces abandonnées par l'ennemi, les voyant paraître, tirèrent un coup de canon sur eux. D'un côté, nous fûmes ainsi avertis de ce qui se passait, et, de l'autre, les Napolitains virent que Valleggio était occupé par les Français, et se retirèrent. Sans cette circonstance, l'ennemi serait probablement entré dans le village et aurait pris le général Bonaparte. Quelle conséquence n'aurait pas eue sur sa destinée, sur celle de l'Europe, sur celle du monde, un événement qui changeait sa situation et toutes les combinaisons de son avenir ! Et cet événement eût été l'ouvrage d'un très-petit corps d'une très-mauvaise armée d'un très-petit souverain ! O puissance cachée du destin ! les anciens avaient bien raison de t'élever des temples ! » (I, 182-183-184.)

Ce qu'il y a de vrai dans ce récit, où tout est finement calculé pour faire croire que le soldat de Lodi, après s'être effrayé du bris d'une glace, était homme à ne songer, dans une alerte, qu'à sa conservation personnelle, c'est le fait même de la surprise de Valleggio ; mais les détails fournis par le duc de Raguse, et artistement arrangés par lui, ne lui sont venus que de son imagination et de sa malveillance. Les coureurs ennemis firent plus que se rapprocher de ce bourg, *ils y pénétrèrent, et parvinrent même jusqu'au logement du général en chef, où le piquet d'escorte n'eut que le temps de fermer la porte cochère et de crier : Aux armes! ce qui lui donna le temps de monter à cheval et de sortir par des jardins de derrière. Les soldats de Masséna culbutèrent leurs marmites, passèrent le pont. Le bruit des tambours mit en fuite les hussards autrichiens. Sebostendorf fut suivi et mené battant toute la soirée : ils perdirent beaucoup de monde.* Tel est le récit simple et vrai de cet épisode de Valleggio. C'est Napoléon qui l'a dicté lui-

même à Sainte-Hélène. (*Mém. de Napoléon*, I, 240.)
M. Thiers l'a reproduit à peu près dans les mêmes
termes en 1828 (*Histoire de la Révolution*, VIII, 282-
283), sous les yeux du duc de Raguse, qui s'em-
pressait sans doute, comme tout le monde, de lire
les pages si attrayantes sorties de la plume de l'illustre historien, et qui avait déjà pu connaître également les *Mémoires de Sainte-Hélène*. Mais il n'entendait pas acquiescer par son silence au témoignage
de ces imposantes autorités, ni renoncer par là au
bénéfice du conte qu'il préparait peut-être dès lors
pour représenter le général Bonaparte s'esquivant
à pied par une petite porte, et prenant ensuite le
cheval d'un fuyard pour gagner solitairement le
pont où était le refuge, après avoir refusé de se fier
à la bravoure de son escorte et de marcher à sa tête
pour s'ouvrir un passage à travers l'ennemi.

Tout est donc mensonge dans ce tableau. L'ennemi, dont la présence dans le village aurait amené
la perte de Bonaparté, d'après Marmont, y parut
réellement et parvint jusqu'au logement du général ;
et ce fut le piquet d'escorte lui-même, dans lequel
se trouvait Marmont, qui sortit tout entier *avec le
général* par une porte de derrière, en traversant les
jardins, et tout disposé à passer sur le ventre de
l'ennemi, s'il se fût présenté.

On aurait peine à comprendre cette première
tentative de faire apparaître un léger nuage sur l'un

des plus grands courages qui aient brillé dans les
fastes militaires de la France et de tous les pays, si
l'on ne savait que le maréchal Marmont ne fait ici
qu'essayer son audace pour la retrouver plus tard
suffisamment exercée et l'appliquer mieux à l'aise
à des insinuations de même nature, dans des circonstances plus graves, dans une crise décisive, à
un moment suprême, sur le champ de bataille de
Waterloo.

§ VI.

Pauvre Marmont! il ne sent pas qu'il mord sur le
granit. Il compte sur les biais de son orgueil pour
reprendre une à une au grand homme les qualités
qu'il s'est cru obligé de lui accorder sous des for-
mules abstraites et à grands frais d'épithètes. Et
puis il veut avant tout faire incessamment intervenir le destin comme le suprême artisan, presque
le seul artisan de l'élévation de Bonaparte. L'aventure de Valleggio l'a tenté. Il a cru y trouver une
occasion de signaler de nouveau l'agent mystérieux
et omnipotent qu'il accuse dans sa pensée de s'obs-
tiner à sauver Napoléon, comme malgré lui, à
chaque phase de sa vie, alors que le cours logique
des événements, ses infortunes ou ses fautes, sem-
bleraient devoir le conduire inévitablement à sa
perte. Il n'a fallu qu'ajouter une petite fable à un

mince incident pour que Marmont ait pu s'écrier
que les destinées de la France, de l'Europe et du
monde avaient failli être changées en un clin d'œil
avec celles du futur dominateur des rois et des
peuples, dans un coin de rue d'un obscur village
de l'Italie, et que *cet événement eût été l'ouvrage
d'autres petits corps d'une très-mauvaise armée d'un
très-petit souverain, ce qui attestait la puissance cachée du destin à laquelle les anciens avaient bien raison d'élever des temples.*

Cette exclamation, tant soit peu païenne, et qui
passe effrontément devant la sagesse providentielle
pour aller chercher et honorer l'aveugle destin sur
les ruines de ses autels et de ses temples; cette exclamation trahit à la fois les blessures profondes d'une
âme superbe et sa persistance impie à réduire les
grandeurs de l'histoire, dans l'individu, dans la nation, dans l'humanité, aux plus mesquines proportions. Il semble que le maréchal Marmont s'est flatté
d'atténuer la gravité de l'événement dont le souvenir
lui pèse, et de s'assurer au moins l'indifférence de la
postérité à défaut d'une réhabilitation difficile, en
subordonnant tous les événements, les succès et les
revers, la conquête et la perte de la renommée, l'élévation et la chute des personnages historiques, à de
petits incidents, simples jeux de la fatalité. Partout il
voit les caprices du hasard dominer les combinaisons
du génie, et en croyant affaiblir ainsi l'admiration du

monde pour l'homme dont l'apothéose lui rappelle
sa propre flétrissure, il arrive à exagérer sans le
vouloir la puissance et la gloire de cet homme, jusqu'à faire de lui l'*homme nécessaire,* le seul agent
possible de la Providence dans l'affermissement et
la propagation de la révolution française, et dont la
disparition accidentelle aurait pu arrêter tout à coup
le mouvement de cette révolution et maintenir indéfiniment l'ancien régime européen.

Les hommes, pour si grands qu'ils soient, qu'ils
s'appellent César ou Napoléon, n'ont jamais cette
importance absolue, ce caractère de nécessité sociale
attaché exclusivement à leur existence personnelle.
La puissance de leur intervention dans les affaires
humaines leur vient, avant tout, de l'idée qu'ils re-
présentent, ensuite du génie qui leur en révèle la
grandeur, leur donne le désir et le pouvoir de la
rendre féconde pour leur pays et utile au progrès
des nations. Le génie peut périr avant l'heure, mais
l'idée qui le précéda, qui lui communiqua sa force
et son prestige, qui lui ouvrit les portes de l'immortalité, l'idée lui survit dans la société, où elle
avait germé avant l'apparition du grand homme, où
elle continue son développement après que le **grand
homme** a disparu, et où l'attend son verbe nouveau.
En tranchant par un assassinat la destinée de César,
Brutus ne fit pas revivre l'ancien régime romain;
en accélérant par une trahison la chute de Napo-

léon, Marmont ne rendit pas le vrai souffle de vie à l'ancien régime français, dont il ne facilita, au contraire, la résurrection d'un moment, que pour le voir tuer une seconde fois dans ses bras mêmes, sous la protection impuissante de son épée.

La fin prématurée d'un conquérant, surtout d'un conquérant législateur, a dû modifier sans doute essentiellement les événements secondaires, priver l'histoire de brillants épisodes, ajourner des institutions utiles, amener des oscillations et des retardements dans la marche de l'esprit humain, mais sans altérer jamais la loi suprême qui pousse le monde en avant, et sans compromettre l'application plus ou moins lointaine et le triomphe définitif des principes qui en découlent.

La suprématie impérissable des idées n'enlève rien, du reste, au mérite et à la gloire des hommes; elle reflète au contraire sur eux l'éclat d'immortalité qu'elles tiennent de leur divine origine.

Le duc de Raguse en veut d'ailleurs à toutes les grandeurs, à celle des idées comme à celle des hommes, et il n'oublie pas davantage celle des événements. L'opinion publique l'a si cruellement frappé, qu'il saisit avec empressement l'occasion d'accuser cette souveraine d'avoir manqué d'équité ou de lumières, et de s'être abandonnée stupidement à l'admiration et à l'enthousiasme pour des héroïsmes factices et des exploits imaginaires. Cette malheu-

7

reuse tendance à affaiblir l'autorité de la renommée, à mettre en suspicion les acclamations populaires et à faire rentrer dans le domaine des illusions
ce que l'histoire ou la tradition ont consacré comme
des réalités merveilleuses, a poussé l'aide de camp
du général Bonaparte jusqu'à le faire entreprendre
de tourner en dérision et d'effacer d'un trait de sa
plume sceptique l'un des plus beaux souvenirs des
campagnes d'Italie, un de ces faits dont les arts ont
perpétué le retentissement et le lustre sous l'inspiration de la reconnaissance nationale et de l'admiration universelle. Arrière les peintres et les poëtes,
aussi bien que les historiens! Ils furent tous, ainsi
que les premiers pouvoirs de la République, dupes
d'une fable venue du quartier général, quand ils
célébrèrent le drapeau d'Arcole. « Les deux conseils, dit M. Thiers, en déclarant, suivant l'usage,
que l'armée d'Italie avait bien mérité de la patrie,
décidèrent de plus que les drapeaux que les deux
généraux Bonaparte et Augereau avaient portés sur
le pont d'Arcole leur seraient donnés pour être con-
servés dans leurs familles : belle et noble récompense, digne d'un âge héroïque! » (*Histoire de la
Révolution française*, VIII, 473.) Eh bien! voici ce
que l'aide de camp du général en chef de l'armée
d'Italie fait de cet acte de bravoure, immortalisé
par une récompense digne des temps héroïques!

« La division Augereau, dit Marmont, arrêtée

dans son mouvement, battit en retraite; Augereau,
pour l'exciter, avait pris un drapeau et marché
quelques pas sur la digue, mais sans être suivi.
Telle est l'histoire de ce drapeau dont on a tant
parlé et avec lequel on suppose qu'il a franchi le
pont d'Arcole en culbutant l'ennemi : tout s'est réduit à une simple démonstration sans aucun résultat,
et voilà comment on écrit l'histoire! » (I, 256.)

Marmont ne respecte pas plus le trophée de Bonaparte que celui d'Augereau. C'est toujours le même
dédain, la même ironie, le même désir d'atténuer
l'importance d'une grande journée et de rendre
ridicule le bruit que les chefs de la République et
l'histoire en ont fait. « Le général Bonaparte, dit-il,
instruit de cet échec, se porta à cette division avec
son état-major, et vint renouveler la tentative d'Augereau, en se plaçant à la tête de la colonne pour
l'encourager : il saisit aussi un drapeau, et, cette
fois, la colonne s'ébranla à sa suite; arrivés à deux
cents pas du pont, nous allions probablement le
franchir, malgré le feu meurtrier de l'ennemi, lorsqu'un officier d'infanterie, saisissant le général en
chef par le corps, lui dit : « Mon général, vous allez
» vous faire tuer, et, si vous êtes tué, nous sommes
» perdus; vous n'irez pas plus loin, cette place-ci
» n'est pas la vôtre. » J'étais en avant du général
Bonaparte, ayant à ma droite un de mes camarades, autre aide de camp du général Bonaparte, offi-

7.

cier très-distingué, venant d'arriver à l'armée : son
nom de Muiron a été donné à la frégate sur laquelle
Bonaparte est revenu d'Égypte; je me retournais
pour voir si j'étais suivi, lorsque j'aperçus le général
Bonaparte dans les bras de l'officier dont j'ai parlé
plus haut, et je le crus blessé : en un moment, un
groupe stationnaire fut formé. Quand la tête d'une
colonne est si près de l'ennemi et ne marche pas en
avant, elle recule bientôt : il faut absolument qu'elle
soit en mouvement; aussi rétrograda-t-elle, se jeta
sur le revers de la digue pour être garantie du feu
de l'ennemi, et se replia en désordre. Ce désordre
fut tel, que le général Bonaparte, culbuté, tomba
au pied extérieur de la digue, dans un canal plein
d'eau, canal creusé anciennement pour fournir les
terres nécessaires à la construction de la digue,
mais très-étroit. Louis-Bonaparte et moi nous reti-
râmes le général en chef de cette situation péril-
leuse; un aide de camp du général Dammartin,
nommé Fort de Gières, lui ayant donné son cheval,
le général en chef retourna à Ronco pour changer
d'habits et se sécher : *voilà encore l'histoire de cet
autre drapeau que les gravures ont représenté porté
par Bonaparte sur le pont d'Arcole.* Cette charge,
simple échauffourée, n'aboutit à rien autre chose.
C'est la seule fois, pendant la campagne d'Italie,
que j'aie vu le général Bonaparte exposé à un véritable et grand danger personnel. Muiron disparut

dans cette bagarre; il est probable qu'au moment du demi-tour il reçut une balle et tomba dans l'Alpon. Je restai toute la journée à la division Augereau; *nous fîmes tous les efforts imaginables pour donner quelque élan aux troupes, mais inutilement; l'ennemi déboucha alors et nous fit plier.* » (I, 236, 237, 238.)

A coup sûr, les bulletins autrichiens ne purent rien dire de mieux pour tromper leur pays et l'Europe sur cette brillante journée, qui *fut celle du dévouement militaire*, disent les *Mémoires de Napoléon.* (II, 21.) Il y avait évidemment chez le soldat qui assistait à ces luttes héroïques, dans une disposition d'esprit à pouvoir prendre plaisir un jour, en les racontant, à les dépouiller de leur prestige; il y avait évidemment chez ce soldat le germe des sentiments qui mirent plus tard, et dans un moment suprême, une partie de l'armée française à la merci du généralissime autrichien.

§ VII.

Cependant Marmont, qui place toujours habilement quelques éloges à côté de ses plus malveillantes insinuations, veut bien reconnaître que son général fit *une disposition digne d'admiration* en ordonnant l'évacuation d'Arcole, le soir même de son occupation par l'armée française, après un choc si rude et si sanglant. « Il fallait être un général supérieur, dit-il, pour renoncer à des succès apparents, afin d'en obtenir plus tard de réels. »

Mais cet hommage à la supériorité du général Bonaparte est encore, comme tous ceux de même nature que le duc de Raguse a placés de distance en distance dans ses *Mémoires,* affaibli par le voisinage de remarques et de réflexions peu admiratives. Selon lui, le sort de l'armée française avait été compromis dans cette courte et prodigieuse campagne. « Les troupes, dit-il, étaient sous le rapport du nombre fort inférieures à celles de l'ennemi, et, d'un autre côté, *se battaient mal et semblaient avoir perdu toute leur énergie.* » (I, 242.)

Comment de si beaux et si rapides triomphes furent-ils donc obtenus avec des troupes si inférieures à celles de l'ennemi, et tombées tout à coup dans un pareil découragement? M. Thiers explique en deux mots ce miracle; il montre l'ennemi se retirant, après soixante-douze heures d'un épouvantable combat, découragé, accablé de fatigue et cédant la victoire, non pas à des soldats se battant mal et sans énergie, mais *à l'héroïsme de quelques mille braves et au génie d'un grand capitaine.* » (*Histoire de la Révolution,* VIII, 471.)

Marmont aime mieux laisser supposer que, dans l'issue glorieuse de cette étonnante campagne, les fautes de l'ennemi ont encore, comme à Voltri et à

Cossaria, fait la meilleure part de nos succès. C'est Alvinzi cette fois et aussi Wurmser qui continuent l'œuvre de Beaulieu et de Colli, et qui deviennent les agents involontaires de la fortune de Bonaparte. « On se demande, dit-il, ce qui força Alvinzi à un mouvement rétrograde le quatrième jour, quand la marche de sa division du Tyrol allait nous forcer à quitter les bords de l'Adige, et quand il était évident que nous n'avions pas osé déboucher dans les plaines de Villanova, après les succès obtenus. On se demande encore comment Wurmser n'a fait aucune tentative avec la masse de troupes dont il disposait. A quoi tient le sort des batailles et le destin des empires, et combien de succès brillants sont dus, à la guerre, aux fautes de l'ennemi ! » (I, 243, 244.)

Le duc de Raguse, on le voit, ne perd jamais de vue son plan et son but. Pour lui, le hasard et l'ennemi sont toujours les vrais promoteurs de Napoléon.

Il ne conteste pas expressément toutefois le don du génie au grand homme, ainsi que j'en ai fait déjà la remarque. Il déclare même, en un endroit, *rappeler avec complaisance des prédictions qu'il avait faites de bonne heure sur l'étendue de sa supériorité et sur la gloire immense qu'il devait acquérir.* » (I, 295.) Mais ces concessions à l'opinion publique se perdent incontinent dans un ensemble de détails, minutieusement recueillis et artistement groupés pour rejeter insensiblement dans le domaine du doute les qualités précédemment accordées au héros avec une certaine apparence d'abandon et de sincérité. C'est ainsi que nous l'avons vu essayer tour à tour de faire apparaître dans Napoléon les traces du préjugé, les signes de la superstition, le relâchement en morale et l'hypocrisie en politique. Le 18 fructidor l'amène à reproduire tout ce qu'il a dit maintes fois de la dissimulation républicaine du général. « Bonaparte, dit-il, prit alors une physionomie toute révolutionnaire. Elle n'était nullement dans ses goûts; mais ce fut un rôle qui lui parut dans ses intérêts, et résultant de sa position. » (I, 286.)

Marmont persiste ainsi à dénier toute conviction généreuse au général Bonaparte. Il ne veut jamais voir en lui qu'un sceptique ambitieux, un athée politique, comme il s'en trouvait au moins un au quartier général, un égoïste qui feignait habilement la foi démocratique, quand elle pouvait favoriser ses vues personnelles, dussent-elles se changer un jour en aspirations monarchiques.

J'ai déjà combattu cette appréciation, je n'y reviendrai plus. L'ambition toute seule, ou même avec l'aide du génie, est un levier insuffisant pour soulever les masses nationales, remuer le monde et atteindre à la plus haute popularité, comme l'a fait Napoléon. L'égoïste, doué des plus éminentes facultés de l'esprit, demeure impuissant et impopulaire. L'ambitieux, au contraire, qui grandit une nation en même temps qu'il s'élève lui-même et qui laisse au terme de sa carrière un nom chaque jour plus vénéré, a dû certainement chercher la satisfaction de son amour de la gloire et du pouvoir en dehors du cercle étroit de la personnalité. Le culte rendu à sa mémoire, et s'étendant de plus en plus parmi les nations lointaines et les générations nouvelles, atteste que les œuvres de sa vie présentaient un côté désintéressé, que la tâche à laquelle il se consacra avait un caractère social, et que sa fibre répondait à la fibre des peuples.

Cette pensée d'ordre général avait dicté la conduite politique de Bonaparte sous la Convention ; elle le domina également sous le Directoire. Il fut au 18 fructidor ce qu'il avait été au 13 vendémiaire, le premier soldat de la révolution, qui était pour lui, comme pour l'illustre fille de Necker, l'une des plus grandes époques du progrès social. La représentation collective et légale de la souveraineté nationale ayant été livrée aux partisans de l'ancien régime par le suffrage universel, Bonaparte s'empressa d'intervenir avec son épée victorieuse pour conjurer la contre-révolution parlementaire qui liait ses trames à celles de l'émigration et de la coalition. Il envoya son aide de camp Lavalette à Paris avec la mission de *promettre son appui à la portion du Directoire qui conservait davantage les couleurs de la révolution*. (I, 285.)

« Napoléon, disent les *Mémoires de Sainte-Hélène*, se décida à soutenir le Directoire, et, à cet effet, il envoya le général Augereau à Paris ; mais si, contre son attente, les conjurés l'eussent emporté, tout était disposé pour qu'il fît son entrée à Lyon, à la tête de 15,000 hommes, cinq jours après qu'il aurait appris leur victoire, et de là, marchant sur Paris et ralliant tous les républicains, tous les intérêts de la révolution, il eût, comme César, passé le Rubicon à la tête du parti populaire. » (*Mém. de Napoléon*, II, 309, 310.)

Et ce n'était pas, comme le prétend le duc de Raguse, parce que *sa doctrine constante aurait été de soutenir le gouvernement jusqu'au moment où il pourrait le renverser à son profit*, que Bonaparte prit cette résolution. (*Ib.*) Les confidences publiées par Marmont sur le 9 thermidor, et peu favorables aux vainqueurs de cette journée, prouvent le contraire. La préoccupation vraiment persévérante de Bonaparte était pour le triomphe et l'établissement définitif de l'ordre nouveau, créé en 1789, sous la forme qu'indiqueraient et comporteraient les circonstances. De ce qu'il exhuma plus tard la monarchie, dont il fit même une autocratie, il ne s'ensuit nullement qu'il eût toujours manqué de conviction et qu'il n'eût été qu'un démocrate hypocrite dans ses démonstrations républicaines. J'ai déjà expliqué ma pensée à cet égard. Mais personne n'a mieux démenti le maréchal Marmont sur le prétendu scepticisme de Napoléon que l'aide de camp du général Bonaparte. Il est très-vrai que Marmont, qui ne croyait à peu près à rien, prêtait à son général des sentiments analogues aux siens, et qu'il prenait pour des lieux communs obligés les hommages journaliers que le conquérant de l'Italie rendait avec solennité, dans ses discours et ses proclamations, à la liberté et à l'égalité. Mais, dans une circonstance remarquable, le général Bonaparte donna devant Marmont, qui va les rapporter lui-même, des preuves d'une sympathie sincère et vive pour l'affranchissement et la régénération des peuples.

Le vainqueur d'Italie venait de signer le traité de Campo-Formio. Venise regrettait d'avoir cru trop facilement aux promesses libérales de la République française, et elle se plaignait d'avoir été abandonnée aux vengeances de l'Autriche. Venise avait raison. Mais Bonaparte rejetait la responsabilité de cet abandon sur le Directoire, qui avait trop ajourné l'envoi des renforts que le général en chef de l'armée d'Italie réclamait en vain depuis longtemps, et qui avait ainsi enlevé au glorieux négociateur la puissance d'intimidation dont il avait besoin pour stipuler de meilleures conditions. L'armée du Rhin n'avait pas non plus prêté à temps le concours que Bonaparte n'avait cessé de solliciter, et elle venait de passer sous le commandement d'Augereau, dont l'incapacité comme général en chef n'était pas douteuse. Bonaparte répondait aux plaintes légitimes des Vénitiens par l'exigence des nécessités qui avaient pesé sur lui. *L'affranchissement de l'Italie, disait-il, ne pouvait pas être l'ouvrage d'un jour ; l'avenir pouvait beaucoup, et il fallait s'en reposer sur lui, se résigner aux circonstances et attendre.* (I, 303.) D'un autre côté, il déplorait amèrement l'influence déplorable que les hésitations, les lenteurs et les mesures inintelligentes du Directoire avaient exercée sur la conduite de la guerre et des négociations. « Nous aurions fait de grandes et belles choses, dit-il ; mais dans d'autres circonstances nous nous dédommagerons. » (I, 304.)

La perspective d'un meilleur avenir ne suffisait pas aux Vénitiens, retombés inopinément sous le joug de l'Autriche. Ils voulurent faire exposer directement leurs griefs au Directoire par une députation, et empêcher, s'il était possible, la ratification du traité conclu par le général Bonaparte.

« Cette démarche, dit Marmont, si elle eût réussi, était la perte de Bonaparte, le tombeau de sa gloire ; il aurait été dénoncé à la France, à l'Europe, comme ayant outre-passé ses pouvoirs, comme ayant, par corruption, abandonné lâchement un peuple appelé à la liberté. Et quel beau texte de déclamation ! Flétri, déshonoré, il disparaissait pour jamais du

monde politique : c'était pour lui un événement pire
que la mort. » (I, 306.)

Le duc de Raguse s'exagère évidemment les conséquences que pouvaient avoir la démarche et le
succès de la députation vénitienne pour l'avenir du
général Bonaparte. Le traité de Campo-Formio n'é-
tait pas un traité secret dont la divulgation pût entraîner la honte et la mort politique de son auteur.
S'il avait renfermé des clauses déshonorantes et flétrissantes, le déshonneur et la flétrissure auraient
atteint le vainqueur d'Italie, sans que les députés
de Venise eussent à s'en mêler. Il y avait alors
une tribune et une presse qui disaient tout et ne
ménageaient rien. Elles n'épargnèrent pas en effet
la critique et le blâme au traité qui sacrifiait Venise
et d'autres contrées dont l'émancipation aurait été
également désirable. Les publicistes et les orateurs
plaidèrent aussi éloquemment que Dandolo et ses
collègues auraient pu le faire pour l'affranchissement
de l'Italie et la liberté des peuples. Mais leurs efforts
échouèrent devant l'objection tirée des difficultés
attachées à la continuation de la guerre dans l'intérêt de la propagande révolutionnaire. L'opinion
publique ne permit pas au Directoire, dont les instructions avaient été enfreintes par son redoutable
négociateur, de refuser la ratification du traité.
« L'envahissement de la joie fut si prompt, dit
M. Thiers, qu'il eût été bien difficile au Directoire

de la tromper en rejetant le traité de Campo-Formio.
Ce traité était la suite d'une désobéissance formelle :
ainsi le Directoire ne manquait pas d'excellentes
raisons pour refuser sa ratification, et il eût été fort
important de donner une leçon sévère au jeune audacieux qui avait enfreint des ordres précis. Mais
comment tromper l'attente générale ? » (*Histoire de
la Révolution*, IX, 357.)

Quelle influence les députés de Venise auraient-ils
pu exercer, je le demande, en venant à la suite de
Monge et de Berthier, porteurs du traité, pour s'opposer à une ratification que l'opinion nationale avait
proclamée d'avance et imposée au Directoire ?

En supposant que les premiers magistrats de la
République, blessés d'avoir été désobéis, eussent
dédaigné cette voix souveraine, accueilli les griefs
des Vénitiens et désavoué le négociateur victorieux
de Campo-Formio, il n'y aurait eu dans tout cela
ni déshonneur, ni flétrissure, ni disparition politique, ni événement pire que la mort pour Bonaparte.
Le seul danger qu'il pût courir était celui d'une disgrâce passagère, comme celle qui l'atteignit après
le 9 thermidor, et que l'impopularité du Directoire,
accru par la continuation de la guerre en Italie
sans le conquérant de l'Italie, aurait fait vite cesser,
à la honte de ses auteurs, sous la pression irrésistible des événements et de la volonté nationale.

Les éventualités désastreuses redoutées après coup

pour le général Bonaparte par son aide de camp ne furent donc jamais sérieusement à craindre; et le duc de Raguse, qui les signale de manière à faire croire qu'il éprouve quelque regret de leur non-accomplissement, ne fait que constater une fois de plus son obstination à mettre en doute la solidité du piédestal sur lequel l'enthousiasme populaire éleva Bonaparte, et à subordonner toutes les ressources du génie aux faveurs du destin.

Cependant, quoiqu'il n'eût pas à appréhender pour sa grandeur future l'échec ou l'avortement que Marmont a donné plus tard pour le résultat inévitable de l'accueil que le Directoire aurait pu faire aux doléances de Dandolo et de ses collègues, le général en chef de l'armée d'Italie ne devait pas négliger de prévenir un incident dont ses ennemis et ceux de la France auraient pu tirer avantage. Il dépêcha Duroc à franc étrier derrière la députation vénitienne, et la fit ramener devant lui à Milan.

« J'étais dans le cabinet du général en chef, dit Marmont, quand celui-ci les y reçut; on peut deviner la violence de sa harangue. Ils l'écoutèrent avec calme et dignité, et, quand il eut fini, Dandolo répondit. Dandolo, ordinairement dénué de courage, en trouva ce jour-là dans la grandeur de sa cause. Il parlait facilement : en ce moment il eut de l'éloquence. Il s'étendit sur le bien de l'indépendance et de la liberté, sur les intérêts de son pays et le sort misérable qui lui était réservé, sur les devoirs d'un bon citoyen envers sa patrie. La force de ses raisonnements, sa conviction, sa profonde émotion, agirent sur l'esprit et sur le cœur de Bonaparte *au point de faire couler des larmes de ses yeux*. Il ne répliqua pas un mot, renvoya les députés avec douceur et bonté, et, depuis, a conservé pour Dandolo une bienveillance, une prédilection qui jamais ne s'est démentie; il a toujours cherché l'occasion de le grandir et de lui faire du bien, et cependant Dandolo était un homme médiocre; mais cet homme avait fait vibrer les cordes de son âme par l'élévation des sentiments, et l'impression ressentie ne s'effaça jamais. *Celui qui pouvait éprouver de pareilles émotions et garder de semblables souvenirs n'était pas assurément tel que tant de gens ont voulu le représenter.* » (I, 306, 307.)

Le maréchal Marmont se serait beaucoup honoré à multiplier de semblables traits de justice dans son livre, et à s'y montrer moins prodigue d'anecdotes suspectes et d'agressions inqualifiables. Mais il ne faut pas se méprendre sur la nature de la sensibilité qu'il accordait à Napoléon. Il y avait à ses yeux deux hommes dans son ancien général : l'un, possédant au plus haut degré les qualités privées et digne d'être appelé *le meilleur des hommes* [1]; l'autre,

---

[1] C'était ainsi en effet qu'il l'appelait dans ses conversations intimes avec les Français qui le visitaient pendant son séjour à Florence.

dur, injuste, inexorable, selon les exigences de sa politique. Marmont n'a éprouvé aucune répugnance à louer *la bonhomie, la douce familiarité* (I, 297), le caractère équitable du premier, dont il n'avait pas eu à se plaindre, et il s'est autorisé de cette apparence d'impartialité pour se déchaîner plus à l'aise contre le second, qui s'est fait son impitoyable accusateur devant les contemporains et la postérité.

Marmont n'entendait pas certainement appliquer à l'homme politique la sensibilité dont il avait surpris les témoignages non équivoques sur la figure de Bonaparte, pendant l'allocution pathétique de Dandolo. Mais en dépit de ses intentions, il est impossible d'attribuer à l'homme privé les émotions vives et profondes que le général en chef ressentit du langage patriotique de l'orateur vénitien, et qu'il ne put cacher aux personnes dont il était entouré. Ce n'était pas un tableau d'afflictions et de misères domestiques qui avait fait couler des larmes des yeux de Bonaparte; c'était la peinture des angoisses et du désespoir d'un peuple qui voyait s'évanouir la liberté qu'on lui avait promise, et relever sur sa tête le joug menaçant de l'Autriche; c'était la perspective des malheurs qui allaient fondre sur un pays qu'il aurait voulu affranchir, et que de tristes nécessités l'avaient conduit à laisser encore sous la domination étrangère; c'était le regret de n'avoir pas reçu assez tôt la dépêche qui lui annonçait les

8

renforts si longtemps refusés, et dont le concours assuré aurait modifié son plan de campagne comme général et élevé ses prétentions comme négociateur. « Le traité de Campo-Formio, disent les *Mémoires de Sainte-Hélène*, avait été signé trois jours avant que cette dépêche fût écrite, et elle n'arriva à Passeriano que douze jours après la signature de la paix. Peut-être si le Directoire eût pris cette résolution le 29 septembre, au moment où il envoyait son dernier *ultimatum*, Napoléon se fût-il déterminé à la guerre, *dans l'espoir d'affranchir toute l'Italie jusqu'à l'Isonzo*, CE QU'IL DÉSIRAIT PLUS QUE PERSONNE. » (*Mémoires de Napoléon*, II, 337.)

Voilà les émotions et les larmes du général Bonaparte en présence des députés de Venise et de Marmont, expliquées par l'empereur Napoléon lui-même! Que le duc de Raguse n'ait vu dans cette scène touchante qu'une preuve de la *bonhomie* qu'il accorde à son ancien maître dans les relations ordinaires de la vie, il subissait en cela l'influence du sentiment qui domine la rédaction de ses *Mémoires*, et qui l'a toujours empêché de reconnaître à l'homme politique les qualités dont il consentait à doter l'homme privé, dans la pensée que cette mesquine générosité pour le second laisserait plus de latitude à sa malveillance pour le premier.

Mais l'appréciation de l'orgueil accusé et forcé de subordonner l'exercice de sa perspicacité au soin de sa propre défense, ne peut pas enlever à un fait historique son vrai caractère. Le *bonhomme* de Marmont n'était pour rien dans les larmes du héros à qui venait d'échapper la plus belle occasion d'affranchir en un jour l'entière Italie qu'il avait conquise en quelques semaines. C'était le glorieux représentant et l'infatigable propagateur des principes de la Révolution française qui témoignait par ses larmes de la puissance de ses sympathies pour la rénovation européenne. Ses idées et ses convictions politiques étaient seules en jeu en ce moment; elles remuaient son âme et mouillaient ses paupières, parce qu'elles étaient affranchies, quoiqu'on ait osé dire, de l'influence de l'intérêt personnel.

8.

LIVRE TROISIÈME.

---

§ I.

Marmont, revenu à Paris avec son général, assista aux fêtes qui lui furent données et au milieu desquelles il crut remarquer une teinte générale de tristesse. « L'avenir était incertain, dit-il, et la sécurité de l'avenir est un élément indispensable au bonheur présent. » Tous les yeux étaient fixés sur Bonaparte, qui, « après avoir tout éclipsé, fut considéré comme le représentant de la gloire française, l'appui et le pivot de l'ordre établi... On pressentait cependant, ajoute Marmont, qu'un tel homme, après avoir surgi avec tant d'éclat, dont le caractère, les talents avaient *paru* [1] si supérieurs; on

---

[1] Dans un pamphlet posthume, publié aussi en neuf volumes et sous le titre d'*Histoire de France*, l'abbé de Montgaillard, qui avait résolu de livrer toutes les renommées contemporaines à la malignité publique, disait de Napoléon qu'il avait montré *quelques talents dans l'arme de l'artillerie* au siége de Toulon. Le maréchal Marmont ne s'incline guère devant la supériorité du grand homme que sous des formes qui laissent une porte ouverte au doute et à la restriction.

pressentait bien que cet homme, si jeune, ne pouvait plus se contenter d'un rôle secondaire et d'une
vie obscure... Aussi beaucoup de bons esprits pen-
sèrent-ils, dès ce moment, à favoriser l'ambition de
Bonaparte; lui, jugeait plus sagement le temps présent et l'avenir; il savait bien que le pouvoir suprême
devait être son partage, mais il sentait aussi que le
moment n'en était pas arrivé. Si, aux yeux des
hommes éclairés, on devait tout redouter d'un gouvernement faible, mal pondéré et composé d'hommes corrompus, il n'y avait pas cependant assez de
maux présents pour justifier, aux yeux de la multitude, une action dont l'objet aurait été de s'emparer
violemment de l'autorité. . . . .
. . . . . La grande entreprise de s'emparer du
pouvoir doit, pour réussir, être provoquée par
l'opinion publique, et, en quelque sorte, préalable-
ment justifiée par l'assentiment universel : il faut
que le besoin d'un changement soit généralement
senti, et le général Bonaparte savait surtout cela
mieux que personne. » (I, 310, 311.)

Mais cette intelligence parfaite de la situation ne
portait pas le général victorieux à temporiser, dans
le seul intérêt de son ambition, comme le duc de
Raguse le dit ou l'insinue incessamment. La soif du
pouvoir, quand elle n'est pas soutenue par une
passion plus noble, est moins intelligente et moins
patiente. L'ambitieux égoïste est pressé de jouir;

l'homme qui aspire à la puissance, avec le désir et le pressentiment d'une grande mission sociale, attend, pour saisir l'autorité souveraine, que l'élan du pays et le cri du peuple l'aient mis en demeure de se constituer le mandataire suprême de la volonté nationale. « Si l'ambition eût été le guide de sa vie, disent les *Mémoires de Sainte-Hélène*, il n'eût point hésité : ce qu'il a fait au 18 brumaire, il l'eût fait au 18 fructidor; mais alors, comme toujours, l'indépendance, la puissance et le bonheur de la France étaient sa première pensée. » (*Mémoires de Napoléon*, II, 309.)

Le général Bonaparte reconnut donc que l'enthousiasme universel dont il était l'objet n'impliquait pas la condamnation définitive du gouvernement directorial, et l'appel à un nouveau changement dans les formes constitutionnelles de la puissance exécutive. Tant que la révolution, après avoir triomphé des coalitions monarchiques et porté au loin le respect des armes, le nom et l'ascendant de la France, demeurerait hors de danger et ferait régner la paix et l'ordre à côté de la liberté sous la protection du régime républicain, le héros qu'elle était fière d'avoir produit ne tenterait rien contre des institutions qu'elle serait justement jalouse de conserver, et qui suffiraient à sa sûreté et à son développement. Bonaparte repoussa sans hésiter toutes les propositions qui lui furent faites de renverser le Directoire et de s'établir lui-même sur ses ruines. Peu de temps après, « il consentit, disent les *Mémoires de Sainte-Hélène*, à recevoir le commandement de l'armée d'Angleterre, pour en imposer à l'Europe, et *couvrir l'intention et les apprêts de l'expédition d'Égypte.* » (*Mémoires de Napoléon*, II, 370.)

Pour atteindre le but que l'on s'était proposé en lui déférant ce commandement, Bonaparte dut faire des démonstrations capables de faire croire à l'existence d'un projet sérieux et immédiat de descente en Angleterre. Il inspecta les côtes de Normandie, de Picardie et de Belgique, fit naître l'inquiétude à Londres, et masqua ainsi davantage les préparatifs hâtés dans le Midi pour la guerre d'Orient.

Marmont a mentionné ce projet, et il en parle comme s'il avait été trompé le premier en cette circonstance par les fausses confidences de son général. Pour lui, c'était bien contre l'Angleterre que Bonaparte, dont l'inspection comme le commandement n'auraient rien eu de simulé, dirigeait réellement ses vues. « Le général en chef, dit-il, voulut avoir des renseignements circonstanciés sur les moyens défensifs des Anglais, sur diverses localités, ces renseignements enfin qu'un général habile sait toujours se procurer avant d'agir, renseignements nécessaires pour arrêter ses projets. Il lui vint une étrange idée pour se les procurer. Un

M. Gallois, homme recommandable et distingué, avait une mission en Angleterre pour l'échange des prisonniers. Au moment de partir, il était venu avec M. de Talleyrand chez le général Bonaparte, rue de la Victoire. Tout à coup la porte du cabinet s'ouvre, le général Bonaparte m'appelle, et je me trouve, moi quatrième, dans ce cabinet, et il me dit : « Marmont, M. Gallois part pour l'Angleterre avec la mission de traiter de l'échange des prisonniers ; vous l'accompagnerez ; vous laisserez ici votre uniforme ; vous passerez pour son secrétaire, et vous vous procurerez telle et telle nature de renseignements, vous ferez telles observations, » etc. Et il me détailla mes instructions. Je l'écoutai sans l'interrompre ; mais quand il eut fini, je lui répondis : « Je vous déclare, mon général, que je n'irai pas.

— Comment, vous n'irez pas ? me dit-il.

— Non, mon général, poursuivis-je ; vous me donnez là une mission d'espion, et elle n'est ni dans mes devoirs ni dans mes goûts. M. Gallois remplit une mission d'espionnage convenue, la mienne est hors des conventions reçues. Mon départ avec lui sera connu de tout Paris, et l'on saura en Angleterre que son prétendu secrétaire est un des principaux officiers de votre état-major, votre aide de camp de confiance. Hors du droit des gens, on m'arrêtera, et je serai pendu ou renvoyé honteusement. Ma vie comme soldat vous appartient, mais c'est en soldat que je dois la perdre. Envoyez-moi avec vingt-cinq hussards attaquer une place forte, certain d'y succomber, j'irai sans murmurer, parce que c'est mon métier; il n'en est pas de même ici. »

Il fut atterré de ma réponse, et me renvoya en me disant : « Je trouverai d'autres officiers plus zélés et plus dociles. » (I, 344, 345, 346.)

Le duc de Raguse, si son imagination ne s'est pas substituée ici à sa mémoire, eut donc le courage de déplaire à son général pour obéir aux inspirations de sa délicatesse. S'il se fût contenté de se donner à lui-même ce certificat de franchise puritaine, ce ne serait qu'une nouvelle manifestation de la vanité qui, malheureusement chez lui, n'a pas toujours été aussi inoffensive. Mais le scrupuleux et hardi aide de camp ne s'en est pas tenu à la simple exaltation de sa propre loyauté; il a voulu, pour relever davantage le mérite de l'acte qu'il s'attribuait, provoquer à son profit une comparaison entre lui et l'un de ses camarades, qu'il considérait, à bon droit, avec l'armée entière, comme le plus honnête, le plus franc et le plus brave des officiers. S'il faut l'en croire, Duroc, *auquel il avait rendu compte de cette scène*, lui dit : « Je suis bien heureux que cela ne soit pas tombé sur moi, car je n'aurais jamais osé refuser. » (I, 347.)

Est-il vraisemblable maintenant que l'ami le plus estimé de Napoléon, et qui fut toujours l'homme le plus estimable aux yeux de tous, dans sa vie publique et privée, pour sa probité, sa fermeté et sa franchise, se soit déclaré incapable de refuser une mission que Marmont aurait trouvée déshonorante, et qu'il aurait repoussée avec indignation? Qui croira que la haute moralité de Duroc se soit jamais reconnue vaincue par la susceptiblité délicate et l'indépendance vertueuse de Marmont?

Mais la proposition si héroïquement rejetée à la face d'un général que tout le monde regardait déjà comme le régulateur suprême et prochain des destinées de la France; cette proposition offensante est-elle sortie en effet de la bouche de Bonaparte, et Marmont a-t-il eu l'occasion de s'honorer par le refus chevaleresque dont il cherche à rehausser le mérite par un contraste blessant pour la mémoire de Duroc? Le commandant général de l'armée d'Angleterre avait-il réellement besoin de faire prendre à Londres des *renseignements circonstanciés sur les moyens défensifs des Anglais, tels qu'un général sait toujours se les procurer avant d'agir, et qui lui sont nécessaires pour arrêter ses projets?* Les *Mémoires de Napoléon* ont résolu d'avance toutes ces questions, en constatant que Bonaparte n'avait nulle intention d'agir à cette époque contre l'Angleterre, et qu'il ne voulait, par ses démonstrations sur les côtes de la Manche, que masquer son projet dès lors bien arrêté de porter ses armes en Orient?

Cependant le duc de Raguse rattache une autre anecdote à cette menace de descente en Angleterre dont Napoléon a révélé la portée mystérieuse, et l'aide de camp ne craint pas de fournir des détails sur un plan que le général en chef déclare n'avoir imaginé alors que pour cacher ses véritables desseins. A en croire Marmont, Bonaparte songeait très-sérieusement à cette expédition, et il n'y renonça qu'après son inspection des côtes. « Huit jours, dit-il, suffirent pour lui démontrer la disproportion existante entre le but et les moyens. Il fallait tout créer, et un temps très-considérable devait y être nécessairement consacré. Il ne trouvait pas d'ailleurs dans le Directoire la force et la tenue nécessaires à des travaux d'une aussi longue haleine, et, dès lors, il crut devoir y renoncer. A son retour, il me dit à peu près ces paroles : « *Il n'y a rien à faire avec ces gens-là ; ils ne comprennent rien de ce qui est grand ; ils n'ont aucune puissance d'exécution.* Il nous faudrait une flottille pour l'expédition, et déjà les Anglais ont plus de bateaux que nous. Les préparatifs, pour réussir, sont au-dessus de nos forces ; il faut en revenir à nos projets sur l'Orient : c'est là qu'il y a de grands résultats à obtenir. » (I, 347, 348.)

Le témoignage de Napoléon donne un démenti formel à cette citation. L'inspection des côtes ne pouvait pas faire renoncer le général Bonaparte à l'expédition d'Angleterre pour ramener sa pensée vers l'Orient, puisque l'expédition d'Égypte était déjà décidée, et que *les courses mystérieuses de Bonaparte en Normandie, en Picardie et en Belgique, ne furent entreprises que pour inquiéter d'autant plus Londres et masquer davantage les préparatifs dans le Midi.* Mais il fallait que la descente en Angleterre en 1798 prît un caractère certain et sérieux dans l'histoire pour que le duc de Raguse pût broder sur ce projet l'incident qui l'élevait moralement au-dessus de Duroc, et la confidence qui rabaissait si durement les membres du Directoire. De là le parti si bravement pris par le duc de Raguse de faire sa version sans s'arrêter aux attestations contraires du général Bonaparte.

§ II.

L'expédition d'Orient résolue, Marmont conserva ses fonctions auprès de son général et partit avec lui pour aller s'embarquer à Toulon, où il trouva *les vaisseaux mal armés, les équipages incomplets et peu instruits, les bâtiments de guerre encombrés de troupes et de matériel d'artillerie qui gênaient la manœuvre.* (I, 355-356.)

Mais avant d'entamer le récit de l'expédition, il croit devoir raconter le voyage de Bonaparte à travers la Provence, et il se complaît dans les détails d'un incident qui lui semble *caractériser la carrière de Napoléon, carrière de génie et de courage sans doute, mais où la fortune se trouva souvent son puissant auxiliaire.* « Aussi, ajoute Marmont, avait-il une sorte de foi dans une protection surnaturelle ; cette *superstition* l'a décidé dans plus d'une circonstance à s'abandonner à des chances extraordinaires qui l'ont sauvé contre tous les calculs humains. Plus tard, je n'en doute pas, il a cru sincèrement avoir une mission du ciel. » (I, 353.)

Marmont raconte ensuite l'événement dont le souvenir lui est resté comme un témoignage de la faveur persévérante dont le destin environnait le vainqueur d'Italie. « Bonaparte, dit-il, était arrivé à Aix en Provence, à l'entrée de la nuit, se rendant en toute hâte à Toulon. Il voyageait avec madame Bonaparte, Bourrienne, Duroc et Lavalette dans une très-grande berline, fort haute, et sur laquelle était une vache. Voulant continuer son chemin, mais sans passer par Marseille, où il aurait été probablement retardé, il prit une route plus directe, par Roquevaire, grande route aussi, mais moins fréquentée que l'autre ; les postillons n'y avaient pas passé depuis quelques jours ; tout à coup la voiture, à une descente qu'elle parcourait avec rapidité, est arrêtée par un choc violent. Tout le monde est réveillé, on se hâte de sortir pour connaître la cause de cet accident; une forte branche d'arbre, avançant sur la route, et placée à la hauteur de la vache, avait barré le chemin à la voiture. A dix pas de là, au bas de la descente, un pont placé sur un torrent encaissé, qu'il fallait traverser, s'était écroulé la veille, et personne n'en savait rien; la voiture allait infailliblement y tomber, lorsque cette branche d'arbre la retint sur le bord du précipice.

» Ne semble-t-on pas voir la main manifeste de la Providence? N'est-il pas permis à Bonaparte de croire qu'elle veille sur lui? Et sans cette branche d'arbre si singulièrement placée et assez forte pour résister, que serait devenu le conquérant de l'Égypte, le conquérant de l'Europe, celui dont, pendant quinze ans, la puissance s'exerça sur la surface du monde? » (I, 353-354.)

Encore le plus petit des hasards qui préserve le plus grand des héros modernes et qui l'arrête au bord du précipice où il allait s'engloutir avec l'immense destinée qu'il rêvait à si juste titre. Cette fois du moins ce *hasard* n'est qu'un signe de LA PROVIDENCE, et Marmont permet à Bonaparte de croire qu'elle veille sur lui. Mais alors pourquoi le taxer de *superstition?* La foi *dans une protection surnaturelle* doit être autrement qualifiée.

C'est la confiance religieuse du génie humain en Celui qui a toute science et toute puissance, qui écarte la défaillance dans le danger comme le désespoir devant l'obstacle, et qui communique à l'héroïsme des conquérants aussi bien qu'à la hardiesse des régénérateurs, la force supérieure, l'énergie sublime, sans laquelle toute grande conception, toute vaste entreprise, serait entièrement livrée aux mille chances de l'imprévu, aux mille caprices du sort, aux mille faiblesses de l'individu. C'est le sentiment de la grandeur dans ses desseins et dans ses actes qui amène l'homme à se croire l'émissaire, le protégé d'une puissance surhumaine. Cette foi soutient les bienfaiteurs des nations, le scepticisme encourage les traîtres.

Marmont, après les réflexions que lui a suggérées la branche d'arbre de Roquevaire et qui rappellent si bien celles que lui inspira l'aventure de Valleggio, signale les difficultés et les périls de l'expédition à laquelle il allait concourir. A ses yeux, Bonaparte n'avait pas d'autre pensée que de *chercher des occasions de faire retentir son nom et de se grandir dans les esprits* (I, 355); et, dans ce but tout personnel, il exposait le sang et l'or de la France, sans profit présumable pour la France, à travers les sinistres éventualités d'une expédition dont il n'avait pas même assuré l'armement convenable. « Toutes les probabilités, dit Marmont, étaient donc contre nous, il n'y avait pas une chance favorable sur cent : ainsi nous allions de gaieté de cœur à une perte presque certaine. Il faut en convenir, c'était jouer un jeu extravagant, et le succès même ne saurait le justifier. » (I, 156.)

Bonaparte proposant et prédisant la conquête de la haute Italie au Directoire, après l'occupation de Milan, avait paru *presque fou* à Marmont : Bonaparte portant le drapeau du tour du monde en Orient pour y relever l'influence civilisatrice de la France et menacer les intérêts britanniques dans le Levant [1], jouait *un jeu extravagant,* au dire de Marmont. C'était toujours dans l'aide de camp même besoin de déprimer ou même défaut de comprendre son général. Mais si Bonaparte conduisait son armée à une perte presque certaine, ne devait-il pas avoir sa part des périls que les officiers de son entourage prévoyaient et à travers lesquels ils allaient se jeter de gaieté de cœur? Il connaissait mieux que personne toute la gravité de ces périls; il savait même que ses ennemis n'avaient pressé son départ que parce qu'ils espéraient qu'il serait sans retour. Mais les sinistres

---

[1] « Les Anglais, disait Napoléon à Sainte-Hélène, ont frémi de nous voir occuper l'Égypte. Nous montrions à l'Europe le vrai moyen de les priver de l'Inde. Si quarante ou cinquante mille familles européennes fixent jamais leur industrie, leurs lois et leur administration en Égypte, l'Inde sera aussitôt perdue pour les Anglais, bien plus encore par la force des choses que par la force des armes. » (*Mémorial.*)

Ce qui se passe aujourd'hui à Constantinople au sujet du percement de l'isthme de Suez justifie les vues profondes de Napoléon, en démontrant que certains hommes d'État de la vieille école anglaise n'ont pas cessé de considérer tout établissement de la civilisation européenne en Égypte comme menaçant pour les intérêts britanniques dans les Indes.

pressentiments et les honteuses espérances dont il avait également le secret ne purent ébranler une résolution qu'il avait prise, non par le seul désir de faire retentir son nom, mais surtout dans l'espoir de faire respecter au loin celui de la France et de porter jusqu'au berceau de la civilisation antique les bienfaits et l'influence de la civilisation moderne. La passion du bruit et la perspective de grandir dans les esprits sur de nouveaux champs de bataille n'auraient pas suffi à l'entraîner dans une entreprise que tant de gens considéraient comme le terme fatal de sa carrière. S'il n'eût voulu que préparer son avénement et se mettre en mesure de recueillir la succession du Directoire, il eût tenu à se rapprocher le plus possible du théâtre des grands changements politiques, au lieu de s'en éloigner pour aller risquer sa vie, tous les jours et à chaque heure, dans des contrées inconnues et à travers une mer rigoureusement gardée par les Anglais. S'il n'eût songé qu'à accroître son renom de soldat dans l'unique intérêt de son ambition et en ajoutant de nouveaux exploits à ses premiers triomphes, il ne se fût pas préoccupé de préparatifs tout à fait étrangers aux besoins de l'armée et donné pour auxiliaires et pour conseillers des hommes qui n'avaient nul concours à lui prêter à la guerre, des savants dont les pacifiques campagnes n'avaient pour but que les conquêtes de l'intelligence. La composition de ce double état-major

9

d'illustrations guerrières et de célébrités scientifiques indiquait la véritable pensée du général en chef, celle que le conquérant de l'Italie, nommé membre de l'Institut, avait exprimée, le lendemain de son élection, dans une lettre adressée au président Camus.

« Les vraies conquêtes, disait-il, les seules qui ne donnent aucun regret, sont celles que l'on fait sur l'ignorance.

» L'occupation la plus honorable comme la plus utile pour les nations, c'est de *contribuer à l'extension des idées humaines.*

» La vraie puissance de la République française doit consister désormais à ne pas permettre qu'il existe une seule idée nouvelle qui ne lui appartienne. »

Quelques mois après le général Bonaparte partait pour l'Orient, et il emmenait avec lui non pas seulement une phalange de braves des armées républicaines, Desaix, Kléber, Murat, Lannes, etc., etc., mais une cohorte d'infatigables et illustres soldats de la science, Monge, Berthollet, Denon, Fourier, etc., etc., et, après avoir pris soin, dans sa première proclamation, de mettre son titre de membre de l'Institut avant celui de général en chef, il signalait ainsi à l'armée le but de l'expédition :

« Vous allez entreprendre une conquête dont les effets sur la civilisation et le commerce du monde sont incalculables. Vous porterez à l'Angleterre le coup le plus sûr et le plus sensible, en attendant que vous puissiez lui donner le coup de mort. »

C'est ce que Marmont appelle *jouer un jeu extravagant et que le succès même ne saurait justifier !*

Le succès, pour lequel l'aide de camp ne voyait qu'une chance sur cent, couronna en effet les efforts et les prévisions du général en chef.

« En résumé, dit Napoléon, l'expédition d'Égypte a parfaitement réussi. » Débarqué le 1er juillet 1798 à Alexandrie, Napoléon était le 1er août maître du Caire et de toute la basse Égypte ; au 1er janvier 1799, il était maître de toute l'Égypte ; au 1er juillet 1799, il avait détruit l'armée turque de Syrie, et lui avait pris son équipage de campagne de 42 pièces et 150 caissons. Enfin, au mois d'août, il détruisit l'élite de l'armée de la Porte, et prit à Aboukir son équipage de campagne de 32 pièces de canon. Kléber se laissa imposer par le grand vizir : il lui remit toutes les places fortes, et consentit à une convention fort étrange, celle d'El-Arisch. Cependant le colonel Latour-Maubourg étant arrivé le 1er mars 1800 avec des lettres du premier consul, avant que le Caire fût livré, Kléber battit le grand vizir, le chassa dans le désert et reconquit l'Égypte. Au mois de mars 1801, les Anglais débarquèrent une armée de 18,000 hommes, sans attelages d'artillerie et sans chevaux de cavalerie : elle devait être détruite ; mais

9.

Kléber avait été assassiné, et, par une fatalité désolante, cette brave armée avait pour chef un homme
bon à beaucoup de choses, mais détestable pour
la guerre.....

« S'il (Kléber) eût vécu lorsque l'armée anglaise
débarqua à Aboukir, elle eût été perdue : peu d'Anglais se fussent rembarqués, et l'Égypte eût été à la
France. » (*Mém. de Nap.*, IV, 157, 158, 190.)

Mais l'évacuation de l'Égypte, déterminée par la
mort prématurée de Kléber, n'enleva pas à l'expédition le caractère qu'elle avait eu dans la pensée
de Bonaparte, ni les conséquences qu'il s'en était
promises pour le commerce et la civilisation du
monde. Le maréchal Marmont, ramené depuis sur
les bords du Nil pendant sa longue expatriation, a
pu voir par lui-même et admirer sur les lieux les
changements prodigieux et les travaux gigantesques
conçus, entrepris ou exécutés par les Français in-
telligents du dix-neuvième siècle, qui étaient venus
en Égypte sur les traces des Français héroïques du
dix-huitième. Le journal de ses voyages, en 1834
et 1835, en fait foi ; il appelait *grandes* alors *les
pensées du général Bonaparte sur l'Orient.* (*Voyages
du duc de Raguse*, t. III, p. 98.)

§ III.

Ce que voulait Napoléon, il l'a dit solennellement dans ses proclamations, il l'a répété dans ses écrits, il l'a prouvé dans ses actes : la propagation des lumières de son siècle, le progrès de la civilisation européenne, le triomphe de l'esprit moderne sur l'ignorance, l'extension lointaine de l'influence de son pays par les armes victorieuses de la démocratie française, ce que saint Louis avait tenté d'accomplir, dans les mêmes contrées, en faveur de la civilisation chrétienne, par les croisades de l'aristocratie féodale. Loin de tenir ses regards constamment et exclusivement fixés sur les dépositaires du pouvoir en France, toujours prêt à accourir pour les renverser ou pour leur succéder, il se préoccupait sérieusement de la fondation d'un établissement français en Orient, et il se montra même tout disposé à y attacher sa destinée entière dans une circonstance mémorable, à l'époque du désastre d'Aboukir. Il était dans la tente de son aide de camp, lorsque cette fatale nouvelle lui fut apportée, et c'est là qu'il exprima sa sublime résignation dans les termes que Marmont s'est chargé de reproduire.

« Le général Bonaparte, dit-il, fut calme, et sans se déguiser l'immensité de la perte et les conséquences graves qui en résulteraient probablement, il s'occupa sur-le-champ à diminuer l'effet qu'elles devaient faire sur les esprits, et nous tint à peu près ce discours : « Nous voilà séparés de la mère patrie sans communication assurée ; eh bien, il faut savoir nous suffire à nous-mêmes ! L'Égypte est remplie d'immenses ressources : il faudra les développer. Autrefois l'Égypte, à elle seule, formait un puissant royaume : pourquoi cette puissance ne serait-elle pas recréée et augmentée des avantages qu'amènent avec elles les connaissances actuelles, les sciences, les arts et l'industrie ? Il n'y a aucune limite qu'on ne puisse atteindre, de résultats qu'on ne puisse espérer. Quel appui pour la République que cette possession offensive contre les Anglais ! Quel point de départ pour les conquêtes que l'écroulement possible de l'empire ottoman peut mettre à notre portée ! Des secours partiels peuvent nous être envoyés de France ; les débris de l'escadre offriront des ressources importantes à l'artillerie. Nous deviendrons facilement inexpugnables dans un pays qui n'a pour frontières que des déserts et une côte plate et sans abri. La grande affaire pour nous, la chose importante, c'est de préserver l'armée d'un découragement qui serait le germe de sa destruction. C'est le moment où les caractères d'un ordre supérieur doivent se montrer : il faut élever la tête au-dessus des flots de la tempête, et les flots seront domptés. Nous sommes peut-être destinés à changer

la face de l'Orient, et à placer nos noms à côté
de ceux que l'histoire ancienne et le moyen âge
rappellent avec le plus d'éclat à nos souvenirs. »
(I, 389, 390.)

Marmont met ici le héros à découvert et fait disparaître un instant l'ambitieux égoïste, qu'il accuse
presque toujours de ne consulter et de ne suivre que
les inspirations de l'intérêt personnel. Mais à peine
a-t-il cédé à ce mouvement d'intelligence et de justice qu'il semble le regretter, en se hâtant de res-
tituer à l'esprit de dénigrement sa prédominance à
peu près exclusive. Le général en chef, après les
nobles paroles qu'il venait de prononcer, se serait
empressé, d'après Marmont, de rejeter la responsabilité du désastre *sur le pauvre amiral qui venait de
périr.* « Cependant, dit-il, il ne trompa personne ;
jamais l'amiral Brueys, le fait est indubitable, n'a
eu l'ordre d'aller à Corfou ni de croiser. Peut-être
plus d'efforts pour faire entrer son escadre dans le
port vieux d'Alexandrie, chose rigoureusement possible, auraient pu la mettre à l'abri ; mais jamais
Bonaparte n'a conçu ni manifesté l'intention de se
séparer de son escadre. La manière même dont il
accusait Brueys prouvait *le peu de sincérité de son
langage.* » (I, 390.)

Le fait indubitable, au contraire, c'est que le
général en chef avait donné à Brueys l'ordre formel
de ne pas laisser l'escadre dans la rade d'Aboukir,

et de la faire entrer dans le port vieux d'Alexandrie, dont le capitaine Barré fut chargé de sonder les passes. Bonaparte comprenait si bien les dangers de la position d'Aboukir, qu'il avait enjoint à l'amiral *d'appareiller pour Corfou*, si les travaux du capitaine Barré faisaient reconnaître l'impossibilité de pénétrer dans le port dont il sondait l'entrée. « Le 24 messidor (12 juillet), disent les auteurs d'un livre qui contient les documents les plus nombreux et les plus exacts sur l'expédition française en Égypte, Barré, rendant compte de sa mission, *annonça que l'entrée du port vieux était praticable aux vaisseaux;* que l'*Orient* lui-même, allégé de sa batterie basse, y trouverait un fond suffisant; il ajoutait que, pour plus de sûreté, il avait bordé et balisé les passes avec des bouées flottantes. Sur le rapport de cet officier distingué, Brueys convoqua le conseil : l'influence de son opinion personnelle fit prévaloir l'avis que, dans l'état des choses, un vaisseau aurait trop peu d'eau sous sa quille, et qu'une expérience de ce genre était trop grave dans ses résultats pour qu'elle fût hasardée. On renonça donc au port d'Alexandrie, *quoique cette station eût été l'idée dominante du projet de Bonaparte.* Alors il fallait opter entre l'*appareillage de Corfou* et l'embossage dans la rade d'Aboukir. Cette alternative était indiquée dans les dernières instructions du général en chef, et l'un et l'autre parti entraient dans la pensée de

Brueys d'une manière indéterminée.... Brueys, dont les intentions étaient excellentes, ne voulait pas s'éloigner de la côte avant que le sort de l'expédition égyptienne fût complétement assuré. Il attendait des nouvelles, il patientait d'un jour à l'autre dans l'expectative d'une victoire; il s'oubliait lui-même, il s'oubliait pour suivre d'un regard inquiet la marche de nos soldats. Cette préoccupation le perdit. » (*Histoire de l'expédition française en Égypte,* I, 273, 274.)

M. Thiers, dont l'autorité se fonde à la fois sur la connaissance parfaite et l'appréciation impartiale des pièces officielles et des correspondances, n'est pas moins explicite sur l'existence de l'ordre envoyé par Bonaparte à Brueys d'appareiller pour Corfou, s'il ne pouvait s'établir dans Alexandrie. « En quittant Alexandrie, dit-il, il (le général en chef) avait fortement recommandé à l'amiral Brueys de mettre son escadre à l'abri des Anglais, *soit en la faisant entrer dans Alexandrie, soit en la dirigeant sur Corfou;* mais surtout de ne pas rester dans la rade d'Aboukir : car il valait mieux reconnaître l'ennemi à la voile que de le recevoir à l'ancre. » (*Histoire de la Révolution française,* X, 131.)

C'est donc le général Bonaparte qui était dans le vrai, s'il mêla en effet quelque blâme au regret qu'il éprouvait de la perte de l'amiral; et c'est sur l'aide de camp, qui a osé nier un fait réellement incontes-

table, que retombe le reproche d'avoir, ici comme
en tant d'autres circonstances, manqué tout à fait
de sincérité.

§ IV.

Cet immense revers d'Aboukir fut presque contemporain d'une fondation qui a obtenu de la célé-
brité dans le monde intellectuel. Tandis qu'il flattait
momentanément les préjugés des musulmans en prenant part à leurs fêtes religieuses, le général Bonaparte travaillait d'ailleurs à répandre les lumières
de la raison et de la science dans l'empire du Prophète *par la création du célèbre Institut d'Égypte.* « Il
réunit les savants et les artistes qu'il avait amenés, dit M. Thiers, et les associant à quelques-uns
de ses officiers les plus instruits, il en composa
cet institut, auquel il consacra des revenus et l'un
des plus vastes palais du Caire... Monge fut le premier qui obtint la présidence, Bonaparte ne fut que
le second. » (X, 129-130.) L'illustre historien énu-
mère ensuite les questions importantes proposées
par le général, et qui indiquaient la tournure de son
esprit. Il montre les ingénieurs, les dessinateurs et
les savants se répandant aussitôt, à la voix de Bonaparte, dans toutes les provinces pour commencer la
description et la carte du pays; et il parle en admirateur de cette colonie naissante et de la manière
dont le fondateur en dirigeait les travaux.

Marmont ne fut-il pas compris[1] parmi les officiers instruits que le général en chef introduisit avec les savants et les artistes dans l'institut égyptien? On est disposé à le croire, à la lecture des quelques lignes qu'il a consacrées à la pacifique phalange qui était venue en Égypte pour y fonder le culte des sciences et des arts. « Si des hommes de premier ordre, dit-il, ces flambeaux de leurs semblables, ces phares des siècles, tels que Monge, Berthollet, Fourier, Dolomieu, etc., honoraient l'expédition, *une foule de misérables écoliers ou d'artistes sans talent avaient usurpé un nom dont ils n'étaient aucunement dignes;*

[1] Voici la liste exacte des premiers membres de l'Institut d'Égypte :

Mathématiques.

Andréossy.	Lepère.	Nouet.
Fourier.	Monge.	Say.
Costaz.	Bonaparte.	Malus.
Girard.	Leroy.	Quesnot.

Physique et histoire naturelle.

Conté.	Geoffroy Saint-Hilaire.	Desgenettes.
Descostils.	Champy père.	Dubois.
Dolomieu.	Delile.	Savigny.
Berthollet.		

Économie politique.

Cafarelli.	Sulkhowski.	Sucy.
Gloutier.	Poussielgue.	Tallien.

Littérature et beaux-arts.

Denon.	Parceval-Grandmaison.	Rigel.
Dutertre.	Redouté.	Venture.
Don Raphaël.	Horry.	

et la qualification de SAVANT *perdit de sa considération et fut tournée en ridicule.* Les soldats, attribuant l'expédition à ceux qu'on nommait ainsi, leur reprochaient leurs souffrances, et se plaisaient, pour se venger, à appeler du nom de savant les animaux si nombreux et si utiles (les ânes) dont le pays est rempli, et habituellement un mot était substitué à l'autre. » (I, 376.)

Le général en chef, membre de l'Institut national, n'avait pas aperçu, deviné dans Marmont le futur membre de l'Académie des sciences, et Marmont se venge de cette inattention et de cette imprévoyance en empruntant ou en prêtant aux soldats une espièglerie de corps de garde, pour dépouiller de tout prestige et livrer au ridicule la commission scientifique et artistique, dont la composition pouvait engager la responsabilité morale de Bonaparte.

Aux pertes cruelles d'Aboukir vinrent se joindre d'autres fléaux : la disette et la peste.

Marmont était chargé de surveiller l'arrivage des blés à Alexandrie. Il découvrit qu'une dilapidation horrible consommait presque tout ce que la navigation créée momentanément sur le canal procurait. Il demanda la mise en jugement des commissaires des guerres et des gardes-magasins. *Le général Mauscourt,* qui commandait à Alexandrie, *s'y refusa, et protégea presque ouvertement les fripons.* (I, 404.) Le général en chef, qui n'aimait pas plus que Marmont la dilapidation et les fripons, ordonna des poursuites, et remplaça le commandant d'Alexandrie par le même officier que le vainqueur d'Italie n'avait préposé, deux ans auparavant, à la garde d'un trésor, au milieu du pillage de Pavie, que parce qu'il voulait l'encourager à s'enrichir et qu'il le jugeait capable de ne pas en laisser échapper l'occasion. Cette promotion enfla l'orgueil de Marmont et lui permit de déployer toute son activité. Il résulta de l'examen auquel il se livra que la place n'avait plus que pour cinq jours de vivres, que les caisses étaient sans argent, et qu'aucun ouvrage de défense n'avait été commencé. « Grâce à une volonté forte et à une activité soutenue, dit-il, en quelques mois il fut pourvu à tout. » (I, 405.)

Les fautes de Mauscourt réparées et la disette évitée, le nouveau commandant d'artillerie eut à pourvoir au service extraordinaire que nécessita l'invasion de la peste. Un bombardement vint se joindre aux ravages du fléau. Marmont fut admirable, comme on le pense bien, en face de ces fléaux réunis, et *il se rappelle avec plaisir que, malgré sa fort grande jeunesse, il sut les surmonter et les vaincre.*

LIVRE QUATRIÈME.

CAMPAGNE DE SYRIE. — RETOUR EN FRANCE.

---

§ I.

Malgré l'importance du poste qu'il occupait à Alexandrie, et la gloire qu'il pouvait tirer de sa lutte intelligente et courageuse contre la disette et la peste, Marmont aurait volontiers quitté cette place pour s'associer aux dangers de la campagne de Syrie. « Les vrais soldats me comprendront, dit-il; voir une campagne s'ouvrir, et ne pas y prendre part, est un horrible supplice. » (II, 2.)

Marmont a donné dans sa longue carrière de soldat d'assez abondantes preuves de brillante valeur pour que ce langage reste au-dessus du soupçon de forfanterie. On doit le croire quand il dit qu'*il fut au désespoir de rester en Égypte, et qu'il remua inutilement ciel et terre pour être appelé à l'armée active.*

Le général en chef le laissa obstinément à Alexandrie, et Marmont justifie involontairement cette résolution de Bonaparte, en énumérant les nouveaux

services qu'il rendit à cette place et à l'armée entière dans l'exercice de son commandement. A la
pénurie d'argent pour payer la solde des troupes et
les travaux de fortifications, au manque de bras
pour terminer promptement les travaux et mettre
la ville à l'abri d'un coup de main des Anglais, se
joignit bientôt la menace d'une sédition, l'explosion
d'une révolte. On devait s'emparer de la ville pendant la nuit, et la livrer au pillage. Les Anglais se
mêlant ensuite à l'événement, auraient proposé aux
troupes de les ramener en Europe. « L'on ne peut
calculer sans effroi, dit Marmont, les conséquences
probables d'un pareil désordre : l'*armée eût été perdue*..... *Je pourvus à tout,* ajoute-t-il; le parti pris
alors réussira toujours avec des Français dans les
circonstances difficiles. J'en appelai au courage, à
la générosité, au patriotisme des soldats. . . . . . .
. . . . . Le cœur des soldats est élevé et noble;
cette classe d'hommes est accoutumée aux souffrances, et lorsque des chefs estimés s'y associent de
bonne foi et les partagent, ces chefs peuvent tout
obtenir d'eux. » (II, 9, 10.)

Marmont sauva donc l'armée à Alexandrie; chef
estimé, il parvint à détourner les soldats avec une
habileté toute patriotique du chemin de la révolte :
puisse-t-il ne pas abuser un jour de son ascendant
pour les détourner de la voie de l'honneur et de la
fidélité!

Bonaparte était alors devant Saint-Jean d'Acre. Marmont avait préparé une flottille pour porter à l'armée de Syrie un petit équipage de siége. Partie sous les ordres du contre-amiral Perrée, elle fut capturée par les Anglais sur la côte de Damiette. « Cet événement, dit Marmont, changea toute la campagne et le sort de l'armée; car, à Saint-Jean d'Acre, elle trouva le terme de ses succès, et elle a échoué faute d'avoir six pièces de gros calibre. » (II, 10.)

Marmont, après cette explication de l'insuccès de l'expédition de Syrie, ajoute quelques mots sur la portée de ces événements, et il reconnaît que si Saint-Jean d'Acre eût été pris, une révolution en Orient eût été la conséquence de cette conquête, selon que le général en chef l'avait prévu, *la hardiesse d'une semblable conception ne dépassant pas les limites des choses possibles.* » (II, 11.)

Il est curieux de lire, dans un livre remarquable publié il y a plus de vingt ans, le développement de la pensée que le duc de Raguse s'est borné à exprimer ici avec tant de laconisme.

« Si Saint-Jean d'Acre se fût rendu, dit l'auteur, la Syrie était conquise, rien ne pouvait mettre obstacle aux entreprises de l'armée française : les populations du Liban prenaient les armes et nous fournissaient des soldats; l'opinion nous devenait si favorable, que tout cédait devant nous, et même se réunissait à nous. L'habileté politique de Bonaparte, ce talent supérieur qu'il possédait pour manier les hommes et pour les entraîner, eussent trouvé de belles occasions de s'exercer, et il aurait eu de grandes applications à en faire. Groupant autour de lui ces populations éparses que renferme l'Asie, leurs intérêts, liés aux nôtres, auraient ajouté beaucoup à ses moyens ; l'empire ottoman, déjà si faible, s'écroulait sous son attaque et sous ses coups, et un nouvel ordre politique surgissait nécessairement. Maître d'un grand pays, fondateur d'un nouvel empire, pouvant distribuer les richesses de l'Égypte et de l'Asie à ses compagnons, sans doute Bonaparte se fût contenté de recommencer Alexandre, et il n'aurait plus pensé à un retour en France, retour si difficile et si hasardeux. Dieu sait dans quel état la France était alors, et ce qu'elle serait devenue sans lui. Dieu seul aussi sait quelle marche auraient suivie les événements en Europe ; mais, quoi qu'il fût arrivé, nous y devenions étrangers : un empire français s'élevait en Orient. La résistance imprévue de Saint-Jean d'Acre a ramené l'armée française en Égypte ; elle a mis le général Bonaparte en contact avec les nouvelles de l'Europe, à portée des bâtiments qui pouvaient l'y transporter, et maître de tenter cette chance, parce qu'il laissait son armée victorieuse, bien pourvue, et en possession d'un pays peu étendu, riche, soumis et facile à défendre.

La résistance de Saint-Jean d'Acre a donc décidé de son sort et de celui de l'Europe, car l'un s'est trouvé lié à l'autre. Cet échec lui parut un grand malheur, et cependant c'était un bienfait inespéré de la fortune qui le conduisait par des voies mystérieuses à l'apogée de sa grandeur. »

L'armée française était donc bien pourvue, le pays bien soumis, et le général Bonaparte bien préparé à une grande fondation en Orient, quand l'échec éprouvé devant Saint-Jean d'Acre détermina son retour en Égypte, et par là son acheminement vers la France. Mais qui dément ainsi avec tant de netteté, de précision et de vigueur le reproche adressé à Napoléon par le duc de Raguse (1, 355), d'avoir imaginé l'expédition d'Égypte dans la seule pensée de *chercher des occasions de faire retentir son nom et de se grandir dans les esprits*, et de revenir ensuite, après un éloignement accepté comme *momentané*, pour faire tourner tout ce bruit au profit de son ambition personnelle? Qui rend cet hommage si éclatant aux *grandes pensées du général Bonaparte sur l'Orient?* qui montre le héros tout prêt à recommencer Alexandre et à ne plus songer à un retour en France, retour si difficile et si hasardeux?

Qui?...

Le duc de Raguse... Le livre auquel j'ai emprunté le passage que je viens de citer est sorti de la plume de Marmont lui-même, et a été publié du vivant [1] de son auteur.

.Dans la rédaction de ses Mémoires, le duc de Raguse s'est montré beaucoup moins diposé que le voyageur de 1834 à glorifier Napoléon à propos des événements de Saint-Jean d'Acre. Après s'être mutilé lui-même, en réduisant les pompeuses louanges insérées dans le récit du voyage en Syrie à deux ou trois phrases soigneusement purgées de toute expression laudative pour le grand homme, il s'est remis à faire, ou à puiser je ne sais à quelle source, une nouvelle anecdote qui donne au héros une attitude ridicule et odieuse à la fois en face de l'un de ses principaux lieutenants.

« J'ai parlé des courtisans d'armée, dit-il à l'occasion du premier assaut de Saint-Jean d'Acre. Ils me fournissent l'occasion de répéter un mot spirituel de Kléber, où, dans cette circonstance, il donna avec finesse et modération une leçon au général en chef; mais celui-ci n'en profita pas. Le général Bonaparte cherchait des approbateurs de cette disposition intempestive qui ordonnait de monter à l'assaut. La brèche prétendue consistait en un trou de quelques pieds de diamètre, fait dans un mur non terrassé; mais ce trou n'arrivait pas jusqu'à la terre, et il y avait encore six pieds de mur jusqu'au fond du fossé.

[1] *Voyage du maréchal duc de Raguse en Hongrie*, etc., etc., t. III; p. 97, 98, 99.

Les gens qui poussaient à l'assaut, et qui ne devaient pas y monter, avaient reconnu fort superficiellement les localités; ils répétaient, à l'imitation du général en chef : « Certainement, la brèche est praticable. » Kléber était présent, et son silence paraissait désapprobateur. Le général en chef provoqua son opinion, dans l'espérance de la trouver favorable, et celui-ci répondit : « Sans doute, mon général, la brèche est praticable, un chat pourrait bien y passer. » Cette phrase ne fait-elle pas image, et ne voit-on pas un chat sauter du parquet d'une chambre sur la fenêtre? L'assaut, exécuté, eut le résultat le plus funeste. » (II, 21, 22.)

Il ne manque qu'une chose à cette image, c'est la couleur de la vérité.

Kléber a-t-il pu tenir un pareil langage à son supérieur, et lui jeter à la face une critique si amère de son plan d'assaut contre Saint-Jean d'Acre, quand il résulte de l'histoire des mouvements de l'armée pendant la campagne de Syrie que ce général fut empêché de se rendre à cet assaut par Bonaparte lui-même? Il avait témoigné « une grande admiration de la belle manœuvre de la bataille du mont Thabor, où le général en chef lui sauva l'honneur et la vie, disent les *Mémoires de Sainte-Hélène*. Quelques semaines après, il marchait, à la tête de sa division, à l'assaut de Saint-Jean d'Acre; Napoléon lui envoya l'ordre de venir le joindre, ne vou-

lant pas risquer une vie si précieuse dans une occasion où son général de brigade pouvait le remplacer. » (*Mémoires de Napoléon*, IV, 146, 147.)

§ II.

Le général Bonaparte, revenu en Égypte, n'est
plus, dans les *Mémoires du duc de Raguse*, le même
homme qu'il peignait naguère si résigné en apprenant le désastre d'Aboukir, et si résolu à la fondation d'un empire français en Orient. L'ambitieux,
préoccupé uniquement de sa future élévation en
France, et avide de nouvelles sur la situation de ce
pays et celle de son gouvernement, dont il s'est promis l'héritage, est remis en scène. La guerre venait
de recommencer en Europe. « On comprend, dit
Marmont, quelle importance il y avait pour le général Bonaparte à *ne pas laisser grandir de nouvelles
réputations ; son intérêt personnel* voulait donc qu'il
fût informé de la situation des affaires de l'Europe. »
(II, 30.)

Ainsi, la pensée constante, exclusive du général
Bonaparte, telle que Marmont la retrace, se rédui-
sait à ces deux termes : grandir soi-même en Orient,
et ne pas laisser grandir les autres en Europe. Ce
double résultat était assez difficile à poursuivre à
pareille distance. Marmont s'efforce néanmoins de
prouver que Bonaparte n'en cherchait pas d'autre.

A l'entendre, le chef de l'expédition d'Égypte était si bien parti pour l'Orient dans l'intention et avec l'espoir d'y accroître seulement sa renommée, tandis que son absence momentanée mettrait aux abois la République et le Directoire, qu'il a découvert toutes les perspectives de son immense et profond égoïsme devant Marmont lui-même, en lui communiquant son projet de retour en France. « *Moi absent,* aurait-il dit, *tout devait crouler.* N'attendons pas que la destruction soit complète : le mal serait sans remède. La traversée pour retourner en France est chanceuse, difficile, hasardeuse ; mais elle l'est moins que ne l'était notre navigation en venant ici, et la fortune, qui m'a soutenu jusqu'à présent, ne m'abandonnera pas en ce moment. Au surplus, il faut savoir oser à propos : *qui ne se soumet à aucun risque, n'a aucune chance de gain.* » (II, 32, 33.)

Tout devait crouler en son absence! Bonaparte le savait, et ses prévisions n'avaient pas empêché son départ! Non, a pensé Marmont, parce que Bonaparte faisait entrer l'écroulement universel qu'il pressentait dans les combinaisons mêmes de son prévoyant égoïsme, et qu'en s'éloignant, comme en retournant, il obéissait à son *intérêt personnel,* chargé de peser souverainement *les chances de perte et les chances de gain.*

Qu'est donc devenu le héros qui, sous la tente même de Marmont, et à la nouvelle de la grande

catastrophe d'Aboukir, s'écriait : « Nous voilà séparés de la mère patrie, sans communication assurée ; eh bien, il faut savoir nous suffire à nous-
mêmes ! »

Ce héros, il a disparu ici sous la plume de Marmont ; mais il reste toujours le même dans l'histoire.
S'il s'est décidé à quitter son armée au moment où
elle venait de détruire l'armée turque et de rendre
plus facile l'œuvre civilisatrice qu'il avait tant à
cœur d'accomplir, c'est qu'une nouvelle coalition
européenne se ruait sur la mère patrie, et que le
peuple de France, menacé dans les conquêtes politiques et territoriales de sa grande révolution, appelait un sauveur, et tournait naturellement ses regards vers celui que la victoire lui avait déjà signalé
avec tant d'éclat sur les champs de bataille de l'Italie. « Les instructions détaillées que le général en
chef fit remettre au général Kléber, dit Napoléon
dans ses *Mémoires*, et la lettre datée d'Aboukir du
5 fructidor, qui est imprimée, et qu'il lui écrivait
au moment de son départ, font assez connaître ses
projets sur l'Égypte, ses espérances de retour pour
compléter son expédition, et la sécurité parfaite où
il était que Kléber consoliderait sa colonie. Tant que
la France aurait la guerre, et que la deuxième coalition ne serait pas dissoute, on ne pouvait que rester
stationnaire en Égypte, et seulement conserver le
pays, et, pour ce but, Kléber ou Desaix étaient

plus que suffisants. Napoléon obéit au cri de la France, qui le rappelait en Europe. » (*Mémoires de Napoléon*, IV, 150, 161.)

Marmont constatera bientôt lui-même l'universalité et la puissance de ce cri que le jeune et glorieux tuteur de la nouvelle France entendait du pied des Pyramides. Mais avant de décrire l'enthousiasme qui accueillit Bonaparte à son débarquement, il raconte les perplexités de la traversée, pour en prendre occasion de dénoncer encore le destin comme s'obstinant à aider Napoléon, là même où Napoléon ne sait pas s'aider lui-même.

« Si jamais homme, dit-il, a pu croire à la protection d'une main divine, à une autorité tutélaire veillant sur lui, et préparant tout ce qui était nécessaire au succès de ses entreprises, c'est Bonaparte. Sans doute, il savait oser, et cette faculté est la première de toutes pour faire de grandes choses. Il osa beaucoup, il osa à propos, et si les circonstances ne lui manquèrent pas, jamais il ne manqua aux circonstances ; tout cela est vrai ; mais n'est-il pas permis de s'élever à de plus hautes pensées, *quand on le voit se soumettre quelquefois volontairement à des combinaisons presque toutes contre lui, dont une seule lui est favorable, et que l'on voit constamment cette seule chance venir le tirer de la crise où il s'est placé de propos délibéré?* Ne peut-on pas croire à une espèce de prédestination, quand on remarque que souvent les résultats les plus favorables sont la conséquence nécessaire d'événements qui d'abord le contrarient, et paraissent l'éloigner de ses vues? N'offre-t-il pas le spectacle d'un homme soumis à une puissance irrésistible, *conduit par la main en aveugle, dans une route meilleure que celle qu'il a d'abord choisie, et forcé ainsi d'atteindre plus tôt le but, l'objet de ses vœux?*

» Je l'ai déjà montré sous cet aspect quand on lui retira le commandement de l'artillerie à la première armée d'Italie : les circonstances de sa traversée vont reproduire le même spectacle. Je le répète, jamais homme ne fut autant autorisé à se croire l'agent spécial d'un pouvoir supérieur et irrésistible, et il le crut effectivement; c'est d'ailleurs une chose assez flatteuse pour l'amour-propre que de se considérer comme une exception aux lois qui régissent l'univers. » (II, 41, 42.)

Sans doute, Napoléon était protégé par la main invisible de la Providence, et il se trouvait flatté d'avoir obtenu cette protection; mais il n'était pas conduit en aveugle par cette sublime et sage patronne, dont il sentait les inspirations et s'appropriait les vues. La Providence n'élève extraordinairement au-dessus de leurs semblables que les hommes qui ont déjà reçu d'elle une part extraordinaire en génie ou en vertu, et qu'elle sait capables d'employer grandement l'appui mystérieux qu'elle leur prête, pour les faire marcher au but qu'elle veut atteindre, et dont elle ne révèle que graduellement le secret. Ce n'est pas là une exception aux lois qui régissent l'univers, c'est au contraire l'application de la lói suprême suivant laquelle Dieu donne aux hommes des facultés et des aspirations diverses, et fait du génie son agent intelligent, toujours marqué du signe qui doit empêcher de le confondre avec les instruments aveugles du hasard.

Mais tous les efforts du duc de Raguse, alors même que le mot de Providence lui échappe, tendent à faire descendre Napoléon au niveau d'un aveugle serviteur et d'un simple favori du destin. Il a conçu et arrangé ses *Mémoires* pour la consolation de son amour-propre, blessé de la trop grande supériorité du héros. La vanité impuissante et déçue se soulage à croire que le sort a beaucoup plus fait que le mérite pour l'élévation de ceux qu'elle envie.

A peine débarqué à Fréjus, le général Bonaparte put se convaincre qu'il avait bien jugé de loin de l'état des affaires publiques, et qu'il n'avait pas trop présumé de la disposition des esprits à son égard. « Une espèce d'orateur de club, à figure commune mais expressive, dit Marmont, vint lui faire son compliment, et lui parla avec une sorte d'autorité. Il termina sa harangue ainsi : « Allez, général, allez battre et chasser l'ennemi, et ensuite nous vous ferons roi si vous le voulez. » (II, 51.)

Bonaparte eut en effet l'idée de se rendre immédiatement en Italie; mais, après réflexion, il préféra partir pour Paris, où il pouvait mieux que partout ailleurs sonder les plaies de la République et préparer le moyen de les fermer. « Je n'essayerai pas, dit Marmont, de peindre les transports de joie de toute la France. Cette étincelle, partie de Fréjus, s'était communiquée au pays tout entier; partout on voyait dans Bonaparte le gage de la victoire et du salut public... J'en appelle à ceux de cette époque qui vivent encore; ils trouveront ce récit bien faible. Jamais mouvement d'opinion ne s'opéra avec plus d'énergie en faveur d'un homme, et ne provoqua et ne justifia davantage son ambition. » (II, 52, 53.)

Personne à coup sûr ne s'avisera de contredire ce témoignage. Les derniers représentants du dix-huitième siècle, en remontant à leurs premiers souvenirs, n'y trouveront que la sanction ineffaçable de tout ce que Marmont, momentanément oublieux du soin de ses tristes vengeances, a pu dire de l'enthousiasme universel qui éclata sur les pas de Bonaparte à la nouvelle de son retour d'Égypte. Près de soixante ans se sont écoulés depuis cette espèce de résurrection du vainqueur d'Italie, et les impressions reçues alors, gravées dans l'imagination et la mémoire des enfants, perpétuées ensuite dans l'âge mûr par de nouveaux prodiges, aident encore aujourd'hui, sur le seuil de la vieillesse, les hommes qui sont restés attentifs au grand drame de ce demi-siècle, à s'expliquer bien des choses dont la compréhension a échappé quelquefois à de hautes intelligences et à de grands esprits.

LIVRE CINQUIÈME.

LE 18 BRUMAIRE. — LE CONSULAT. — NOUVELLE CAMPAGNE D'ITALIE.
— BATAILLE DE MARENGO.

---

§ I.

Le général Bonaparte reconnut, en arrivant à Paris, qu'il avait agi sagement de ne pas se rendre à l'armée d'Italie, et de venir s'édifier, au centre du gouvernement, des affaires et des intrigues, sur la véritable situation de la République. Il comprit qu'il devait subordonner ses projets militaires à l'accomplissement de ses desseins politiques. De nouveaux triomphes avaient pu le tenter d'abord. Après avoir vu de près le Directoire et les meneurs des divers partis qui se disputaient le gouvernail, il dit à Marmont : « A quoi cela servirait-il ? Que faire avec ces gens-ci ? Après avoir exécuté des prodiges, nous ne pourrions compter sur aucun appui. Quand la maison croule, est-ce le moment de s'occuper du terrain qui l'environne ? Un changement ici est indispensable. » (II, 88, 89.)

Dans la pensée de tout le monde, comme dans la sienne, ce changement était nécessairement réservé au glorieux soldat dont le nom était alors dans toutes les bouches. Mais sous quelle forme le général Bonaparte allait-il intervenir dans les événements politiques? Que voulait-il pour la France et pour lui-même? « Murat, dont les vues politiques étaient peu étendues, dit Marmont, ne portait pas son ambition pour le général Bonaparte au delà d'une dispense d'âge pour être directeur. Quant à moi, je ne mis jamais en doute, après notre arrivée, qu'un changement politique entier et l'établissement d'un ordre complétement nouveau pouvaient seuls placer convenablement Bonaparte et le satisfaire : c'était mon opinion même au moment où nous partions pour l'Égypte. Je dis à Junot, dans une conversation de confiance, un jour, au Palais-Royal : « *Tu verras, mon ami, qu'à son retour il prendra la couronne.* » (II, 89.)

C'était sans doute en justification de cette prophétie confidentielle que Marmont refusait à Bonaparte, partant pour l'Égypte, toute autre pensée que celle de *chercher les occasions de faire retentir son nom et de se grandir dans les esprits*. La prédiction, du reste, ne fut pas si vite accomplie. Murat, dont les vues politiques étaient peu étendues, comprenait mieux que Marmont la nécessité pour son général de se conformer aux exigences du temps et de ménager les susceptibilités républicaines. La couronne, en ce moment, n'aurait pu être prise que par un Monk, et pour être rendue aussitôt à l'héritier des anciens rois ; et cette réapparition de la couronne en de telles circonstances aurait entraîné une contre-révolution complète. Or la contre-révolution n'était pas plus dans les possibilités du temps que dans la pensée de Bonaparte. Les souvenirs de 93 avaient pu obscurcir mais non effacer les principes de 89. Si la France eût été royaliste, c'est Pichegru ou Moreau qu'elle eût entouré de ses sympathies et de ses acclamations. En courant au-devant de Bonaparte, en le proclamant le sauveur du pays, en s'abandonnant à lui avec enthousiasme, elle manifestait son attachement impérissable à la révolution ; car la révolution, menacée incessamment par les conspirations, les insurrections et les coalitions monarchiques, en même temps qu'elle était déchirée par d'impuissantes factions démocratiques, la révolution ayant chance de vivre et de grandir par la gloire, par l'ordre, par la modération, par la justice, cette révolution avait alors pour premier représentant le général Bonaparte.

Mais la révolution avait une représentation officielle dans les conseils et dans le Directoire. Il fallait l'écarter, pour revêtir du caractère légal et du prestige constitutionnel le vrai représentant des vœux et des besoins de la France. Avant de recourir à la force, Bonaparte essaya d'amener à ses vues la majorité des directeurs et des députés. Sieyès et Roger-Ducos consentirent sans hésiter à s'entendre avec lui. Barras voulut se tenir à l'écart. On lui fit demander sa démission; il envoya son secrétaire, Botot, pour négocier et discuter. On sait l'accueil que lui fit Bonaparte : « Que sont devenus, s'écria le conquérant de l'Italie, les cent mille hommes compagnons de mes travaux? ils sont morts, ils ont tous péri misérablement! Ceux qui ont été les artisans de pareils désastres ne peuvent plus mêler leurs noms aux affaires publiques : ils doivent vivre dans la retraite et dans l'oubli. » (II, 95, 96.)

Marmont rappelle cette vive apostrophe et y applaudit. Mais l'admiration longtemps soutenue lui pèse; et quand la force des choses semble l'avoir rendu franchement approbateur, la passion ramène aussitôt le détracteur, impatient de reprendre sa tâche et de distiller son venin.

« Certes, dit-il, ce discours, si convenable alors, ces reproches si justes et si mérités, auraient pu être adressés à Bonaparte, lorsque, quinze ans plus tard, il assistait aux funérailles de l'Empire. Ce n'était plus la perte de quelques cent mille hommes qu'il fallait lui reprocher, c'était celle de millions d'hommes sacrifiés *volontairement;* ce n'était plus l'humiliation de l'État, c'était sa destruction; ce n'étaient plus des malheurs particiels, résultats de fausses mesures et d'impéritie, qu'il fallait déplorer : c'étaient des malheurs accumulés sans mesure par une suite non interrompue d'entreprises folles. Mais n'anticipons pas... Aujourd'hui j'ai à parler d'une gloire pure, éclatante, d'un génie brillant de jeunesse, alors l'espérance et l'honneur de la patrie ; c'est le grand homme qui m'occupe aujourd'hui : l'homme déchu aura son tour. » (II, 96.)

Combien la préoccupation constante, exclusive, de Marmont, se trahit ici ! A chaque phase de l'histoire où il a rempli un rôle plus ou moins important, dans ses récits sur les campagnes d'Italie et d'Égypte, lorsqu'il raconte les préparatifs et les détails du coup d'État de brumaire, il est tourmenté par une même pensée, sous la pression d'un même sentiment : le besoin d'alléger le poids du souvenir qui domine en lui tous les autres. Quand sa plume est à Milan, au Caire ou à Saint-Cloud, son esprit est toujours à Essonne.

Quel empressement à parler des funérailles de l'Empire au moment de saluer avec transport le lever du Consulat ! Quelle place l'histoire lui a-t-elle donc réservée dans ces funérailles ! l'insensé ! l'abîme l'appelle... Mais n'anticipons pas non plus : c'est le Consul prêt à surgir du sein de l'admiration universelle et assuré d'avance de la soumission adulatrice de son entourage, qui nous occupe en ce moment ; l'Empereur trahi aura son tour.

11

§ II.

La démission de Barras obtenue, le Directoire n'existait plus. Bonaparte se rendit avec son état-major à Saint-Cloud, où siégeaient les conseils, en vertu d'un décret des *Anciens* qui lui conférait en même temps le commandement militaire. Il parut à la barre de cette assemblée pour la remercier, a-t-il dit, de la dictature dont elle venait de l'investir. Ayant rencontré là des résistances auxquelles il ne s'attendait pas, et se trouvant jeté dans une lutte qui ne ressemblait en rien à celles qu'il avait traversées avec tant de gloire, il est certain qu'il éprouva une émotion toute nouvelle pour lui et qui le fit hésiter un instant. Mais il se maintint ferme toutefois à la barre, et il y reprit assez vite sa confiance ordinaire pour répondre vivement à Lenglet, qui invoquait la constitution : « La constitution ! vous l'avez violée au 18 fructidor, au 22 floréal, au 30 prairial. La constitution ! elle est invoquée par toutes les factions, et elle a été violée par toutes..... et aujourd'hui encore, c'est en son nom que l'on conspire. S'il faut s'expliquer tout à fait, s'il faut nommer les hommes, je les nommerai. Je dirai que les directeurs Barras et Moulins m'ont proposé de me mettre à la tête d'un parti tendant à renverser tous les hommes à idées libérales. » Ces paroles provoquèrent un violent tumulte, à la suite duquel le général quitta l'assemblée pour se rendre au conseil des Cinq-Cents, où l'attendait une opposition plus menaçante. A son apparition dans la salle, les cris : *A bas le dictateur! hors la loi le dictateur!* se firent entendre de tout côté. « Si on eût rendu sur-le-champ le décret de mise hors la loi, dit Marmont, Dieu sait ce qui serait arrivé, tant les moyens légaux sont puissants, tant leur force est magique ; mais les conseils furent surpris. » (II, 98.)

Ne dirait-on pas que Marmont, qui se vante d'avoir pris une part active à la préparation et au succès de cette journée, regrettait qu'elle eût réussi au moment où il la rappelait et l'appréciait dans ses *Mémoires?* Si la puissance des moyens légaux et leur force magique l'eussent emporté, la destinée de Bonaparte n'eût-elle pas été, en effet, accomplie à l'instant même, et la voix de l'empereur Napoléon, qui a fait retentir pendant près de quarante ans à l'oreille du duc de Raguse le mot terrible sorti des hontes de 1814, n'aurait-elle pas été étouffée d'avance sous les voûtes de Saint-Cloud?

Mais la légalité n'est protégée par le prestige, que Marmont lui reconnaît à bon droit, et dont elle a été si justement revêtue pour le maintien et l'inviolabilité de l'ordre social, qu'autant qu'elle est en parfaite concordance avec les vœux et les besoins du pays, et qu'elle exprime l'opinion publique et la volonté nationale.

11.

La légalité, personnifiée dans le Directoire et les conseils, avait-elle, au 18 brumaire de l'an VIII, ce caractère inviolable? Marmont, écho de tout le monde, a constaté le contraire. « Les représentants dispersés, faisant les trois quarts des conseils, n'imaginèrent pas de se réunir ailleurs : il n'y avait en eux ni courage ni grandeur. Peut-être même avaient-ils le sentiment intime des besoins publics, et partageaient-ils instinctivement le vœu d'un changement si fortement exprimé partout. D'ailleurs, une assemblée cesse d'être quelque chose, quand l'opinion publique, base de sa puissance, ne la soutient plus; on peut alors en disperser les membres, et détruire ainsi le peu de prestige qui lui reste. (II, 99, 100.)

Pourquoi donc s'écrier : « *Qui sait ce qui serait arrivé, si le décret de mise hors la loi eût été rendu?* » Ce décret n'eût rien changé à l'état réel des esprits, aux besoins publics, au vœu général, à tout ce qui faisait de Bonaparte le véritable représentant de la nation. Et c'est bien parce que cette mesure extrême, si vivement proposée, n'ajoutait rien aux moyens de défense de l'Assemblée et restait avec le caractère d'une vaine démonstration de vigueur dans un corps mourant, qu'elle ne fut pas même mise aux voix et qu'elle resta étouffée au milieu du tumulte. Mais comment le duc de Raguse, qui jugea si bien la situation, et qui vit partout *forte-*

ment exprimé le désir du grand changement que Bonaparte venait opérer dans le gouvernement de la France, comment le duc de Raguse peut-il reprocher aux membres opposants des deux conseils de n'avoir pas *imaginé de se réunir ailleurs,* et de s'être dispersés sans avoir montré ni courage ni grandeur? Cette réunion leur aurait-elle rendu l'appui de l'opinion publique, *base de leur puissance,* et qu'ils avaient perdu depuis longtemps? Le discrédit incontestable dont ils étaient frappés ne tenait pas au palais dans lequel ils délibéraient, et ils l'auraient retrouvé partout aussi profond et aussi désespérant. S'il y avait eu lieu à lutter plus obstinément et à déployer du courage et de la grandeur, les nobles cœurs et les beaux caractères n'auraient pas manqué dans les deux conseils. Mais toute résistance serait devenue une folie, quand l'entraînement vers le héros libérateur était si universel. Les représentants qui protestèrent énergiquement contre la violation du temple des lois par les gens de guerre, et qui ne cédèrent qu'à la force, firent tout ce que pouvait exiger l'esprit républicain, sans méconnaître ce que comportait l'état d'abaissement et d'impuissance des grands pouvoirs nationaux. Le moment était venu pour la révolution de concentrer sa représentation souveraine et d'arrêter le relâchement du principe d'autorité. *La République avait sauvé la Révolution, et s'était perdue elle-même. In-*

*troduite en France pour y seconder le développement
et le jeu des passions populaires contre l'Europe monarchique et les royalistes de l'intérieur, elle avait revêtu
la multitude exaspérée de la plénitude du pouvoir
souverain et subordonné toutes les capacités sociales à
la puissance du nombre. Un tel système était essentiellement transitoire de sa nature. Conçu au milieu
des dangers du pays, il devait disparaître avec les
circonstances qui l'avaient fait naître; et comme il
n'avait pu sauver l'État sans le tourmenter et le dé-
chirer cruellement, il était même destiné à tomber sous
le poids de la réprobation du peuple qu'il avait préservé
de la honte du joug étranger et des périls de la contre-
révolution intérieure* [1]. Malgré cette impopularité
alors manifeste des formes républicaines, le coup
d'État de brumaire ne fut pas aussi aisément con-
sommé que celui de fructidor. Il y eut des hésitations à Saint-Cloud, parce que les assemblées qu'il
s'agissait de disperser, si elles ne gouvernaient plus
l'opinion publique, représentaient néanmoins des
idées, des passions et des intérêts démocratiques,
essentiellement liés à la révolution au nom de laquelle Bonaparte se présentait à la barre des conseils. Si la majorité législative eût été royaliste
comme en l'an v, elle eût été expulsée sans difficulté

---

[1] Je tire cette appréciation d'un livre que je publiai en 1828 et
ayant pour titre : *Réfutation de l'histoire de France de l'abbé de
Montgaillard.*

et sans bruit au milieu d'une population plus qu'indifférente.

Marmont proclame l'effet immense de ce changement de régime dans l'opinion. « Il en résulta une
grande confiance dans l'avenir, une espérance sans
bornes, et la conviction qu'un gouvernement réparateur et fort allait succéder à l'ordre politique faible
et misérable que nous avions détruit..... On peut
apprécier le changement survenu dans les esprits
par le mouvement prodigieux des fonds publics : les
cinq pour cent, avilis au dernier degré et cotés à
sept francs, montèrent en peu de jours à trente francs.

» Le général Bonaparte fit l'organisation politique
connue sous le nom de constitution de l'an VIII.
Les pouvoirs du Premier Consul reçurent un grand
développement, et l'influence des assemblées fut
restreinte jusqu'à les rendre presque ridicules; elles
devinrent une ombre de représentation, tant par le
mode d'élection que par les conditions attachées à
l'exercice de leurs fonctions.

» Ce qui montre, ajoute-t-il, le changement survenu dans l'opinion, c'est que dans le comité de
constitution, composé de cinquante personnes qui
toutes devaient leur situation politique aux assemblées, aucune d'elles ne réclama contre ces dispositions; on était tellement fatigué de la manière dont
les assemblées avaient abusé de leur pouvoir, on
était tellement effrayé des dangers auxquels on

venait d'échapper, que tout ce parlage, si fort à la mode autrefois, n'était plus dans le goût de personne. » (II, 100, 101, 102, 103.)

Marmont salue donc avec enthousiasme l'inauguration du Consulat [1]. « Ce gouvernement a tenu longtemps, dit-il, tout ce qu'il avait promis. » Mais, à peine cet hommage à la vérité historique est-il tombé de sa plume, qu'il se presse d'arrêter l'élan d'admiration auquel il a été entraîné, pour se jeter à la hâte dans un avenir moins prospère, et reprendre bien vite son œuvre de dénigrement. « Hélas! s'écrie-t-il, comme il arrive souvent dans les choses qui ne sont ni dans les mœurs ni dans les institutions, comme il arrive dans les créations qui tiennent seulement à la volonté d'un homme, quand Bonaparte chan-

---

[1] Marmont s'est distingué des autres détracteurs de Napoléon, j'en ai déjà fait la remarque, en le justifiant de l'accusation d'insensibilité dont il a été souvent l'objet. Il raconte à ce sujet un trait qui se rapporte au jour même de l'installation des consuls au Luxembourg.

Marmont avait voulu ramener d'Égypte un ordonnateur des lazarets nommé Blanc, et dont la nostalgie dévorait l'existence. Cet homme, furtivement embarqué, avait été découvert au moment du départ. Le général Bonaparte l'avait fait porter à terre malgré ses cris déchirants. Mais une fois en pleine mer, il avait dit à Marmont de lui rappeler son ami quand ils seraient à Paris. Marmont ne s'en souvint pas au milieu des grandes émotions de la scène politique. Bonaparte y pensa pour lui. « Le premier acte qu'il ait signé au Luxembourg le 20 brumaire, comme consul provisoire, fut le rappel de Blanc, et le second sa nomination de consul général à Naples, chose à peine croyable, mais exacte. Je n'eus pas le mérite de lui rappeler ce malheureux, *je l'aurais fait sans doute plus tard;* mais j'avoue que moi, son ami, je ne pensais pas à lui dans ce moment : le bienfait de Bonaparte le rappela seul à ma mémoire. » (II, 40, 41.)

gea, tout changea. L'esprit qui avait présidé à la naissance de son pouvoir s'éteignit; ce pouvoir, devenu infidèle à son origine, dut crouler; quand, au lieu de voir dans le but de ses travaux le bonheur et la prospérité des Français, il a vu seulement dans la puissance de la France un moyen de satisfaire ses passions, dès ce moment son édifice n'avait plus de solidité. » (*Ib.*)

Ainsi Marmont ne laisse pas dans son livre une seule page entièrement libre à la justice impartiale et à l'admiration sincère. Il ne montre un instant le Consul installé au Luxembourg, au milieu des joies et des bénédictions populaires, que pour le faire disparaître aussitôt, et signaler, dès ce premier jour d'une ère de prospérité, les jours moins heureux de l'Empire.

Constatons néanmoins les aveux qui échappent ici au duc de Raguse. Le Consul remplit d'abord les espérances qu'il avait données; il appliqua noblement son génie au bonheur et à la prospérité des Français; c'est l'Empereur qui, devenu infidèle à son origine et mettant la satisfaction de ses passions au-dessus des intérêts du pays, aurait imprimé à son gouvernement le caractère d'égoïsme qui le fit crouler.

Le Consul était dominé par une pensée sociale, l'Empereur n'avait que des préoccupations personnelles.

Ce serait anticiper que de discuter en ce moment le caractère de l'ambition que Napoléon porta ou développa sur le trône. Nous en sommes au Premier Consul, à qui Marmont veut bien jeter en passant un mot de louange sur les vues réparatrices et l'activité éminemment nationale de son gouvernement. Mais ce nouveau chef de la République, ce magistrat suprême dont Marmont proclame la prudence et le dévouement civique, est pourtant ce même Bonaparte à qui il ne voulait reconnaître naguère qu'un immense désir de faire du bruit pour s'emparer du pouvoir. La sollicitude patriotique et la généreuse administration du Consul démentent le détracteur obstiné du général, en même temps qu'elles rendent suspect l'accusateur impatient de l'Empereur.

§ III.

Le Premier Consul récompensa Marmont de sa participation à la journée de Saint-Cloud, en lui donnant une position élevée dans l'organisation du nouvel ordre de choses. Il lui offrit le commandement de l'artillerie de la garde consulaire, ou une place de conseiller d'État. « Je ne sais trop pourquoi, dit-il, je ne choisis pas le commandement de l'artillerie; ce fut, je crois, *pour ne pas être sous les ordres de Lannes,* placé à la tête de cette garde. » (II, 104.)

Jusqu'à présent, Lannes, plus heureux que ses

camarades, avait échappé à la monomanie malfaisante de Marmont, qui s'était contenté de dire, en parlant de sa bravoure, que ses os avaient le rare privilége d'être impénétrables à la balle, et de la détourner ou de l'aplatir. Maintenant le général d'artillerie, sans s'expliquer davantage, déclare avoir renoncé à un poste qui était tout à fait dans ses convenances pour ne pas tomber sous l'autorité de Lannes, ce qui suppose en lui des sentiments peu favorables à ce dernier.

Marmont entra donc au conseil d'État, où il fut attaché à la section de la guerre. Il vit le pays sortir du chaos, les améliorations se succéder rapidement, le Premier Consul s'entourer de ministres capables et honorables, le crédit public s'établir promptement, et l'ordre enfin revenir partout, et avec lui les ressources. (II, 106.) Chargé de la négociation d'un emprunt en Hollande, il se rendit à Amsterdam muni de pleins pouvoirs, et y fut parfaitement secondé par le ministre de France, M. de Sémonville, dont il dit avec raison que c'était un des hommes les plus spirituels de notre époque. (II, 107.) Malgré cet appui, le négociateur échoua dans sa mission financière. « Dans ce voyage, dit Marmont, j'eus l'occasion de voir combien les hommes ordinaires se laissent prendre facilement aux mots : enfants et niais à tout âge. Un vieil officier d'artillerie, le général de division Macors, commandait à cette époque l'artillerie de l'armée en Hollande ; en ma qualité de camarade de la même arme, j'allai le voir. Il me parla beaucoup des changements politiques survenus et de la révolution du 18 brumaire. — « L'inquiétude avait été grande dans l'armée, me dit-il. Imaginez-vous, général, qu'on avait fait courir le bruit que le général Bonaparte avait été nommé dictateur ! A cette nouvelle, tout le monde avait été au désespoir : il n'en eût pas fallu davantage peut-être pour causer un soulèvement ; mais enfin le télégraphe vint à notre secours ; il nous fit connaître que le général Bonaparte était premier consul, et nous respirâmes en liberté. » — Des mots, des mots et un peu d'adresse, et l'on peut tromper les hommes tant qu'on le veut ; mais il vaut mieux les conduire par les voies de la raison, de leur intérêt bien entendu et de la vérité. » (II, 108-109.)

Mais, sérieusement, le général Bonaparte avait-il trompé les Français, et cherchait-il à les conduire adroitement par des mots mensongers, contrairement à ce que leur intérêt bien entendu, la raison et la vérité lui auraient prescrit, parce que, devant exercer une influence suprême et un ascendant irrésistible sur le gouvernement de la France, il s'était contenté du titre de *consul*, au lieu de prendre franchement celui de *dictateur*, qui exprimait mieux la nature du pouvoir qu'il prétendait exercer ?

C'était par ses actes, et non par son titre plus ou

moins approprié à son autorité réelle, que le glorieux successeur du Directoire avait à montrer qu'il gouvernait selon la raison, la vérité et l'intérêt bien entendu de la France. Or, Marmont lui-même, malgré sa malveillance invétérée, proclame que le Premier Consul tira l'État du chaos, qu'il fit succéder la plus rapide et la plus étonnante prospérité à la plus affligeante détresse. Devait-il compromettre le succès de cette grande métamorphose, en heurtant sans ménagement les idées, les mœurs, les préjugés mêmes de l'époque, au risque de provoquer des résistances et des soulèvements qui pouvaient être facilement évités? L'exemple du général Macors, cité comme une preuve de niaiserie, prouve que Bonaparte connaissait bien la puissance des mots et jugeait parfaitement la situation, quand il se croyait obligé de cacher un pouvoir à peu près illimité sous un titre modeste. Mais Marmont avait pensé, dès le départ pour l'Égypte, que Bonaparte pourrait prendre la couronne à son retour, et il avait trouvé Murat ridicule de n'imaginer rien de mieux pour son général qu'une dispense d'âge pour se faire nommer directeur. La distinction du général Macors, si risible qu'elle fût, exprimait un sentiment que beaucoup de gens partageaient et qu'il eût été imprudent de blesser et de soulever. Bonaparte ne trompait personne et n'outrageait ni la raison ni la vérité en prenant, pour sauver et relever la France, les formes et les moyens qu'elle devait trouver le plus acceptables.

§ IV.

Une nouvelle campagne se préparait en Italie et en Allemagne. Le Premier Consul proposa à Marmont le commandement de l'artillerie de l'armée de réserve qui se réunissait à Dijon. Marmont préférait un commandement de troupes, « le seul, dit-il, qui forme à la conduite des armées et qui mène à la grande gloire. » Le Premier Consul combattit cette préférence. « Il me fit remarquer avec raison, dit Marmont, la différence de l'importance des fonctions d'un général commandant une brigade et de celles du commandant de l'artillerie d'une armée : il n'y avait aucune parité, et il ajouta : « En servant dans la ligne, vous courez les chances de vous trouver *sous les ordres de Murat ou de tout autre général aussi dépourvu de talent*, ce qui sans doute ne doit pas vous convenir; en commandant l'artillerie, vous serez sous les miens seuls. » (II, 110, 111.)

Ainsi, dès les premiers jours du Consulat, Marmont n'avait plus de supérieur possible dans l'armée que le vainqueur d'Arcole et des Pyramides, et de l'aveu du grand capitaine lui-même. Tous ces superbes lieutenants de Napoléon, couverts de tant de gloire dans nos fastes militaires, étaient plus ou moins *dépourvus de talent, comme Murat*, et le

Premier Consul ne pouvait prendre parmi eux un chef direct pour Marmont, sans exposer celui-ci à une subordination illogique et inconvenante. Mais quel homme bizarre et inconséquent alors que ce Napoléon, tant admiré pour son prodigieux discernement dans le choix et le classement des talents et des services! Il va faire de l'Europe entière son champ de bataille, et il se jette dans cette immense arène avec des généraux dont la capacité ne lui inspire qu'une aussi médiocre confiance! Et puis, quand, devenu empereur, il songera tout d'abord à grouper autour de son trône l'élite de ses vieux camarades d'Italie et d'Égypte, pour en faire des maréchaux de France, ce seront les généraux *dépourvus de talent*, y compris Murat, qui obtiendront les insignes de la première dignité de l'armée; et le fier artilleur, qui ne pouvait être placé sans dérogeance sous leur commandement, ne sera pas compris dans cette promotion significative, et il restera même longtemps, après ce premier choix, exclu de la haute récompense décernée à ses compagnons d'armes.

Ce n'était pas l'habitude de Napoléon d'exalter l'incapacité et de faire attendre le mérite. Marmont s'est mépris, il a cru entendre de la bouche du Premier Consul ce que le jeune conseiller d'État se disait tout simplement à lui-même, ce qu'il se répétait incessamment, et il a fait d'une prétention permanente

de son orgueil l'expression confidentielle d'une pensée de Bonaparte.

La campagne d'Italie ayant été résolue, l'armée
de réserve s'achemina vers les Alpes. Marmont,
selon le désir du Premier Consul, avait accepté le
commandement de l'artillerie. Ce fut fort heureux
pour Napoléon et pour la France, car le plan de
campagne ayant été changé et l'armée française
ayant traversé les Alpes par le Saint-Bernard et non
par le Simplon, comme on avait dû le faire d'abord,
le Premier Consul rencontra un obstacle *qu'il n'avait
pas prévu, car il n'en avait rien dit à Marmont.*
« Aucun préparatif, dit ce dernier, n'avait donc été
fait pour le vaincre. Cet obstacle eût été insurmon-
table, sans un moyen extraordinaire dont l'idée me
vint à l'esprit, que j'exécutai, et dont le succès fut
une espèce de miracle. » (II, 117.)

C'était le fort de Bard qui arrêtait l'armée, et
personne n'y avait songé. Le Premier Consul voulut
que l'artillerie fût démontée et transportée à Ivrée,
en tournant le fort par un sentier taillé dans le roc.
Marmont déclara le sentier impraticable, et Bonaparte fut obligé de se ranger à cet avis. Un assaut
par escalade fut alors tenté, et il échoua parce qu'il
fut conduit sans intelligence. (II, 118.)

« Cependant Lannes allait rencontrer l'ennemi,
dit Marmont; des canons et des munitions lui étaient
absolument nécessaires; il fallait pourvoir à ses be-

soins. *J'eus l'idée la plus hardie, la plus audacieuse,
et sur-le-champ j'en entrepris l'exécution avec l'autorisation du Premier Consul :* j'essayai de faire passer
l'artillerie par la grande route, la nuit, malgré la
proximité du fort. Je commençai mon épreuve avec
six pièces et six caissons, en prenant les précautions suivantes : Je fis envelopper les roues, les
chaînes et toutes les parties sonnantes des voitures
avec du foin tordu, répandre sur la route le fumier
et les matelas que l'on trouva dans le village, dételer les voitures, et remplacer les chevaux par des
hommes placés en galères, etc., etc.... Je présidai
moi-même à cette première opération. Elle réussit
au delà de mes espérances. Un orage avait rendu
la nuit fort obscure; les six pièces et les six caissons
arrivèrent à leur destination sans avoir éprouvé ni
perte ni accident. Ce succès nous tirait d'un grand
embarras, et me fit éprouver une des joies les plus
vives que j'aie eues dans ma vie. *Le sort de la campagne était là; sans cela elle avortait.* » (II, 119, 120.)

Ainsi, cette magnifique campagne, que le passage du Saint-Bernard avait ouverte, et que la victoire de Marengo allait couronner, aurait abouti
à un avortement sans le génie inventif et l'esprit
audacieux de Marmont. On ne saurait en douter,
c'est Marmont qui l'atteste; et comme il craint que
son récit n'ait pas mis suffisamment en lumière le
triste rôle qu'il donne *à un autre*, à côté de celui qu'il

12

s'attribue à lui-même si brillant et si beau, il se hâte d'ajouter :

« Je dois faire remarquer ici que les plus grands généraux eux-mêmes se rendent souvent coupables d'imprévoyance ; cependant, c'est dans la prévoyance que se trouve une de leurs plus grandes qualités. Le fort de Bard était venu compliquer notre position d'une manière fâcheuse. Si on avait préparé une artillerie particulière en fondant des pièces de gros calibre d'un poids léger, en un jour il se serait rendu. D'un autre côté, tout cet immense travail du matériel démonté au grand Saint-Bernard aurait pu s'éviter; le col du petit Saint-Bernard était dès lors praticable aux voitures, et six pièces de douze, envoyées depuis de Chambéry, le traversèrent sur leurs affûts. *On* ignorait l'état de ce passage, et, dans une circonstance aussi importante, c'était une chose impardonnable. » (II, 121.)

Ignorance impardonnable et imprévoyance sans excuse du Premier Consul, à côté de la sagacité et de l'audace du général de l'artillerie, voilà donc ce qui caractérise, d'après Marmont, le passage des Alpes par l'armée française. Mais cette armée était sous les ordres d'un chef qui savait combattre, vaincre et écrire comme César, et qui n'a pas oublié le Saint-Bernard ni le fort de Bard dans ses *Mémoires.*

« Le passage prompt de l'artillerie, dit Napoléon,

paraissait une chose impossible. On s'était pourvu d'un grand nombre de mulets; on avait fabriqué une grande quantité de petites caisses pour contenir les cartouches d'infanterie et les munitions des pièces. Ces caisses devaient être portées par les mulets, ainsi que des forges de campagne, de sorte que la difficulté réelle à vaincre était le transport des pièces. Mais on avait préparé à l'avance une centaine de troncs d'arbres, creusés de manière à pouvoir recevoir les pièces, qui y étaient fixées par les tourillons; à chaque bouche à feu ainsi disposée, cent soldats devaient s'atteler; les affûts devaient être démontés et portés à dos de mulets. Toutes ces dispositions se firent avec tant d'intelligence par les généraux d'artillerie Gassendi et Marmont, que la marche de l'artillerie ne causa aucun retard. » (*Mémoires de Napoléon*, VI, 203, 204.)

C'est ainsi que l'Empereur trahi retraçait à Sainte-Hélène le passage du Saint-Bernard, et qu'il s'honorait en glorifiant les anciens services du général qu'il avait dû accuser ensuite de trahison. Napoléon, digne, impartial, magnanime, est dans son rôle; Marmont, se montrant dépourvu, en parlant de Napoléon, de toutes les qualités qui distinguaient le grand homme, est dans le sien.

« Le Premier Consul, ajoutent les *Mémoires de Sainte-Hélène*, déjà arrivé à Aoste, se porta aussitôt devant Bard; il gravit, sur la montagne de gauche,

12.

le rocher Albaredo, qui domine à la fois et la ville
et le fort, et bientôt reconnut la possibilité de s'emparer de la ville. Il n'y avait pas un moment à perdre. Le 25, à la nuit tombante, la 58e demi-brigade,
conduite par le chef Dufour, escalada l'enceinte et
s'empara de la ville, qui n'est séparée du fort que
par le torrent de la Doria. Vainement toute la nuit
il plut une grêle de mitraille, à une demi-portée
de fusil, sur les Français qui étaient dans la ville;
ils s'y maintinrent, et enfin, par considération pour
les habitants, le feu du fort cessa. « L'infanterie et
la cavalerie passèrent un à un par le sentier de
la montagne de gauche qu'avait gravie le Premier
Consul, et où jamais n'avait passé aucun cheval;
c'était un sentier connu seulement des chevriers.

» Les nuits suivantes, les officiers d'artillerie,
avec une rare intelligence, et les canonniers, avec la
plus grande intrépidité, firent passer leurs pièces
par la ville. Toutes les précautions avaient été prises
pour en cacher la connaissance au commandant du
fort; le chemin avait été couvert de matelas et de
fumier, etc., etc.

» Cet obstacle, dit Napoléon, fut plus considérable que celui du grand Saint-Bernard lui-même,
et cependant ni l'un ni l'autre ne retardèrent d'un
seul jour la marche de l'armée. Le Premier Consul
connaissait bien l'existence du fort de Bard, mais
tous les plans et tous les renseignements à ce sujet

permettaient de le supposer facile à enlever. Cette difficulté, une fois surmontée, eut un effet avantageux.

» S'il eût été tout à fait impossible de faire passer l'artillerie par la ville de Bard, l'armée française aurait-elle repassé le grand Saint-Bernard? Non; elle aurait également débouché jusqu'à Ivrée, mouvement qui eût nécessairement rappelé Mélas de Nice. Elle n'avait rien à craindre, même sans artillerie, dans les excellentes positions que lui offrait l'entrée des gorges, d'où, protégeant le siége du fort de Bard, elle en eût attendu la prise. — Ce fort est tombé naturellement au pouvoir des Français le 1er juin; mais il est probable qu'il eût été pris plus tôt, s'il avait arrêté le passage de l'armée, et qu'il en eût attiré tous les efforts, au lieu de ceux d'une brigade de conscrits, commandée par le général Chabran, qui avait été laissée pour en faire le siége. Ce dernier corps avait passé par le petit Saint-Bernard. » (*Mémoires de Napoléon*, VI, 207, 208, 209, 210.)

Que devient, en présence de ce témoignage, la prétention de Marmont d'avoir empêché la campagne d'échouer, en levant par la hardiesse de ses conceptions et la promptitude de son initiative des obstacles que le chef de l'armée n'avait su ni prévoir ni écarter? Le Premier Consul connaissait parfaitement l'existence du fort de Bard et du passage praticable du petit Saint-Bernard; et la prise de ce fort ne pouvait être, en aucun cas, assez difficile ni assez retardée pour déranger les plans de Napoléon et compromettre les succès des troupes françaises.

§ V.

Mais le blâme de l'orgueilleux artilleur ne s'arrête pas là. Marmont s'est bien promis de ne laisser aucun répit au héros qu'il surveille, et il ne cessera pas d'opposer la sagesse de ses propres vues, et l'habile et heureuse conduite de ses opérations personnelles, aux fautes et aux imprudences du grand capitaine.

Cependant, avant d'aborder la critique des dispositions du Premier Consul dans les plaines de l'Italie, il profite de l'entrée des Français à Milan pour faire acte de courtois ennemi, sinon de prévoyant ami, envers les proconsuls de l'Autriche en Lombardie.

« Le gouvernement autrichien, dit-il, si doux, si paternel, a toujours été accusé, mais à tort, par les Italiens, d'être dur et fiscal pour l'Italie. C'est un fait dont depuis j'ai constaté la fausseté; mais le peu de sympathie existant entre le caractère des Allemands et celui des Italiens suffit pour expliquer l'injustice et la mauvaise foi de leurs plaintes. » (II, 122.)

Bien que cette flatterie adressée au gouvernement autrichien ait été mêlée aux souvenirs des derniers jours du dix-huitième siècle, elle n'a été réellement écrite que plus de vingt-cinq ans après, alors que le duc de Raguse s'occupait de la rédaction de ses *Mémoires*, et qu'il avait, plus qu'en 1800, des raisons d'être agréable à S. M. l'empereur d'Autriche.

Le Premier Consul se montrait à Milan moins disposé que son ancien aide de camp à trouver *doux* et *paternel* le gouvernement de l'Autriche en Italie. Il songeait à réorganiser la République cisalpine, dont les plus ardents promoteurs gémissaient alors dans les cachots des citadelles autrichiennes, et, avant de quitter la capitale de la Lombardie pour se remettre en campagne, il publia une proclamation où il appelait l'armée à venger la violation du territoire national sur les côtes de la Ligurie, à relever la République cisalpine, *devenue le jouet du grotesque régime féodal*, à délivrer le peuple de Gênes de ses *éternels ennemis*, et à justifier la reconnaissance que manifestaient d'avance des millions d'hommes.

Les populations venaient de toutes parts à la rencontre du libérateur qui était impatient de frapper un grand coup, et d'assurer l'indépendance de l'Italie par la destruction de l'armée autrichienne. Malheureusement les troupes de Masséna et de Suchet, sur lesquelles il avait compté après la capitulation de Gênes, prirent une fausse direction, et ne purent rallier à temps l'armée du Premier Consul.

« Ces troupes furent inutiles, dit Napoléon. La victoire de Marengo devait remédier à tout. » (*Mémoires de Napoléon*, VI, 223.)

Cependant le commandant de l'artillerie était loin de penser que le chef de l'armée eût tout préparé et combiné avec résolution et habileté pour obtenir un aussi éclatant triomphe.

« On peut reprocher au Premier Consul, dit-il, d'avoir divisé ses forces au moment où l'ennemi rassemblait nécessairement les siennes, et de s'être ainsi volontairement soumis aux chances d'un combat très-inégal. Le talent d'un général en chef est de mouvoir ses troupes de manière à donner des inquiétudes à l'ennemi sur plusieurs points, dans le but de l'affaiblir sur celui où il a l'intention d'agir. Aussitôt qu'il a obtenu ce résultat, il rassemble brusquement les siennes sur le point où il veut combattre, et, de cette manière, il se trouve supérieur en forces à son ennemi sur le champ de bataille qu'il a choisi. Le Premier Consul, qui jusque-là avait toujours agi ainsi, fit en cette circonstance tout le contraire, et il s'occupa de prendre l'ennemi, en s'emparant de toutes ses communications, avant de l'avoir battu. Il eût été plus prudent de s'assurer d'abord les moyens de le vaincre avant de le faire prisonnier; mais, à cette époque, tout devait nous réussir. » (II, 125, 126.)

Toujours le fatalisme pour consoler l'envie ! Napoléon prépare l'un de ses plus beaux triomphes; il va conquérir la paix, en mettant le comble à sa gloire, sur le champ de bataille de Marengo dont il doit immortaliser le souvenir, et tout ce qu'il fait pour parvenir à ce magnifique résultat est précisément le contraire de ce qu'un *général de talent*, tel que Marmont le conçoit, n'aurait pas manqué de faire. Il y a plus : aux fautes commises dans les préparatifs de cette journée décisive, vinrent se joindre les erreurs et les fausses manœuvres pendant l'action, à tel point que vers la fin du jour la bataille semblait inévitablement perdue. Heureusement Marmont était là. « Il était près de cinq heures, dit-il, et la division Boudet, sur laquelle reposaient notre salut et nos espérances, n'était pas arrivée. Enfin, peu après elle nous rejoignit. Le général Desaix la précéda de quelques moments, et vint rejoindre le Premier Consul. Il trouvait l'affaire dans ce fâcheux état, il en avait mauvaise opinion. On tint à cheval une espèce de conseil auquel j'assistai; il dit au Premier Consul : « *Il faut* qu'un feu vif d'artillerie » impose à l'ennemi, avant de tenter une nouvelle » charge, sans quoi elle ne réussira pas : *c'est ainsi,* » *général, que l'on perd les batailles. Il nous faut ab-* » *solument* un bon feu de canon. »

« Je lui dis que j'allais établir une batterie avec les pièces encore intactes et au nombre de cinq; en y joignant cinq pièces restées sur la Scrivia, et venant d'arriver, et de plus les huit pièces de sa division, j'avais une batterie de dix-huit pièces. « C'est » bien, me dit Desaix ; voyez, mon cher Marmont, » du *canon*, du *canon*, et faites-en le meilleur usage possible. » (II, 131, 132.)

Desaix avait toujours montré la plus grande déférence pour le Premier Consul, dont il était le meilleur ami et le plus sincère admirateur. Il est peu probable qu'en l'abordant à Marengo, il ait pris envers ce chef aimé et admiré le ton de supériorité et la disposition au blâme que lui prête Marmont.

Poursuivons.

Marmont s'empressa d'exécuter les ordres de Desaix, non ceux de Bonaparte, qui ne lui en donna aucun et qui laissa faire son lieutenant. Les dix-huit pièces mises promptement en jeu par le général de l'artillerie arrêtèrent tout d'abord l'ennemi, que la division Boudet attaqua ensuite avec vigueur, et qu'une brillante charge de cavalerie, conduite par le jeune Kellerman, acheva de mettre en déroute. « Si la charge, dit Marmont, eût été faite *trois minutes* plus tard, nos pièces étaient prises ou retirées ; et peut-être que n'étant plus sous l'influence de la surprise causée par les coups de canon à mitraille, la colonne ennemie aurait mieux reçu la cavalerie. Il en aurait peut-être été de même si la charge eût précédé la salve ; ainsi, il a fallu cette combinaison précise pour assurer un succès aussi complet et, il faut le dire, inespéré. Jamais la fortune n'intervint d'une manière plus décisive; jamais général ne montra plus de coup d'œil, plus de vigueur et d'à-propos que Kellermann dans cette circonstance. » (II, 133, 134.)

Personne n'a jamais songé à contester à Kellermann sa glorieuse participation au gain de la bataille de Marengo. Mais est-il exactement vrai que cette grande victoire soit due exclusivement à la charge de ce général et à la salve de Marmont, merveilleusement aidées par la fortune; et faut-il distraire aussi les trophées de Marengo comme le drapeau d'Arcole du glorieux bilan de Napoléon?

Le duc de Raguse a beau faire, l'histoire ne changera pas la brillante page où elle a inscrit le nom de Marengo à côté de celui de Bonaparte. Les Mémoires du grand homme sont là d'ailleurs pour maintenir le respect de la tradition nationale et l'inviolabilité de l'histoire. Oui, sans doute, l'éparpillement de quelques corps de l'armée française avait mis les chances de la victoire du côté de l'armée autrichienne, Napoléon l'a reconnu expressément. (*Mémoires de Napoléon*, VI, 233.) Mais ce n'était pas en exécution d'ordres émanés de lui, ni en vertu d'instructions transmises à ses lieutenants en Ligurie, que les troupes de Masséna et de Suchet se trouvaient éloignées du champ de bataille. (*Mémoires de Napoléon*, VI, 222.) Il pressa, au contraire, leur ralliement autant qu'il le put, et quand il désespéra de le voir s'effectuer à temps, il fit ses préparatifs de combat en ne comptant plus que sur ses propres forces. La supériorité numérique des Autrichiens, surtout en cavalerie, sans ébranler sa confiance, le portait naturellement à éviter tout engagement sérieux aussi longtemps que les corps disséminés ne seraient pas venus le rejoindre. Mais quand le généralissime autrichien, craignant d'être enfermé dans le Piémont entre l'armée française de Lombardie et les troupes républicaines devenues libres par la capitulation de Gênes, résolut d'attaquer le Premier Consul avant la jonction de ces troupes, Bonaparte accepta et soutint le combat, sans cesser d'être un instant à la hauteur de son génie et de sa renommée. « Instruit par la vivacité de la canonnade, disent ses *Mémoires*, que l'armée autrichienne attaquait, il expédia sur-le-champ l'ordre au général Desaix de revenir avec son corps sur San-Juliano. Il était à une demi-marche de distance sur la gauche.

» Le Premier Consul arriva sur le champ de bataille à dix heures du matin, entre San-Juliano et Marengo. L'ennemi avait enfin emporté Marengo, et la division Victor, après la plus vive résistance, ayant été forcée, s'était mise dans une complète déroute. La plaine sur la gauche était couverte de nos fuyards, qui répandaient partout l'alarme, et

même plusieurs faisaient entendre ce cri funeste :
Tout est perdu !

» Le corps du général Lannes, un peu en arrière de
la droite de Marengo, était aux mains avec l'ennemi,
qui, après la prise de ce village, se déployant sur sa
gauche, se mettait en bataille devant notre droite
qu'il débordait déjà. *Le Premier Consul envoya*
aussitôt son bataillon de la garde consulaire, composé
de huit cents grenadiers, l'élite de l'armée, se placer
à cinq cents toises sur la droite de Lannes, dans une
bonne position pour contenir l'ennemi. Le Premier Con-
sul se porta lui-même, avec la 72ᵉ demi-brigade, au
secours du corps de Lannes, et dirigea la division de
réserve Carra Saint-Cyr sur l'extrême droite à Castel-
Ceriolo, pour prendre en flanc toute la gauche de
l'ennemi.

» *Cependant, au milieu de cette immense plaine,*
l'armée reconnaît LE PREMIER CONSUL, *entouré de son*
état-major et de 200 grenadiers à cheval, avec leurs
bonnets à poil ; ce seul aspect suffit pour rendre aux
troupes l'espoir de la victoire : la confiance renaît, les
fuyards se rallient sur San-Juliano, en arrière de la
gauche du général Lannes. Celui-ci, attaqué par une
grande partie de l'armée ennemie, opérait sa retraite
au milieu de cette vaste plaine avec un ordre et un
sang-froid admirables. Ce corps mit trois heures pour
faire en arrière trois quarts de lieue, exposé en entier
au feu de mitraille de quatre-vingts bouches à feu,

*dans le temps que, par un mouvement inverse, Carra
Saint-Cyr marchait en avant sur l'extrême droite et
tournait la gauche de l'ennemi.*

» *Sur les trois heures après-midi, le corps de Desaix
arriva : le Premier Consul lui fit prendre position sur
la chaussée, en avant de San-Juliano.* » (*Mémoires
de Napoléon*, VI, 233, 234, 235.)

Ce fut donc *à trois heures*, et non *vers cinq heures*,
que la division Boudet rejoignit l'armée et put
prendre part à l'action. A ce moment sans doute la
bataille était loin d'être gagnée; la division Victor
était à peine ralliée, et la division Lannes opérait sa
retraite; mais le Premier Consul avait déjà fait disparaître tout symptôme de déroute et porté l'espoir
dans tous les rangs par son attitude héroïque et ses
habiles dispositions. Tandis que Lannes se retirait
lentement et en bon ordre, un autre lieutenant de
Bonaparte, Carra Saint-Cyr, marchait en avant et
tournait l'ennemi. Une division intacte, sous les
ordres d'un chef tel que Desaix, survenant après
que le Premier Consul avait ranimé tous les courages
et au milieu de manœuvres sagement combinées et
vaillamment exécutées, devait décider la victoire;
c'est ce qui arriva.

« La division Victor, dit Napoléon, s'était ralliée,
et brûlait d'impatience d'en venir de nouveau aux
mains. Toute la cavalerie de l'armée était massée en
avant de San-Juliano, sur la droite de Desaix, et en

arrière de la gauche du général Lannes. Les boulets et les obus tombaient sur San-Juliano; une colonne de 6,000 grenadiers de Zach en avait déjà gagné la gauche. *Le Premier Consul envoya l'ordre au général Desaix de se précipiter, avec sa division toute fraîche, sur cette colonne ennemie. Desaix fit aussitôt ses dispositions pour exécuter cet ordre; mais comme il marchait à la tête de 200 éclaireurs de la 9ᵉ légère, il fut frappé d'une balle au cœur, et tomba roide mort* [1], *au moment*

[1] Le duc de Raguse ne se lasse pas de tout exploiter au profit de sa jalouse malveillance. Il rattache à la mort de Desaix un mot de naïveté égoïste qu'il attribue à l'un des aides de camp de ce général, Savary, depuis duc de Rovigo. « A la fin de la bataille, dit-il, au milieu de ma grande batterie, il me demanda où était le général Kellermann auquel il portait des ordres, et je le lui indiquai; le lendemain, causant avec lui de la mort du général Desaix : « C'était pendant que je vous parlais » hier que cela s'est passé, me dit-il; quand je suis revenu et que je » l'ai trouvé mort, jugez quelle a été ma sensation; et je me suis dit » tout de suite : *Qu'est-ce que tu vas devenir ?* »

« Quelle naïveté, ajoute Marmont, et quelle candeur dans l'égoïsme! C'est à l'instant où il voit mourir son général, son protecteur, son père adoptif, son ami, un homme déjà illustre, c'est alors que toutes ses pensées et ses sensations se concentrent sur lui-même; l'impression que je reçus en ce moment ne s'est jamais effacée, et je n'ai pas pu me refuser à la consigner ici. » (II, 140.) — Marmont n'a jamais rien, en effet, à refuser à l'esprit de diffamation systématique qui l'anime contre ses anciens compagnons d'armes. Mais où sont les garants de sa véracité? Savary d'ailleurs, tout en pleurant avec l'armée entière la grande perte que faisait le pays, put bien ajouter à ses larmes comme patriote l'expression de sa douleur particulière comme aide de camp, ami, *protégé, fils adoptif* du héros si fatalement enlevé à la France, et s'affliger pour son avenir personnel d'un événement qui le frappait plus que tout autre à raison même des titres que lui donne Marmont, sans montrer dans ses *émotions* cette promptitude de calcul dont celui-ci a voulu faire un sujet de scandale pour sa propre sensibilité toujours si délicate.

où il venait d'ordonner la charge : ce coup enleva au Premier Consul l'homme qu'il jugeait le plus digne de devenir son lieutenant.

» Ce malheur, ajoute Napoléon, ne dérangea en rien le mouvement, et le général Boudet fit passer facilement dans l'âme de ses soldats ce vif désir dont il était lui-même pénétré de venger à l'instant un chef tant aimé. La 9ᵉ légère, qui, là, mérita le titre d'incomparable, se couvrit de gloire. En même temps le général Kellermann, avec 800 hommes de grosse cavalerie, faisait une charge intrépide sur le milieu du flanc gauche de la colonne : en moins d'une demi-heure ces 6,000 grenadiers furent enfoncés, culbutés, dispersés; ils disparurent.

» Le général Zach et tout son état-major furent faits prisonniers.

» Le général Lannes marcha sur-le-champ en avant au pas de charge. Carra Saint-Cyr, qui, à notre droite, se trouvait en potence sur le flanc gauche de l'ennemi, était beaucoup plus près des ponts sur la Bormida que l'ennemi lui-même. Dans un moment, l'armée autrichienne fut dans la plus épouvantable confusion. Huit à dix mille hommes de cavalerie, qui couvraient la plaine, craignant que la cavalerie de Saint-Cyr n'arrivât au pont avant eux, se mirent en retraite au galop, en culbutant tout ce qui se trouvait sur leur passage. La division Victor se porta en toute hâte pour reprendre son champ de bataille au village de Marengo. L'armée ennemie était dans la plus horrible déroute; chacun ne pensait plus qu'à fuir. L'encombrement devint extrême sur les ponts de la Bormida, où la masse des fuyards était obligée de se resserrer, et, à la nuit, tout ce qui était resté sur la rive gauche tomba au pouvoir des troupes de la République. » (*Mémoires de Napoléon,* VI, 236, 237, 238.)

On chercherait en vain dans ce récit, remarquable par sa précision autant que par sa simplicité, la moindre trace, soit du conseil de guerre tenu à cheval, soit de l'apostrophe de Desaix à Bonaparte : *C'est ainsi, général, que l'on perd les batailles,* soit de l'appel réitéré de Desaix au canon de Marmont, et du rôle immense de ce canon à la fin de la journée. Malgré tout ce qu'a pu imaginer le duc de Raguse, la victoire de Marengo reste l'œuvre de celui qui, sans méconnaître les chances et les avantages que la supériorité du nombre donnait à l'ennemi, se porta plein d'assurance sur le champ de bataille au premier bruit de la canonnade, arrêta et ramena au combat la division Victor, soutint dans sa retraite et fit ensuite marcher en avant la division Lannes, dirigea dans ses mouvements pour tourner l'ennemi la division Saint-Cyr [1], poussa au feu Desaix,

---

[1] Le duc de Raguse devait protester comme il l'a fait contre le récit de la bataille de Marengo que Napoléon a inséré dans ses *Mémoires,* car le témoignage du Premier Consul infirme absolument la fabuleuse nar-

Boudet et Kellermann, et, tant que dura la lutte, se jeta lui-même, à la tête de son état-major et des intrépides grenadiers de sa garde, au milieu des boulets et des balles, pour être en mesure d'enflammer les soldats et de guider les généraux partout où les circonstances exigeaient l'appui de son coup d'œil, de sa voix et de son exemple.

Une paix glorieuse suivit de près cet éclatant triomphe. Le cabinet de Vienne était atterré; il accepta les conditions du vainqueur. Le rétablissement de la République cisalpine et de la République ligu-

ration du général de l'artillerie. Il ne veut pas admettre que les généraux aient fait mouvoir leurs divisions d'après un plan d'ensemble combiné et arrêté par le général en chef, et que Carra Saint-Cyr se soit trouvé, par exemple, sur les flancs ou sur les derrières de l'ennemi par ordre de Bonaparte et en prévision des événements qui marquèrent la fin de la journée. Il a son idée de la campagne de Marengo irrévocablement fixée, et il faut qu'elle prévale quand même. On peut la résumer ainsi :

1° Le Premier Consul s'engagea à travers les Alpes sans prévoir les obstacles qu'il allait rencontrer à chaque pas. Il ignorait complétement ce qui l'attendait au fort de Bard, ainsi que le passage possible par le petit Saint-Bernard. Heureusement Marmont suppléa Bonaparte et leva toutes les difficultés par la hardiesse de ses conceptions. Sans cela la campagne avortait.

2° Le Premier Consul, en disséminant ses troupes au lieu de les concentrer, s'exposa aux plus grands revers. Tandis qu'il rêvait follement de prendre l'armée autrichienne, il aurait infailliblement perdu la sienne à Marengo, si Desaix n'était survenu à la fin de la journée pour molester le Premier Consul et pour presser Marmont de faire jouer le canon, et si Marmont n'eût ramené bien vite la victoire sous le drapeau de la France par une salve dont l'effet fut d'autant plus merveilleux qu'elle fut immédiatement suivie d'une charge de Kellermann, qu'un retard de trois minutes seulement eût rendue inutile.

rienne fut proclamé. « Peu de jours après cette célèbre journée du 14 juin, dit Napoléon, tous les
patriotes italiens sortirent des cachots de l'Autriche,
et entrèrent en triomphe dans la capitale de leur
patrie, au milieu des acclamations de tous leurs
compatriotes et des *viva el liberatore dell' Italia.* »
(*Mémoires de Napoléon*, VI, 245.)

§ VI.

Marmont, qui accusait naguère les Italiens d'injustice envers l'Autriche, dont il vantait la domination
douce et *paternelle,* affecte, après Marengo, la sympathie la plus vive pour l'indépendance entière de
l'Italie. Il ne faut point s'en étonner. En prenant parti
pour l'affranchissement complet de la Péninsule et
pour l'établissement de l'unité italienne, il se fait
plus libéral que le fondateur des républiques de la
Ligurie et de la Cisalpine, et il se crée ainsi un prétexte d'accuser le héros, accueilli partout en libérateur, d'avoir trompé les vœux et les espérances de
l'Italie par une émancipation partielle et mensongère. « En calculant toujours froidement les intérêts
de son orgueil et leur sacrifiant tout, dit Marmont,
il s'est procuré momentanément des jouissances,
mais il les a payées cher. Il a compté pour rien le
vœu légitime des peuples, et plus qu'un autre il en
connaissait l'efficacité, car primitivement sa puis-

13.

sance n'avait pas eu d'autre base. Les Italiens, si remarquables par leurs lumières, par leur esprit, par la douceur de leurs mœurs, si riches par la possession du sol le plus fertile de l'Europe, si favorisés par le plus délicieux climat, si grands par le souvenir de ce qu'ils ont été, ne formaient alors, ne forment encore qu'un vœu, qu'un désir, n'ont qu'un besoin : c'est de devenir une nation, de retrouver l'indépendance politique qu'ils ont perdue depuis tant de siècles d'oppression, et de voir réunies en un tout compacte tant de parties homogènes. Leur langue est la même ; les plus hautes montagnes ou la mer les environnent de toutes parts, et ils possèdent tous les moyens nécessaires à leur conservation, à leur défense, à leurs besoins. Si Bonaparte, s'élevant au-dessus d'une politique vulgaire et d'une ambition commune, avait rempli ce vœu, avait fondé, sans arrière-pensée et dans l'intérêt propre de ce pays, un grand État en Italie, la France eût trouvé en cette puissance une alliée fidèle, contribuant puissamment à maintenir sa suprématie en Europe et le repos du monde. *C'est dans l'intérêt et l'honneur des peuples que sont les bases d'une politique durable :* mais c'est un langage que Bonaparte n'a jamais compris. » (II, 146.)

On ne saurait trop applaudir à cette conversion si brusque et si libérale de l'apologiste de la politique autrichienne en Italie. Le duc de Raguse proclame d'ailleurs un principe qui n'est contesté par personne. L'intérêt et l'honneur des peuples doivent être les seuls guides des gouvernements qui aspirent à la durée. Mais est-il vrai que Bonaparte n'ait jamais compris ce langage? Marmont ne se lasse pas de reproduire cette accusation capitale contre Napoléon; il veut à tout prix que le grand homme disparaisse pour faire place à l'ambitieux égoïste. Quand le conquérant de l'Italie porte ses vues bien haut et bien loin, il lui reproche de toucher à l'extravagance par l'exagération de ses projets et de ses espérances; quand le négociateur de Léoben, vainqueur à Marengo, persiste, en homme d'État, à tenir compte des nécessités temporaires ou locales et à graduer l'émancipation italienne, il ne voit plus en lui que le timide praticien d'une politique vulgaire; et, dans les deux cas, voisin de la folie ou esclave de la routine, Napoléon n'est jamais, sous la plume de son détracteur inintelligent ou déloyal, que le serviteur passionné de son intérêt particulier et de sa grandeur personnelle. Marmont n'a pas compris que cette personnalité gigantesque n'est parvenue à dominer tant d'autres personnalités, douées de brillantes qualités et dévorées d'ambition, que parce que l'intérêt individuel se confondait en elle avec l'intérêt général, et que le *moi* n'était si exigeant, si opiniâtre et si hautain dans Napoléon que parce que le héros, s'identifiant de bonne heure avec la nation, se considérait comme la tête et le cœur de la France, en même temps qu'il regardait la France comme la tête et le cœur de l'Europe et du monde civilisé.

LIVRE SIXIÈME.

REPRISE DES HOSTILITÉS. — NOUVELLE CAMPAGNE EN ITALIE.
— BRUNE. — DAVOUT. — SÉBASTIANI. — ARMISTICE DE TRÉVISE.
— PAIX DE LUNÉVILLE. — RÉTABLISSEMENT DU CULTE.
— CODE CIVIL. — LÉGION D'HONNEUR. — DÉCLARATION DE GUERRE.
— FULTON. — PROJET DE DESCENTE EN ANGLETERRE.
— LE GÉNÉRAL FOY.

§ I.

Le Premier Consul quitta l'Italie peu de jours après la bataille de Marengo, et laissa le commandement en chef à Masséna. Marmont rentra aussi en France, et passa deux mois dans la capitale, occupé de ses fonctions de conseiller d'État. Mais il fut bientôt renvoyé à l'armée, où Masséna venait d'être remplacé par Brune. Le nouveau général en chef n'a point échappé au pinceau qui nous a laissé le portrait de tant d'autres généraux odieusement défigurés.

« Brune, dit Marmont, n'avait jamais servi quand la révolution éclata. Prote d'imprimerie et membre du club des Jacobins, ensuite du club des Cordeliers, il se lia avec Danton. A l'époque de l'invasion des Prussiens, Paris fournit troupes, chevaux et moyens de toute espèce. Brune fut employé à la réquisition des chevaux. Comme à cette époque les moyens les plus prompts et les plus violents étaient préférés, on le chargea d'arrêter les voitures dans les rues et de les faire dételer. On le nomma adjudant général, pour lui donner une sorte d'autorité, et le voilà en fonctions avec sa grande taille et ses grands bras, barrant le boulevard et mettant les chevaux entre les mains des employés des équipages. Tels furent son début et son premier fait d'armes.

» Le général Bonaparte s'en engoua, on ne sait pourquoi : il céda sans doute pour celui-ci, comme pour Gardanne et pour tant d'autres mauvais officiers, à l'effet toujours produit sur lui par une grande taille. Il devint général de division, reçut plus tard le commandement du corps d'armée dirigé contre la Suisse, et prit Berne. De là il eut le commandement de l'armée gallo-batave, et se trouvait dans ce pays lors du débarquement des Anglais et des Russes en 1799. Il battit l'ennemi, *ou plutôt ses troupes le battirent par miracle*, car il fut étranger à leurs succès, et passa dans l'Ouest, qu'il pacifia; vint commander la deuxième armée de réserve à Dijon, devenue plus tard l'armée des Grisons, et enfin arriva en Italie au commencement de sep-

tembre 1800, pour remplacer Masséna et commander cette belle armée d'Italie, alors forte de soixante
mille hommes d'infanterie, dix mille chevaux et
cent soixante bouches à feu attelées.

» Brune était alors âgé de trente-sept ans..... La
fortune l'a favorisé au delà de toute expression, car,
*sans talents, sans courage, sans aptitude et sans in-
struction militaire, il a attaché son nom à d'assez
grands succès.* » (II, 156, 157, 158.)

Lorsque le duc de Raguse jetait dans ses *Mémoires*
ces lignes outrageantes pour le vainqueur des Anglais et des Russes, il savait que *la fortune, qui avait
favorisé ce guerrier au delà de toute expression*, avait
fini par le livrer à d'infâmes assassins; ce souvenir
palpitant du massacre de Brune, dans Avignon, aurait dû faire craindre à son ancien compagnon d'armes de se montrer trop injuste et trop cruel pour
une grande victime, impitoyablement égorgée, et
dont la veuve poursuivait encore la vengeance et
défendait la mémoire devant les tribunaux. Il y avait
eu au moins un jour dans la vie de Brune où les faveurs de la fortune ne devaient pas lui être enviées.

Brune avait pour chef d'état-major Oudinot; Davout commandait la cavalerie, Chasseloup le génie,
et Marmont l'artillerie. « Il s'établit, dit ce dernier,
une parfaite harmonie entre nous quatre. Dès ce
moment *nous résolûmes de conduire l'armée* et d'agir
toujours dans le même sens sur l'esprit du général

en chef, et à cet effet de ne le perdre jamais de vue. » (II, 159.)

Étrange spectacle! Des commandants en second qui se concertent et s'entendent pour mettre le général en chef sous leur surveillance continue et pour conduire l'armée selon leurs propres vues, plutôt que selon les siennes! Mais cette parfaite harmonie dont se félicite Marmont n'était après tout qu'une coalition de subalternes, un renversement occulte de la hiérarchie pouvant amener des tiraillements et de funestes incidents dans la direction de la guerre, et il est douteux que des généraux, dont la sagesse égalait la bravoure, se soient exposés, aussi facilement que Marmont le prétend, aux conséquences d'une pareille ligue.

Des succès marquèrent pourtant cette nouvelle campagne. Ils auraient été plus brillants, d'après Marmont, si Brune avait su tirer parti des avantages que ses lieutenants remportaient en quelque sorte malgré lui. Mais le général en chef *suivait l'ennemi à pas de tortue et négligeait de porter un coup décisif.* Le soldat disait : *Nous marchons à la brune.* Son impassibilité à Monzembano lui attira une violente apostrophe de Davout. « Revenu le soir au quartier général, dit Marmont, Davout, brutal et grossier, s'écria en entrant : « Comment, général, pendant que la moitié de votre armée est engagée, vous restez ici occupé à manger ? » (II, 166, 172.)

Heureusement ce défaut d'entente et de sympathie que présentait le quartier général n'eut pas sur
l'issue de la campagne l'influence que l'on pouvait
craindre. Un armistice fut signé à Trévise, et le colonel Sébastiani offrit d'aller à Paris pour en justifier
la conclusion et les clauses.

Marmont avait été employé par Brune à la négociation de cet armistice, et comme le général en
chef lui reprocha de n'avoir pas suivi ses instructions, il rompit avec lui. « Quant à Sébastiani, dit-il,
en bon Corse, il conserva des rapports meilleurs
avec le général en chef, quoiqu'il eût bien juré sa
perte : il servit d'intermédiaire entre nous. Il soutint au général Brune qu'on pouvait démontrer au
Premier Consul l'impossibilité où nous avions été
d'obtenir des conditions plus avantageuses, et s'offrit de se rendre à Paris pour le convaincre. Cette
proposition avait pour but de trouver l'occasion
d'informer avec détail le Premier Consul des sottises
sans nombre du général Brune pendant la campa-
pagne, de son incapacité, de sa déconsidération, et
de l'abjection dans laquelle il était tombé aux yeux
de tous. Brune donna dans le piége, ordonna le
départ de Sébastiani, et fournit les frais de poste à
cet officier, sur l'appui duquel il croyait pouvoir
compter, et qui cependant n'allait à Paris que pour
le perdre ; je munis notre envoyé d'un long rapport,
dont il fit valoir toutes les parties et toutes les ex-

pressions. Peu après, Brune fut rappelé et remplacé par le général Moncey, homme âgé et d'un caractère honorable, mais d'*une capacité peu étendue*. Les circonstances n'en demandaient pas une supérieure ; il fallait seulement un esprit d'ordre, de la probité et un caractère modéré, qualités dont il était pourvu. » (II, 180, 181.)

Le duc de Raguse est satisfait, pleinement satisfait. Il a décrit la chute de Brune, comme il l'avait préparée, avec une malveillance aussi active qu'habile. Il a plus fait : sans se relâcher jamais à l'égard du général en chef dont il poursuivit ardemment la perte, il frappe en passant sur ceux-là même de ses camarades qui se liguèrent avec lui contre Brune, sur Davout, qu'il appelle *brutal et grossier ;* sur Sébastiani, dont il accuse la *dissimulation* et la *perfidie,* et jusque sur Moncey, au caractère honorable duquel il ne veut rendre hommage que sous la réserve d'y ajouter immédiatement une restriction désobligeante, au sujet de sa *capacité peu étendue*.

§ II.

Au milieu du grand contentement que cette campagne lui procura, *parce qu'il y rendit des services que chacun voulut bien reconnaître* (II, 188), Marmont éprouva aussi *des sollicitudes et des tourments*. On le supposait avec raison investi de la confiance du Premier Consul ; sa qualité de conseiller d'État lui donnait d'autant plus de relief que le général en chef et lui en étaient seuls revêtus à cette armée. « L'importance de mon commandement, dit-il, la brillante organisation de l'artillerie, la manière dont elle avait servi, le parti qu'on aurait pu en tirer si on se fût battu, enfin ma position journalière auprès du général en chef, en raison de mes fonctions, tout cela avait fixé sur moi les yeux de l'armée. Ma grande activité et mon zèle m'avaient fait attribuer à tort une très-grande influence, et des fautes vivement senties par moi, que j'avais tout fait pour éviter, me furent quelquefois attribuées; en un mot, je passais pour le conseiller du général en chef. J'ai vu par expérience le rôle détestable que ce métier vous fait jouer à l'armée; c'est le métier le plus ingrat possible. On ne conseille pas un général en chef, il peut chercher des lumières sur des questions spéciales, mais il doit s'en rapporter à ses inspirations. Si les opérations vont bien, c'est au général en chef qu'en appartient la gloire; si elles vont mal, on les reproche à son conseil. . . . .

. . . . L'expérience de cette campagne, cependant sans aucun résultat fâcheux, m'a fait renoncer pour toujours à jouer ce rôle mixte et bâtard, amené alors par la force des choses; il faut s'en tenir à obéir ou à commander, suivant sa position, et, autant que je l'ai pu, j'ai réduit mes fonctions à cette alternative; quand j'ai été forcé de m'en écarter, comme on le verra par la suite, je m'en suis toujours mal trouvé. » (II, 188, 189, 190.)

Si Marmont, à la fin de cette campagne, se promit réellement de ne plus faire désormais que l'une de ces deux choses : *commander* ou *obéir,* il prit envers lui-même un engagement au-dessus de ses forces. Cette alternative à laquelle il voulait réduire ses fonctions n'était pas conciliable avec sa nature, ou plutôt avec son orgueil. Il se croyait fait pour commander, pour commander toujours, ou comme chef, ou comme inspirateur du chef, et quand ces deux formes du commandement lui manquaient, il était loin de se résigner à l'obéissance, car ce n'est pas obéir que suivre en murmurant et en protestant des ordres que l'on exécute nécessairement très-mal, après les avoir intimement blâmés et réprouvés. Dans les circonstances les plus graves de sa vie, nous verrons le duc de Raguse entraîné à commettre des fautes, et plus que des fautes, précisément par cette répugnance invincible pour la subordination qui maîtrisait incessamment son âme. Pour ne pas obéir à des princes ou à des maréchaux dont la supériorité hiérarchique blessera sa vanité, il précipitera les événements, compromettra le sort de ses troupes, et perdra des batailles dont un ajournement de vingt-quatre heures assurerait le succès. Pour cesser d'obéir comme lieutenant de l'Empe-

reur, et pour devenir le maître d'une situation,
l'arbitre suprême du gouvernement, le premier généralissime des armées du roi, il traitera d'égal à
égal avec le généralissime des étrangers, et pour
commander sans contrôle, il trahira sans hésitation.

Parmi les généraux dont il ne voudra pas recevoir des ordres, au risque de provoquer une défaite
ou de manquer un succès, et de faire ainsi échouer
les opérations d'une campagne, nous distinguerons
Davout, dont l'appui, invoqué à temps en 1809,
aurait amené certainement l'entière destruction de
l'armée autrichienne, quelques jours après Wagram.

Quand Marmont opposait Davout à Brune à Monzembano, il se contentait de le dire *grossier et brutal*. Brune ayant disparu, c'est à Davout de subir
en première ligne le déchaînement du détracteur
monomane du quartier général, et Marmont se jette
sur lui avec une violence et une ténacité qui dé-
passent tout ce que la haine et l'envie lui ont sug-
géré jusqu'à présent contre ses anciens camarades.

« Davout, dit-il, commandait la cavalerie de
l'armée; ma position lui avait imposé, et comme
il était très-ambitieux, il s'occupa d'une manière
soutenue à me plaire pendant cette campagne;
c'était le courtisan le plus assidu et le plus flatteur.
Il venait deux fois par jour chez moi, ne pouvant
vivre sans moi; lorsque depuis il a volé de ses propres ailes, quand sa position lui a paru assurée, il

a payé mon amitié d'alors par beaucoup d'ingratitude, et par autant de morgue que nos positions
respectives et mon propre caractère pouvaient le
comporter.

» Le rôle joué depuis par Davout m'engage à le
faire connaître, et je vais le peindre tel qu'il a été
pendant sa faveur et à l'apogée de son existence
politique. On a dit trop de mal et trop de bien de
lui ; je tâcherai d'être juste à son égard.

» Davout était bien né ; sa famille, fort ancienne
et appartenant à la province de Bourgogne, est établie dans mon voisinage ; élève du roi à l'école militaire de Brienne, il entra comme sous-lieutenant
dans le régiment de Royal-Champagne cavalerie,
fut révolutionnaire ardent, et se mit à la tête des insurrections qui chassèrent les officiers de son régiment. On ne sait pas pourquoi, étant un très-bon et
très-ancien gentilhomme, il a eu toute sa vie le plus
grand éloignement pour les individus de sa caste.
Nommé chef d'un bataillon de volontaires du département de l'Yonne, il servit en cette qualité dans
l'armée de Dumouriez ; ce bataillon tira sur Dumouriez au moment où il fut obligé de se réfugier chez
l'ennemi.

» Davout servit à l'armée du Rhin d'une manière
honorable, mais obscure ; plus tard il fit partie de
l'armée d'Égypte, et, à cette époque, il était sans
aucune réputation. Après avoir servi dans la haute

Égypte avec le général Desaix, et commandé sa cavalerie, il rejoignit le général Bonaparte à son retour
de Syrie, quand celui-ci marcha sur Aboukir ; la
manière dont il fut employé lui déplut : laissé en
arrière avec un détachement, il ne fut pas appelé à
la bataille ; il se plaignit avec aigreur au général
Bonaparte, lui montra du mécontentement, de l'humeur, et, à cette occasion, fut traité de la manière
la plus humiliante ; il n'avait jamais été encore en
rapport direct avec lui, et ce début n'annonçait pas
ce qui devait arriver. De ce moment date cependant
son dévouement sans bornes et souvent porté jusqu'à la bassesse. Bonaparte parti pour retourner en
France, l'armée d'Égypte se divisa en deux factions : la première eut à sa tête le général en chef
Kléber, accusant le général Bonaparte et prenant à
tâche de flétrir sa gloire ; l'autre, ayant le général
Menou pour chef, et dont faisaient partie plus particulièrement les officiers venant d'Italie, lui fut
fidèle, et le défendait contre toutes les accusations
dont il était l'objet.

» Les uns étaient favorables à l'évacuation de
l'Égypte, les autres à sa conservation.

» Davout fut un des plus ardents parmi les amis
de Bonaparte, quoique les injures reçues fussent
encore toutes récentes. De retour en France avec
Desaix, le Premier Consul le traita bien et sembla
vouloir le dédommager de ce qu'il avait souffert ;

14

bientôt il le combla, et, après l'avoir fait général
de division, il lui donna le commandement de la
superbe cavalerie de l'armée d'Italie. Il lui fit
épouser la sœur du général Leclerc, son beau-
frère, l'admettant ainsi dans une espèce d'alliance,
et l'attacha à sa garde en lui donnant le commandement des grenadiers à pied. Plus tard, au début
de la guerre avec l'Angleterre, il eut le commandement du troisième corps de la grande armée, et
toujours, depuis, de grands commandements, et
des commandements de choix, lui ont été confiés;
espèce de proconsul en Allemagne pendant l'inter-
valle qui s'écoula entre la paix de Tilsit et la guerre
de 1812, il servit les passions de l'Empereur avec
ardeur, exagéra tout ce qui était relatif au système
du blocus continental, système devenu promptement
la cause et le prétexte de toutes les infamies qui
nous rendirent odieux en Allemagne à cette époque.

» Davout s'était institué de lui-même l'espion de
l'Empereur, et chaque jour il lui faisait des rapports. La police d'affection, selon lui, étant la seule
véritable, il travestissait les conversations les plus
innocentes. Plus d'un homme frappé dans sa carrière et son avenir n'a connu que fort tard la cause
de sa perte. Davout avait de la probité; mais
l'Empereur dépassait tellement par ses dons les
limites de ses besoins possibles, qu'il eût été plus
qu'un autre coupable de s'enrichir par des moyens

illicites. Ses revenus, en dotation, se sont montés jusqu'à un million cinq cent mille francs. Homme d'ordre, maintenant la discipline dans ses troupes, pourvoyant à leurs besoins avec sollicitude, il était juste mais dur envers les officiers, et n'en était pas aimé. Il ne manquait pas de bravoure, avait une intelligence médiocre, peu d'esprit, peu d'instruction et de talent, mais une grande persévérance, un grand zèle, une grande surveillance, et ne craignait ni les peines ni les fatigues. D'un caractère féroce, sous le plus léger prétexte et sans la moindre forme, il faisait pendre les habitants des pays conquis. J'ai vu, aux environs de Vienne et de Presbourg, les chemins et les arbres garnis de ses victimes.

» En résumé, son commerce était peu sûr. Tout à fait insensible à l'amitié; il n'avait aucune délicatesse sociale; tous les chemins lui étaient bons pour aller à la faveur, et rien ne lui répugnait pour la conquérir. C'était un mameluk dans toute la force du terme, vantant sans cesse son dévouement. Il reçut une fois une bonne réponse de Junot, qui, jaloux des biens sans nombre dont l'Empereur le comblait, lui dit : « Mais dites donc, au contraire, que c'est l'Empereur qui vous est dévoué. » Ce dévouement, dont il faisait toujours parade, il le portait dans ses expressions jusqu'à l'abjection. Nous étions à Vienne, en 1809; l'on causait dans un

14.

moment perdu, comme il y en a tant à l'armée, et le dévouement était le texte de la conversation. Davout, suivant son usage, parlait du sien, et le mettait au-dessus de tous les autres : « Certainement, dit-il, on croit avec raison que Maret est dévoué à l'Empereur; eh bien, il ne l'est pas au même degré que moi. Si l'Empereur nous disait à tous les deux : « Il importe aux intérêts de ma po- » litique de détruire Paris sans que personne n'en » sorte et ne s'en échappe, » Maret garderait le secret, j'en suis sûr; mais il ne pourrait pas s'empêcher de le compromettre cependant, en faisant sortir sa famille; eh bien, moi, de peur de le laisser deviner, j'y laisserais ma femme et mes enfants. » Voilà quel était Davout. » (II, 190, 191, 192, 193, 194, 195.)

Ce portrait a été tracé dans un accès de vengeance ou de jalousie fébrile. Davout était dur, mais sans être cruel; dévoué à l'Empereur, mais sans le séparer de la France, et sans lui sacrifier les droits de l'honneur ni les sentiments les plus sacrés de l'humanité. Essayer de faire de lui *un espion, un barbare, un mameluk dans toute la force du terme,* c'est entreprendre ce que tout soldat de la grande armée eût repoussé avec indignation, et ce qui ne pouvait tenter que le maréchal qui avait trahi son pays et son bienfaiteur à Essonne, tandis que son collègue, si horriblement défiguré, défendait à Hambourg le drapeau de la révolution et les aigles de l'Empire. Davout se serait vanté, en 1809, d'être tout prêt, si les intérêts de la politique impériale l'exigeaient, à détruire Paris sans que personne pût en sortir ni s'en échapper, pas même sa femme et ses enfants! Mais, en 1815, Davout démentit par sa conduite, aussi prudente que patriotique, ce servilisme sauvage et cynique dont Marmont l'accuse. Il fut placé, à cette époque, entre les exigences de la politique de Napoléon et le salut de la population parisienne, et, sans rien rabattre de son attachement pour l'Empereur, il ne cessa pas d'opiner et d'agir pour la conservation de Paris, bien que ce parti fût combattu par les généraux et les hommes d'État qui n'avaient pas encore perdu tout espoir d'une résurrection impériale.

§ III.

La paix de Lunéville était signée; Marmont revint à Paris, et reprit ses fonctions au conseil d'État. Il s'occupa aussi de l'artillerie, et proposa à ce sujet des observations si remarquables, que le Premier Consul exprima le désir qu'elles lui fussent soumises par écrit. Marmont rédigea en effet *un mémoire fort développé, qui eut un succès complet auprès de lui.* (II, 196.)

« A cette époque, le Premier Consul s'occupa du

rétablissement du culte; il vit mieux et de plus
haut que tout le monde, car son succès fut complet, et cependant il fut presque seul de son avis;
tout ce qui avait marqué dans la révolution, et les
militaires en particulier, reçurent fort mal le projet;
mais rien n'en arrêta l'exécution. Le Premier Consul
avait jugé le culte public dans le goût et les besoins
de la nation; j'avais été frappé de l'irritation de
quelques-uns de mes camarades, et, quoique je
n'aie jamais été à l'irréligion, que j'aie souvent
même envié le bonheur de ceux dont la croyance
est profonde, à cause des consolations qu'ils en
tirent, je partageais leurs préventions. L'établissement d'un clergé comme corps, avec sa puissance,
sa hiérarchie et ses distinctions, était si éloigné de
tout ce qui avait précédé et paraissait une chose si
nouvelle, que j'en parlai au Premier Consul, et lui
exprimai mes doutes. Il eut avec moi une conversation fort longue sous les grands arbres de la
Malmaison; il me démontra que la France était
religieuse et catholique, que la seule manière d'être
maître du clergé et de diriger son influence était de
le rétablir, de l'organiser, de l'honorer et de pourvoir à ses besoins; il ajouta : « Quand cela sera
» fait, mon pouvoir sera doublé en France, et
» j'aurai pris racine dans le cœur du peuple. »
(II, 198, 199.)

Le sceptique ne se tint pas pour battu. Il fit valoir l'inconvénient grave résultant, pour les pays catholiques, du trop grand nombre de fêtes, et il profita de ses connaissances économiques pour donner une bonne leçon au Premier Consul, parfaitement ignorant en ces matières, dit Marmont, et qui allait rétablir le culte, sans prévoir les conséquences qu'un chômage trop fréquent pouvait avoir sur le travail national dans les ateliers et dans les champs. Heureusement, ce Bonaparte, que le duc de Raguse a fait tant de fois inaccessible aux conseils de la sagesse et de la raison, après avoir maintenu d'abord sa première opinion, consentit à écouter docilement l'enseignement scientifique et philosophique de son ancien aide de camp, qui lui exposa, d'après des autorités dont il n'a pu retrouver le souvenir, que le temps perdu par les fêtes expliquait la différence de prospérité des États catholiques et des États protestants; ce qui était facile à comprendre, quand on réfléchissait qu'il y avait dans ceux-là jusqu'à soixante-dix jours, c'est-à-dire *le cinquième de l'année employé à consommer sans produire.* « La réflexion le convainquit, dit Marmont, car le concordat supprima toutes les fêtes, excepté les quatre pour lesquelles l'Église a une dévotion particulière. *Ce que m'avait annoncé le Premier Consul se vérifia; les murmures d'un petit nombre de mécontents passèrent, et les quatre-vingt-dix-neuf centièmes de la nation furent satisfaits d'avoir la possibilité et la liberté de remplir les devoirs de leur religion ; ils bénirent le Premier Consul.* » (II, 200.)

L'événement justifia donc les prévisions de l'homme d'État qui gouvernait la République après l'avoir tant illustrée, et imposa silence aux esprits forts de son entourage. « Ce n'est pas le mystère de l'Incarnation que je vois dans la religion, leur disait-il, c'est le mystère de l'ordre social. Mais est-il croyable que cet homme, si supérieur par son génie philosophique comme par son génie militaire aux publicistes et aux soldats qui l'aidaient à assurer le repos, la prospérité et la grandeur de la France, ait eu besoin de la science économique et d'une leçon fortuite de l'un de ces esprits forts pour faire un concordat conforme aux idées, aux mœurs et aux intérêts nouveaux de la nation ? Est-il possible que le Premier Consul, qui avait auprès de lui, pour mûrir et discuter ce grand projet, des conseillers aussi éclairés et aussi sages que les Tronchet, les Portalis, les Siméon, les Treilhard, etc., etc., n'ait été amené que par hasard à préserver la France régénérée des abus qu'il savait contribuer à entretenir la paresse et la misère parmi les vieilles nations du midi de l'Europe ? Non, ce ne fut point le philosophisme de Marmont, accidentellement interrogé, qui fit supprimer les fêtes trop nombreuses consacrées dans l'ancien régime, et si funestes à l'industrie nationale et à la richesse publique ; ce fut plutôt la philosophie de celui qui, tout en relevant les autels du catholicisme, domina, respecta et protégea constamment toutes les croyances, et qui a pu dire, à Sainte-Hélène, que sa neutralité religieuse avait été un bienfait pour les peuples, car il n'aurait pu sans elle exercer une véritable tolérance, et favoriser également des sectes contraires.

Après le rétablissement du culte, la rénovation de la législation civile, cette œuvre immortelle de Napoléon, obtient du duc de Raguse une mention honorable de quelques lignes, et qui, malgré sa brièveté, n'est pas sans mélange de critique et de blâme. « Le code, dit-il, pèche par quelques désaccords entre les dispositions qu'il présente et le principe de notre ordre politique; *on l'a fait sous une république, et il devait servir à une monarchie; si on l'eût fait trois ans plus tard, il serait parfait.* Tel qu'il est, c'est encore un des plus beaux ouvrages sortis de la main des hommes. » (II, 202, 203.)

Marmont s'est plaint quelque part de ce que les gens de loi et les gens de lettres se permettent trop souvent de juger les gens de guerre, et de parler des événements militaires en hommes du métier. Ne s'est-il pas exposé lui-même à un reproche analogue, en accusant Cambacérès, Portalis, Maleville, Tronchet, et tant d'autres savants jurisconsultes, d'avoir, sous l'impulsion d'un génie dont la compétence était vraiment universelle, fait une œuvre

illogique, en élaborant et en achevant, sous une
république, un système de législation destiné à une
monarchie ? Si le duc de Raguse eût réfléchi que le
code civil, pour bien remplir le but de ses auteurs,
devait correspondre aux besoins, aux intérêts, à
l'esprit et aux tendances de la société civile, et non
pas seulement aux exigences d'une institution politique, il eût compris que Cambacérès et ses collègues, si admirablement poussés et soutenus par
Bonaparte, s'étaient montrés de profonds et sages
législateurs, en faisant un code démocratique pour
une société qui était essentiellement démocratique,
et qui devait le devenir chaque jour davantage,
quels que fussent les changements à prévoir dans la
forme et la constitution de son gouvernement.

L'institution de la Légion d'honneur vint s'ajouter bientôt aux grandes créations du Consulat.
Marmont reconnaît que Bonaparte devança encore
l'opinion dans cette circonstance. « Cette institution, dit-il, devenue la cause d'une si vive émulation, destinée à inspirer de si généreux sentiments,
à faire de si belles actions ; cette institution, devenue
si populaire, fut alors mal accueillie par l'opinion,
et pendant assez longtemps un objet de critique et
de censure : une loi l'établit, et le Corps législatif,
malgré sa composition et son habitude d'obéissance,
ne la vota qu'à une faible majorité. » (II, 204.)

Le duc de Raguse rappelle ensuite qu'il avait

présenté et soutenu ce projet de loi; mais il n'ajoute pas que le Premier Consul, étonné de l'opposition que rencontrait l'institution de la Légion d'honneur, s'en prit aux orateurs qu'il avait chargés de la défendre. Cette impopularité primitive de l'institution dut prouver du reste une fois de plus à Marmont qu'il y avait en France des susceptibilités révolutionnaires plus vivaces qu'il ne l'avait cru dans ses prédictions à Junot sur Bonaparte, et dans ses railleries sur la timidité politique de Murat. Ces susceptibilités s'apaisèrent bien vite néanmoins quant à l'institution de la Légion d'honneur, parce que c'était rendre un nouvel hommage aux principes de la philosophie moderne et de la démocratie française que donner pour base à l'égalité la récompense selon le mérite.

§ IV.

La paix d'Amiens, qui avait suivi de près le traité de Lunéville, ne fut qu'une courte trêve. Le duc de Raguse reconnaît que Bonaparte fut surpris et affligé de cette prompte rupture avec l'Angleterre. Il brûlait alors de consacrer son activité et sa puissance aux besoins intérieurs du pays. (II, 203.) Mais contraint de reprendre ses travaux guerriers, il prépara aussitôt un débarquement en Angleterre. C'est à cette époque que l'Américain

Fulton se présenta au Premier Consul pour lui proposer d'appliquer à la navigation la machine à vapeur comme force motrice. « Bonaparte, dit Marmont, que ses préjugés rendaient opposé aux innovations, rejeta les propositions de Fulton. Cette répugnance pour les choses nouvelles, il la devait à son éducation de l'artillerie. Dans un corps semblable, un esprit conservateur doit garantir des changements non motivés; sans cela, tant de faiseurs de projets extravagants feraient bientôt tomber dans la confusion. Mais une sage réserve n'est pas le dédain des améliorations et des perfectionnements. Toutefois j'ai.vu Fulton solliciter des expériences, demander de prouver les effets de ce qu'il appelait son invention. Le Premier Consul traita Fulton de charlatan, et ne voulut entendre à rien. J'intervins deux fois sans pouvoir faire pénétrer le doute dans l'esprit de Bonaparte. Il est impossible de calculer ce qui serait arrivé s'il eût consenti à se laisser éclairer, et si, avec les moyens immenses à sa disposition, une flottille à vapeur eût fait partie des éléments de la descente projetée. C'était le bon génie de la France qui nous envoyait Fulton. Le Premier Consul, sourd à sa voix, manqua ainsi sa fortune. » (II, 211, 212.)

Cette page est peut-être celle où le duc de Raguse a étalé son orgueil avec le plus d'audace. Le bon génie de la France nous avait amené Fulton; Marmont devina tout de suite le merveilleux secret dont l'ingénieur américain était dépositaire, tandis que Bonaparte, que son éducation de l'artillerie avait rempli de préjugés auxquels la haute raison de l'artilleur Marmont avait échappé, repoussa Fulton comme un charlatan, sans vouloir même se laisser éclairer par des expériences.

Mais le Premier Consul n'était donc plus ce conquérant civilisateur qui mettait son titre de membre de l'Institut avant celui de général en chef, qui créait des institutions scientifiques en Égypte, et qui avait invité les savants d'Italie à se réunir et à lui proposer leurs vues *sur les moyens de donner aux sciences et aux arts une nouvelle vie et une nouvelle existence?* (*Lettre du général Bonaparte à Oriani.*) Le Premier Consul n'avait donc rien encore de cet Empereur qui demanda aux savants de France *de lui rendre compte des progrès de la science depuis 1789, de dire son état actuel et les moyens à employer pour lui faire faire des progrès.* Bonaparte, en arrivant au gouvernement de la France, avait donc perdu tout à coup les prodigieuses facultés qui l'avaient fait si grand dans le passé et qui devaient l'élever encore dans l'avenir; et le premier magistrat de la république, le héros de Lodi et des Pyramides, n'était plus qu'un artilleur plus ou moins habile et absolument esclave des préjugés de son métier.

C'est bien là l'induction que le duc de Raguse convie ses lecteurs à tirer de l'anecdote sur Fulton et des réflexions dont il l'a accompagnée. Mais l'autorité de Marmont, comme témoin ou comme appréciateur, est trop suspecte pour qu'elle puisse prévaloir sur la vraisemblance et accréditer les jugements les plus absurdes et les contes les plus ridicules. L'histoire a d'ailleurs ici un document authentique à opposer aux allégations mensongères de l'artilleur sans préjugés, introducteur prétendu et patron officieux de Fulton. Le Premier Consul fut pour l'ingénieur américain ce qu'il n'a pas cessé d'être pour tous les savants du monde ayant des découvertes utiles à révéler ou des progrès essentiels à indiquer. Loin d'éprouver l'invincible répugnance que Marmont lui suppose pour le projet de Fulton, il se montra empressé à le soumettre à l'étude, et il écrivit du camp de Boulogne, le 21 juillet 1804, au ministre de l'intérieur, M. de Champagny, la lettre suivante :

« Monsieur de Champagny,

» Je viens de lire le projet du citoyen Fulton, ingénieur, *que vous m'avez adressé beaucoup trop tard, en ce qu'il peut changer la face du monde.* Quoi qu'il en soit, je désire que vous en confiiez immédiatement l'examen à une commission composée de membres choisis par vous dans les différentes classes de l'Institut. C'est là que l'Europe savante doit chercher des juges pour résoudre la question dont il s'agit. *Une grande vérité, une vérité physique, palpable, est devant mes yeux.* Ce sera à ces messieurs de la voir et de tâcher de la saisir. Aussitôt le rapport fait, il vous sera transmis, et vous me l'enverrez. *Tâchez que tout cela ne soit pas l'affaire de plus de huit jours, car je suis impatient.*

» Napoléon. »

Devant cette lettre, l'homme à préjugés disparaît, et l'ennemi des innovations fait place au provocateur infatigable et au protecteur constant des améliorations en toute chose.

§ V.

Marmont attestait naguère que le Premier Consul avait voulu sérieusement la paix à Amiens, et que le renouvellement de la guerre avec la Grande-Bretagne l'avait ensuite vivement contrarié.

Mais la guerre une fois déclarée, Napoléon dut s'occuper des moyens de la conduire à un prompt et vaste résultat. Il médita et prépara activement à cette fin une descente en Angleterre. « La faiblesse de Villeneuve, dit Marmont, son irrésolution, ont tout fait manquer. » (II, 215.) Cependant le gouvernement anglais, menacé dans Londres même, s'était efforcé de rallumer la guerre sur le continent, et il était parvenu à former une nouvelle coalition, dans le Nord, contre la France. Cette diversion n'aurait pas suffi pour faire renoncer Napoléon à son idée d'une descente sur le sol britannique, si le concours de l'escadre de l'amiral Villeneuve, sur lequel il avait principalement compté, ne lui eût fait défaut, car il disait à Marmont pendant la campagne d'Allemagne : « Si nous eussions débarqué en Angleterre et que nous fussions entrés à Londres, comme cela aurait incontestablement eu lieu, les femmes de Strasbourg auraient suffi pour défendre la frontière. » (II, 216.)

Le duc de Raguse place ici une anecdote relative au général Foy, et, comme toujours, sous l'apparence d'une vive sympathie pour l'un de ses anciens camarades, il s'attache à faire remarquer, dans l'illustre orateur dont la France adopta depuis les enfants, des habitudes et des défauts qu'il n'est pas fâché d'opposer à l'admiration et à la reconnaissance nationales.

« Un soir, dit-il, étant allé travailler aux Tuileries avec le Premier Consul, il me dit brusquement : « Que fait à Paris le colonel Foy ? » Je lui répondis : « Mon général, il est en congé, et s'occupe, je » crois, *de ses plaisirs.* » Il me dit : « Non, il intri-

» gue avec Moreau, et je viens de donner l'ordre de
» l'arrêter; il le sera cette nuit même. »

» J'avais, ajoute Marmont, *une véritable amitié
pour Foy;* je connaissais son mécontentement, mais
je savais qu'il ne pouvait lui inspirer rien de criminel. *J'avais l'expérience de sa légèreté, de l'indis-
crétion de ses propos;* mais ceux qui se plaignent
tout haut ne sont pas ceux qui conspirent. Une fois
arrêté, sa carrière était perdue, et je résolus de le
sauver. En sortant de chez le Premier Consul, j'allai
le trouver : je lui annonçai ce dont il était menacé;
je le fis cacher pendant quelques jours pour avoir
le temps d'arranger son affaire; je me rendis garant
de sa conduite à l'avenir, et huit jours après j'a-
vais obtenu qu'il m'accompagnerait à l'armée. »
(II, 217, 218.)

Le duc de Raguse avait *une véritable amitié pour
Foy,* et cependant il l'a représenté, au début de
ses Mémoires, comme l'un des *cinq jacobins* de l'é-
cole d'artillerie qui passaient leur vie au club, pro-
fessaient les opinions les plus exagérées, et avaient
échauffé le peuple de Châlons contre leurs camarades, dans une émeute où Marmont faillit être mis
à la lanterne. (I, 23-26.) Il fallait que le souvenir
de cette provocation homicide et des dangers qu'elle
avait fait courir à l'élève de 1792 fût bien affaibli
dans l'esprit du général de 1804 pour que Marmont,
parfois moins que généreux envers ses compagnons

15

d'armes devenus ses bienfaiteurs, se soit montré si
magnanime envers un camarade qu'il accusait d'a-
voir été l'un de ses dénonciateurs. Et puis, sous
quelle forme s'exprime cette *véritable amitié!* Foy
était un esprit grave, livré à l'étude et à la médita-
tion, doué au plus haut degré de la puissance oratoire, et non moins remarquable par la noblesse et
la dignité de son caractère. Eh bien, son *véritable
ami* imagine l'avoir soustrait à la colère de Napoléon
et l'avoir préservé d'une arrestation désastreuse pour
son avenir, pour avoir l'occasion de dire que cet
homme politique si éminent était essentiellement
léger et indiscret, et plus *occupé de ses plaisirs* que
des affaires publiques. Le persécuteur du colonel
Foy avait mieux compris le caractère sérieux de ce
soldat fermement et sagement libéral, quand il disait : « Les généraux qui semblaient devoir s'élever,
les destinées de l'avenir, étaient *Gérard, Clausel,
Foy, Lamarque,* etc. ; c'étaient mes nouveaux maréchaux. » (*Mémorial.*)

LIVRE SEPTIÈME.

COMMANDEMENT DE MARMONT EN HOLLANDE. — VICTOR. — ÉRECTION
DE L'EMPIRE. — BESSIÈRES. — DECRÈS.

---

§ I.

Napoléon combla les désirs de Marmont en le faisant passer du service de l'artillerie à la tête d'un corps d'armée cantonné en Hollande. « Le Premier Consul, dit-il, connaissait mes vœux, me savait dévoré de ce feu sacré sans lequel on ne fait rien de grand ; il crut reconnaître en moi les qualités nécessaires aux grands commandements, et il me proposa celui de l'armée de Hollande....

» Le commandement que je reçus était fort important, et présentait quelques difficultés. En arrivant en Hollande, *je trouvai tout dans un désordre et dans un état dont il est difficile de se faire une juste idée : les troupes abandonnées et dans le plus grand délabrement ; les hôpitaux encombrés et renfermant plus de six mille malades.*

» Le général Victor commandait alors dans ce pays. » (II, 220.)

15.

Le général Victor, depuis maréchal et duc de Bellune, fut appelé sous la Restauration à la direction suprême des affaires militaires. Le duc de Raguse occupait, dans le même temps, l'un des premiers postes de l'armée, et il jouissait de la pleine confiance du monarque. Si le maréchal que l'on poussait au ministère de la guerre avait réellement montré dans son commandement en Hollande l'incapacité administrative dont Marmont retrace ici les résultats déplorables, le duc de Raguse dut être bien affligé de ce choix, et l'on peut se demander comment un si hardi conseiller de la couronne, habituellement si peu enclin à ménager ses compagnons d'armes, s'abstint de déposer dans le sein du Roi l'une de ces révélations qu'il a tant prodiguées dans ses Mémoires.

Victor avait été chargé d'aller occuper la Louisiane, mais, « au moment de partir, dit Marmont, il était resté par suite de la cession de ce pays aux États-Unis d'Amérique. Il était de beaucoup mon ancien, et ne pouvait être placé sous mes ordres. On divisa le commandement, et on lui donna celui du territoire, tandis que je commandais les troupes d'expédition. Un mois après, il reçut une autre destination, et je restai chef unique. » (II, 221.)

Certes, le général Marmont ne pouvait exprimer plus nettement le sentiment qu'il avait d'une supériorité incontestable sur Victor, son *ancien*. Mais ce sentiment était-il partagé alors par le chef commun, comme il cherche à le faire croire? Une promotion éclatante, faite dans une circonstance mémorable, et qui survint peu de temps après, pourra servir à résoudre cette question d'une manière peu favorable aux prétentions et à la vanité du duc de Raguse.

Le Consulat avait élevé la France au plus haut degré de prospérité au dedans et de considération au dehors. La nation nouvelle, après une lutte héroïque de dix années, développait dans les arts, dans les sciences, dans l'industrie, sa puissance pacifique, comme elle avait déployé sa force militaire sur les champs de bataille, tant que la vieille Europe avait persisté à lui contester ses droits et à menacer son existence. Mais cette situation, si glorieuse et si prospère, était liée évidemment à la destinée du Premier Consul, dont le génie créateur et la puissante volonté avaient fait rentrer dans son lit le torrent révolutionnaire, et régularisé pour le féconder le mouvement social de 89. L'attentat de nivôse et la conspiration de Pichegru avaient démontré que les partisans de l'ancien régime personnifiaient la Révolution française dans Napoléon Bonaparte, et qu'ils espéraient atteindre mortellement celle-là en se débarrassant de celui-ci. Le Premier Consul avait plus que personne le sentiment de cette glorieuse incarnation, et c'est ce qui l'amena à penser à un grand changement dans la constitution de son pouvoir. « L'hérédité, dit-il, peut seule empêcher la contre-révolution. On n'a rien à craindre de mon vivant; mais tout chef électif serait, après moi, trop faible pour résister aux partisans des Bourbons. » (*Pelet de la Lozère.*)

Marmont ne croit pas que le rétablissement des Bourbons fût, en aucun cas, possible à cette époque. Après avoir dit de la conspiration de Pichegru, dont certains partis ont follement contesté l'existence, qu'elle avait réellement fait courir les plus grands risques au Premier Consul, il ajoute : « Si la conspiration eût réussi, elle n'aurait pas été au profit de ceux qui l'avaient ourdie : la confusion, le désordre eussent été la suite immédiate de la mort de Bonaparte, qui, seul, par sa force et sa position, pouvait alors soulever la couronne et la mettre sur sa tête sans en être écrasé. *Les Bourbons moins que tous autres à cette époque étaient capables d'en ceindre leurs fronts, leur nom n'avait rien de populaire, et bien des* MALHEURS PUBLICS *devaient précéder le moment où ils le deviendraient.* » (II, 226.)

Les Bourbons étaient *impopulaires* et *impossibles* en 1804, et il fallait des MALHEURS PUBLICS pour qu'ils devinssent *possibles* dix ans plus tard ! C'est Marmont qui le dit ! Marmont, qui est précisément destiné à trahir Napoléon et à faciliter le rappel des Bourbons, en 1814, au nom des MALHEURS PUBLICS !

L'auxiliaire futur des Bourbons appréciait du reste
parfaitement les graves difficultés et les tristes conditions d'un rétablissement plus ou moins éloigné
de l'ancienne famille royale. La justesse de ses réflexions était d'ailleurs attestée par l'histoire des
révolutions dynastiques de notre pays. Quand les
enfants de Robert le Fort remplacèrent sur le trône
les descendants de Charlemagne, qui avaient épuisé
bien vite le prestige attaché à ce grand nom, une
restauration s'accomplit à la mort du premier roi
de la race nouvelle, Eudes, le vainqueur des Normands, le sauveur de Paris, et qui avait été couronné en 888 pour ses nobles qualités et ses grands
services, à l'exclusion de Charles le Simple; et cette
restauration d'un enfant réputé imbécile n'était
devenue possible qu'à la suite de calamités nationales, de nouvelles invasions des Normands, au milieu
desquelles le peuple de France avait invoqué en vain
le nom et le bras de son libérateur, qui mourait alors
empoisonné à la Fère, disent les chroniques.

Cette restauration, favorisée par les malheurs
publics, ne rendit pas au tronc dynastique des Car-
lovingiens la séve qu'il avait perdue pour toujours;
elle ne fit qu'exposer à une nouvelle déchéance le
prince incapable qu'elle porta au trône, et qui termina ses jours dans une prison. Mais les champions
de la légitimité carlovingienne maintinrent leurs prétentions, et parvinrent même à faire couronner une

fois encore leur prétendant; agitant la France pendant la plus grande partie du dixième siècle, appelant au besoin l'étranger à leur aide et exploitant les souffrances du pays, jusqu'à ce que Hugues Capet, en 987, cent ans après l'avénement de son grand-oncle Eudes, fixa enfin la royauté dans la famille qui représentait le mieux alors les forces vives de la nation naissante, les tendances, les aspirations, les intérêts politiques et sociaux de la France.

§ II.

Pichegru, en s'obstinant à conspirer pour les Bourbons, fut le provocateur involontaire du couronnement du héros dont il avait juré la perte. Mais Napoléon, tout en cherchant dans la monarchie héréditaire des garanties de stabilité pour les conquêtes de 89, déclara solennellement qu'il entendait bien rester le verbe de l'esprit moderne et ne pas attribuer à l'hérédité qu'il instituait le caractère absolu et les conséquences rigoureuses de l'ancien droit divin. Lorsque le sénat se rendit en corps auprès de lui, le 28 floréal an XII (18 mai 1804), pour lui présenter le sénatus-consulte de ce jour, par lequel le Premier Consul était appelé au trône, et la dignité impériale déclarée héréditaire dans sa famille, il répondit incontinent :

« Je soumets à la sanction du peuple la loi de

l'hérédité; j'espère que la France ne se repentira jamais des honneurs dont elle environnera ma famille. *Dans tous les cas, mon esprit ne sera plus avec ma postérité le jour où elle cesserait de mériter l'amour et la confiance du peuple français.* »

Ainsi expliquée, l'hérédité cessait d'être la négation de la souveraineté nationale, l'abdication définitive d'un peuple au profit d'une famille, l'assujettissement irrévocable des générations futures à une dynastie, par le seul effet d'une délégation de la génération contemporaine.

La consécration dynastique devenait alors une institution de prévoyance suprême contre les troubles et les calamités inséparables des interrègnes. Le peuple la comprit, comme l'entendait le Premier Consul, et il salua avec transport l'établissement de l'Empire.

Tout ce que nous avons vu et entendu depuis a manifesté au monde que l'esprit de Napoléon n'avait pas abandonné sa postérité, et que sa pensée sur l'hérédité d'un pouvoir d'origine populaire avait été religieusement recueillie et fidèlement conservée dans son glorieux héritage.

L'armée partagea l'enthousiasme du peuple; Marmont se contente de dire qu'*elle vit avec plaisir l'érection de l'Empire, et que le nouvel ordre de choses ne pouvait que lui devenir toujours plus favorable.* (II, 226.)

Ce fut à cette occasion qu'eut lieu la promotion significative qui peut donner une idée exacte de l'opinion de Napoléon sur le mérite et les services de son ancien aide de camp [1].

« Tous les commandants de corps d'armée, dit Marmont, furent faits maréchaux d'empire, moi seul excepté : j'en éprouvai un véritable chagrin. Il est toujours pénible d'être l'objet d'une exclusion ; chacun juge sa position en la comparant à celle des autres, et il me sembla que j'étais humilié. Mon mécontentement n'était ni juste ni raisonnable ; si j'avais occupé des postes importants, je n'avais pas encore eu de commandement à la guerre qui me donnât des droits à cet avancement ; et si le choix de Bessières *autorisait les prétentions de tout le monde*, la faveur dont il était l'objet pouvait être expliquée

[1] L'armée était-elle mieux pénétrée que le chef de l'État de la supériorité que Marmont s'attribuait sur tous les anciens généraux d'Égypte et d'Italie? Une brochure qui a paru en même temps que le dernier volume des *Mémoires du maréchal Marmont* rapporte un dicton des *troupiers* de l'ancienne armée, qui ne permet guère de penser que les soldats eussent du général de l'artillerie la bonne opinion qu'il avait de lui-même. « Il existait, dit l'auteur, dans l'armée de Napoléon Ier, parmi ce qu'on appelle les *troupiers*, une croyance passée à l'état *chronique*, et qui se traduisait par un dicton. Chaque fois qu'on voyait arriver un certain général que nous ne nommerons pas, les soldats disaient : « Ah! voilà un tel, on ne se battra pas. » Lorsque Marmont se présentait, on modifiait la phrase, et on disait : « Ah! voilà Marmont, » nous nous battrons, mais nous serons battus. » Cela impliquait-il que le duc de Raguse fût un chef médiocre? Non sans doute; mais cela ne prouve pas non plus qu'il passât pour un grand et habile général. » (*Le maréchal Marmont, duc de Raguse, devant l'histoire, 6, 7.*)

par son emploi dans la garde. Et puis, en vérité,
pour un homme qui se sentait quelque capacité, il
valait mieux attendre, et entendre plutôt dire,
comme cela m'est arrivé : *Pourquoi n'est-il pas maréchal?* que d'entendre répéter, comme on n'a cessé
de le faire pour Bessières : *Pourquoi l'est-il?* Mes
réflexions me calmèrent.... Dans le courant de l'été,
l'Empereur fut à Ostende. Il ne voulut pas venir en
Hollande, ses vues sur ce pays ne pouvant encore
être déclarées; mais j'allai le voir. Il me fit sur mon
avenir et sur l'exception dont j'avais été l'objet, les
mêmes réflexions que mon esprit m'avait déjà suggérées, et me dit : « *Si Bessières n'avait pas été
nommé en cette circonstance, il n'en aurait jamais eu
l'occasion : vous n'en êtes pas là, et vous serez bien
plus grand quand votre élévation sera le prix de vos
actions.* » (II, 226, 227, 228.)

Marmont aurait dû se contenter des consolations
que son orgueil blessé s'était données à lui-même,
sans y ajouter celles qu'il a mises dans la bouche de
Napoléon. En faisant dénigrer Bessières par l'Empereur, il a outragé le grand homme autant que son
digne lieutenant, et certainement la vérité a aussi
sa part dans l'offense. Napoléon s'est chargé de fournir lui-même à l'histoire des témoignages irrécusables de son opinion sur Bessières. Il faisait écrire à
l'Impératrice, le 2 mai 1813 : « Le duc d'Istrie,
depuis les premières campagnes d'Italie, avait tou-

jours, dans différents grades, commandé la garde de Napoléon, qu'il avait suivi dans toutes ses campagnes et à toutes ses batailles. *Ce maréchal, qu'on peut à juste titre nommer brave et juste, était recommandable autant par son coup d'œil militaire et par sa grande expérience de l'arme de la cavalerie, que par ses qualités civiles et son attachement à l'Empereur.* » Dans ses *Mémoires*, Napoléon n'a pas été moins explicite sur les qualités militaires du maréchal Bessières : « Il était d'une bravoure froide, dit-il, calme au milieu du feu ; on le verra dans toutes les grandes batailles rendre les plus grands services. Lui et Murat étaient *les premiers officiers de cavalerie de l'armée,* mais de qualités bien opposées ; Murat était un officier d'avant-garde, aventureux et bouillant ; Bessières était un officier de réserve, plein de vigueur, mais prudent et circonspect. » (*Mémoires de Napoléon.*)

Qui croira que l'homme qui a dicté ce solennel hommage à la bravoure froide, au calme sous le feu, à la vigueur, à la prudence, au coup d'œil et aux grands services du duc d'Istrie, ait pu dire à Marmont, *que si Bessières n'avait pas été nommé maréchal à l'établissement de l'Empire, il n'en aurait jamais eu l'occasion?*

§ III.

L'Empereur, dans son entrevue avec Marmont à Ostende, lui confia ses desseins sur la Hollande, si l'on peut du moins ajouter foi au récit que fait le duc de Raguse d'un incident qui aurait contribué à graver cette confidence dans sa mémoire.

« Je vais raconter, dit-il, une chose peut-être un peu niaise, mais qui cependant peint l'état de la société d'alors. L'Empire était établi depuis plusieurs mois; nous étions faits aux titres qu'il consacre : eh bien, l'Empereur, en causant avec moi de la Hollande et de ses destinées, me dit : « Il n'y a que » deux choses à faire : *ou la réunion à l'Empire, ou* » *lui donner un prince français.* » Cette expression nouvelle me frappa, et je fus un instant à me demander *ce que c'était qu'un prince français.* Il faut du temps pour qu'après un tel changement toutes les sensations se mettent en harmonie. » (II, 228.)

Cette promptitude à s'émouvoir de la résurrection d'un titre et cette lenteur à comprendre le mot de *prince,* sont difficiles à expliquer chez un soldat qui avait servi la République sans cesser d'incliner vers la monarchie, et qui, la veille du départ de Napoléon pour l'Égypte, prédisait son couronnement, qu'il fixait même au lendemain de son retour.

Mais une réflexion va frapper tout le monde, et

donner une idée exacte de la nature et de la portée de l'esprit de Marmont.

Quoi! il a l'insigne honneur et l'inappréciable avantage de causer longuement avec Napoléon, vainqueur et maître de l'Europe; il peut entendre cet homme prodigieux développant ses grandes vues sur la prépondérance universelle à donner à la France, et expliquant la position qu'il désire assurer à la Hollande dans le plan général de sa politique; et, à l'issue de ces entretiens où le génie a dû l'envelopper plus d'une fois de ses éclairs, pour l'initier à ses vastes desseins et l'élever à la hauteur de ses magnifiques aperçus, il n'a rien gardé, rien retenu des inspirations et des confidences du grand homme; et, s'il trouve un jour quelque importance au souvenir de cette entrevue, et s'il juge convenable d'en parler dans ses *Mémoires,* ce sera tout simplement pour dire l'effet singulier que produisit sur lui le mot de *prince* dans la bouche de Napoléon!

Marmont quitta la Hollande pour assister au couronnement de l'Empereur, fixé au 2 décembre. « Rien de plus majestueux, dit-il, rien de plus imposant; cette réunion des grands corps de l'État, cette assemblée de tout ce que la France possédait d'illustre et de puissant; *cette élite de la nation, composée de toutes les capacités, de toutes les gloires, à la tête de laquelle se trouvait l'*HOMME LE PLUS MARQUANT

DES TEMPS MODERNES, *présentaient le spectacle le plus auguste qui fût jamais.* Rien ne manquait à la céré-monie : j'en ai vu depuis deux autres du même genre, elles étaient belles; mais, dans celle-ci, la gloire des armes, le triomphe de la civilisation et l'intérêt de l'humanité en faisaient à la fois l'éclat et l'ornement. » (II, 241.)

Comment concilier ce langage enthousiaste sur la réunion de *toutes les capacités* et de *toutes les gloires,* groupées autour du trône de *l'homme le plus marquant des temps modernes,* avec la persistance que le duc de Raguse a mise jusqu'ici à dénigrer toutes les célébrités contemporaines, sans en excepter celle qui domine toutes les autres?

Est-il maintenant converti? Le spectacle auguste du couronnement l'a-t-il éclairé tout à coup sur le mérite des hommes qu'il déchirait naguère; et pou-vons-nous croire qu'il soit sincèrement disposé à ne plus écouter les conseils de l'envie, quand elle viendra l'exciter encore contre les gloires et les ca-pacités dont la France est justement fière, et parti-culièrement contre la plus haute des renommées des temps modernes?

Le maréchal Marmont, après avoir peint sous de si vives couleurs l'imposante et majestueuse céré-monie du couronnement, n'a pas voulu quitter la plume sans nous avoir fourni immédiatement une réponse formelle aux questions que ce mouvement inattendu de justice et de bienveillance, de la part d'un détracteur maniaque, devait nécessairement soulever.

« Cette grande circonstance du couronnement, cette solennité si imposante à l'occasion de l'érection d'un trône, devaient faire une impression profonde sur Napoléon. Il semblait que son âme ardente dût éprouver sa plus grande expansion, être enfin dans la plénitude de ses jouissances. Eh bien, il en était autrement. Son ambition était si vaste, que déjà il trouvait la terre trop petite pour lui; ce sentiment, manifesté à cette occasion, n'a jamais cessé d'agir sur son esprit avec une nouvelle force, et au point de finir par lui inspirer quelque croyance à une origine céleste.

» Le lendemain de son couronnement, il dit à Decrès, ministre de la marine, en causant familièrement avec lui (et celui-ci me l'a répété après), ces paroles : « Je suis venu trop tard; les hommes sont » trop éclairés : il n'y a plus rien à faire de grand! » — Comment, sire! votre destinée me semble avoir » assez d'éclat : quoi de plus grand que d'occuper le » premier trône du monde, quand on est parti du rang » de simple officier d'artillerie? — Oui, répondit-il, » ma carrière est belle, j'en conviens, j'ai fait un beau » chemin; mais quelle différence avec l'antiquité! » Voyez Alexandre : après avoir conquis l'Asie et » s'être annoncé aux peuples comme fils de Jupiter,

» à l'exception d'Olympias, qui savait à quoi s'en
» tenir, à l'exception d'Aristote et de quelques pé-
» dants d'Athènes, tout l'Orient le crut. *Eh bien,*
» *moi, si je me déclarais aujourd'hui fils du Père*
» *éternel, et que j'annonçasse que je vais lui rendre*
» *grâces à ce titre, il n'y a pas de poissarde qui ne*
» *me sifflât sur mon passage ; les peuples sont trop*
» *éclairés aujourd'hui, il n'y a plus rien de grand à*
» *faire.* » Tout commentaire est superflu après un
semblable récit. » (II, 242, 243.)

Oui, après un semblable récit, tout commentaire
est superflu, il n'y a que de la pitié à exprimer pour
l'imagination délirante et la jalousie furieuse du
narrateur, que rien ne peut plus arrêter dans ses in-
ventions de plus en plus odieuses et ridicules. Mais
que sont donc les grands esprits, les beaux génies
des temps modernes, si *le plus marquant* d'entre
eux en était à prétendre à une *origine céleste*, et à
dire qu'*il n'y avait plus rien de grand à faire*, *parce*
que les peuples étaient trop éclairés ? Mais il n'y a pas
un écrit, pas une parole, pas un acte de Napoléon,
depuis Toulon jusqu'à Sainte-Hélène, qui ne renferme une protestation contre ce blasphème et qui
ne témoigne de l'admiration constante du général,
du consul et de l'empereur, pour les splendeurs de la
civilisation, comme de la sollicitude persévérante du
conquérant-philosophe pour les progrès de la science
et la propagation des lumières. Songez donc que si

16

cet homme vous étonna par la grande ambition qu'il développa devant vous, ce fut précisément parce qu'il se sentait jeté au milieu d'un siècle et d'un peuple où il y avait quelque chose de grand à faire, et que s'il n'eût pas cru la grandeur possible sans l'appui de la superstition, il se fût retiré bien vite de la scène du monde civilisé, dont il savait le merveilleux irrévocablement banni, au lieu d'y entrer avec éclat et d'y aspirer au premier rôle pour s'y livrer incessamment à la conception ou à l'exécution des plus grandes entreprises. Napoléon, au moment de son couronnement, *ne voyait plus rien de grand à faire, parce qu'il ne pouvait pas s'attribuer une origine céleste sans s'exposer à être sifflé par les poissardes sur son passage!* Mais estimait-il donc si peu tout ce qu'il avait déjà fait pour devenir le premier homme et le premier potentat du monde, sans avoir eu besoin de se donner pour *le fils du Père éternel?* Et ce qui remplissait sa tête immense, ce qui bouillonnait dans son âme ardente, ce qu'il rêvait, ce qu'il méditait, ce qu'il préparait pour continuer à préserver et à étendre la régénération française, et pour triompher enfin de la vieille Angleterre acharnée à perpétuer les coalitions européennes contre la nouvelle France, tout cela était-il aussi sans importance et sans grandeur, tout cela lui apparaissait-il comme indigne de son ambition et de son génie, parce qu'il pouvait le tenter et l'accomplir sans qu'il

fût possible de le rattacher à une parenté divine ?
Ce qu'il a fait, après comme avant son couronnement, n'a-t-il pas donné un éclatant et perpétuel
démenti à cette fable absurde qui le montre, à son
avénement, dégoûté de la gloire, désenchanté de
la puissance, trouvant tout mesquin et tout petit
dans les plus grandes œuvres du génie humain, dé-
solé d'être venu en un siècle trop éclairé pour ne
pas trouver étrange sa disposition à s'attribuer une
origine céleste? Si l'ingénieux historien qui eut
l'idée de faire entrer Napoléon dans Vienne sous le
titre de *marquis de Bonaparte, généralissime des
armées du roi*, eût imaginé le conte que Marmont a
prêté à Decrès, il n'y aurait pas lieu de s'en étonner;
cette billevesée ne déparerait pas un livre où tout
le monde est habitué dès longtemps à voir les fic-
tions d'une certaine école prendre la place des réalités de l'histoire. Mais les ministres et les lieutenants
de Napoléon, les témoins les plus proches de sa vie
prodigieuse, ses coopérateurs les plus favorisés dans
la distribution des services et des récompenses, ceux
qui ont été admis pendant quinze ans à conférer ou
à correspondre avec lui, tandis que son activité,
sa sollicitude et son intelligence incomparables em-
brassaient le monde tout entier pour le faire marcher en avant sous l'influence progressive du génie
civilisateur de la France; les confidents privilégiés
de ses hautes pensées, les serviteurs assidus de sa

16.

vaste politique, les flatteurs infatigables de sa toute-puissance, lui attribuer des tendances supersti-tieuses, des accès d'orgueil puéril, le représenter comme trouvant la terre trop petite et l'esprit humain trop avancé pour lui, et finissant par se laisser in-spirer *quelque croyance à une origine céleste ;* c'est de l'ingratitude poussée jusqu'à l'insanie par un grand coupable à qui rien ne coûte pour rapetisser le héros, l'ami, le bienfaiteur lâchement trahi, et qui se débat misérablement contre ses remords, dont il s'efforce en vain d'alléger le poids.

Du vivant de Napoléon, il parut un livre dont l'auteur, qui avait été attaché au cabinet de l'Em-pereur, lui faisait dire : *Mon nom vivra autant que celui de Dieu.* Quand cette phrase tomba sous les yeux du prisonnier de Sainte-Hélène, il s'écria :

« Quel horrible blasphème ! Qu'est-ce qu'une nation ? qu'est-ce qu'un homme à côté de Dieu ? qu'est-ce qu'un homme à côté de l'univers ? » (*Mé-moires de Napoléon*, VIII, 286.)

Voilà comment Napoléon se croyait l'égal ou le fils de Dieu ! comment il trouvait l'univers trop petit pour lui !

§ IV.

Les cérémonies du couronnement terminées, Mar-mont retourna en Hollande. Il était chargé de veiller

à l'exécution rigoureuse des mesures prises par Napoléon contre le commerce anglais. Les instructions
qu'il avait reçues lui parurent trop sévères; il s'en
constitua le juge, et ne craignit pas de les modifier.
Il s'en vante, du moins, et en des termes et avec
des détails qui peignent de mieux en mieux l'orgueilleux détracteur de la personne et de la politique du maître dont il recevait les plus hautes
marques de confiance et d'affection.

« Ce fut d'abord aux marchandises fabriquées en
Angleterre, dit-il, que l'Empereur déclara la guerre,
les marchandises coloniales trouvant grâce devant
lui. L'Empereur en vint à m'ordonner de faire
prendre toutes les marchandises de fabrique anglaise existant en Hollande, de les faire vendre, et
d'en employer le produit au profit de l'armée. *Dans
son langage, c'était m'autoriser à en donner une partie
en gratification, et* A EN PRENDRE LES TROIS QUARTS POUR
MOI; *il y en avait pour plus de douze millions.* Je
me refusai à exécuter cette mesure odieuse, d'une
injustice révoltante. Ces marchandises étaient devenues propriétés hollandaises: c'eût donc été *un
pillage* exercé chez nos amis, chez nos alliés. *Le
nom français en eût été entaché d'une manière éternelle,* car les populations qui tiennent le plus à leur
argent sont souvent plus sensibles encore au mode
employé pour le leur arracher. Il y avait dans celui-
ci une injustice capricieuse, une violence mépri-

sante dont les Hollandais auraient été plus irrités
que de la perte éprouvée. Mais, comme la politique
de l'Empereur voulait frapper l'industrie anglaise,
je pensai atteindre son but en mettant obstacle au
commerce au moyen de mesures de rigueur pour
l'avenir; tout alors était juste et conforme à mes
devoirs. » (II, 246, 247.)

L'Empereur voulait *exercer chez les alliés de la
France un pillage qui eût entaché le nom français d'une
manière éternelle.* Marmont désobéit à l'Empereur
pour sauver l'honneur français de cette éternelle
flétrissure !

L'Empereur, *par son langage, autorisait Marmont
à prendre, dans ce pillage, neuf millions sur douze.*
Marmont, aussi délicat et aussi scrupuleux en Hollande qu'il l'avait été en Italie au pillage de Pavie,
refusa d'exécuter les ordres de l'Empereur, et repoussa avec indignation la facilité que son ancien
général lui offrait pour la seconde fois d'arriver
promptement à une grande fortune.

Mais où donc l'Empereur a-t-il tenu à Marmont
ce langage qui lui laissait entrevoir un rapide enrichissement à la suite d'un scandaleux pillage? Pour
donner tant soit peu de vraisemblance à une imputation de cette nature contre un homme aussi
sévère que Napoléon en matière de délicatesse,
d'exactitude et de probité administrative, il faudrait une preuve authentique, irrécusable, une in-

struction expresse, bien avérée, et non pas seulement l'allégation d'un diffamateur inépuisable, surpris à chaque page en flagrant délit de mensonge. On cherche en vain dans les pièces justificatives qui accompagnent le livre VII de ses *Mémoires*, quelque trace de l'autorisation à s'enrichir par la saisie et la vente des marchandises anglaises. On y trouve seulement les instructions que le ministre de l'Empereur à la Haye, M. de Sémonville, transmettait au commandant militaire, et dans lesquelles on remarque le passage suivant :

« Quant à l'acte de préhension des marchandises anglaises, les moyens de le mettre à exécution sont en votre pouvoir, et je ne puis, monsieur le général, que m'en référer à ce que votre prudence vous suggérera, pour régulariser, par les formes dont vous prescrirez l'emploi, la rigueur d'une mesure qui ne fût jamais devenue nécessaire si le gouvernement batave eût moins obstinément fermé l'oreille à nos représentations et à nos plaintes. » (II, 277.)

Lorsque Marmont cherchait à adoucir dans l'exécution la rigueur des mesures prescrites pour la saisie et la vente des marchandises anglaises, il n'avait donc pas le mérite d'enfreindre ses instructions, comme il s'en vante, puisque l'organe officiel de l'Empereur lui avait déclaré s'en référer à sa prudence dans l'emploi des formes à observer. Pourquoi donc assimiler à un *pillage* une mesure que l'obstination du gouvernement batave avait rendue nécessaire? Cette qualification passionnée indique tout de suite la pensée de Marmont. Il voit, dans les ordres qui lui sont envoyés en Hollande au sujet des marchandises anglaises, une occasion de flétrir l'un des côtés essentiels de la politique générale de Napoléon, et il s'empresse d'exploiter cet incident au profit de son système de dénigrement. Napoléon s'est chargé de répondre lui-même à toutes ces déclamations contre le blocus continental.

« Napoléon, disent les *Mémoires de Sainte-Hélène*, ne s'égara point dans une passion aveugle, il savait le bien dont manquait la France; la paix avec l'Angleterre était le but qu'il voulait atteindre. Mais elle prodiguait ses trésors pour soudoyer contre lui les armées de l'Europe, et ce n'était que par des victoires qu'il pouvait espérer de dominer la haine anglaise en soumettant ses alliés. C'est ainsi qu'il fut entraîné malgré lui à la conquête de l'Europe et au blocus continental. »

Discourant un jour à Sainte-Hélène avec un Anglais sur l'établissement et les résultats de ce blocus, il lui dit :

« Je me suis trouvé seul de mon avis sur le continent; il m'a fallu, pour l'instant, employer partout la violence. Enfin, l'on commence à me comprendre, déjà l'arbre porte son fruit; le temps fera le reste.

» Si je n'eusse succombé , j'aurais changé la face du commerce aussi bien que la route de l'industrie; j'avais naturalisé au milieu de nous le sucre, l'indigo, j'aurais naturalisé le coton, et bien d'autres choses encore; on m'eût vu déplacer les colonies, si l'on se fût obstiné à ne pas nous en donner une portion.

» L'impulsion, chez nous, était immense; la prospérité, les progrès croissaient sans mesure, et pourtant vos ministres répandaient par toute l'Europe que nous étions misérables, et que nous retombions dans la barbarie. Aussi, le vulgaire des alliés a-t-il été étrangement surpris à la vue de notre intérieur, aussi bien que vous autres, qui en êtes demeurés déconcertés.

» Le progrès des lumières en France était gigantesque, les idées partout se rectifiaient et s'étendaient, parce que nous nous efforcions de rendre la science populaire. Par exemple, on m'a dit que vous étiez très-forts sur la chimie : eh bien, je suis loin de prononcer de quel côté de l'eau se trouvent le plus habile ou les plus habiles chimistes, mais je maintiens que dans la masse française il y a dix et peut-être cent fois plus de connaissances chimiques qu'en Angleterre, parce que les diverses branches industrielles l'appliquent aujourd'hui à leur travail. Et c'était là un des caractères de *mon école :* si l'on m'en eût laissé le temps, bientôt il n'y aurait plus

eu de métiers en France, tous eussent été des arts. »
(*Mémorial.*)

Dans ses conférences intimes avec Marmont, l'Empereur dut exprimer plus d'une fois à coup sûr les mêmes sentiments, développer les mêmes idées, découvrir les mêmes perspectives, prévoir ou signaler les mêmes conséquences, mais Marmont ne comprenait rien à ce haut enseignement; il n'était pas de l'*école* du grand homme, et il se trouvait si peu disposé à profiter de ses leçons et si peu apte à en apprécier la portée, qu'il le croyait désespéré *d'être venu trop tard et chez un peuple trop éclairé*, au moment même où le glorieux précepteur des nations s'efforçait d'imprimer un mouvement gigantesque au progrès des lumières, et de rendre la science populaire en France et sur le continent européen.

LIVRE HUITIÈME.

CAMPAGNE DE 1805. — AUSTERLITZ. — LE PRINCE EUGÈNE. —
LES PROVINCES ILLYRIENNES. — LAURISTON, MOLITOR,
MARMONT, CLAUSEL.

§ I.

Le maréchal Marmont fut rappelé de la Hollande
pour aller prendre sa part des dangers et de la gloire
de la grande armée dans la campagne d'Austerlitz.
Il passa de là en Illyrie, où il gagna le titre de duc
de Raguse. Cette partie de sa carrière militaire est
celle où, sans cesser de se louer lui-même, il a fait
une place moins large à son déchaînement habituel
contre ses compagnons d'armes. L'on se tromperait
toutefois si l'on pensait que dans les nombreuses
pages dont se composent les huitième, neuvième et
dixième livres de ses Mémoires, il soit parvenu à
contenir tout à fait l'esprit malveillant qui l'avait
tant dominé et entraîné jusque-là.

Dans le huitième livre, le duc de Raguse revient
au contraire avec empressement à l'idée fondamen-
tale qu'il a manifestée au commencement de ses

Mémoires et qu'il n'abandonne jamais. Dans son opinion, les grands succès de la campagne de 1805, y compris la victoire d'Austerlitz, furent bien plus déterminés par les fautes de l'ennemi et par les faveurs de la fortune que par les savantes combinaisons et les habiles manœuvres de l'Empereur. C'est *un hasard hors de tous les calculs* qui nous rendit maîtres du pont de Thabor sur le Danube ; c'est le stupide prince Auesperg qui empêcha un vieux sergent d'artillerie de mettre le feu à ses pièces et de faire sauter le pont au moment où nos troupes allaient le traverser. « Cet événement, dit Marmont, décida la direction de la campagne, et amena les immenses succès qui la couronnèrent. Si le pont eût été brûlé, l'Empereur, manœuvrant contre l'archiduc, et celui-ci étant encore éloigné, eût dû peut-être sortir du bassin du Danube supérieur. Les Russes auraient pu à leur aise, si le passage de vive force à Vienne leur eût paru trop difficile, marcher sur Presbourg ou plus bas. L'archiduc, que la sotte confiance des Russes n'animait pas, eût refusé la bataille. Il aurait manœuvré de manière à opérer sa jonction avec eux avant le combat. *Alors, c'était une grande bataille contre deux cent mille hommes, au fond de la Hongrie, loin de nos ressources et de nos points d'appui. La campagne eût pu avoir des résultats tout différents.* » (II, 338.)

Sont-ce là les réflexions d'un soldat de l'armée

victorieuse, et diffèrent-elles beaucoup des regrets qu'auraient pu exprimer les généraux de l'armée vaincue ?

Poursuivons.

« Mais le danger eût été bien plus grand pour nous encore, ajoute le duc de Raguse, si les deux armées eussent opéré en arrière en se rapprochant, et porté le théâtre de la guerre au-dessus de Vienne. Au lieu de cela, l'Empereur, *n'ayant aucun obstacle devant lui*, poursuivit le corps de Koutousoff, qu'il battit à Hollabrunn, et marcha à la rencontre de la grande armée russe. L'ayant jointe aux environs de Brunn, et après avoir réuni le corps de Lannes, celui de Soult, de Bernadotte, une division de Davout, la cavalerie de Murat et la garde impériale, faisant ensemble au moins cent mille hommes, il attaqua l'armée ennemie, composée de quatre-vingt mille Russes et de quinze mille Autrichiens. » (II, 338, 339.)

Heureux Napoléon ! *un hasard hors de tous les calculs*, aidé par *la stupidité* d'un prince autrichien et un peu aussi par *la sotte confiance des Russes* et par l'inexpérience de leur *jeune empereur, entouré d'un état-major présomptueux* (*id.*, 335), lui prépare, à son insu, l'un de ses plus importants et magnifiques triomphes, et le mène, par une voie qui ne lui offre *aucun obstacle*, sur le champ de bataille d'Austerlitz, pour qu'il y écrase à son aise une armée inférieure à la sienne et qui ne compte que quatre-vingt-quinze mille hommes au lieu de deux cent mille dont elle aurait pu se composer. Ce n'est pas tout ; cette armée ennemie, ainsi réduite, ajoute encore à l'avantage du nombre qui appartient en cette journée à l'Empereur des Français, en se battant avec courage sans doute, mais *sans intelligence*. « N'ayant pas assisté à la bataille d'Austerlitz, dit Marmont, je n'en ferai pas la description. Tout le monde en connaît les résultats. *L'affaire fut courte ; les Russes s'y battirent avec courage, mais sans intelligence*, et nous fîmes vingt mille prisonniers. » (*Id.*, 339.)

Le récit de cette bataille ne devait pas, en effet, sourire au duc de Raguse ; si la relation officielle en est exacte, il aurait fallu louer tout le monde [1], et ce n'était pas une obligation facile à remplir pour l'homme qui a écrit des Mémoires comme ceux du maréchal Marmont. Mais M. de Raguse, qui s'est abstenu de décrire la lutte héroïque d'Austerlitz parce qu'il n'y était pas, a cru en connaître assez les détails cependant pour dire ce qui pouvait diminuer plutôt que rehausser la gloire de nos armes.

---

[1] « On n'ose nommer aucun corps, dit le rapport officiel, ce serait une injustice pour les autres ; ils ont tous fait l'impossible. Il n'y avait pas un officier, pas un général, pas un soldat qui ne fût décidé à vaincre ou à périr. » — Le bulletin constate également que la supériorité numérique était du côté des ennemis, dont l'armée s'élevait à 105,000 hommes, le contingent autrichien étant de 25,000, et non de 15,000 comme le duc de Raguse l'a prétendu.

Il a su que les Russes s'étaient battus *sans intelligence*, ce qui avait dû nécessairement faciliter notre succès.

Voilà le prince d'Auesperg, le jeune empereur de Russie, l'état-major et les troupes russes, bien convaincus d'avoir fait en Allemagne pour l'empereur Napoléon ce que Beaulieu, Colli, Alvinzi et Wurmser firent pour le général Bonaparte en Italie. Heureusement le soleil d'Austerlitz brille d'un assez vif éclat dans l'histoire pour s'y maintenir radieux, sans avoir rien à redouter de l'approche des nuages au milieu desquels le duc de Raguse a déjà vainement essayé de faire disparaître le drapeau d'Arcole.

§ II.

Au livre neuvième de ses *Mémoires*, Marmont rappelle son séjour à Gratz jusqu'à la paix, l'occupation du Frioul, ses excursions dans la Carinthie et la Carniole et sur les bords de l'Adriatique, ses visites à Udine, à Venise et à Milan, etc., etc. Mais il ne peut pas se résoudre à entrer dans ce nouvel ordre de faits, sans se retourner une fois encore vers les vainqueurs d'Austerlitz, pour leur répéter que le triomphe retentissant dont ils s'enorgueillissent, dû sans doute *à la rapidité des mouvements, à la vigueur des attaques, à la bonté des troupes,* fut pourtant aussi grandement facilité par l'*incroyable confiance des Russes, dont la conduite fut contraire à tous les calculs de la raison, comme il l'a déjà prouvé,* et qui compromirent par leur précipitation un succès d'autant plus probable pour eux que *le roi de Prusse, entraîné par la violation de son territoire, était décidé à entrer en campagne,* et à joindre ses armes à celles de la Russie et de l'Autriche contre la France. (II, 362.)

Marmont raconte brièvement son séjour à Udine et son passage à Venise; il est pressé d'arriver à Milan pour y essayer le venin de sa plume sur le jeune héros dont il se réserve de substituer plus tard la responsabilité à la sienne dans les trahisons de 1814, sans craindre de révolter la conscience publique. L'habile empoisonneur prend d'abord une attitude bienveillante et une physionomie affectueuse pour aborder l'illustre victime qu'il est impatient de marquer d'un signe fatal. Il parle avec enthousiasme de la grande beauté et des rares vertus de la princesse qu'Eugène Beauharnais venait d'épouser. « Il faut être l'objet de la prédilection du ciel, dit-il, pour rencontrer une pareille femme, aussi accomplie de toutes les manières, quand on est marié par les combinaisons de la politique. Eugène se livrait avec ardeur à l'exécution de ses devoirs. Bon jeune homme, d'un esprit peu étendu, mais ayant du sens, sa capacité militaire était médiocre : il ne manquait pas de bravoure. Son contact avec l'Empereur avait développé ses facultés, il avait acquis ce que donnent presque toujours de grandes et d'importantes fonctions exercées de bonne heure, mais il a toujours été loin de posséder le talent nécessaire au rôle dont il était chargé.

» On l'a beaucoup trop vanté; on a surtout vanté son dévouement et sa fidélité dans la crise de 1814. Ces talents prétendus se sont bornés à faire alors une campagne fort médiocre, et cette fidélité tant proclamée a eu pour résultat de faire tout juste le contraire de ce qui lui avait été prescrit, et précisément ce qu'il fallait pour assurer la chute de l'édifice qui a croulé avec tant d'éclat. Il s'était fait illusion sur sa position, il avait cru à la possibilité d'une existence souveraine indépendante, mais peu de jours suffirent alors pour le détromper. Il avait bâti sur des nuages. *Je reparlerai de lui avec détail et de manière à fixer l'opinion de la postérité sur son compte.* » (II, 372.)

C'est le meurtrier bien résolu, qui a déjà choisi et marqué la place où sa main devra enfoncer et retourner le poignard.

Heureusement la grande victime est invulnérable, et nous verrons le coup préparé avec tant de perfidie et annoncé avec tant d'audace retomber sur celui qui l'aura si déloyalement prémédité.

17

§ III.

Les ordres de l'Empereur firent passer le général Marmont du Frioul dans la Dalmatie, où *le général Lauriston avait été envoyé comme commissaire, pour la remise des places, et le général Molitor, avec une division, pour en prendre possession.* Le duc de Raguse reproche à Molitor d'avoir *marché lentement et perdu beaucoup de temps,* ce qui permit au commissaire autrichien d'*ouvrir les portes de Castelnovo et de Cattaro aux Russes, sous prétexte que les Autrichiens n'étaient tenus de garder les villes et de les défendre que jusqu'à une époque déjà passée, le 15 février.* (II, 375.)

Lauriston ayant alors occupé Raguse, d'après le commandement exprès de l'Empereur, s'y trouva bientôt bloqué par les Russes. Mais le général Molitor courut à son secours et le dégagea, malgré le petit nombre et l'éparpillement des troupes mises à sa disposition. « On a loué avec raison, dit le duc de Raguse, cette opération de Molitor ; MAIS, *certes, il ne pouvait pas voir tomber Raguse faute de vivres et faire prisonnier un général français, avec plus de quatre mille cinq cents soldats, sans avoir tenté de les délivrer.* »

Après ce *mais* peu obligeant pour le général libérateur, Marmont se hâte de lancer le trait qu'il a tenu en réserve pour le général délivré. « Lauriston, dit-il, fort surpris de voir disparaître les Russes des positions qu'ils occupaient, et de les y voir remplacés par des soldats portant les uniformes français, *eut la simplicité de dire que peut-être c'était un piége de l'ennemi : des soldats russes habillés en Français,* dans le but de lui faire ouvrir la ville et de le surprendre. *La vue de Molitor en personne fut presque nécessaire pour le convaincre.* Mais Molitor dut rester hors des murs pendant quelque temps. Les portes de Raguse sont couvertes par un fossé et un pont-levis. Lauriston, *par un excès de timidité,* les avait fait murer et garnir de terre ; et cependant une porte placée dans un rentrant se trouve le point le moins attaquable de la fortification. » (II, 382, 383.)

Molitor et Lauriston étaient devenus maréchaux de France quand le duc de Raguse accusait la lenteur de l'un et riait de la simplicité et de la timidité de l'autre. Leur nouveau titre les avait élevés au niveau des hautes positions et des grandes existences sur lesquelles l'infatigable envie du duc de Raguse s'est toujours plus particulièrement exercée.

§ IV.

L'Empereur, en investissant le maréchal Marmont du gouvernement militaire de la Dalmatie, avait vu sans doute en lui non pas seulement un soldat éminemment capable de conserver une précieuse conquête

17.

par la force des armes, mais aussi un agent de sa politique aussi intelligent que dévoué, un interprète fidèle de ses vues régénératrices sur les peuples européens encore courbés sous le vieux régime dont la révolution avait délivré la France. Eh bien, comment sa confiance fut-elle justifiée? Comment le maréchal Marmont entendait-il cette politique d'affranchissement qu'il était chargé de faire apprécier et accepter par les populations illyriennes?

« Les habitants de la campagne, dit-il, *attachés à la glèbe*, dépendaient des nobles, auxquels les villages appartenaient. *Jamais on n'a vu un pays plus heureux*, plus prospère par une louable industrie, une sage économie et une aisance bien entendue..... (III, 114.)

» C'est cette heureuse population, ajoute-t-il, à laquelle nous sommes venus enlever brusquement la paix et la prospérité. Sa douceur était telle, qu'ayant été traitée avec douceur et désintéressement par les délégués d'un *pouvoir oppresseur,* elle n'en a jamais voulu aux individus qui ont été involontairement les agents de leur infortune : *c'est tout au plus s'ils en voulaient à l'auteur de leurs maux.* Je parle de la population en masse; car, pour le corps de la noblesse, si elle n'en voulait pas aux généraux, elle savait bien quels sentiments elle devait à l'Empereur. » (*Id.,* 116.)

L'empereur Napoléon, qui se considérait à bon

droit comme le régénérateur de l'Europe, était bien étrangement représenté et secondé dans sa mission, il faut le reconnaître, par des lieutenants tels que Marmont. Il se croyait un LIBÉRATEUR, et l'un des principaux instruments de sa toute-puissance le prenait pour un *oppresseur*. Il poursuivait la rénovation des peuples par l'extinction universelle du régime féodal, et celui de ses généraux qui avait pu connaître le plus intimement ses idées et ses aspirations populaires, depuis ses premières proclamations à l'armée d'Italie, ne portait le drapeau de la démocratie française et l'espoir de l'émancipation en Dalmatie que pour s'y montrer soudainement engoué *du bonheur des peuples attachés à la glèbe.*

En vérité, le livre du duc de Raguse, qui contient tant de mensonges odieux, de jugements iniques, de pages révoltantes, renferme aussi quelques aveux précieux et quelques avertissements utiles. Il signale aux chefs des nations, qui n'acceptent un grand pouvoir que pour entreprendre de grandes choses, le danger qu'ils pourraient courir d'être mal compris et mal obéis s'il leur arrivait de confier les belles conceptions du génie progressif à l'inintelligence ou au mauvais vouloir des serviteurs dissimulés de l'esprit rétrograde.

Mais est-il vrai que la glèbe rendît si heureuse la population des campagnes, et que le renversement de la suprématie aristocratique dans Raguse ait fait succéder en Dalmatie l'âge de fer à l'âge d'or, un pouvoir oppresseur à une autorité tutélaire ?

Le duc de Raguse reconnaît lui-même que *les nobles, en général, étaient fiers et durs envers les bourgeois. (Id., 117.)* Mais un de ses compagnons d'armes, moins disposé que lui à se reprocher d'avoir enlevé au peuple de Raguse la paix et la prospérité, en le faisant passer sous la domination française, le général Clausel, digne lieutenant de l'Empereur et vrai représentant de la France nouvelle, partout où son devoir l'appelait, a constaté la véritable et triste situation de cette petite république dans une lettre qu'il écrivit au général Marmont lui-même, et que celui-ci a comprise parmi les pièces justificatives de ses Mémoires. « Mon général, disait Clausel, les sénateurs craignent la perte de leur puissance ; ils ont pour eux raison ; car la majeure partie *est et sera bien misérable, puisque les concussions, les dettes, etc., etc., ne pourront plus se faire impunément.* » (*Id., 157.*)

Quand le général Clausel s'exprimait ainsi, il n'avait pas certainement devant lui *la louable industrie, la sage économie, l'aisance bien entendue, la prospérité* que Marmont s'est accusé d'avoir enlevées aux habitants de Raguse, comme *agent involontaire de leur infortune* et comme *délégué d'un pouvoir oppresseur.* Au lieu du parfait bonheur si complaisamment décrit par son général en chef, il voyait, lui, *la misère* qui atteignait les grands eux-mêmes, et dont ils cherchaient à s'affranchir par *les concussions, les dettes, etc., etc.* Clausel, en écrivant sa lettre, avait sous les yeux le tableau vivant de Raguse, et il la peignait, d'un mot, en soldat de l'école de Napoléon ; Marmont, en rédigeant ses Mémoires, avait tout à fait perdu de vue ce tableau depuis longtemps, et il le refaisait d'imagination, selon ses convenances du jour, en soldat de l'école de Pichegru et de Moreau.

Mais le général Marmont ne se contentait pas de mal penser du pouvoir dont il était l'un des agents les plus favorisés, il mettait toujours ses actes en harmonie avec ses préoccupations hostiles dès que les exigences de son amour-propre se trouvaient en jeu. La subordination qui lui était imposée envers le vice-roi d'Italie n'était point franchement acceptée par lui. C'était à peine s'il donnait un acquiescement de bon aloi à la nécessité hiérarchique dans ses rapports avec l'Empereur. Le vice-roi, par ordre de Napoléon, pressait la formation d'une légion dalmate. Marmont agissait peu pour satisfaire au désir du prince. Blessé de cette négligence, Eugène écrivit à Marmont :

« Je vois avec beaucoup de peine, monsieur le général Marmont, que le décret de Sa Majesté pour la formation d'une légion dalmate ne s'exécute pas..... Vous devez sentir de quelle importance il serait, dans les circonstances actuelles, que le décret de Sa Majesté reçût son exécution..... Veuillez, je vous prie, vous occuper des moyens qui pourraient faciliter la levée de cette légion, vous en entendre avec le provéditeur, et me faire connaître quels sont les obstacles qui s'y opposent. *Il est vraiment ridicule que, dans un pays où les Autrichiens ne se gênaient pas pour faire marcher les hommes à coups de bâton, nous ne puissions rien obtenir par les mesures les plus douces, et pour ainsi dire par des politesses.* » (III, 105, 106.)

Cette lettre d'Eugène accuse et dément à la fois le général Marmont. Elle l'accuse de ne pas vouloir ou de ne pas savoir faire exécuter les ordres les plus importants et les plus formels de l'Empereur; elle atteste la douceur du régime français, que Marmont appelle *oppresseur*, et qui avait remplacé en quelque sorte par des politesses les brutalités du régime autrichien.

Mais l'Empereur eut à se plaindre directement à son tour des négligences de son lieutenant en Dalmatie. « Je reçois votre état de situation du 15 janvier, lui écrivait-il de Paris, le 9 février 1808; *comment arrive-t-il que vous ne me parlez jamais des Monténégrins? Il ne faut pas avoir le caractère roide;* il faut envoyer des agents parmi eux, et vous concilier les meneurs de ce pays. » (III, 160.)

Marmont trouvait oppresseur le pouvoir dont le prince Eugène vantait la douceur, et c'était lui qui altérait le caractère et compromettait le succès de ce pouvoir par sa roideur personnelle.

La correspondance de l'Empereur et celle du vice-roi avec le général en chef des troupes françaises en Illyrie mentionnent d'autres reproches que Napoléon et Eugène eurent à adresser à Marmont.

Le payeur de la guerre du royaume d'Italie avait été contraint, par ordre de Marmont, de prélever sur les fonds qui lui avaient été faits pour les dépenses de la solde et des masses des troupes italiennes, une somme de quatre cent soixante-treize mille deux cent quatre-vingt-deux francs pour les dépenses de l'artillerie, du génie, des approvisionnements, etc., etc.

Napoléon fit écrire à Marmont par le ministre de la guerre pour lui témoigner qu'il désapprouvait sa conduite en cette circonstance. « L'Empereur, disait le ministre, *qui porte un œil attentif sur toutes les dépenses de ses armées, a remarqué que celles de l'armée de Dalmatie étaient considérables , et que cette armée coûtait plus qu'une autre qui aurait le double de sa force. Sa Majesté veut , général , que l'administration de l'armée que vous commandez soit plus régulière , et qu'en aucune manière il ne soit fait de violation de caisse.* » (III, 162.)

Cette lettre était partie de Paris le 17 mars 1808. Le 30 du même mois, Marmont répondit à l'Empereur et au ministre pour se justifier. Le 8 mai suivant, au milieu des préoccupations des affaires d'Espagne, Napoléon écrit de Bayonne à Marmont pour lui exprimer directement sa désapprobation du prélèvement qu'il avait imposé au payeur du royaume d'Italie. « Monsieur le général Marmont, lui dit-il, la solde de l'armée de Dalmatie est arriérée parce que vous avez distrait quatre cent mille francs de la caisse du payeur pour d'autres dépenses. Cela ne peut marcher ainsi. Le payeur a eu très-grand tort d'avoir obtempéré à vos ordres. Comme c'est le trésor qui paye ces dépenses, ce service ne peut marcher avec cette irrégularité. Vous n'avez pas le droit, sous aucun prétexte, de forcer la caisse. Vous devez demander des crédits au ministre; s'il ne vous les accorde pas, vous ne devez pas faire ces dépenses. » (III, 172.)

Cette expression si nette et si énergique de ses rigoureuses et légitimes exigences en matière d'exactitude et de régularité administratives ne suffit pas encore à Napoléon.

Il en est à poursuivre l'exécution de son plan de rénovation européenne, à méditer, à tenter une grande révolution dans un vaste empire; il va porter la main sur l'héritage de Charles-Quint, et substituer sa propre dynastie à celle de Louis XIV au delà des Pyrénées, et au moment de se jeter dans cette gigantesque entreprise, il persiste à reporter sa pensée sur une somme de quatre cent mille francs dont un de ses généraux, au fond de

l'Illyrie, a irrégulièrement disposé! Le 16 mai,
l'Empereur, toujours à Bayonne, écrit de nouveau
à Marmont :

« Monsieur le général Marmont,

» Il y a beaucoup de désordre dans l'administration de mon armée de Dalmatie. Vous avez autorisé une violation de caisse de près de quatre
cent mille francs. Cependant le crédit mis à votre
disposition pour les travaux du génie et de l'artillerie était de quatre cent mille francs. C'est une
somme considérable. Comment n'a-t-elle pas suffi ?
La Dalmatie me coûte immensément; *il n'y a aucune régularité, et tout cela met dans les finances un
désordre auquel on n'est plus accoutumé.* Le payeur
est responsable de toutes ces sommes; j'ai ordonné
son rappel. Il faut se dépêcher d'envoyer tous les
papiers qui pourront établir ses comptes. Mais tout
cela ne justifie pas la dépense. Vous n'avez pas le
droit de disposer d'un sol que le ministre ne l'ait
mis à votre disposition. Quand vous avez besoin
d'un crédit, il faut le demander [1]. » (III, 172, 173.)

[1] A la même époque (le 22 mai 1808), le prince Eugène écrivit de
son côté à Marmont :

« Sa Majesté m'ordonne, monsieur le général en chef Marmont, de
vous écrire pour avoir des renseignements détaillés sur ce que sont
devenus les fonds que vous avez détournés de la solde des troupes italiennes et de la marine. La régularité qui existe dans les finances tant

Marmont ne s'avoua pas coupable, à coup sûr;
il protesta, il discuta, et finit par faire mettre la
dépense contestée à la charge du royaume d'Italie.
Mais, tout en reconnaissant que la violation de
caisse qui lui était reprochée était non-seulement
excusable mais tout à fait innocente, ne peut-on
pas opposer au général justifié les lettres qu'il
reçut, à ce sujet, de l'Empereur, et demander si le
chef d'empire qui portait *un œil attentif sur toutes
les dépenses de ses armées,* qui se préoccupait avec
tant de vivacité et de persistance, et au milieu des
complications les plus graves, d'un prélèvement
irrégulier d'une somme de quatre cent mille francs,
et qui ne voulait pas laisser *un sol* en dehors de sa
destination légale et de son suprême contrôle, avait
pu être si peu semblable à lui-même dans deux circonstances de sa vie, en Italie et en Hollande, qu'il
eût réellement offert à Marmont, aide de camp ou
commandant en chef, deux occasions de voler impunément des millions, et qu'il lui eût reproché
ensuite de n'avoir pas voulu en profiter.

Le duc de Raguse s'est chargé de fournir les plus
irrécusables témoignages contre ses plus incroyables
accusations.

---

en France qu'en Italie ne permet pas que des sommes soient ainsi
détournées de leur destination sans l'ordre du ministre. Sa Majesté me
prescrivant de lui faire un rapport à ce sujet, je désire que vous me
mettiez à même de remplir les ordres de Sa Majesté. »

LIVRE NEUVIÈME.

LA BATAILLE D'ESSLING. — L'ARCHIDUC CHARLES. — BATAILLE DE WAGRAM.
— MARMONT A ZNAÏM. — ARMISTICE. — MARMONT NOMMÉ MARÉCHAL.

§ I.

La guerre s'étant rallumée en Allemagne, Marmont avait reçu l'ordre de ramener son corps d'armée vers le haut Danube. Quand il eut rejoint l'Empereur, aux environs de Vienne, la campagne touchait à sa fin. Signalée d'abord par de nombreux et brillants succès, elle avait été menacée d'une issue désastreuse à Essling. « Le passage du Danube, effectué avec trop de confiance, dit Marmont, avait failli amener la ruine et la destruction de l'armée. En ce moment, le prince Charles a eu entre ses mains la destinée de l'armée française : il pouvait la détruire; mais il lui paraissait si admirable, si extraordinaire de n'avoir pas été battu, qu'il doutait presque de sa victoire quand il ne tenait qu'à lui de la rendre décisive. Qu'on se figure la situation terrible de l'armée française : elle était divisée en deux par le Danube, qui est si large devant Vienne; les deux portions ne pouvaient communiquer qu'au moyen d'une navigation rare et incertaine; la partie placée sur la rive gauche du fleuve, écrasée par le combat le plus opiniâtre, le plus meurtrier, n'avait dans l'île de Lobau ni munitions pour se battre ni espace pour se mouvoir. Elle avait devant elle, au delà d'un bras du fleuve de la largeur, pour ainsi dire, d'un ruisseau, les forces ennemies victorieuses et bien fournies de toutes choses. Si l'armée autrichienne eût effectué le passage de l'île de vive force, et elle le pouvait certainement; si, en outre, un corps de douze ou quinze mille hommes eût passé le Danube à Krems, et que la population de Vienne se fût révoltée, comme elle y était disposée, tout ce qui était rassemblé dans l'île, devenue si célèbre, le corps de Masséna, celui de Lannes, la cavalerie de la garde, toutes les troupes eussent été incontestablement prises ou détruites, et on peut apprécier les conséquences qui en seraient résultées. » (III, 215, 216.)

C'est toujours le même système, l'explication des succès de l'armée française par l'ineptie, l'inactivité ou les fausses manœuvres de l'ennemi; toujours le même langage, plus voisin du regret que de l'enthousiasme, quand il s'agit du salut ou d'un triomphe inespéré de nos troupes; toujours les mêmes réflexions sur les fatales et incalculables consé-

quences qu'aurait pu avoir pour Napoléon une conduite de la guerre moins inhabile de la part des
généraux étrangers. Marmont a reproché amèrement
aux anciens chefs de l'armée autrichienne en Italie
d'avoir fait en grande partie la réputation de Bonaparte ; il adresse un blâme analogue au prince
Charles à propos de la campagne de 1809. « L'Empereur, dit-il, exerçait sur les facultés morales de
l'archiduc une action incroyable, une espèce de fascination. L'anecdote suivante en est bien la preuve.
Je la tiens de deux généraux, le comte de Bubna et
le baron de Spiegel, qui servaient près de l'archiduc
Charles en qualité d'aides de camp, et qui étaient
investis de sa confiance.

» L'archiduc était entré en campagne sous les
meilleurs auspices. L'armée française, au moins la
grande masse de ses forces, et particulièrement les
troupes qui avaient fait les campagnes de 1805,
1806 et 1807, étaient en Espagne et en Italie. Le
corps seul de Davout, fort de trente mille hommes
environ, et quelques autres troupes, organisées à la
hâte dans les dépôts de France, se trouvaient en
Allemagne. Ainsi les alliés faisaient le fond de l'armée française par leur nombre. Sans vouloir les
traiter injustement, on sait combien ces troupes sont
médiocres. L'archiduc, entré en campagne avec une
belle et nombreuse armée, bien pourvue, bien
outillée, marchait avec la confiance que lui donnait

son immense supériorité; et cette confiance était
universelle. Tout à coup, sur le champ de bataille
de Ratisbonne, on fait un prisonnier français. On le
questionne : il annonce l'arrivée de l'Empereur à
l'armée, et dit qu'il est en personne à la tête de ses
troupes. On refuse de le croire; mais un second,
puis dix, quinze, vingt prisonniers disent la même
chose. Dès ce moment, me dit-on, dès l'instant où
la chose fut constatée, l'archiduc, qui jusque-là
avait montré du sang-froid et du talent, perdit la
tête, ne fit plus que des sottises. « Et moi, ajoutait
Bubna, pour lui faire retrouver ses facultés, pour le
remettre, je lui disais : « Mais, monseigneur, pour-
» quoi vous tourmenter? Supposez, au lieu de Napo-
» léon, que c'est Jourdan qui vient d'arriver. » Cette
histoire fort gaie n'est jamais sortie de ma mémoire.
Elle ne fait pas trop valoir le maréchal Jourdan;
mais Bubna avait choisi son nom parce que l'archiduc avait fait la guerre contre lui pendant deux
campagnes et l'avait toujours battu. » (III, 216,
217, 218.)

§ II.

A peine préservé d'une ruine inévitable à Essling,
par la fascination que son nom exerce sur l'archiduc, Napoléon va remporter à Wagram l'un de ses
triomphes les plus signalés; et ici encore, d'après

Marmont, il réussit après avoir tout fait pour échouer. « L'Empereur, dit-il, supposant à tort que l'armée autrichienne n'était pas encore formée, donna l'ordre au vice-roi de faire attaquer, par le général Macdonald, le centre de l'ennemi, dans la direction de Wagram. Cet ordre avait été donné négligemment *sans que l'Empereur parût en sentir toute la conséquence.* Macdonald en prévit sans hésiter le résultat. Il avait reconnu avec soin l'ennemi et pu juger que cette attaque isolée serait sans succès. Il engagea le vice-roi à faire cette observation à l'Empereur; mais celui-ci ne put jamais s'y résoudre, et l'ordre de marcher fut réitéré.....

» Cette attaque, *mal conçue, faite mal à propos,* ne fut qu'une forte *échauffourée.* Si l'ennemi eût suivi les troupes dans leur retraite précipitée, il est impossible de deviner les conséquences qui auraient pu en résulter. De plus, elle avait été *mal calculée :* car, en supposant le succès, l'heure avancée et les localités n'auraient pas permis d'en profiter. » (*Id.*, 232, 233.)

Heureusement, l'ennemi ne s'aperçut pas des fautes que Marmont a mis trente ans à découvrir. L'archiduc resta fasciné, et Napoléon gagna le lendemain la mémorable bataille de Wagram.

Mais cette grande bataille, précédée d'attaques intempestives, mal conçues, mal calculées, et qui pouvaient avoir de si funestes conséquences, fut

marquée elle-même, sur sa fin, par un incident déplorable. *La cavalerie de la garde, si nombreuse, si
bonne, si à portée de compléter le succès, ne s'ébranla
pas.* « Si elle eût chargé, dit Marmont, on faisait
vingt mille prisonniers. On accusa beaucoup dans le
temps le général Walter ; le général Nansouty ne
parut pas non plus exempt de reproches. Bref, le
moment fut manqué, et, en pareil cas, il ne se
retrouve plus. » (*Id.*, 236.)

Mais le duc de Raguse veut que les torts de nos
généraux aient été plus que compensés par les négligences ou les mauvaises combinaisons des généraux
ennemis. L'archiduc Charles se priva du concours
de forces imposantes qui n'agirent pas. *Le corps du
prince de Reuss, placé au Bisamberg, en vue de la
bataille, n'y prit aucune part ; huit mille hommes
restèrent devant Nussdorf pour se mettre à l'abri d'un
passage du fleuve qui ne pouvait être tenté. Sept mille
hommes de troupes, aux ordres du général Soustek,
étaient à Krems tout aussi inutilement. Ainsi, sans
compter le corps de l'archiduc Jean, il y avait plus de
vingt-cinq mille hommes à portée en mesure de prendre
part à la bataille, et qui n'ont pas combattu on ne sait
pourquoi.* (*Id.*, 237, 238.)

La fascination de l'archiduc était évidemment devenue contagieuse.

Mais le prince Jean, en position devant Presbourg, et qui avait reçu l'ordre de marcher sur

Vienne, de repasser rapidement les ponts et de se porter sur la droite de l'armée française, et qui *ne parut pas pendant la bataille*, était-il fasciné aussi comme son frère? Il faut bien le croire, puisque le duc de Raguse affirme qu'il suspendit sa marche *pour faire la soupe pendant qu'on se battait*. (*Id.*) Heureux Napoléon! « Quinze mille hommes de bonnes troupes et cinquante pièces de canon, dit Marmont, arrivant inopinément sur le champ de bataille et prenant le corps de Davout à revers, pouvaient donner assez d'embarras en menaçant nos ponts d'aval. *S'ils s'en fussent emparés, et si, en même temps, le mouvement sur Aspern, qui a été si près de réussir, avait eu un plein succès, l'armée française courait les plus grands périls.* » (*Id.*, 239.)

Ainsi, ce sont bien les archiducs d'Autriche qui ont préparé et facilité le magnifique triomphe de l'armée française à Wagram; c'est du moins l'opinion qu'exprime, sur le gain de cette bataille, un général français qui reçut, le lendemain, son bâton de maréchal, impatiemment attendu depuis cinq ans. Mais, selon ce même général, cette journée tant célébrée ne fut de plus qu'*une victoire sans résultat, une bataille gagnée qui en promettait plusieurs autres à livrer.* (*Id.*, 243.) Est-ce ainsi que l'histoire a parlé et parlera de ce glorieux événement? Est-ce ainsi qu'il a été caractérisé et qualifié par le grand capi-

18.

taine qui dirigea les mouvements et précipita les coups de l'armée victorieuse ?

« Wagram! disait le rapport officiel, *bataille décisive et à jamais célèbre,* où trois à quatre cent mille hommes, douze à quinze cents pièces de canon se battaient pour de grands intérêts sur un champ de bataille étudié, médité, *fortifié par l'ennemi depuis plusieurs mois.*

» Le jour de la bataille, *Macdonald,* disent les *Mémoires* de Sainte-Hélène, manœuvra avec habileté et mérita les éloges de Napoléon; mais ce furent le changement de front, l'aile gauche en arrière, exécuté par les ordres du prince *Eugène;* le feu de la batterie des cent pièces de canon de la garde, dirigé par le général *Lauriston,* aide de camp de Napoléon; le mouvement du corps du maréchal *Davout,* qui tourna toute l'aile gauche de l'ennemi, qui décidèrent de la victoire. » (*Mémoires de Napoléon.*)

Grâces soient rendues au génie qui représentait à Wagram, comme sur tant d'autres champs de bataille, la France libératrice et non pas oppressive; il a réfuté d'avance les vaines hypothèses et les misérables commentaires du soldat qui se complaisait à diminuer la gloire de nos armes, en attendant de la renier et de la trahir.

§ III.

Ce n'est pas assez pour le duc de Raguse d'avoir dénaturé le grand fait d'armes de Wagram, en haine de Napoléon [1] et des généraux signalés dans les Mémoires du grand homme, il éprouve le besoin de donner des proportions plus larges à son système de dénigrement, et d'étendre à l'armée tout entière ses remarques et ses observations malveillantes. Il mentionne donc une panique qui se produisit dans l'armée française à la suite de la bataille de Wagram, et qui fut occasionnée par des coureurs du corps de l'archiduc Jean, tombés à l'improviste sur des maraudeurs.

« Les terreurs paniques, dit le duc de Raguse,

---

[1] Marmont, qui a reconnu maintes fois la sensibilité vraie dont Napoléon était doué, semble vouloir la mettre en doute à l'occasion d'une visite de l'Empereur au champ de bataille de Wagram. « Je n'ai jamais compris, dit-il, l'espèce de curiosité qu'il éprouvait à voir les morts et les mourants couvrant ainsi la terre. » (III, 243.) Cette curiosité s'explique pourtant par une sollicitude que Napoléon avait montrée constamment, et qui prenait sa source dans un vif sentiment d'humanité. Il tenait à voir par lui-même si les blessés n'étaient pas oubliés parmi les morts, et si cette partie essentielle du service administratif de l'armée était faite avec soin et exactitude. Il remplissait ce pénible devoir après un combat en Italie, lorsque quelques officiers de son état-major ayant fait une remarque peu convenable sur un chien qui ne voulait pas abandonner le cadavre d'un officier autrichien, il leur dit : *Messieurs, ce chien vous donne une leçon d'humanité.*

sont un triste symptôme de l'état moral d'une armée. Il en est arrivé quelquefois dans les armées françaises; mais ce n'est jamais dans leur bon temps. L'armée d'Austerlitz et celle d'Iéna n'en ont pas offert d'exemple. Les paniques sont toujours la preuve d'un grand relâchement dans la discipline, d'un défaut de confiance et d'une altération dans les vertus militaires. »

Le duc de Raguse est pressé, on le voit, de signaler l'approche de la décadence, non-seulement pour le grand homme, mais aussi pour la grande armée. Qui l'aurait cru! Ces fiers vainqueurs de l'Autriche, redoutés et admirés de toute l'Europe, et dont la Providence marquait encore les nouvelles et glorieuses étapes du nord au midi du continent, n'avaient déjà plus à Wagram les vertus militaires des temps d'Austerlitz et d'Iéna! C'est un soldat français, à qui la journée de Wagram valut la plus haute dignité de l'armée, qui semble heureux de faire apparaître et remarquer ce signe de déclin au sein du plus beau triomphe. Pourquoi cette précipitation impie? Parce que ce soldat a trahi depuis les lauriers de Wagram et de toutes les immortelles campagnes de la République et de l'Empire, et qu'il a cru atténuer son crime en montrant la vertu militaire comme altérée dès 1809, et menant fatalement, par sa ruine accélérée, aux revers et aux péripéties de 1814. Misérable calcul! Pour justifier son épée d'une trahison d'un jour envers *son pays et son bienfaiteur*, l'insensé a imposé à sa plume l'obligation de trahir l'honneur national, la cause française, d'un bout à l'autre de ses Mémoires.

Le duc de Raguse, en recevant le bâton de maréchal, fut pourtant payé bien au delà de ce que sa conduite dans cette campagne lui donnait le droit d'espérer. Le surlendemain de la bataille de Wagram, il eut en ses mains les destinées de l'armée et peut-être de la monarchie autrichienne, et il laissa ces destinées lui échapper, plutôt que d'appeler à son appui un maréchal qui l'aurait commandé et qu'il n'aimait pas. Il va nous l'apprendre lui-même.

« Je reçus, dit-il, une lettre du maréchal Davout, arrivé avec son corps à Wülfersdorf; il me demandait des nouvelles, et m'annonçait qu'il était prêt à me soutenir si j'avais besoin d'appui. Je l'informai de ce qui s'était passé et du mouvement que j'allais faire sur Znaïm, lieu de réunion et de passage de toutes les colonnes de l'armée ennemie. Je me contentai de lui exposer les faits, *sans l'appeler à moi ni lui demander de secours, et je fis mal. La destruction de l'armée autrichienne* ET PAR SUITE DE LA MONARCHIE *ont peut-être tenu à cette circonstance.* On concevra mes motifs, et ils paraîtront excusables. Je n'avais réellement devant moi que des forces inférieures, et il y a une sorte de pudeur à ne pas

demander des secours quand on n'en a pas besoin. »
(III, 246, 247.)

Faut-il croire que ce soit à cette *sorte de pudeur*
qu'on doive attribuer en effet la répugnance de
Marmont à accepter le concours offert par Davout,
et partant le salut de l'armée et de la monarchie
autrichiennes également compromises?

Marmont indique lui-même le vrai motif de son
abstention funeste en cette circonstance en s'efforçant de le nier. « Je ne parle pas, dit-il, de la conséquence qu'aurait eue pour moi l'arrivée de Davout,
qui, par son grade, m'aurait commandé; jamais
pareille pensée n'est venue à mon esprit, et jamais
une question d'amour-propre n'est entrée en balance à mes yeux avec les intérêts dont on m'avait
chargé. *J'ai toujours eu trop de conscience*, j'ai toujours été trop avare du sang de mes soldats pour
avoir fait jamais pareil calcul. » (*Id.*)

Quand on se rappelle le portrait que Marmont a
fait de Davout, quand on vient de lire dans le récit
même des événements qui précédèrent de peu de
jours la bataille de Wagram, ce qu'il dit de ce maréchal, dont il qualifie la rigidité disciplinaire de
sévérité *sauvage* (*id.*, 229), et qu'il accuse d'avoir
voulu faire pendre un de ses domestiques ragusais,
malgré ses représentations, on ne s'étonne point
que le général, qui éprouvait une antipathie aussi
profonde et aussi violente pour le maréchal Davout,

n'ait pas trouvé dans son patriotisme la force de
dompter sa haine et d'accepter pour un jour une
subordination pénible plutôt que de manquer l'occasion de rendre un immense service à son pays;
surtout quand ce général, si fier de sa bonne conscience, est le même qui se laissa battre plus tard
en Espagne pour ne pas attendre les secours d'un
prince qu'il disait aimer et estimer, et au commandement duquel il voulait se soustraire; le même
qui fit plus qu'épargner l'armée autrichienne en
1814, et qui lui livra une partie de l'armée française
à Essonne. Marmont a beau faire, s'il s'abstint
d'écraser et de détruire à Znaïm les armées vain-
cues à Wagram, c'est qu'il était dominé par son
aversion pour Davout, par sa jalousie pour Napoléon, et qu'il n'avait plus pour la France nouvelle
le loyal dévouement d'un volontaire de 92.

Deux jours après cette grave faute, que Napoléon
lui reprocha dans une longue conversation qu'il eut
avec lui devant sa tente, Marmont reçut, des mains
du général Alexandre de Girardin, sa nomination
de maréchal, à laquelle il était loin de s'attendre;
tant son entretien avec l'Empereur avait laissé en
lui une impression pénible.

Tel était le grand homme. Il jugeait sévèrement
ses lieutenants, il ne leur ménageait pas le blâme
quand ils l'avaient encouru; mais, la leçon donnée,
il aimait à entretenir l'émulation parmi eux en leur

distribuant des récompenses. Quand la faveur, pré-cédée du blâme, allait chercher un homme comme Marmont, elle était vite oubliée, tandis que le sou-venir du blâme ne s'effaçait pas.

LIVRE DIXIÈME.

§ I.

Duc et maréchal, Marmont revint pleinement satisfait à Paris. « La campagne avait été glorieuse, dit-il, et véritablement elle était une des plus belles qu'eût faites l'Empereur, si l'on songe à la nature et à la faiblesse des moyens dont il avait disposé à son début. *C'était toujours le grand capitaine, objet de l'étonnement du monde. Il n'était tombé dans aucune des aberrations qui ont marqué la fin de sa carrière.* » (III, 335.)

Si c'est bien Marmont qui a écrit ces lignes, il a réfuté lui-même, d'un mot, tout ce qu'il a dit précédemment et délayé, en plusieurs volumes, sur la grande part que l'opiniâtreté de la fortune à servir Napoléon, comme malgré lui, et l'inhabileté de l'étranger à le combattre, avaient eue, depuis Montenotte jusqu'à Wagram, dans les succès prodigieux du grand capitaine.

Mais les contradictions de ce genre abondent dans l'œuvre posthume du duc de Raguse. Il ne tardera pas à reprendre le déchirement en détail et la guerre détournée vers lesquels il est naturellement et irrésistiblement entraîné. En ce moment, il est tout à l'admiration pour celui qui lui a donné un titre et un grade dont son orgueil s'est enflé. Il ne se souvient plus de la *presque folie* qui le frappait de surprise, au début de la seconde campagne d'Italie, ni des folles prétentions et du découragement insensé qui se manifestèrent à Decrès le lendemain du couronnement, et dont il reçut la confidence. S'il revoit Decrès, ce sera sans doute pour lui parler de Wagram et de tout ce qu'a fait de merveilleux, depuis 1804, en remontant jusqu'à Austerlitz à travers le bruit de Friedland et d'Iéna, le potentat qui regrettait *qu'il n'y eût plus rien de grand à faire, parce que les peuples étaient trop éclairés.* Et le ministre de l'Empereur qui aura, lui aussi, assisté à d'autres merveilles dans l'intérieur de l'Empire, à la construction des routes, des canaux, des ponts et des monuments de toutes sortes, à l'organisation de la Banque, à la fondation de l'université, à la promulgation du code de procédure civile ; le duc Decrès qui aura entendu son collègue, M. de Champagny, dire solennellement à l'Empereur : *Vos regards, à votre retour dans la capitale, ont été frappés de la trouver plus embellie dans le cours d'une année de guerre, qu'elle ne le fut jadis en un demi-siècle de paix ;* le duc Decrès, qui aura gravé dans sa mémoire cette parole de M. de Fontanes à Napoléon : *Les années, sous votre règne, sont plus fécondes en événements glorieux que les siècles sous d'autres dynasties ;* le duc Decrès se hâtera de recommander au duc de Raguse de fouler aux pieds les souvenirs de 1804, et d'oublier des manifestations intimes, évidemment mal interprétées, pour célébrer ensemble les grandes choses accomplies par le héros qu'ils avaient cru halluciné et découragé, et qui les avait entreprises et menées à bonne fin, sans avoir besoin de se faire passer pour *le fils du Père éternel.*

Le duc de Raguse vit en effet le ministre de la marine, et il a minutieusement raconté dans ses Mémoires ce qui se passa dans cette entrevue. Voici son récit :

« Les paroles qu'il m'a dites, il y a bientôt trente ans, retentissent encore à mon oreille, et je ne puis m'empêcher de les consigner ici.

» Le duc Decrès, ministre de la marine, était mon compatriote ; nous avions des alliances communes ; j'avais navigué à son bord dans la traversée d'Égypte. C'était un homme de beaucoup d'esprit. Nous nous étions convenus et liés intimement. Je ne ferai pas l'éloge de son caractère *passionné* et *vindicatif ;* je connais *plusieurs traits de lui blâmables ;* mais, personnellement, j'ai toujours eu à me louer de ses procédés envers moi. Il me vit bien satisfait, bien ardent dans mes récits. Après m'avoir laissé dire, après m'avoir écouté, il prononça ces propres paroles : « *Eh bien, Marmont, vous voilà bien content, parce que vous venez d'être fait maréchal. Vous voyez tout en beau. Voulez-vous que moi je vous dise la vérité, que je vous dévoile l'avenir ?* L'Empereur est fou, tout a fait fou, *et nous jettera tous, tant que nous sommes, cul par-dessus tête, et tout cela finira par une épouvantable catastrophe.* »

» Je reculai deux pas et lui répondis : « *Êtes-vous fou vous-même de parler ainsi,* et est-ce une épreuve que vous voulez me faire subir ? — Ni l'un ni l'autre, mon cher ami : je ne vous dis que la vérité. Je ne la proclamerai pas sur les toits ; mais notre ancienne amitié et la confiance qui existe entre nous m'autorisent à vous parler sans réserve. Ce que je vous dis n'est que trop vrai, et je vous prends à témoin de ma prédiction. » Et là-dessus, il me développa ses idées en me parlant de la bizarrerie des projets de l'Empereur, de leur mobilité et de leur contradiction, de leur étendue gigantesque, que sais-je ? Il me présenta un tableau que les événements n'ont que trop justifié. Plus d'une fois, depuis la Restauration, j'ai rappelé à Decrès notre conversation et son étonnante mais bien triste prédiction. » (III, 336, 337.)

Si cette anecdote était vraie, elle renfermerait

une terrible accusation, non pas à coup sûr contre la raison de l'Empereur, mais contre l'intelligence et la probité politique de son ministre.

Mais Decrès, quelque *passionné et vindicatif* qu'il fût, *avait de l'esprit et beaucoup*, d'après Napoléon lui-même ; *son administration était rigoureuse et pure* (*Mémorial*) ; et l'Empereur, qui lui maintint son portefeuille jusqu'en 1814, et qui le lui rendit en 1815, ne lui avait donné certainement aucun sujet de haine et de vengeance, ni en 1804 ni en 1809.

Comment un homme élevé si haut dans la confiance de l'Empereur et dans le gouvernement de l'Empire, n'ayant que des raisons de se montrer dévoué à Napoléon et plein de foi dans la stabilité de son trône, aurait-il pu dire à l'un des chefs de l'armée impériale, ivre de joie de son avénement tout récent à la première dignité militaire, que l'Empereur était *fou, tout à fait fou*, et que l'Empire allait finir par *une épouvantable catastrophe*, alors que tout s'inclinait, peuples et rois, devant le génie de l'Empereur ; alors que tout, sous sa main glorieuse et féconde, améliorations intérieures et prépondérance extérieure, se développait avec éclat sous les yeux de la nation reconnaissante ; alors que les plus anciennes, les plus orgueilleuses et les plus puissantes maisons souveraines de l'Europe, passant de la crainte au respect et à l'admiration pour le

vainqueur de tant de batailles, créateur de tant de
merveilles, étaient prêtes à se disputer l'honneur
de donner une nouvelle épouse à l'héroïque parvenu en qui s'était incarnée la révolution française,
si longtemps menacée et harcelée par les coalitions
monarchiques?

L'Empereur aurait été pour les nations et pour
leurs chefs le premier homme du monde par l'intelligence et par la gloire, et, à l'apogée même de
cette élévation suprême, il n'aurait été pour l'un de
ses ministres qu'un potentat sans raison et sans avenir, un *fou* courant au précipice et menant la France
à l'abîme! et ce ministre aurait continué à servir, à
flatter, à encenser pendant six ans encore le monarque frappé d'insanie, et conduisant le pays à
d'inévitables catastrophes!

Il ne se peut pas qu'il y ait eu autour de Napoléon,
sans qu'il l'ait deviné et congédié aussitôt, un conseiller aussi aveugle, aussi insensé, aussi ingrat,
aussi déloyal.

Marmont ne fait dénigrer l'Empereur et prédire
la chute de l'Empire, en 1809, par Decrès, que pour
faire dire qu'il n'abandonna lui-même, en 1814, que
ce qui était déjà jugé extravagant et impossible, cinq
ans auparavant, par les meilleurs esprits.

§ II.

Le duc de Raguse, résolu à reculer le plus possible le commencement de la décadence de l'Empire, invoque à cet effet d'autres autorités que celle de Decrès. L'opinion publique elle-même ne lui parut pas favorable au gouvernement. « On appréciait cette campagne de 1809, dit-il; on était satisfait de la paix, mais on était blasé sur la gloire militaire. On voulait du repos, on désirait plus de liberté, une existence plus calme, *et on voyait l'avenir encore chargé de tempêtes.* » (*Ib.*, 336.)

Qui voyait ces tempêtes? qui formait ces désirs?

Marmont s'exprime de manière à faire croire qu'à son retour de Wagram il trouva le peuple de France dégoûté de la gloire, demandant la liberté et présageant des révolutions. Il s'en faut que ce fût là l'état général des esprits à cette époque. La nation ne fut jamais plus fière des triomphes de ses armées et de la grandeur de son chef. Satisfaite dans son culte pour l'égalité, elle ne songeait pas encore à faire rouvrir le temple de la liberté, et elle ne cherchait pas surtout à se faire peur de prochaines catastrophes. Si le duc de Raguse rencontra quelque part des aspirations libérales et des prédictions révolutionnaires de cette nature, ce ne put être que dans quelques groupes isolés où l'esprit frondeur, toujours prêt à contester au génie lui-même le droit de gouverner le monde, ne voulait rien voir de ce qui était l'objet de l'admiration universelle, et s'obstinait à signaler des symptômes de décadence que personne n'apercevait. Il y eut en effet à Paris, pendant toute la durée de l'Empire, des comités au sein desquels siégeaient des hommes éminents par le savoir, le caractère et le renom, et dont la mission consistait à entretenir le feu sacré de l'ancien régime dans la petite église des salons, en s'efforçant d'attacher les signes de la déraison et de l'instabilité aux œuvres prodigieuses de l'ordre nouveau. Les fidèles étaient soigneusement pourvus chaque matin d'un bulletin de fantaisie et d'un mot d'ordre pour être partout en mesure d'opposer le scepticisme aristocratique à la foi populaire.

L'Empereur savait cela et ne s'en inquiétait pas; il était au faîte de la puissance, remaniant à son gré la carte de l'Europe, renouvelant les rois et les peuples, et se croyant dispensé, au milieu de ses gigantesques entreprises, de prendre au sérieux la guerre sourde de quelques anglomanes et les coups d'épingle des coteries. Il attachait si peu d'importance à l'opinion solitaire et aux agitations ténébreuses de cette société exceptionnelle, qu'il avait laissé entrer quelques-uns de ses membres les plus influents dans l'administration de son Empire. Ce fut peut-être une imprudence, car, au jour des revers,

l'Empereur rencontra devant lui le pygmée orgueilleux qu'il avait méprisé, et qui s'était glissé partout
pour gêner la défense et faciliter le renversement
du colosse. « *Partout*, écrivit-il à son frère Joseph
le 3 mars 1814, *j'ai des plaintes du peuple contre les
maires et les bourgeois, qui les empêchent de se défendre;* JE VOIS LA MÊME CHOSE A PARIS. *Le peuple a de
l'énergie et de l'honneur, je crains bien que ce ne soient
certains chefs qui ne veulent pas se battre.* » (*Mémoires de Napoléon,* VIII, 359.)

Mais en 1809, les yeux fixés sur son étoile qui le
menait chaque jour à la découverte de nouveaux
horizons, l'Empereur poursuivait avec confiance la
réalisation de ses vastes desseins, sans laisser arrêter son génie dans sa marche audacieuse par la prévision alors impossible d'accidents, de désastres,
de défections et de trahisons inouïs. Les frondeurs
qui prirent le duc de Raguse pour confident de
leurs sinistres prophéties ont pu se vanter plus tard
d'avoir pressenti et prédit mystérieusement ce que
le grand homme né prévoyait pas. Les événements,
pour si funestes qu'ils aient pu devenir à l'Empereur depuis 1812 jusqu'en 1815, n'ont rien changé
pourtant à la nature des idées régénératrices, au
caractère de la mission politique et sociale de Napoléon; ils ont laissé intact, tout à fait intact, au contraire, tout ce que les frondeurs précoces s'étaient
hâtés de déclarer voisin de l'insanie et de la ruine:

la foi que le grand homme avait en son étoile et qu'il faisait partager au peuple; la foi qui le faisait se considérer comme le propagateur de la démocratie moderne par la force des armes et son organisateur par la puissance des institutions; la foi qu'il commençait une ère nouvelle.

Bien des gens, à coup sûr, quoique placés fort près de l'Empereur, n'apercevaient pas cette étoile. Le duc de Raguse assure que le cardinal Fesch était de ce nombre, et il raconte à ce sujet une petite scène qui se serait passée au château de Fontainebleau entre le dignitaire de l'Église et le chef de l'Empire. Je ne veux pas reproduire des détails aussi inconvenants qu'invraisemblables. Mais la part de l'imagination et de la malveillance une fois constatée et écartée, je ne trouve nullement improbable que l'oncle de l'Empereur, lié au saint-siége par son titre et par sa croyance, et blessé de la résolution de son neveu à l'égard du pape, n'ait pas vu ou compris ce que Napoléon voulait lui montrer dans le ciel, quand il lui disait : « *Regardez là-haut! vous n'y voyez rien, et moi j'y vois mon étoile.* » (III, 339.)

Napoléon avait la foi de Bossuet; il croyait au gouvernement des choses humaines par la Providence. Il s'appliquait à lui-même l'idée qu'il avait eue d'Alexandre, de César et de Charlemagne, en ouvrant leur histoire; l'idée d'une mission providentielle, et que le duc de Raguse a incessamment confondue avec la prétention à une *origine céleste* [1].

Il fallait ce sublime et religieux orgueil pour oser entreprendre de discipliner le génie des révolutions et de le faire marcher triomphalement à sa suite, de capitale en capitale, à l'extirpation du vieux tronc féodal, sur toute la surface du sol européen, sans respect pour les préjugés des nations, pour les priviléges des castes et pour les titres des dynasties.

Cette tâche ne pouvait certainement s'accomplir qu'au prix de profonds déchirements, d'immenses dévastations et d'incalculables sacrifices pour le peuple régénérateur et pour les États régénérés. Il est regrettable sans doute que la civilisation, dans ses luttes avec la barbarie, soit ainsi réduite à se faire barbare elle-même. Mais sous l'armure du héros dont le glaive porte l'effroi et la mort dans les rangs ennemis, il faut voir le propagandiste, l'initiateur, qui ne se montre terrible dans le combat que pour faire servir la victoire au renversement des institutions oppressives ou des superstitions barbares qui dégradent les vaincus en même temps qu'elles affligent l'humanité. C'est là toute l'histoire

---

[1] « On retrouve sans cesse, dit Marmont, comme je l'ai remarqué et comme je le remarquerai encore, *le besoin qu'avait Napoléon de chercher à rattacher au ciel* SON ORIGINE. Le jour même où cette scène eut lieu (la scène de Fontainebleau), Duroc, qui en avait été témoin, me la raconta, *et j'eus la pensée que Decrès pouvait bien avoir raison.* » (III, 340.)

des expéditions de Charlemagne contre les derniers gardiens du paganisme sauvage de l'antique Germanie. On a bien qualifié ce grand homme de *brigand* (et la qualification est venue de haut [1]), parce qu'il avait fait massacrer *des hommes qui combattaient pour leur liberté et pour leurs lois.* Mais cette accusation du génie sceptique contre le génie croyant n'a pas troublé le héros civilisateur du moyen âge dans la possession paisible de son immortalité. L'histoire vraiment philosophique dira toujours que ce grand homme ne fut impitoyable pour l'idolâtrie que parce que l'idolâtrie était elle-même féroce, et qu'elle perpétuait les sacrifices humains dont le conquérant, en soldat et en législateur chrétien, fit cesser l'usage par des lois qui rendirent le baptême obligatoire et qui punirent de mort les sacrificateurs.

Ce sera aussi le jugement que portera la postérité sur les guerres et les expéditions du Charlemagne moderne. Au souvenir de Napoléon s'attaquant à l'ancien régime européen, en Espagne, en Portugal, en Italie, en Hollande, en Suisse, en Allemagne, en Pologne, elle ne lui demandera pas quels princes il a détrônés, quelles dynasties il a remplacées, combien de sang et de larmes ses travaux herculéens ont coûté; elle ne songera qu'à per-

---

[1] VOLTAIRE, *Essai sur les mœurs,* etc. — DULAURE, *Histoire critique de la noblesse.*

pétuer et à étendre de plus en plus le prestige de
son nom, à mesure qu'elle recueillera chaque jour de
nouveaux fruits des germes qu'il aura laissés partout
sur son passage. Elle reconnaîtra que si les nations
furent *broyées* sous le char de triomphe du conquérant, ce fut, selon le mot de de Maistre, *pour être
mêlées*, et que dans ce mélange ce fut, comme toujours, la race la plus élevée sur l'échelle de la civilisation qui rapprocha d'elle, pour les faire remonter
peu à peu à son niveau, les races tenues en arrière
par leurs institutions et leurs préjugés.

Ce n'est pas ainsi, je le sais, que des écrivains
moins suspects que le duc de Raguse, d'illustres
hommes d'État et de brillants historiens, ont jugé
la politique et le règne de Napoléon. Quelques-uns
de ces esprits d'élite, sans prétendre, comme Marmont le fait dire à Decrès, que Napoléon fût *fou,
tout à fait fou*, n'en montrent pas moins une disposition persévérante à faire considérer sa politique
comme dépourvue de désintéressement, de justice,
de sagesse et de modération, surtout dans les dernières années de son règne.

Mais cette opinion, quelque respectable qu'elle
soit sous la plume des hommes qui l'expriment de
bonne foi et avec l'autorité d'une renommée glorieusement acquise, n'est pas autre que celle qui a
été si longuement et si tristement développée par le
duc de Raguse.

Les grands hommes sont donc bien difficiles à comprendre! Oui, cette difficulté existe quelquefois pour des contemporains, et Napoléon, quoique enlevé au monde depuis près de quarante ans, est encore le contemporain de beaucoup de ses juges, grandis à côté de sa tombe et venus longtemps après lui sur la scène politique, où leur popularité n'a pas eu à se louer du voisinage de la sienne.

Ces juges ne peuvent pas être impartiaux : tout le monde sait pourquoi.

LIVRE ONZIÈME.

AFFAIRES D'ESPAGNE. — LE ROI JOSEPH. — SOULT. — MASSÉNA.
— MARMONT.

§ I.

Le duc de Raguse commençant le treizième livre de ses *Mémoires,* par le souvenir de son retour à Paris et des impressions qu'il avait rapportées de la glorieuse campagne de Wagram, proclamait que *le grand capitaine était toujours l'objet de l'étonnement du monde, et qu'il n'était tombé encore dans aucune des aberrations qui ont marqué la fin de sa carrière.*

A cette époque, c'est-à-dire à la fin de 1809, l'invasion de l'Espagne était pourtant accomplie, l'expulsion des Bourbons consommée, la dynastie de Napoléon installée à Madrid. Marmont ne regardait pas sans doute alors toutes ces grandes nouveautés comme des *aberrations.* Cependant, à l'ouverture de son quinzième livre, il aborde cette délicate question de la guerre d'Espagne, et il se prononce tout d'abord avec la plus grande véhé-

mence contre la politique et les vues de Napoléon
sur la Péninsule.

« Si Napoléon avait compris l'Espagne, il pouvait
la rendre l'auxiliaire le plus utile à sa puissance, et
son influence y eût été durable et sans bornes. La
faiblesse du monarque assurait son obéissance,
tandis que les sentiments de fidélité de la nation
envers son souverain garantissaient son concours
empressé à seconder toutes ses entreprises. Le vieux
roi, esclave d'un favori, ne pouvait plus régner;
mais Ferdinand était l'objet de la confiance publique, et sur sa tête reposaient toutes les espérances
de l'avenir. Ce prince sollicitait comme la plus
insigne faveur d'épouser une nièce de Napoléon.
Dès lors, il s'unissait intimement à la nouvelle
dynastie, et se consacrait à la servir. Une action
plus ou moins directe de Napoléon eût contribué à
régulariser l'administration et à rendre à cette monarchie une vie et une puissance qui eussent été
employées à son profit. Une idée funeste s'empara
de son esprit, et il fit bien plus que de réaliser la
fable de la *Poule aux œufs d'or*; car ce ne fut pas
seulement une source de richesses qu'il tarit, mais
un torrent de maux qu'il fit surgir. Les intérêts
d'un frère dont il voulait faire un esclave, et qui
résista ouvertement à ses volontés, l'incertitude
d'un avenir sombre et chargé de tempêtes, l'em-
portèrent sur un ordre de choses tout fait, dont

les fruits étaient assurés et prêts à être récoltés. Il
brisa lui-même, de ses propres mains, les liens qui
lui attachaient le peuple espagnol et le livraient à sa
merci. » (IV, 8, 9.)

Le duc de Raguse répète ici les lieux communs
dont la guerre d'Espagne a été l'objet depuis un
demi-siècle. Il est certain qu'elle devint fatale à
Napoléon, et qu'elle contribua grandement à la
chute du premier empire. Le prisonnier de Sainte-
Hélène l'a hautement reconnu. « Cette malheureuse
guerre m'a perdu, disait-il. Mais pourtant pouvait-
on laisser la Péninsule aux machinations des Anglais, aux intrigues, à l'espoir, aux prétextes des
Bourbons ?

» Les événements ont prouvé, ajoutait Napoléon,
que j'avais fait une grande faute *dans le choix de
mes moyens;* car la faute est dans les moyens, bien
plus que dans les principes. Il est hors de doute
que, dans la crise où se trouvait la France, DANS
LA LUTTE DES IDÉES NOUVELLES, DANS LA GRANDE CAUSE
DU SIÈCLE CONTRE LE RESTE DE L'EUROPE, nous ne pouvions laisser l'Espagne en arrière, à la disposition
de nos ennemis : *il fallait l'enchaîner de gré ou de
force dans notre système.* Le destin de la France le
demandait ainsi, et le code du salut des nations
n'est pas celui des particuliers. D'ailleurs, à la nécessité de la politique se joignait ici, pour moi, la
force du droit. L'Espagne, quand elle m'avait cru.

en péril, l'Espagne, quand elle me sut aux prises à
Iéna, m'avait à peu près déclaré la guerre. L'injure
ne devait pas passer impunie ; je pouvais la lui déclarer à mon tour. C'est cette fatalité même qui
m'égara. *La nation méprisait son gouvernement ; elle
appelait à grands cris une régénération. De la hauteur à laquelle le sort m'avait élevé, je me crus appelé
à accomplir en paix un si grand événement. Je voulus
épargner le sang ; que pas une goutte ne souillât l'é-
mancipation castillane. Je délivrai donc les Espagnols
de leurs hideuses institutions, je leur donnai une constitution libérale. Je crus nécessaire, trop légèrement
peut-être, de changer leur dynastie.* Je plaçai un de
mes frères à leur tête ; mais il fut le seul étranger
au milieu d'eux. Je respectai l'intégrité de leur territoire, leur indépendance, leurs mœurs, le reste
de leurs lois. Le nouveau monarque gagna la capitale, n'ayant d'autres conseillers, d'autres ministres, d'autres courtisans que ceux de la dernière
cour. Mes troupes allaient se retirer : *j'accomplissais
le plus grand bienfait qui ait été jamais répandu sur
une nation*, me disais-je, *et je le dis encore.* Les
Espagnols eux-mêmes, m'a-t-on assuré, le pen-
saient au fond, et ne se sont plaints que des formes.
J'attendais leurs bénédictions ; il en fut autrement :
ils dédaignèrent l'intérêt pour ne s'occuper que de
l'injure ; ils s'indignèrent à l'idée de l'offense, se
révoltèrent à la vue de la force, tous coururent

aux armes. Les Espagnols en masse se conduisirent comme un homme d'honneur. Je n'ai rien à dire à cela, sinon qu'ils ont été cruellement punis ! qu'ils en sont peut-être à regretter !... » (*Mémorial.*)

Napoléon vivait encore, que les événements venaient lui donner raison. Les hommes qui avaient le plus marqué dans la guerre de l'indépendance, Porlier, l'Empecinado, Lacy, Milans, Mina, levaient tour à tour le drapeau de l'insurrection et protestaient contre le rétablissement des anciennes institutions, devenu la conséquence de la restauration de l'ancienne dynastie ; et le premier régénérateur de l'Espagne put entendre, de son lit de mort, les échos de Sainte-Hélène répéter le cri de délivrance parti de l'île de Léon. La révolution espagnole, fille de la révolution française, fut bientôt arrêtée, il est vrai, par le drapeau de l'ancien régime, imposé à la nouvelle France ; mais cette halte fut de courte durée. La semence portée au delà des Pyrénées par Napoléon était tombée sur un sol fécond et bien préparé. Le mouvement de régénération imprimé à la Péninsule reprit son cours, tantôt accéléré et tantôt ralenti, mais toujours irrésistible, et menant inévitablement, un peu plus tôt ou un peu plus tard, et à travers de fréquentes oscillations et des apparences de reculade, au triomphe définitif du progrès social, tel que le conçut, le premier, l'empereur Napoléon.

§ II.

La guerre d'Espagne a fourni au duc de Raguse
de nombreuses occasions d'outrager ses compagnons d'armes et d'accuser l'Empereur, et il les a
toutes saisies avec le vif empressement dont il a
fait preuve toutes les fois qu'il s'est agi d'entacher
une réputation ou de ternir une gloire.

La première attaque est dirigée contre le maréchal Soult : il l'accuse formellement d'avoir *manqué
à sa destinée et fait pâlir la fortune de la France devant celle de Wellington,* qu'il aurait pu écraser sur
le Tage, et qui *échappa comme par miracle au plus
imminent péril.* (IV, 15.) Soult, d'après Marmont,
redoutait l'effet de cette énorme faute sur l'esprit
de l'Empereur ; mais il fut bientôt rassuré ; Napoléon dissimula ses griefs ; la clémence lui parut préférable à la sévérité et à l'éclat. (*Id.,* 16.)

Mais le duc de Raguse ne lâche pas facilement
sa proie ; quand il s'acharne sur l'un de ses vieux
camarades que l'envie ou la moindre rancune désigne plus particulièrement à ses coups, il lui faut
autre chose qu'une simple déchirure pour donner
pleine satisfaction à sa malveillance. Le duc de
Dalmatie n'est encore qu'égratigné par son frère
d'armes ; le moment est venu pour lui de subir de
profondes entailles. Il marche au secours de Bada-

joz, et il attaque Béresford sur l'Albuhéra. « Soult,
qui, *cette fois comme toujours*, dit Marmont, *était de
sa personne à plus d'une portée de canon de l'ennemi,
quand ses troupes soutenaient une vive fusillade*, ne
put leur ordonner de se déployer. Les généraux qui
les commandaient n'eurent pas l'intelligence de le
leur prescrire, et, après avoir éprouvé d'assez grandes pertes, les troupes plièrent, et la bataille fut
perdue, quand évidemment, *sous tout autre général*,
elle eût été gagnée. » (*Ib.*, 42.)

Voilà donc le maréchal Soult battu pour s'être
tenu trop loin du danger, et pour n'avoir eu aussi
que des lieutenants sans intelligence, n'en déplaise
aux admirateurs de notre France militaire. Mais le
maréchal Marmont prétend avoir plus qu'un défaut
de courage et de capacité à reprocher au duc de
Dalmatie. « J'avais, dit-il, sur le caractère du maréchal Soult, la conviction commune et conforme à
sa réputation : ainsi j'avais peu de confiance en sa
loyauté. Junot, avec lequel j'ai toujours été très-lié
depuis ma première jeunesse, et qui avait un véritable et profond attachement pour moi, m'avait dit,
au moment où nous nous séparions en Castille : « Tu
vas avoir de fréquents rapports avec Soult. Vos
points de contact seront multipliés. Défie-toi de lui;
agis avec prudence, prends tes précautions; car, je
t'en donne l'assurance, s'il peut, à quelque prix
que ce soit, appeler sur toi de grands malheurs, il

n'y manquera pas! C'est parce que j'ai eu l'occasion de le bien connaître que je t'en avertis. » (*Ib.*, 47.)

Soult, d'après Marmont, aurait tenté de vérifier la prédiction de Junot; mais le duc de Raguse serait parvenu à faire échouer *le calcul odieux* du duc de Dalmatie.

§ III.

Marmont était venu remplacer Masséna [1] à l'armée de Portugal. Il résulte de sa correspondance avec

[1] Le duc de Raguse dit que Masséna n'était déjà plus lui-même quand il fut le remplacer en Portugal, et que *la bataille de Busaco, si légèrement donnée et livrée d'une manière si extravagante, sera un objet de critique éternel pour Masséna et pour les généraux qui dirigèrent cette opération.* (IV, 25.) Il mentionne à la suite de ce jugement, plus que sévère pour Masséna et pour tous ses lieutenants, des rumeurs injurieuses dont le dégoût doit faire seul justice.

C'est un sacrificateur impitoyable, que l'immolation d'une renommée ne cesse pas de tenter : il lui faut à tout prix des victimes.

Si le jeune et valeureux Girard, à la tête d'une seule brigade, s'ouvre héroïquement un passage à travers un corps nombreux d'ennemis qui l'a surpris à Aroya de Molinos, *l'opération* qu'il a conduite a été non-seulement *mauvaise*, mais HONTEUSE (IV, 75); et Marmont jette sans hésiter cette qualification sur la tombe d'un soldat mort depuis au champ d'honneur, et protégé par ce mot de Napoléon à sa veuve : « Madame, votre mari s'est surpassé; si tous les généraux avaient agi comme lui, je ne serais pas ici; » et par ce legs du grand homme : « 100,000 francs aux enfants du brave général Girard. »

Le général Barrié est plus maltraité encore. « Détestable officier, sans résolution et sans surveillance, » dit Marmont. Il lui reproche de n'avoir pas fait des dispositions raisonnables ni opposé une résistance suffisante dans la défense de Ciudad-Rodrigo. (*Id.*, 84.) — Le maréchal Jourdan, dans ses *Mémoires*, parle autrement du général Barrié. « Lord Wellington, dit-il, fit sommer le général Barrié, gouverneur : « Sa Majesté

les autres chefs de corps et avec le roi Joseph que
l'entente était peu cordiale entre les commandants
des troupes françaises en Espagne, et que le défaut
d'ensemble qui devait en résulter dans les opérations militaires ne pouvait amener que des revers
et des catastrophes. Marmont, avec son caractère
jaloux, sa susceptibilité vaniteuse et son impatience
de la subordination, eut naturellement une bonne
part dans cette mésintelligence, et aussi dans les
malheurs qui en furent la suite. Le fait d'armes qui
a le plus engagé sa responsabilité est la bataille
des Arapiles. Il accepta le combat sans attendre
les renforts qui lui étaient annoncés de l'armée du
Nord et de Madrid, et il a été accusé, par l'Empereur lui-même, d'avoir pris cette résolution dans
la crainte que l'arrivée du corps auxiliaire, sous
les ordres de Joseph, ne lui fît perdre les avantages du commandement en chef, pendant l'action,
et les profits du triomphe après la bataille.

» l'Empereur, répondit ce *brave officier,* m'a confié le commandement
» de Ciudad-Rodrigo ; moi et ma garnison sommes résolus à nous ense-
» velir sous ses ruines. »

Mais la réputation, l'honneur, la gloire des généraux n'ont pas suffi
au désir effréné de dénigrement qui tourmente le duc de Raguse. L'armée d'Espagne n'est pas plus ménagée que ses chefs. Marmont dit, à
propos de la capitulation de Baylen : « *L'incapacité,* dans la conduite
des troupes, fut encore surpassée par *la lâcheté, le pillage, le brigan-
dage,* » etc.

Les libelles publiés à l'étranger contre la France n'ont jamais eu un
caractère plus révoltant.

Marmont s'est défendu en disant qu'il avait ignoré la marche du roi, et il a ajouté que les malheurs de cette journée étaient dus : 1° à l'impatience du général Maucune, qui attaqua mal à propos ; 2° à la blessure qu'il reçut lui-même au commencement de l'action, et qui l'obligea de quitter le champ de bataille ; 3° à l'infériorité numérique de son corps d'armée, et partant au refus de secours qu'avaient opposé à ses demandes pressantes les maréchaux Soult et Suchet, le général Caffarelli et le roi Joseph lui-même.

Cette dernière excuse était peu fondée, du moins en ce qui concernait le roi Joseph[1], qui accourut au secours de Marmont, après le lui avoir annoncé par divers messages, au moment où le maréchal se décida à combattre.

Mais le duc de Raguse a été plus loin dans ses récriminations, il a fait remonter jusqu'à l'Empereur lui-même la responsabilité des événements de Salamanque. Si l'armée de Portugal fût restée dans la vallée du Tage, cette bataille désastreuse aurait été évitée, et le maréchal Marmont, les lettres du major général à la main, affirme que c'est bien par

---

[1] Marmont a commencé par faire parade de beaux sentiments d'amitié et d'estime pour Joseph Bonaparte. C'est ainsi qu'il en a toujours agi envers la plupart des hommes honorables et des illustres personnages qu'il se réservait d'attaquer ensuite avec le plus de ténacité et de malveillance. Les événements de 1814 remettront en présence le roi Joseph avec sa bienveillance inépuisable et Marmont avec sa haine persévérante.

ordre exprès de l'Empereur qu'il s'est tenu en dehors de cette vallée, et qu'il a été consigné en quelque sorte dans la province où il a subi un si rude
échec. « Vos instructions du 18 et du 21 février,
écrit-il à Berthier, sont *rédigées d'une manière si im-
pérative* qu'elles suffiraient pour faire condamner
devant un tribunal un général qui ne s'y serait pas
conformé. Elles consacraient formellement le cas où
l'ennemi serait en possession de l'*initiative ;* elles disaient même : « *Si lord Wellington marche avec toutes
ses troupes sur Badajoz, laissez-le aller, rassemblez
votre armée, et il reviendra bien vite.* » C'est précisément ce que j'ai fait : toutes les raisons qui établissent
que les divisions auraient dû rester sur le Tage, je
les ai senties, et elles sont toutes consignées dans les
lettres que je vous ai écrites : c'est donc par pure
obéissance que je les ai rappelées. » (IV, 380.)

Mais est-ce là tout ce que le major général pres-
crivit au duc de Raguse, dans ses instructions des
18 et 21 février 1812, pour le cas où *lord Wellington
marcherait avec toutes ses troupes sur Badajoz ?*

Non, cette citation des lettres de Berthier n'en
reproduit pas exactement les prescriptions essentielles, et le duc de Raguse a apporté trop de soin à
la rédaction de ses *Mémoires* pour qu'il ait pu faire
dans les pièces justificatives des suppressions insignifiantes.

Si l'Empereur tenait à ce que le corps d'armée

20.

de Marmont ne s'enfermât pas dans la vallée du Tage, c'était afin qu'il fût en mesure de faire, selon les mouvements de l'armée anglaise, une diversion menaçante en Portugal. Dans sa lettre du 18 février, le major général dit bien au duc de Raguse : « *Si Wellington se dirige sur Badajoz, laissez-le aller, rassemblez votre armée;* » mais il ajoute aussitôt une prescription formelle, importante, et qui exprime la pensée constante de l'Empereur : « MARCHEZ DROIT SUR ALMEIDA [1], ET POUSSEZ DES POINTES SUR COÏMBRE. *Wellington revievdra vite* SUR VOUS. » (IV, 328.) Le 21, Berthier renouvelle ses instructions à Marmont en y mêlant d'amères observations : « L'Empereur, monsieur le duc, lui écrit-il, me charge de vous répéter que vous vous occupez trop de ce qui ne vous regarde pas, et pas assez de ce qui vous regarde. Votre mission a été de défendre Almeida et Rodrigo, et vous avez laissé prendre ces places. Vous avez le nord à maintenir et à administrer, et vous abandonnez les Asturies [2], c'est-à-dire le seul moyen de le gouverner et de le contenir. — Vous allez vous embarrasser si lord Wellington envoie

---

[1] Dans cette même lettre, Berthier explique que la marche sur Almeida est une menace pour Lisbonne, et que la position de Salamanque n'est choisie que pour servir de point de départ à des excursions incessantes sur les frontières du Portugal.

[2] Marmont était si habitué à se jouer de la hiérarchie et de la discipline qu'il lui arriva de déclarer à Joseph qu'il désobéirait à ses ordres s'il lui enjoignait de faire un mouvement en faveur de Suchet.

une ou deux divisions sur Badajoz, quand Badajoz est une place forte et que le duc de Dalmatie a quatre-vingt mille hommes.... Enfin *si Wellington marchait sur Badajoz, vous avez un moyen sûr, prompt et triomphant de le rappeler, celui de marcher sur Almeida ou Rodrigo.* » (*Ib.*, 335.)

Le duc de Raguse n'avait marché sur aucune place frontière du Portugal; il n'avait menacé ni Coïmbre ni Lisbonne; il n'avait rien fait pour inquiéter incessamment les Anglais de ce côté, suivant les intentions de l'Empereur; et quand il avait manqué aussi évidemment à l'esprit et à la lettre de ses instructions, il osait écrire au major général, de qui elles émanaient, que c'était par pure obéissance à ces mêmes instructions qu'il avait gardé la position qui était devenue le théâtre de sa défaite. Il croyait sa justification parfaite, quand il avait retranché deux lignes sur quatre dans les prescriptions de l'Empereur, transmises par Berthier, et que, dénaturant les ordres du major général en les lui rappelant à lui-même, il s'était fait dire tout simplement : « *Si Wellington marche sur Badajoz, laissez-le aller, rassemblez votre armée, il vous reviendra vite;* au lieu d'ajouter : *et marchez droit sur Almeida, et poussez des pointes sur Coïmbre. Wellington reviendra bien vite sur vous.* »

Tous ces petits expédients n'étaient pas faits pour réussir auprès de l'Empereur. D'ailleurs, les torts

nouveaux du duc de Raguse dans l'affaire des Arapiles furent d'une nature si grave et eurent des conséquences si désastreuses que Napoléon dut braver
les inconvénients d'un éclat et faire demander des
explications formelles à son ancien aide de camp. Il
paraissait certain que le soldat vaniteux et indisci-
plinable, qui avait laissé échapper l'occasion de
détruire l'armée autrichienne à Znaïm, pour éviter
d'être placé sous les ordres de Davout, s'était laissé
battre à Salamanque par l'armée anglaise pour n'a-
voir pas voulu attendre un renfort qui lui aurait
donné un supérieur sur le champ de bataille dans
la personne du roi Joseph. Marmont a protesté contre
cette accusation en niant avoir reçu les lettres et les
messages qui lui annonçaient l'approche de ce renfort. Mais sa dénégation manque tout à fait de vraisemblance. Joseph lui avait adressé de nombreux
émissaires pour mieux s'assurer que son avis lui
parviendrait à temps; et l'on trouva chez le général
Sarrut, qui commandait une division de l'armée de
Portugal, l'un des billets envoyés par le roi au général en chef de cette armée.

Marmont, interpellé par le ministre de la guerre
au nom de l'Empereur, élabora un rapport où l'obscurité et les embarras de la rédaction trahissaient
la gêne et les difficultés de la justification. Cette
pièce parvint à Napoléon à Moscou. Dès qu'il en eut
pris connaissance, il se hâta d'aviser son ministre

de l'impression qu'il en avait reçue, par une lettre, sous la date du 2 septembre, et qui était ainsi conçue :

« Monsieur le duc de Feltre, j'ai reçu le rapport du duc de Raguse sur la bataille du 22. Il est impossible de rien lire de plus insignifiant ; il y a plus de fatras et plus de rouages que dans une horloge ; et pas un mot qui fasse connaître l'état réel des choses.

» Voici ma manière de voir sur cette affaire et la conduite que vous devez tenir :

» Vous attendrez que le duc de Raguse soit arrivé, qu'il soit remis de sa blessure et à peu près entièrement rétabli. Vous lui demanderez alors de répondre catégoriquement à ces questions :

» Pourquoi a-t-il livré bataille sans les ordres de son général en chef ?

» Placé, par les dispositions générales de l'armée, à Salamanque, il était tout simple qu'il se défendît s'il était attaqué ; mais puisqu'il avait évacué Salamanque de plusieurs marches, pourquoi n'en a-t-il pas instruit son général en chef ?

» Pourquoi n'a-t-il pas pris ses ordres sur le parti qu'il devait suivre, subordonné au système général de nos armées d'Espagne ?...

» Et comment pouvait-il sortir de la défensive pour prendre l'offensive, sans attendre la réunion et le secours d'un corps de quinze à dix-sept mille hommes ?

» Le roi avait ordonné à l'armée du Nord d'envoyer sa cavalerie à son secours; elle était en marche.

» Le duc de Raguse ne pouvait l'ignorer, puisque cette cavalerie est arrivée le soir de la bataille.

» En faisant coïncider ces deux circonstances, d'avoir pris l'offensive sans les ordres de son général en chef et de n'avoir pas retardé la bataille de deux jours pour recevoir quinze mille hommes d'infanterie que lui amenait le roi et quinze cents chevaux de l'armée du Nord, on est fondé à penser que le duc de Raguse *a craint que le roi ne participe au succès, et qu'il a sacrifié à la vanité la gloire de la patrie et l'avantage de mon service.....*

» Vous ferez connaître au duc de Raguse, en temps opportun, *combien je suis indigné de la conduite inexplicable qu'il a tenue,* en n'attendant pas deux jours que les secours de l'armée du centre et de l'armée du Nord le rejoignissent. » (*Mémoires du roi Joseph,* IX, 82.)

L'indignation de l'Empereur était certes bien légitime. Mais le mécontentement une fois exprimé, avec plus ou moins de vivacité et d'amertume, le meilleur des hommes [1], comme l'appelait Marmont, ne tardait pas à reparaître, et il inclinait toujours à la clémence. On a dit communément qu'il s'était

---

[1] La mère de Napoléon disait de lui : « L'Empereur a beau faire, *il est bon !* » Tous ceux qui l'ont vu de près, ses détracteurs eux-mêmes, ont partagé le sentiment de sa mère.

perdu par l'exagération du pouvoir absolu; quand on a lu les Mémoires du duc de Raguse et d'autres encore, on est amené à reconnaître que le grand homme péchait bien un peu parfois par excès d'indulgence.

Le vaincu de Salamanque, non encore guéri de ses blessures, reçut un nouveau commandement dans la grande armée d'Allemagne.

LIVRE DOUZIÈME.

RETOUR DE MARMONT A PARIS. — RETRAITE DE RUSSIE. — ARRIVÉE
DE NAPOLÉON. — CAMPAGNE DE **1813** EN ALLEMAGNE.

§ I.

Le duc de Raguse, revenu à Paris à la fin de 1812, y achevait le rétablissement de sa santé, lorsque la nouvelle de la retraite désastreuse de Moscou arriva dans la capitale en même temps que l'Empereur.

Dès le lendemain, Marmont se présenta aux Tuileries. Napoléon eut l'air d'avoir perdu le souvenir de Salamanque et de l'Espagne au milieu des calamités et des ruines immenses qui venaient d'éprouver et d'attrister sa grande âme. Cependant le duc de Raguse lui prête une attitude et une physionomie que personne n'aurait osé lui supposer dans une pareille conjoncture. « Il ne paraissait *nullement affecté*, dit-il, *des désastres arrivés récemment sous ses yeux. Il jouissait beaucoup, en ce moment, d'être quitte des souffrances physiques qu'il avait éprouvées.* Il cherchait à se faire illusion sur l'état des choses et me dit ces propres paroles :

« Si j'étais resté à l'armée, je me serais arrêté sur le Niémen ; Murat reviendra sur la Vistule ; voilà la différence sous le rapport militaire. Mais, après les pertes que nous avons éprouvées et, comme souverain, ma présence à l'armée, à une pareille distance et dans les circonstances actuelles, rendait ma situation précaire. Ici, je suis sur mon trône, et je serai promptement en mesure de réparer tous nos malheurs en créant les ressources dont nous avons besoin. » — Et il a prouvé que, sous ce dernier rapport, il avait raison. » (IV, 149, 150.)

Napoléon n'était pas abattu. Marmont ne devait pas en être surpris, lui qui l'avait vu et entendu autrefois, sous sa tente, à la nouvelle du désastre d'Aboukir. Un grand revers, pour le grand capitaine, était toujours un appel à de grandes résolutions. Mais le duc de Raguse, en retrouvant le génie fièrement dressé contre le destin qu'il a tant accusé d'avoir trop aveuglément et trop obstinément favorisé le héros, le duc de Raguse avait l'âme pleine de sa vieille jalousie et de ses nouveaux ressentiments en abordant l'Empereur. Il lui semblait que le maître allait l'interroger directement sur les faits déjà soumis à une enquête. Ce qui était dans Napoléon résignation magnanime, domination des facultés de l'intelligence sur les accidents de l'ordre matériel, acceptation stoïque des malheurs présents mêlée à l'aperception prophétique des ressources et des réparations de l'avenir, tout cela, Marmont était disposé à le dénaturer et à le travestir. L'Empereur, regardant en face l'adversité sans fléchir et manifestant toujours une grande confiance dans sa destinée, sous le coup de la plus épouvantable catastrophe, devait lui apparaître comme absolument insensible au tableau des désastres arrivés récemment sous ses yeux, et complétement absorbé par les grandes jouissances que lui procurait la cessation de ses souffrances physiques.

Marmont ne laissa rien apparaître de l'impression qu'il a prétendu plus tard avoir emportée de sa première entrevue avec l'Empereur. Il passa l'hiver à Paris, occupé à soigner ses blessures, ce qui ne l'empêcha pas de se présenter à la cour. « Sur ce terrain, dit-il, tout était neuf pour moi. La cour, encore brillante, présentait cependant un horizon sombre à tous les yeux. La défection du général prussien d'York, indice effrayant de la situation des esprits, donnait à chacun le pressentiment de grands et de nouveaux malheurs. Et cependant la fortune est venue au secours du courage, et il n'a tenu qu'à Napoléon de rasseoir pour toujours sa puissance ébranlée ; mais il devait se charger lui-même de se détruire et *périr par un suicide politique.* » (V, 2.)

C'est une idée que le duc de Raguse reproduit souvent dans ses Mémoires. Il lui a paru que s'il parvenait à bien établir que Napoléon s'était perdu lui-même par ses fautes dans les opérations militaires ou par ses prétentions dans les conférences diplomatiques, il n'y aurait plus lieu de chercher une autre cause à sa chute ni d'attacher la moindre importance par conséquent à tel acte dont on s'est pressé de faire un crime au maréchal Marmont. Si l'Empereur s'est détruit lui-même, ce n'est pas la trahison qui l'a tué; le suicide exclut le meurtre : telle est la logique du duc de Raguse; c'était celle des assassins avisés qui firent constater par un procès-verbal le *suicide* du maréchal Brune.

Le moment viendra de répondre au reproche adressé à Napoléon de n'avoir pas su ou voulu *rasseoir pour toujours sa puissance ébranlée*.

§ II.

Le duc de Raguse, à l'occasion de son séjour à Paris et de ses visites aux Tuileries, s'exprime sur le rétablissement de l'étiquette comme auraient pu le faire ses anciens camarades de Châlons, Foy et Demarçay, et non en ami du *bon vieux temps*, en royaliste quasi émigré, comme il s'est peint lui-même.

« Depuis plusieurs années, dit-il, Napoléon, rappelant, autant qu'il le pouvait, dans les habitudes, les usages anciens de la cour de France, exigeait

que l'on vînt à ses fêtes en habit habillé. L'intérêt
des manufactures servait de prétexte à cet usage singulier, imitation servile du passé. Rien n'était si
extraordinaire que ce travestissement de soldats,
dont la parure était les cicatrices et l'air martial bien
plus que la grâce et l'élégance. Je me fis faire de
beaux habits pour me conformer à l'ordre donné,
et ma manche ouverte, mon bras en écharpe et sans
mouvement, faisaient ressortir ce que ce costume
avait de bizarre. » (*Id.*, 2, 3.)

Quelque chose dont l'étrangeté n'est pas moindre
peut-être, c'est de voir l'artilleur Marmont, devenu
duc de Raguse, se moquer de l'*habit habillé* et du
costume de cour, *servile imitation du passé*, tout en
se parant sans rire d'un titre qui remontait à la
même origine et qui avait le même caractère.

Certes, il est probable que, parmi les anciens dé-
mocrates qui entouraient encore en assez grand
nombre l'empereur Napoléon, il y en eut qui éprou-
vèrent, à la résurrection de certains usages, le
sentiment que le maréchal Marmont a manifesté à
l'occasion de l'*habit habillé*. Mais l'Empereur devait-
il reculer devant des mesures qu'il jugeait utiles et
conformes à sa politique, parce qu'elles ne se présentaient pas sous les mêmes couleurs et avec la
même portée à des esprits graves, dont il pouvait
trouver d'ailleurs la désapprobation d'autant plus
naturelle qu'il partageait philosophiquement leur

opinion, et qu'il était au fond d'accord avec eux sur l'avenir social de la France et du monde?

L'empereur Napoléon n'avait pas cessé de préten- dre à la représentation suprême de la démocratie française, au moment même où il exhumait l'éti- quette et le blason. Mais il se sentait appelé à jus- tifier ce mandat souverain en s'appliquant à faire concourir l'organisation de la démocratie avec la pacification de la société; en poursuivant la régéné- ration intime du pays, sans rompre trop brusque- ment avec les traditions et les habitudes dans les choses purement superficielles et externes, et en donnant une satisfaction passagère aux exigences et aux susceptibilités conservatrices, partout où elles pouvaient être ménagées sans danger réel et sans préjudice sérieux pour les principes et les intérêts progressifs. Pour gouverner le monde, la démocratie devait se montrer gouvernementale, c'est-à-dire habile à régner sur tous et pour tous, à élever gra- duellement les minorités arriérées au niveau des majorités avancées, sans les opposer incessamment les unes aux autres, sans donner à celles-ci l'appa- rence d'un droit de conquête sur celles-là. Quand un ancien régime est supprimé politiquement, tout n'est pas fini avec lui; il a ses racines sociales dont il faut tenir compte. S'il n'est plus qu'une abstrac- tion pour les historiens et les publicistes, il se pré- sente encore aux hommes d'État comme l'expression de réalités vivantes ; et c'en est assez pour que le régénérateur qui édifie, et dont la tâche et les devoirs sont autres que ceux du tribun qui démolit, comprenne la nécessité de *faire un pont d'or* aux anciens régimes vaincus et en pleine retraite, et de procéder envers les classes et les populations, gardiennes inoffensives de mœurs ou d'idées surannées, par voie d'extinction successive des préjugés, et non par voie de contrainte, de gêne ou de froissement pour les hommes.

§ III.

L'Empereur n'avait pas trop présumé, du reste, de lui-même et de la France, quand il s'était montré, plein de confiance et d'espoir, au duc de Raguse. En peu de mois une nouvelle armée se trouva réorganisée et prête à entrer en campagne. Marmont suivit Napoléon en Allemagne, et commanda le sixième corps de la grande armée.

Les rapides et étonnants succès de nos armes ne confirmèrent pas les appréhensions que le duc de Raguse semblait éprouver quand il signalait un affaiblissement et un commencement de déclin dans le moral de l'armée française, non-seulement en Espagne, mais dès la campagne même de Wagram. Ces succès le frappèrent assez pour rendre encore incertaine à ses yeux la ruine de Napoléon, qu'il avait été disposé bien des fois à considérer comme inévitable. « La campagne de 1813, dit-il, dont la fin a été si désastreuse pour nous, a été cependant bien près d'être couronnée par des triomphes. » (V, 99.) Cette remarque prouve que, pendant toute cette campagne, le duc de Raguse fut loin de croire la cause de l'Empereur et de l'Empire fatalement et irrévocablement perdue. Cependant il fait apparaître un nouveau signe d'abattement et de désespoir au milieu des triomphes qui auraient dû relever les courages et raviver les espérances. C'était après Lutzen et Wurtzen, où nos troupes s'étaient montrées si dignes de soutenir la vieille réputation de l'armée. Un combat brillant à Reichenbach venait de coûter la vie au général Bruyère. Marmont causait de la mort de ce brave avec Duroc, quand la figure de son ami prit une expression de tristesse qu'il ne lui avait jamais vue. « Les circonstances qui suivirent immédiatement, dit-il, l'ont gravée profondément dans ma mémoire, et pourraient faire croire à la vérité des pressentiments. Duroc donc, triste et préoccupé, montrait une sorte de découragement et d'abattement dans toute sa personne. Je marchai quelque temps en causant avec lui; il me dit ces propres paroles : « *Mon ami, l'Empereur est insatiable de combats; nous y resterons tous, voilà notre destinée.* » (V, 109.)

Ainsi, le meilleur ami, le plus sincère admirateur, le serviteur le plus dévoué de Napoléon, en le voyant

21

lutter glorieusement contre l'inconstance de la fortune et l'abandon de ses alliés et conjurer héroïquement l'abaissement de la France, Duroc l'aurait
accusé d'*être insatiable de combats*, c'est-à-dire de
faire la guerre pour la guerre, de répandre le sang
sans nécessité, d'exposer la vie de tant de braves
sans raison et sans but. Personne ne connaissait
mieux que Duroc la pensée de Napoléon et les obstacles de toutes sortes que ses ennemis opposaient à ses
vues conciliatrices; personne ne savait mieux qu'il
combattait pour une grande cause dont le triomphe
pacifique lui eût paru certainement préférable, si
l'opiniâtreté des coalitions et la fréquence des trahisons ne l'avaient pas rendu impossible. Duroc n'a
pas pu laisser tomber de sa bouche le mot accusateur, le reproche injuste et cruel que le duc de Raguse
lui impute. C'est la pensée même de Marmont que
Marmont lui fait exprimer, se servant du nom de
l'ami pour donner plus de crédit à la parole du
traître.

Napoléon perdit ce noble et véritable ami dans la
campagne de 1813. « L'Empereur, dit Marmont,
montra de la douleur, et passa quelque temps avec
Duroc dans la baraque où il fut déposé. Il paraît
qu'il se justifia auprès de l'Empereur de je ne sais
quels torts que celui-ci lui avait imputés sans fondement et dont l'accusation l'avait profondément
blessé. Le lendemain, je le vis de très-bonne heure.

Ses douleurs atroces lui faisaient désirer la mort, et il la demandait avec instance. Je causai avec lui pendant quelques instants. Je lui parlai des personnes qui l'intéressaient, et, comme je lui montrais ma vive et profonde commisération, il me répondit : « Va, mon ami, *la mort serait peu de chose pour moi si je souffrais moins vivement.* » (V, 110.)

La loyauté et la franchise de Duroc aussi bien que son profond attachement pour l'Empereur étant incontestables, il n'y a qu'une induction à tirer de ce que rapporte ici le duc de Raguse, c'est que l'Empereur soupçonnait et accusait légèrement les caractères les plus irréprochables, et que la suspicion la plus légitime pourrait être dès lors opposée à ses jugements les plus sévères. Marmont ne raconte jamais, alors même qu'il semble le faire avec le plus d'abandon et d'entraînement; il plaide toujours. Il vous mène au lit de mort de Duroc, dans une baraque; il vous fait assister aux atroces douleurs de son agonie et entendre ses dernières paroles, mais pour que vous disiez ensuite, à l'issue de cette triste scène : « L'Empereur avait donc fini par inspirer le découragement et rendre la vie pénible à ses meilleurs amis; Duroc ne se trouvait pas malheureux d'être séparé de lui par une mort prématurée, en 1813; d'autres ont bien pu s'estimer heureux de s'en séparer d'une autre manière, en 1814. »

Mais Duroc, dont l'agonie est si ingénieusement

21.

exploitée ici contre le grand homme qui lui prodigua jusqu'au dernier moment les témoignages les plus vifs et les plus vrais d'une affection profonde et d'une confiance sans bornes; Duroc a-t-il échappé lui-même à l'insatiable malveillance qui a voulu le prendre pour écho et pour instrument? Le duc de Raguse le loue d'abord, il est vrai, de *sa réserve*, de *son commerce sûr*, de *sa simplicité*, de *sa franchise*, de *sa modestie*, de *son désintéressement*, de *sa probité*; mais, cela fait, il ajoute : « Son caractère froid l'aurait empêché de se dévouer pour un autre, de *se compromettre* pour le servir; dans sa position, c'était déjà beaucoup que de rencontrer si près du pouvoir suprême *un homme sans malveillance*. » (V, 113.)

Ainsi le sage Duroc, porté si haut dans l'opinion populaire, n'aurait eu, après mûr examen, selon le duc de Raguse, que les vertus et les mérites négatifs d'un homme exempt de malveillance! Napoléon, qui le connaissait mieux, a justifié autrement, devant l'histoire, la haute faveur dont il n'avait cessé de l'entourer.

« Duroc, a dit l'Empereur, sous un extérieur peu brillant, *possédait les qualités les plus solides et les plus utiles;* dévoué pour le bien, sachant dire la vérité à propos..... Il avait des passions vives, tendres, qui répondaient peu à sa froideur extérieure. Il était pur et moral, tout à fait désintéressé pour

recevoir, extrêmement généreux pour donner.....
L'Empereur pensa qu'il avait fait une perte irréparable..... Il disait que Duroc seul avait eu son intimité et possédé son entière confiance. » (*Mémorial*).

§ IV.

Au milieu de ses succès, Napoléon prêta l'oreille aux ouvertures pacifiques et accepta un armistice. S'il eût repoussé cette trêve et les négociations qui devaient la suivre, le duc de Raguse n'eût pas manqué de le lui reprocher amèrement et de répéter qu'il était *insatiable de combats*. Mais l'Empereur ayant consenti à faire un premier pas vers la paix, le maréchal Marmont n'hésite pas à dire qu'*il a été démontré depuis que, dans cette circonstance, l'intérêt bien entendu de Napoléon aurait été de continuer la guerre*. (V, 119.) « Son armée, dit-il, était plus nombreuse que celle de l'ennemi. Celle-ci, battue dans deux grands engagements, et après une retraite fort longue, éprouvait du découragement. Aucun renfort ne l'avait encore rejoint. » (*Id.*)

Napoléon méconnut donc son intérêt bien entendu en adhérant à une suspension d'armes. Le duc de Raguse est loin de l'en remercier au nom de l'humanité; peu lui importe, en ce moment, l'effusion du sang, le cri universel pour la paix : Napoléon a fait une faute et commis une bévue, en ne continuant pas vivement la guerre. Mais l'armistice n'aura pas peut-être l'issue favorable à laquelle on devait s'attendre. L'Empereur rencontrera devant lui les prétentions exorbitantes et les résolutions belliqueuses non-seulement de ses ennemis déclarés, mais aussi de ses faux amis. L'Autriche ne sera pas moins hostile que la Prusse et la Russie. Le congrès de Prague se dissoudra sans avoir rien fait pour la paix, et le duc de Raguse dira que c'est Napoléon, Napoléon seul, qui a fait avorter les efforts de la diplomatie et les espérances des peuples.

« Le congrès de Prague, dit-il, fut ouvert comme il était convenu. Les plénipotentiaires français, MM. de Vicence et de Narbonne, s'y rendirent tard. Ensuite ils déclarèrent qu'ils n'avaient pas de pouvoirs, ajoutant qu'ils les recevraient incessamment. Le temps s'écoula dans cette vaine attente. On arriva ainsi au 10 août, dernier jour de l'armistice. A minuit, les alliés déclarèrent que, d'après les termes des conventions, les hostilités recommenceraient le 16.

» Le 12, tout étant rompu, les pouvoirs arrivèrent; mais il était trop tard. Celui qui a approché et bien connu Napoléon le reconnaîtra dans cette manière d'agir.....

» Si, en 1813, Napoléon avait fait la paix (et il pouvait la faire avec honneur après ses victoires de

Lutzen et de Bautzen), en conservant de grands avantages, il satisfaisait l'opinion publique en France. Il récompensait le pays des efforts qu'il avait faits pour le soutenir. Il laissait mûrir son armée, si je puis m'exprimer ainsi; et après deux ou trois ans, s'il avait voulu, il aurait recommencé la lutte avec des moyens plus complets et plus imposants que jamais; mais sa passion l'entraîna. Son esprit supérieur lui montra certainement alors les avantages d'un système de temporisation; mais un feu intérieur le brûlait, un instinct aveugle l'entraînait, quelquefois même contre l'évidence. Cet instinct parlait plus haut que la raison, et commandait. » (V, 132, 133, 134.)

Le duc de Raguse a beau jeu pour se livrer ici sans réserve à sa monomanie déclamatoire contre ce qu'il appelle l'instinct violent de Napoléon. Tout ce qu'il dit de la passion de l'Empereur pour la guerre et de son obstination à rendre la paix impossible par ses prétentions déraisonnables, les écrivains du lendemain de Waterloo en ont fait des lieux communs, que les plus éminents historiens n'ont pas même dédaigné parfois de ramasser et de rajeunir. Napoléon vit naître sous ses yeux, au milieu de son état-major, cette disposition générale à l'accuser de la rupture des négociations et de l'éloignement de la pacification de l'Europe.

« Parce que je n'aurai pas fait la paix, disait-il, on dira que je n'ai pas voulu la faire; je le prévois, et je lis déjà ce reproche sur vos figures. La paix que je ne veux pas faire, c'est celle que mes ennemis veulent me dicter. Sont-ils donc plus pacifiques que moi? Ne refusent-ils pas de leur côté la paix que je leur propose? Ce que mes ennemis appellent la paix générale, c'est ma destruction; ce que j'appelle la paix, c'est seulement le désarmement de mes ennemis : ne suis-je pas plus modéré qu'eux? Cette accusation d'être passionné pour la guerre est absurde à mon égard; mais tôt ou tard l'opinion en fera justice; on reconnaîtra que j'avais plus d'intérêt qu'un autre à faire la paix, que je le savais, et que si je ne l'ai pas faite, c'est qu'apparemment je ne l'ai pas pu..... Il ne faut pas me juger sur le refus que j'oppose à leurs premières demandes. Ne sait-on pas que toute puissance qui entre en négociation veut d'abord tout ce qu'elle croit pouvoir obtenir. C'est dans la nature des choses. Mais la transaction arrive ensuite à son terme. Ou le vainqueur l'emporte, ou le vaincu résiste, ou les deux parties se concilient. Je l'avouerai, j'ai cru que la position où nous trouvait l'armistice était favorable pour une conciliation. Nous nous balancions dans un équilibre de succès et de revers; une grande transaction pouvait en résulter entre le Nord et le Midi..... Je puis beaucoup céder; je ne craindrais pas de m'affaiblir pour une *paix générale*. Mais il n'en est pas de même pour une paix qui ne serait que continentale. Dans ce cas, la paix n'est jamais qu'une trêve pendant laquelle l'Angleterre ne manque pas de renouer les coalitions. Rien n'étant fini alors, je dois prévoir de nouvelles attaques et chercher à conserver le plus de puissance qu'il m'est possible; je veux du moins ne céder que ce qu'il faut et pas plus qu'il ne faut. Voilà toute ma politique. Mais vous voyez comme l'Autriche se plaît à élever les prétentions de nos ennemis en se rangeant de leur côté [1]!.... Revenez donc de votre erreur, et

---

[1] « Dans le moment où les souverains alliés acceptaient la médiation de l'Autriche, ils recevaient dans leurs camps deux envoyés de l'Angleterre, lord Cathcart et sir Charles Stuart, et prenaient avec eux des engagements de la portée la plus étendue, du caractère le plus hostile contre la France, et qui semblaient exclure de leur part toute disposition sérieuse à la conciliation. Deux traités d'alliance et de subsides furent conclus à Reichenbach par ces plénipotentiaires, le 14 et le 15 juin, l'un avec la Prusse, l'autre avec la Russie.... Il fut signé le 27 juin à Reichenbach, entre l'Autriche, la Russie et la Prusse, un troisième traité d'alliance éventuelle, qui précisa dans quel esprit et quelle mesure devrait s'exercer l'action de la puissance médiatrice. Par l'article premier, l'empereur d'Autriche s'engagea à déclarer la guerre à la France, si au 20 juillet cette puissance n'avait pas accepté les conditions arrêtées par Sa Majesté Impériale.... Le 9 juillet, il y eut à Trachenberg un grand conseil de guerre auquel assistèrent le prince de Suède et les généraux autrichiens Wacquand et comte de Latour. Le plan de la campagne prochaine y fut discuté et arrêté... Napoléon était très-exactement informé de tout ce qui se passait dans le camp des alliés; il sut la part qu'avaient prise aux conférences de Reichenbach et de Trachenberg le comte de Stadion, ainsi que les généraux Wacquand et de Latour, et la violence de ses ressentiments contre

que les belles paroles de Metternich cessent de vous faire illusion! » (*Manuscrit de* 1813, tome II, 74, 75, 76.)

Ainsi, le grand homme répondait d'avance à ses lointains accusateurs en réprimant les velléités critiques de son entourage [1]. Marmont était là, pouvant entendre chaque jour cette réponse anticipée à son futur déchaînement. Mais il ne croyait plus, ou plutôt il n'avait jamais cru, malgré toutes les manifestations contraires, à la parole du maître. Il prétend, du reste, que l'Empereur ne subissait pas

---

l'Autriche s'en accrut. » (*L'Allemagne après la guerre de Russie.* — ARMAND LEFÈVRE.)

C'était toujours l'école de Pitt qui soulevait la vieille Europe contre la France nouvelle. La diplomatie de la coalition en était encore aux errements de Pilnitz. L'empereur d'Autriche s'en expliqua hautement huit ou dix mois après dans une audience solennelle qu'il accorda au sénat qui venait de prononcer la déchéance de Napoléon. Sa Majesté se fit gloire de la constance qu'elle avait mise à *combattre pendant vingt ans les principes qui venaient de désoler le monde*. Le sénat se refusa à insérer dans son procès-verbal cette phrase significative, et qui faisait si bien ressortir l'esprit qui animait les prétendus libérateurs des peuples. (Beauchamp, II, 511. — Lambrechts, 6.)

[1] Napoléon à Sainte-Hélène, reportant ses souvenirs vers cette époque fatale de 1813, s'exprimait ainsi : « Quelles n'étaient pas mes tribulations de me trouver tout seul à juger l'imminence du danger et à y pourvoir! de me voir placé entre les coalisés qui menaçaient notre existence.... et les harassements de tous les miens, de mes ministres mêmes qui me poussaient à me jeter dans leurs bras! et j'étais obligé de faire bonne contenance dans une si gauche posture! de répondre fièrement aux uns et de rembarrer les autres, *qui entretenaient la mauvaise pente de l'opinion au lieu de l'éclairer, et laissaient le cri public me demander la paix*, lorsque le seul moyen de l'obtenir était de me pousser ostensiblement à la guerre. » (*Mémorial.*)

seulement le joug de son *instinct violent*, mais que
ce despote si hautain, si entêté, si jaloux de la prédominance de son opinion et de sa volonté, s'était
soumis aussi à l'influence *d'un conseiller funeste qui*
flattait ses passions, adoptait toutes ses illusions et
même les rendait encore plus éblouissantes. Le duc de
Raguse désigne ce conseiller; il nomme le duc de
Bassano, et lui consacre quelques lignes injurieuses :
la trahison ne devait pas moins à la fidélité. Au portrait que Marmont a osé faire du duc de Bassano,
l'histoire opposera celui que Napoléon a tracé lui-
même dans ses Mémoires. « Maret, disait-il, est un
homme très-habile, d'un caractère doux, de fort
bonnes manières, d'une probité et d'une délicatesse
à toute épreuve. » (*Mémoires de Napoléon.*)

§ V.

La guerre reprit donc son cours, non parce
que Napoléon *s'était laissé aller tout à la fois à la*
fougue de son caractère, à la passion qui le domi-
nait et à une espèce de finasserie toujours fort de
son goût (V, 133), mais parce que l'Angleterre
et les puissances du Nord n'avaient jamais voulu
sincèrement la paix, parce qu'elles n'avaient pas
cessé de pousser l'Autriche à se réunir à elles
dans les conférences successives de Reichenbach

et de Trachenberg [1], pendant que les diplomates russes et prussiens simulaient à Prague le désir et l'espoir de la conciliation ; parce que l'Autriche partageait tous leurs ressentiments et brûlait de se joindre à la coalition contre la France [2].

Cette guerre, qui recommençait en 1813, n'était-elle pas toujours en effet la même guerre que l'Autriche avait soutenue, la première, en 1792, contre la révolution française, la croisade de la vieille Europe contre le mouvement démocratique de 89 ? Si quelques révolutionnaires de France, plus préoccupés des formes politiques que des tendances so-

---

[1] Le duc de Bassano avait informé Napoléon de tout ce qui s'était passé dans ces conférences, malgré le secret dont elles avaient été entourées. « C'est à Trachenberg, dit M. de Monvéran, en présence des plénipotentiaires anglais et autrichiens, que *l'on se donnait rendez-vous dans le camp de l'ennemi*. Les conférences de Trachenberg commencèrent le 9 juillet. » (M. de Monvéran *sur l'Angleterre*, VI, 275.)

[2] « Il devenait difficile, dit le *Manuscrit de* 1813, de douter des intentions de l'Autriche, et du résultat du prétendu congrès de Prague, *qui était terminé avant d'être commencé*. » (*Manuscrit de* 1813, tome II, page 83.)

L'empereur Napoléon mit à l'épreuve la sincérité de l'Autriche et des autres puissances par la déclaration qu'il chargea M. de Bubna de porter à son souverain *que la France adoptait dans leur entier les conditions énoncées par M. de Metternich*. M. de Bubna, en montant dans sa calèche, dit être persuadé que *l'ange de la paix y montait avec lui*. Il devait avoir rempli son message décisif le 14 août, deux jours avant la reprise des hostilités. L'Autriche garda le silence et commença la guerre.

Napoléon persista néanmoins dans ses efforts pour la paix. (*Id.*, 97, 98.) Il fit proposer l'ouverture d'un nouveau congrès, que M. de Metternich ajourna indéfiniment.. (*Id*, 101)

ciales, se méprenaient sur le vrai caractère de cette grande lutte et ne pouvaient considérer le réorganisateur de la monarchie comme le plus redoutable champion de la cause populaire, les rois de l'Europe ne s'y trompaient pas; et l'empereur d'Autriche lui-même, malgré le lien étroit qui devait le maintenir dans l'alliance de Napoléon, ne voyait dans son héroïque gendre que le plus dangereux représentant des idées qui avaient ébranlé les anciennes institutions et les antiques dynasties.

Les peuples d'Allemagne, il est vrai, étaient aussi ardents que les rois à se jeter dans cette croisade, à combattre et à maudire Napoléon, au nom de la liberté de leur patrie. Mais c'était la nationalité, et non la liberté, qui était réellement en jeu. La fréquence des invasions et l'occupation prolongée du sol germanique avaient seules rendu si vive et si universelle l'impatience de la domination française. Les professeurs et les élèves des universités, les fondateurs et les adeptes du *tugend-bund,* qui apparaissaient en première ligne dans ce soulèvement patriotique, croyaient bien sans doute se dévouer pour les idées libérales et marcher à la conquête des constitutions. Mais leurs superbes alliés du moment se réservaient de les détromper cruellement; et le jour n'était pas éloigné où le libéralisme allemand, relégué dans les forteresses de l'Elbe et de l'Oder, pourchassé par les congrès de la sainte alliance et traqué par la commission de Mayence, allait apprendre, comme le libéralisme espagnol, de quel côté avait été l'esprit de l'avenir, de quel côté l'esprit du passé.

§ VI.

Une défection marqua la reprise des hostilités. Le général Jomini, chef d'état-major du maréchal Ney, abandonna le camp français l'avant-veille de la rupture de l'armistice, et se rendit au quartier général de l'empereur Alexandre, où il rencontra le général Moreau.

Napoléon entrait en campagne à la tête de trois cent mille hommes; les armées alliées n'avaient pas moins de cinq cent mille combattants. Le duc de Raguse prétend avoir blâmé le plan que Napoléon lui soumit et dans lequel il divisait son armée en trois corps, l'un poussé sur Berlin, l'autre dirigé vers la Silésie et le troisième établi en Lusace, à égale distance de la Bohême, de la Silésie et du Brandebourg. L'Empereur, en établissant son quartier général dans cette position centrale, se mettait en mesure de *suivre, pour ainsi dire de l'œil, les marches des alliés, le développement de leurs projets et les opérations de ses lieutenants.* (*Manuscrit de* 1813, II, 234.)

Des événements imprévus mirent cette prévoyance en défaut. « D'après la teneur de l'armistice, dit le colonel Butturlin, aide de camp de l'empereur de Russie, les hostilités n'auraient dû commencer que six jours après sa dénonciation, c'est-à-dire le 16 août ; mais les alliés, se prévalant de quelques légères infractions des Français, saisirent l'occasion qui leur était offerte, et, dès le 14, se mirent en mouvement, afin de prévenir l'ennemi à Breslaw. »

Les troupes françaises, surprises de toutes parts dans leurs cantonnements, se retirèrent à la hâte derrière le Bober.

Cette attaque prématurée de Blücher prouvait que le généralissime prussien connaissait bien la résolution suprême des alliés et la vanité de leurs démonstrations pacifiques.

Trois jours suffirent à Napoléon pour replacer ses aigles sur les bords de la Katzbach et pour forcer Blücher à la retraite. Mais la grande armée ennemie de Bohême appela bientôt son attention. Laissant alors à Macdonald le soin de contenir Blücher et de conserver la Silésie, il se rapprocha de Dresde. Au milieu de ses nouveaux succès, il ne pouvait s'empêcher de faire de tristes réflexions sur des symptômes de découragement qu'il surprenait parfois dans quelques-uns de ses lieutenants. « En général, écrivait-il de Lowenberg, le 22 août, au duc de Bassano, ce qu'il y a de fâcheux dans la position des choses, *c'est le peu de confiance qu'ont les généraux en eux-mêmes : les forces de l'ennemi leur*

paraissent considérables partout où je ne suis pas... »
(*Manuscrit de* 1813, II, 247.)

Cette malheureuse disposition d'esprit était celle
que Marmont manifestait constamment dans ses
entretiens et sa correspondance avec l'Empereur.
N'avait-il pas toujours aperçu et signalé des chances
de revers là où Napoléon avait remporté ses plus
beaux triomphes, et n'avait-il pas sans cesse expliqué par l'inhabileté et l'ineptie des étrangers le
démenti donné à ses savantes conjectures et à ses
tristes prévisions? Les appréhensions qu'il avait
éprouvées aux jours prospères d'Arcole, de Marengo, d'Austerlitz et de Wagram ne devaient-elles
pas lui revenir plus vives que jamais après les désastres et les défections qui avaient suivi la retraite de
Moscou? Il les exprima hardiment à l'Empereur,
s'il faut l'en croire, dans une conversation qu'il dit
avoir terminée par cette phrase :

« Par la division de ses forces, par la création de
trois armées distinctes et séparées par de grandes
distances, Votre Majesté renonce aux avantages que
sa présence sur le champ de bataille lui assure, et
je crains bien que, le jour où elle aura remporté
une victoire et cru gagner une bataille décisive, elle
n'apprenne qu'elle en a perdu deux.

» Je fus malheureusement prophète. Ce fut précisément ce qui arriva. Pendant la victoire de Dresde,
nous étions battus à la fois en Silésie, sur la Katz-

bach, et, en Prusse, devant Berlin, à Gross-Beeren. »
(V, 140, 141.)

Les événements funestes de 1813 et de 1814
étaient accomplis depuis plus de quinze ans quand
le duc de Raguse écrivait cette prophétie. Mais il a
inséré dans les pièces justificatives de ses *Mémoires*
une lettre qui porte la date du 16 août 1813, et qui
exprime en effet la crainte que l'Empereur, par la
division de ses forces, ne se fût exposé à apprendre,
le jour du gain d'une bataille décisive, qu'il en avait
perdu deux (V, 208.)

Le duc de Raguse blâme du reste toutes les opérations de cette campagne, quoique, de son aveu,
*elle ait été bien près d'être couronnée par des triom-
phes*: Après une critique amère du plan général de
Napoléon, il s'attaque aux chefs de corps, ses collègues. C'est d'abord le maréchal Ney, qui *ne comprend
pas les avantages et ne connaît pas le rôle du poste de
Buntzlau* (V, 147); puis c'est le mouvement rétrograde sur la Queiss des 5ᵉ et 11ᵉ corps, commandés
par Lauriston et Macdonald, qui lui paraît *injustifiable* (*ib.*, 148); enfin la bataille de Dresde, qui fut
si glorieuse pour nos armes et qui compromit si gra-
vement les armées coalisées, aurait pu avoir une
issue absolument contraire et accélérer la ruine de
Napoléon, si le généralissime autrichien, le prince
de Schwartzenberg, avait su mettre à profit les
fautes du grand capitaine, au lieu d'imiter ses dé-

22

vanciers, depuis Beaulieu jusqu'à l'archiduc Charles,
en fournissant, par sa négligence ou son impéritie,
à l'Empereur des Français, l'occasion d'une nouvelle et grande victoire là où il avait agi de manière
à subir un grand échec.

« Une attaque immédiate, dit le maréchal Marmont, était la seule chose opportune, car on ne
pouvait douter que l'empereur Napoléon n'arrivât
en toute hâte avec des renforts. *Accabler, anéantir le
quatorzième corps* (qui, fort à peine de vingt mille
hommes, avait devant lui plus de deux cent mille
combattants), était la seule chose raisonnable. *Le
prince de Schwartzenberg hésita ;* il ajourna l'action
jusqu'au lendemain pour attendre l'arrivée du corps
de Klénau et de quelques réserves. Il ne vit pas que,
dans la disproportion des forces qui étaient en présence, un seul nouveau corps de l'armée française
arrivant à Dresde donnerait plus de chances à la
résistance que soixante mille hommes de renfort
n'en auraient donné à l'attaque. » (V, 150, 151.)

Heureusement le coup d'œil, la résolution et la
promptitude de Marmont manquèrent au prince autrichien ; le corps de Gouvion Saint-Cyr ne fut ni
accablé ni anéanti, et la bataille de Dresde fut
gagnée.

« C'est à présent, dit le *Manuscrit de 1813*, qu'il
faut entendre les éloges qui, de tous côtés, flattent
les oreilles de l'Empereur. Ceux qui naguère étaient

le plus découragés montrent le plus de confiance ; ils s'empressent à l'envi de rendre hommage à la hardiesse de ses plans, à la supériorité de ses conceptions, à la précision de son coup d'œil, à l'habileté de ses manœuvres. « Ah ! sire, lui dit-on d'un commun accord en s'inclinant, que Votre Majesté a été bien inspirée en rejetant les conditions qu'on lui imposait si insolemment à Prague ! Les temps d'Austerlitz et de Wagram sont revenus ; Votre Majesté tient désormais dans sa main la paix du monde. Nous allons sans doute voir venir un parlementaire des souverains alliés. Mais, sire, défiez-vous surtout de votre magnanimité. Ordonnez que les Russes soient rejetés bien loin derrière la Vistule. Que Votre Majesté ne soit plus si généreuse qu'autrefois envers les rois qu'elle va désarmer !..... » J'abrége ces palinodies. J'en ai dit assez pour faire comprendre que tous les censeurs ont disparu, et que personne ne veut plus avoir douté un seul instant du résultat. » (*Manuscrit de* 1813, II, 297.)

Le duc de Raguse était là, au centre de la bataille, à côté de l'Empereur, avec la réserve de la vieille garde ; pensa-t-il alors à sa prophétie du 16 ? Songea-t-il à reprendre la critique du plan de l'Empereur ?

Non, tous les censeurs avaient disparu.

Mais un terrible événement les fit bientôt reparaître.

22.

§ VII.

Napoléon, préparant la bataille de Dresde sans compter sur *la temporisation de Schwartzenberg*, avait mandé le général Haxo et lui avait dit :

« Voilà Vandamme qui s'avance au delà de l'Elbe par Pyrna ; il s'y trouvera sur les derrières de l'ennemi, dont l'empressement pour s'enfoncer jusqu'à Dresde a été extrême. Mon projet était de soutenir ce mouvement avec toute l'armée, et c'était peut-être le moyen d'en finir une bonne fois avec mes ennemis ; mais le sort de Dresde m'inquiète : je ne veux pas sacrifier cette ville. Il ne me faut plus que quelques heures pour m'y rendre, et je me décide, non sans regret, à changer de plan pour marcher à son secours. Vandamme est encore en forces suffisantes pour suppléer à ce mouvement général et faire un grand mal à l'ennemi. Que de Pyrna il se porte sur Gieshubel ; qu'il gagne les hauteurs de Péterswalde, et qu'il s'y tienne ; qu'il en occupe tous les défilés, et que de ce poste inexpugnable il attende l'issue des événements qui vont avoir lieu sous les murs de Dresde. *C'est à lui qu'est réservé le soin de ramasser l'épée des vaincus ;* mais il faut du sang-froid ; il faut surtout ne pas se laisser imposer par la cohue des fuyards. Expliquez bien mes intentions à Vandamme, et dites-lui tout ce que j'attends de lui.

Jamais il n'aura une plus belle occasion de gagner le bâton de maréchal. » (*Manuscrit de* 1813, II, 259, 260.)

Le troisième jour de la bataille de Dresde, Napoléon, assis dans un champ, au bord de la route de Pyrna, sur une chaise qu'on avait été chercher dans une chaumière voisine, interrogeait les gens du pays sur les opérations que le corps de Vandamme avait dû faire dans les environs. Il apprit que les mesures qu'il avait prescrites s'exécutaient, que le général Vandamme, ayant débouché le 25 par le pont de Lilienstein sur Konigstein, avait repris le 26 la position de Pyrna, après avoir combattu quinze mille Russes qui gardaient ce débouché, sous les ordres du duc de Wurtemberg. Il sut que le 27 au matin Vandamme interceptait la grande route de Prague à Dresde, et que c'était à la nouvelle de sa marche que les alliés, vaincus devant Dresde, n'avaient plus hésité à se retirer par les montagnes. Enfin il fut averti que dans la matinée de cette journée même, 28 août, Vandamme était encore aux prises avec le duc de Wurtemberg, et qu'il le rejetait en ce moment sur les hauteurs de la frontière de Bohême. Le soir, il devait arriver à Hollendorf, et peut-être à Péterswalde.

« Ainsi cette grande porte de la Bohême, comme dit le baron Fain, allait être fermée à l'ennemi, et Vandamme allait voir arriver sous son feu une partie des colonnes que l'armée française chassait devant elle. Ainsi toutes les opérations en se développant se prêtaient un mutuel appui, et le succès dépassait toutes les espérances. » (*Manuscrit de 1813, II, 294, 295.*)

Telle était la position de l'armée victorieuse le 28 août au soir. Le lendemain, Vandamme, voulant poursuivre ses avantages de la veille, descendit avec son avant-garde jusqu'à Culm. Il y rencontra un corps russe qui lui barra le chemin et l'empêcha d'enlever Tœplitz, ce qui aurait pu avoir des résultats immenses. Persistant néanmoins à forcer le passage du défilé, il appela à lui son corps d'armée tout entier, et dégarnit ainsi les hauteurs de Péterswalde. Mais le corps russe d'Ostermann avait été renforcé, et Vandamme, n'ayant guère que vingt mille hommes sous ses ordres, eut bientôt sur les bras une armée de près de deux cent mille hommes. Un épouvantable désastre s'ensuivit. Le premier corps de l'armée française se trouva anéanti. Quand Napoléon apprit cet affreux événement, il exprima son étonnement de la précipitation de Vandamme à se jeter avec toutes ses forces et sans réserve dans le fond de la Bohême. « A une armée qui fuit, répétait-il sans cesse, il faut faire un pont d'or ou opposer une barrière d'acier. Or, Vandamme ne pouvait pas être cette barrière d'acier. »

Cependant l'Empereur, qui connaissait la capacité

de Vandamme, demandait à son major général et à son secrétaire s'il n'avait pas été adressé à ce général des lettres ou des ordres qui eussent pu l'autoriser à se dessaisir de la position de Péterswalde. Berthier et Fain vérifièrent tout ce qu'ils avaient écrit, et ils ne découvrirent rien dont Vandamme eût pu se prévaloir pour abandonner la grande porte de la Bohême et descendre dans la vallée de Culm.

Le duc de Raguse, toutefois, après avoir eu soin de dire que Vandamme *ne lui inspira jamais aucun intérêt,* prend la défense de ce général ; il fallait s'y attendre, puisque cette défense pouvait servir de prétexte à une nouvelle accusation contre l'Empereur.

« Si la garde eût joint Vandamme le 29, pendant qu'il était victorieux, dit-il, il aurait pu se porter en avant et se trouver ainsi au milieu de toutes les forces ennemies, qui étaient sans organisation et dans une entière confusion par suite des difficultés de la retraite... C'était un de ces coups de fortune comme il en arrive en un siècle de guerre. Tout le matériel aurait été pris, et tout se serait dispersé... La fortune en a ordonné autrement ; *mais le seul coupable et le véritable auteur de la catastrophe, c'est Napoléon.* » (V, 167.)

Mais où est donc la démonstration de cette culpabilité unique?

Les instructions transmises à Vandamme, au nom

de l'Empereur, par le général Haxo, lui enjoi-
gnaient d'*occuper les hauteurs de Péterswalde et de
s'y tenir,* pour garder la grande porte de la Bohême
et se trouver en mesure de *ramasser l'épée des vaincus.* Napoléon n'avait point autorisé le premier corps
à quitter ce poste inexpugnable pour s'enfoncer dans
les défilés de Culm. Il comptait sur d'autres corps
pour les manœuvres sur Tœplitz, et il avait donné
ses ordres de manière à pouvoir espérer qu'elles
réussiraient. Le 30 au matin, examinant sur la carte
la position de ses troupes, il disait au major général :
« En ce moment, Marmont et Saint-Cyr doivent culbuter les arrière-gardes autrichiennes sur Tœplitz;
ils vont recueillir la dernière rançon de l'ennemi.
Nous ne pouvons tarder non plus à recevoir des
nouvelles de Vandamme, et nous connaîtrons enfin
le parti qu'il aura pu tirer de sa belle position. C'est
par là que nous finirons de ce côté. » (*Manuscrit de
1813, II, 312, 313.*)

Mais le duc de Raguse cite une lettre que Berthier
lui écrivit le 30 août, et dans laquelle il est dit que
le général Vandamme *marche sur Tœplitz.* (V, 171.)

Cette lettre prouve seulement que l'Empereur,
le 30 au matin, ignorant encore la catastrophe de
Culm, supposait que Vandamme, maître de la position de Péterswalde dès le 28 au soir, avait pu *tirer
parti de sa belle position,* écraser les débris des
corps venus *sous son feu* dans leur fuite et pour-

suivre ses avantages en poussant jusqu'à Tœplitz, après avoir assuré l'occupation du poste de Péterswalde par les troupes françaises. Mais rien n'indique que Vandamme eût reçu de l'Empereur la promesse d'un appui que celui-ci aurait ensuite oublié de lui envoyer, ou qu'il se serait dispensé de lui fournir, par suite des événements de la Silésie, et sans le prévenir de ce changement de résolution.

Le duc de Raguse, qui déclare si hardiment que Napoléon fut *le seul coupable et le véritable auteur de la catastrophe,* ajoute pourtant à cette accusation si exclusive quelques observations qui tendent à incriminer d'autres chefs de corps, le maréchal Gouvion Saint-Cyr, par exemple, et Vandamme lui-même, dont il s'est empressé de proclamer tout d'abord la parfaite innocence.

Le maréchal Saint-Cyr, d'après le maréchal Marmont, pouvait diminuer la gravité du désastre, et « il n'est pas, dit-il, exempt de reproches. Il suivait Kleist, et arriva à Ebersdorf. C'est de la hauteur, en avant de ce poste, qu'il vit l'événement du 30. S'il est arrivé le 29, *il est coupable de n'avoir pas descendu le plateau et de ne s'être pas joint à Vandamme;* s'il n'est arrivé que le 30 au matin, il ne pouvait pas déboucher; *mais alors il est coupable d'avoir perdu de vue Kleist.* En le suivant l'épée dans les reins, il l'arrêtait, et la route de Péterswalde restait libre au général Vandamme, et peut-être même l'enchaînement des circonstances aurait pu, Vandamme battu et se retirant, entraîner la perte de Kleist. » (V, 168.)

Mais ce reproche, adressé au maréchal Saint-Cyr, justifie la confiance que manifestait Napoléon à Dresde, et que Marmont condamne si hautement. L'Empereur comptait certainement sur Saint-Cyr, comme sur Marmont lui-même, pour aider Vandamme à *tirer le meilleur parti possible de sa belle position.* Il faisait écrire, le 30 au matin, au commandant du quatorzième corps, par le major général : « Je reçois votre lettre datée de Rheinhards Grimme, par laquelle vous me faites connaître que vous vous trouvez derrière le sixième corps. L'intention de Sa Majesté est que vous appuyiez le sixième corps; mais il serait préférable que vous pussiez trouver un chemin sur la gauche, *entre le corps du duc de Raguse et le corps du général Vandamme,* qui a obtenu de grands succès sur l'ennemi. »

Si les instructions de l'Empereur, envoyées aux chefs des sixième et quatorzième corps, avaient pu être suivies exactement et exécutées à temps, et si le commandant du premier corps ne se fût pas surtout complétement dessaisi de la garde des hauteurs qui dominaient la grande porte des débouchés de la Bohême, le désastre de Culm eût été évité. Malheureusement, le temps manqua au maréchal Saint-

Cyr [1] pour arriver à Lauenstein et à Liébenau avant la déroute de Vandamme; plus malheureusement encore, *Vandamme, selon l'expression de l'Empereur, n'avait pas laissé une sentinelle sur les montagnes, ni une réserve nulle part; il s'était engouffré dans un fond, sans s'éclairer en aucune façon. S'il avait eu seulement quatre pièces de canon et quatre bataillons sur les hauteurs en réserve, tout ce malheur ne serait pas arrivé.* « Je lui avais donné l'ordre positif, ajoute Napoléon, de se retrancher sur les hauteurs, d'y camper son corps, et de n'envoyer en Bohême que des partis pour inquiéter l'ennemi. » (*Lettre de l'Empereur au maréchal Gouvion Saint-Cyr,* datée de Dresde, le 1er septembre.)

Le duc de Raguse a pensé lui-même que Vandamme n'avait pas fait tout ce qu'il pouvait faire pour éviter le grand désastre dont il fut frappé. « J'ai depuis étudié ces lieux sur place, dit-il, et j'ai acquis la conviction que Vandamme aurait pu s'y défendre un contre deux, et certainement il l'aurait fait; mais il y a des limites au possible. *Je pense, au contraire, qu'on pourrait lui reprocher de la lenteur et peu d'ensemble dans sa marche.* Ses troupes n'étaient pas réunies le 29; et, quoique maître de

[1] D'après l'auteur anonyme d'un *Examen critique des Mémoires du duc de Raguse,* le maréchal Marmont n'a cru que le maréchal Saint-Cyr pouvait secourir à temps le général Vandamme que parce qu'il a pris *Dittersdorf,* qui est à six lieues de Culm, pour *Ebersdorf,* qui en est peu éloigné.

Culm le 29, avant midi, il ne peut pas déboucher pour culbuter et mettre en déroute *le corps russe, très-inférieur en force, isolé dans une position ouverte, sans appui et sans moyens de résister*..... *Il y avait un tel désordre dans l'armée alliée en ce moment, que* LE CORPS DE VANDAMME SEUL POUVAIT, EN L'ACCROISSANT ENCORE, AMENER DES RÉSULTATS INCALCULABLES. » (V, 168, 169.)

Ainsi, Vandamme eut non-seulement le tort d'abandonner complétement le poste inexpugnable où il avait été placé pour surveiller l'entrée des défilés de la Bohême, mais il commit aussi la faute de *s'engouffrer*, selon le mot de l'Empereur, dans ces défilés, sans avoir réuni ses troupes et fait ses dispositions, pour écraser et anéantir le corps russe qui s'opposa le premier à son passage et qui était *très-inférieur en force, isolé, sans appui et sans moyens de résistance*. C'est le duc de Raguse, son défenseur inattendu, qui constate cette seconde faute, aussi grave que la première, et qui lui impute d'avoir manqué des *résultats incalculables que son corps seul pouvait amener*.

Napoléon avait donc raison d'attendre, au centre des opérations des armées françaises, les grands résultats qu'il s'était promis des dispositions prises pour fermer les portes de la Bohême aux vaincus de Dresde, puisque ces résultats pouvaient être obtenus par le *corps seul* de Vandamme plus fidèle à sa consigne ou plus prompt à rallier ses troupes, et qu'il avait eu la précaution de faire concourir au succès de la mission réservée à ce général deux autres corps, celui du maréchal Gouvion Saint-Cyr et celui du maréchal Marmont lui-même.

Voilà comment Napoléon fut *le seul coupable, le véritable auteur* de la catastrophe de Culm !

§ ·VIII.

De l'accusation portée contre l'Empereur au sujet des événements de la Bohême, Marmont passe à la discussion des manœuvres des corps dirigés sur Berlin et la Silésie, et cet examen, entrepris avec le même esprit de malveillance qui l'anime plus ou moins contre tous ses compagnons d'armes, le mène aux appréciations suivantes.

Oudinot, qui commandait le corps détaché sur la capitale de la Prusse [1], « homme excellent et brave soldat, *était peu propre au commandement en chef d'une armée nombreuse. Il ne possédait pas la force d'esprit nécessaire pour conduire une opération com—*

---

[1] Marmont, parlant de la marche sur Berlin, dit que *cette opération si singulière, si absurde, ne peut s'expliquer!* (*Id.*, 253.) Il avait condamné cette tentative d'un coup de main sur la Prusse en discutant le plan de Napoléon ; il blâme également la manière dont elle fut exécutée. Napoléon était peu touché de ce blâme. A ses yeux, c'était à Berlin et non à Prague qu'étaient les fruits de la victoire de Dresde, et il se proposait de les aller cueillir lui-même (*Manuscrit de* 1813, II, 310.), quand les événements survenus en Prusse, en Silésie et en Bohême le forcèrent de changer de plan.

binée dont la durée doit embrasser plusieurs jours. »
(V, 137.)... Son insuccès à Gross-Beeren le fit se
résoudre trop facilement à une complète retraite.
« C'était, dit Marmont, s'avouer à bon marché incapable de tenir la campagne [1]. » (*Ib.*, 239.)

Ney, qui remplaça Oudinot et eut ordre de marcher en avant, exécuta cet ordre ; « mais il le fit
*d'une manière inconsidérée. Un homme raisonnable ne
peut trouver l'explication des mouvements qu'il ordonna.* Oudinot avait péché par *un peu de timidité et
d'incertitude ;* mais au moins *il avait agi avec calme
et prudence ;* son armée était encore intacte quand il
la quitta. *En peu de jours il en fut autrement avec son
nouveau chef.* » (*Ib.*, 240.)

Macdonald, qui commandait en Silésie, « homme
de courage, dont le caractère droit et honorable
mérite l'estime et l'affection de tous ceux qui le
connaissent, *n'aurait jamais dû être chargé d'un semblable commandement ; sa capacité fort médiocre le
rend peu propre à un grand commandement.* Le temps
s'écoule avec lui en vaines paroles. Il a cette activité malheureuse de certains hommes qui se laissent
absorber dans les circonstances les plus importantes
par les détails les plus minutieux..... Aussi aucune
disposition ne fut-elle prise à temps et à propos. La

[1] Le corps d'Oudinot était si peu intact après le combat de Gross-
Beeren, que ce furent les *pertes graves* qu'il avait essuyées qui le déter-
minèrent à la retraite. (*Manuscrit de* 1813, II, 303.)

confusion régna partout, et l'armée, diminuée d'un tiers, perdit en outre la confiance qui jusque-là l'avait animée. » (*Ib.*, 246.)

A ce tableau affligeant des corps d'armée confiés à Oudinot, à Ney et à Macdonald, Marmont en oppose un autre dont l'aspect est au contraire tout à fait consolant. « Mon corps d'armée, dit le duc de Raguse, avait marché pendant vingt-deux jours sans un seul séjour, livré un assez grand nombre de combats, et fait souvent des marches de douze lieues ; *mais il était bien organisé. L'esprit en était admirable.* A l'exception des blessés, un petit nombre d'hommes seulement se trouvaient en arrière. Il ne manquait pas une pièce de canon ni une voiture d'artillerie ou d'équipage. » (V, 249.)

Marmont séjourna deux ou trois jours à Dresde, pendant lesquels il vit beaucoup Napoléon. « Dans la nuit du 12 au 13 septembre, je passai au moins trois heures avec lui, dit-il, à causer de la campagne. Il se livrait volontiers avec moi à la discussion de ses projets et à l'examen des événements écoulés. Il n'était pas tranquille sur son issue, quoiqu'il affectât de la confiance. *Il se plaignait de ses lieutenants, et il avait raison....* Quand je le quittai, il me dit ces propres paroles : « *L'échiquier est bien embrouillé ; il n'y a que moi qui puisse m'y reconnaître.* » Hélas ! *c'est lui-même qui s'est perdu dans ce labyrinthe !* » (*Ib.*, 255, 256.)

Quel est le sens, quel peut être le but d'une pareille exclamation ?

Napoléon, au début de cette longue conférence, s'est plaint de ses lieutenants, et Marmont a dit que c'était *avec raison*. Marmont, en cela, s'est montré conséquent. Dans sa critique continuelle du plan de l'Empereur, il s'est appuyé sur cette considération principale et pour ainsi dire unique, que la présence du grand capitaine était partout indispensable pour prévenir les revers et augmenter les chances de succès ; et quand Napoléon, justifiant cette pensée de Marmont et se rendant la même justice, déclare être seul à se reconnaître dans les complications de l'échiquier politique, Marmont, oubliant tout à coup ce qu'il a dit des *lieutenants dont Napoléon avait raison de se plaindre*, et qu'il accusait sans doute d'avoir contribué aux funestes événements de la campagne, Marmont s'écrie : « Hélas ! l'Empereur s'est perdu lui-même dans ce labyrinthe ! »

C'est toujours l'idée du suicide politique de Napoléon, soigneusement rappelée par le duc de Raguse, pour écarter ou atténuer la responsabilité d'un autre crime dont l'histoire l'a chargé.

Non, l'Empereur ne s'est pas perdu lui-même. Sa perte fut l'œuvre de la coalition monarchique, qui n'avait pas cessé de lutter ouvertement ou en secret contre la France nouvelle depuis 1789, et dont la Providence voulut favoriser momentané-

ment le triomphe, afin que les peuples, mêlés par
la paix et aiguillonnés par la contre-révolution,
pussent poursuivre, sous la bannière des idées libérales et au nom de l'intelligence, de l'industrie et
du commerce, la ruine du monde féodal, que la
terrible propagande de la guerre ne pouvait plus
continuer. Non, l'Empereur ne s'est pas perdu lui-
même, car la coalition qui l'a vaincu, à l'aide des
éléments et des défections, le trouva toujours de-
bout, toujours grand, toujours victorieux jusqu'à la
dernière heure, jusqu'au moment où celui de ses
lieutenants dont il ne s'était pas plaint le mit à la
merci des étrangers en leur livrant le corps d'armée
qui devait former son avant-garde.

§ IX.

L'Empereur, obligé de modifier entièrement son
plan de campagne par suite des revers essuyés en
Bohême, à la Katzbach, à Gross-Beeren et à Denne-
witz, prolongeait son séjour à Dresde, laissant les
armées coalisées s'engager davantage dans les
grandes manœuvres qu'elles commençaient à dé-
masquer, et cherchant à entretenir les alliés dans la
croyance où l'on était généralement chez eux qu'il
s'obstinait et qu'il était résolu à rester le plus possible dans la capitale de la Saxe. « Cependant, dit le

baron Fain, plus le séjour de Dresde se prolonge, plus l'on s'inquiète autour de l'Empereur. Une fatale disposition au découragement domine les esprits. Des signes d'abattement et de mécontentement même sont trop visibles! On dirait qu'une lime sourde cherche à rompre tous les liens de confiance et de dévouement qui si longtemps ont rendu l'Empereur et l'armée forts l'un par l'autre, et l'un par l'autre invincibles! » (*Manuscrit de* 1813, II, 337.)

Au milieu de ces funestes symptômes, de nouveaux signes de prochaines défections apparurent. La Bavière allait imiter l'Autriche; les corps de partisans se montraient partout en Westphalie et en Saxe; la démocratie allemande, auxiliaire plus généreuse que prévoyante de l'ancien régime européen, se dressait patriotiquement contre le héros de la révolution française, en qui elle ne voyait que le conquérant. Napoléon, au milieu de ce soulèvement général, gardait toute sa force d'âme et rêvait de nouveaux triomphes. Il ne lui fallait qu'une bataille décisive pour renverser toutes les espérances de la coalition et se retrouver maître de l'Allemagne jusqu'à la Baltique. Il aurait donc voulu faire de Magdebourg son centre d'opérations et manœuvrer sur la rive droite de l'Elbe, entre Hambourg et Dresde, pour être en mesure de menacer Berlin, de dégager les places de l'Oder, de rallier les garnisons à l'armée active et de saisir la première occasion favorable de repasser l'Elbe, et de porter le grand coup qui pouvait en un jour relever la fortune de la France.

Les censeurs du quartier général repoussèrent ce plan. Leur opposition fit hésiter l'Empereur, qui se trouvait alors au château de Duben, où il séjourna quatre jours (du 11 au 15 octobre). Il se tint presque toujours renfermé dans sa chambre avec ses cartes. « Le prince de la Moscowa et le prince de Neufchâtel, dit le baron Fain, y entrent souvent, vont, viennent, et paraissent fortement préoccupés. *Si l'on veut apprécier à leur juste valeur les accusations de despotisme, de tyrannie et d'entêtement dont tant de libelles cherchent à noircir le caractère de Napoléon, il faut le considérer dans ce moment.* Voilà trois jours qu'il se laisse arrêter par les observations de quelques-uns de ses compagnons. Il discute, il refait avec eux tous ses calculs. » (*Manuscrit de 1813,* II, 375.)

Le duc de Raguse, bien qu'il n'ait pas été nommé par le baron Fain, fut de ceux qui mirent à profit le séjour de Duben pour voir et pour entretenir longuement l'Empereur. A l'entendre, il ne ménagea ni les avertissements ni le blâme à Napoléon. Il lui fit remarquer d'abord que les pertes énormes essuyées par l'armée française, indépendamment de celles éprouvées sur le champ de bataille, venaient essentiellement du *manque de soins, de vivres et de*

23.

secours de toute espèce qui avaient été refusés aux soldats. Il établit ensuite que si Dresde avait contenu les approvisionnements nécessaires pour nourrir l'armée, si les hôpitaux avaient été pourvus de tout ce dont ils avaient besoin pour que les malades et les blessés reçussent des secours convenables, son armée serait plus forte de cinquante mille hommes, et ce résultat, d'après Marmont, pouvait être obtenu avec une somme de vingt-cinq millions. « Je lui fis cette démonstration la plume à la main, dit-il. Vaincu par l'évidence, il me répondit avec humeur : « Si j'avais donné cette somme, on me l'aurait volée, et les choses seraient dans le même état. » (V, 274.)

Napoléon n'a jamais fait, n'a jamais pu faire une semblable réponse. Il était trop sûr de l'esprit qu'il avait imprimé à son gouvernement et à toutes les parties de l'administration impériale pour croire et pour dire qu'une somme donnée pour être appliquée à une dépense nécessaire dût être considérée d'avance comme *volée*. Le potentat qui écrivait à Marmont lui-même du milieu des graves préoccupations des affaires d'Espagne pour lui demander compte, à différentes reprises, d'une somme de quatre cent mille francs irrégulièrement détournée, et qui déclarait exiger de tous les comptables une justification de l'emploi de leurs fonds jusqu'au dernier sou, n'était pas homme à laisser sa suprématie indifférente et inactive en face d'une administration militaire qu'il aurait pu renouveler et briser d'un mot, et qui n'aurait obéi à ses prescriptions rigoureuses de délicatesse et de probité qu'en prenant le vol pour programme et pour habitude.

Mais le duc de Raguse avait besoin du mot qu'il prête à Napoléon, et qui renferme un double outrage envers l'Empereur et l'administration de l'armée, pour y ajouter les réflexions suivantes : « Il n'y avait rien à répliquer à cette étrange réponse qu'une chose, c'est qu'il fallait alors *renoncer à gouverner et à administrer*. Napoléon a toujours été dans l'usage de prodiguer les moyens pour créer de nouvelles forces; mais jamais il n'a voulu faire le moindre sacrifice pour entretenir celles qui existaient, et sans doute la raison commande une marche inverse. » (*Id.*, 274, 275.)

Sans doute il aurait fallu *renoncer à gouverner et à administrer* si le gouvernement et l'administration n'avaient été possibles à l'Empereur qu'à la condition d'abandonner le trésor public aux dilapidateurs. Mais nul chef d'État n'a mieux prouvé que Napoléon, général, consul ou empereur, l'incompatibilité absolue d'un pareil abandon avec ses principes et son caractère. Quand il s'attachait avec tant de ténacité au suprême pouvoir, c'est parce qu'il se sentait la volonté et la puissance de l'exercer dignement, selon les intérêts généraux du pays, et d'en faire le gardien et le vengeur de la probité administrative et de la morale publique.

Mais le duc de Raguse ne borne pas là ses souvenirs de la conversation nocturne qu'il eut avec l'Empereur au château de Duben. Il met dans la bouche de Napoléon des paroles non moins étranges que celles que je viens de citer. « Il se plaignait, dit Marmont, de l'abandon de ses alliés. Il disait qu'ils lui avaient manqué de parole en cette occasion ; il fit la distinction de ce qu'il appela l'homme d'honneur et l'homme de conscience, en donnant la préférence au premier, parce que avec celui qui tient purement et simplement sa parole et ses engagements, on sait sur quoi compter, tandis qu'avec l'autre on dépend de ses lumières et de son jugement. « Le second, dit-il, est celui qui fait ce qu'il croit devoir faire, ce qu'il suppose être le mieux. » Puis il ajouta : « Mon beau-père, l'empereur d'Autriche, a fait ce qu'il a cru utile aux intérêts de ses peuples. C'est un honnête homme, un homme de conscience, mais ce n'est pas un homme d'honneur. *Vous, par exemple, si l'ennemi ayant envahi la France et étant sur les hauteurs de Montmartre, vous croyiez, même avec raison, que le salut du pays vous commande de m'abandonner et que vous le fissiez, vous seriez un bon Français, un brave homme, un homme de conscience, et non un homme d'honneur.* » Ces paroles, prononcées par Napoléon, et adressées à moi, le 11 octobre 1813, ne portaient-elles pas l'empreinte d'un caractère tout à fait extraordinaire? N'ont-elles pas quelque chose de surnaturel et de prophétique? *Elles sont revenues à ma pensée après les événements d'Essonne.* Elles m'ont fait alors une impression que l'on conçoit, et qui jamais ne s'est effacée de ma mémoire. » (V, 275, 276.)

Malheureusement pour Marmont, s'il se rappela à Essonne cette distinction entre *l'homme de conscience et l'homme d'honneur,* Napoléon ne s'en souvint pas au golfe Juan; et quand il eut à qualifier le crime du commandant en chef des troupes d'Essonne, il ne se contenta pas de dire que ce commandant avait manqué à l'honneur *en abandonnant son prince et son bienfaiteur,* mais il l'accusa d'avoir *trahi les lauriers de l'armée et son pays,* et il le flétrit ainsi comme homme et comme citoyen, sans ménager plus son civisme et sa conscience que son honneur et sa loyauté.

En vérité, cette défense anticipée que le duc de Raguse fait préparer à l'Empereur lui-même pour repousser l'accusation sous le poids de laquelle il accabla le maréchal Marmont dix-huit mois après; cette défense *prophétique* de l'accusateur, imaginée par l'accusé longtemps après la perpétration du crime, ne peut inspirer qu'un sentiment pénible, en ce qu'elle décèle les préoccupations et les tourments d'une âme vaniteuse, réduite à tenter de

ridicules efforts pour justifier l'audace de son apologie, et essayant sans cesse de se soustraire au remords par le mensonge.

§ X.

L'Empereur partit de Duben le 15 octobre. Le
lendemain il battit les alliés à Vachau, dans un
combat où Marmont soutint sa renommée aussi bien
qu'Augereau, Ney, Victor, Macdonald, Lauriston et
Poniatowski, cités avec lui dans le *Manuscrit de
1813* pour leur conduite valeureuse en cette journée. (*Manuscrit de 1813*, II, 408.) Le 17, on s'attendait à voir l'ennemi recommencer le combat.
L'Empereur, qui était en mesure de recevoir la bataille, et qui craignait de perdre ses avantages en
allant l'offrir, passa la journée dans sa tente à faire
ses dispositions pour repousser victorieusement la
nouvelle attaque qu'il prévoyait.

C'est pourtant à l'occasion de cette journée, passée dans sa tente par le chef de l'armée pour étu-
dier et arrêter son plan de combat, que le duc de
Raguse a dit : « Nous aurions dû dès ce moment
commencer notre retraite, ou au moins en préparer
les moyens, de manière à l'effectuer dès l'entrée
de la nuit. *Mais une sorte d'insouciance de la part de
Napoléon, impossible à expliquer et difficile à qualifier, mettait le comble à tous nos maux.* » (V, 290.)

La *folie* des jours prospères a donc fait place à *l'insouciance* à l'heure de l'adversité ! Napoléon porte avec lui les destinées d'un grand empire ; il tient la terre attentive au bruit de ses pas et aux mouvements de ses armées ; il a à répondre devant Dieu et à rendre compte à l'humanité de la vie de plus de cent mille braves, avec lesquels il peut sauver la France et en faire encore la reine du monde, et, avec le sentiment profond du rôle immense et suprême qui lui est dévolu dans le magnifique tableau des luttes européennes et dans le vaste drame de l'histoire, entre un combat glorieux de la veille et une bataille décisive qui se prépare pour le lendemain, il ne fait que montrer *une sorte d'insouciance impossible à expliquer et difficile à qualifier, et qui met le comble à tous les maux* de ses héroïques soldats ! Il reste indifférent, inactif, engourdi dans sa tente ! C'est un de ses lieutenants qui l'a surpris dans cet état d'insensibilité et de torpeur, et qui a cru devoir en instruire la postérité, pour que rien ne manque à cette autorité souveraine dans la révision du jugement des contemporains sur le faux grand homme.

Mais quel jour ce lieutenant a-t-il donc trouvé Napoléon si peu semblable à lui-même, si au-dessous des exigences et des nécessités de la situation ? Interrogeons les témoins oculaires dont la véracité n'a pas été altérée par le besoin d'innocenter une défection. Demandons-leur ce que faisait l'Empereur le 17 octobre, et s'il est vrai qu'il soit resté oisif et impassible dans sa tente, quand l'heure de la retraite était évidemment venue, et que c'était le moment de déployer la plus vive sollicitude et la plus grande activité.

« La nuit arrive, dit le secrétaire de Napoléon, la pluie tombe à verse sur les bivouacs. Un profond silence règne autour des tentes du quartier général, jusqu'au moment où le lever de la lune vient dissiper l'obscurité de la plaine. Alors *le mouvement prescrit commence à s'exécuter.*

» Les équipages et les caissons se mettent en route pour traverser Leipzig et gagner Lindenau. On brûle çà et là des caissons vides qu'on ne peut emmener, et les explosions qui en résultent sur divers points achèvent de réveiller le camp.

» L'Empereur *quitte son bivouac à une heure du matin, et se porte d'abord dans la direction de Leipzig. Arrivé à l'embranchement des deux routes de Rocklitz et de Grimma, il cherche à reconnaître le plateau, qui va devenir le centre de notre nouvelle position. Un moulin à tabac sur une éminence appelée le Thonberg lui paraît un emplacement favorable pour son état-major.*

» L'Empereur *se fait ensuite conduire à Reudnitz, où le prince de la Moscowa a son quartier général. Il le réveille et lui donne ses ordres pour le lendemain.*

*Continuant sa tournée, il traverse la ville et se rend
à Lindenau, auprès du général Bertrand. Il ordonne
à celui-ci de se mettre en marche pour Lutzen, et de
gagner sans perdre de temps les défilés de la Saale,
dont il doit rester maître.*

*» En revenant, il visite les ponts de Lindenau,.
donne des ordres pour qu'on établisse dans les marais
voisins quelques nouveaux passages qui puissent faciliter la traversée de ce long défilé, et fait relever les
postes du général Bertrand à Lindenau par deux divisions de la garde, sous le commandement du duc de
Trévise. Enfin, à huit heures, l'*EMPEREUR *revient à
Statteritz, où son quartier général s'est établi dans la
nuit. Mais à peine a-t-il mis pied à terre que le canon
de Schwartzenberg se fait entendre. Aussitôt il remonte
à cheval pour se porter à la position du moulin. Tout
l'état-major de l'armée le suit. » (Manuscrit de 1813,
II, 416, 417, 418.)*

C'est ainsi que Napoléon se montra insouciant
et s'endormit entre le canon de Vachau et celui de
Leipzig.

A Leipzig, l'Empereur et ses lieutenants, sans
en excepter Marmont, maintinrent la haute renommée des armes françaises. Mais les défections trom-
pèrent tous les calculs, et rendirent vains tous les
héroïsmes [1]. Napoléon eut à subir encore une re-

---

[1] Le duc de Raguse admet bien que l'héroïsme ne lui fit pas défaut
à lui-même, mais il s'en faut qu'il rende la même justice à ses frères

traite désastreuse, et il ne put gagner la frontière du Rhin qu'en traversant l'Allemagne insurgée, et en passant sur le ventre des Bavarois, nouveaux déserteurs de son alliance, accourus à Hanau pour lui barrer le chemin de la France.

d'armes. Il assure *que l'esprit militaire était éteint*, et remplacé par *l'abattement et le dégoût ;* que sur 60,000 hommes, 20,000 s'étaient éloignés des drapeaux, avaient jeté leurs armes, et parcouraient la campagne en maraudeurs ; et il prend plaisir à rappeler le surnom de *fricoteurs*, qui fut appliqué à ces indignes soldats. Marmont, écrivant ses *Mémoires* dans l'exil, s'est montré l'hôte courtois de l'étranger en faisant bon marché devant lui de sa susceptibilité nationale. (V, 303.)

LIVRE TREIZIÈME.

CAMPAGNE DE 1814. — DÉFECTION DE MARMONT. — CHUTE DE NAPOLÉON.

-----

§ I.

Le duc de Raguse, en commençant le récit de la campagne de France, ne songe qu'à l'issue qu'elle doit avoir, et il arrange sa narration, ses remarques et ses commentaires de manière à faire considérer comme naturelle et inévitable la funeste solution qu'il a été accusé d'avoir provoquée et amenée par une trahison.

A son arrivée sur le Rhin, il trouva *le découragement et le mécontentement dans tous les esprits, les hommes de l'intelligence la plus vulgaire* appréciant parfaitement *les fautes grossières de la campagne, et la désorganisation de l'Empire annoncée de toutes parts.* (VI, 5.)

L'Empereur cependant tenait tête à l'orage, et ne se laissait pas atteindre par l'abattement qui avait pénétré jusque dans son entourage. Il espérait beaucoup de ses nouveaux efforts [1] et de l'indestructible valeur des troupes françaises, mais sans cesser d'être disposé à accueillir toute proposition de paix qui serait acceptable. Ce n'est pas lui qui a fait avorter les négociations de Prague; ce n'est pas lui qui fera échouer les conférences de Châtillon, bien que le duc de Raguse s'évertue à faire penser le contraire. Mais Napoléon persiste à croire et à dire que le meilleur moyen de déterminer les alliés à vouloir sincèrement la paix, c'est que ses lieutenants prennent l'attitude et le langage belliqueux, au lieu de donner l'exemple du découragement et de sonner l'alarme; et chaque jour il rencontre devant lui l'un de ces frondeurs qui n'a jamais su que faire ressortir les chances favorables à l'ennemi, et manifester des doutes et des appréhensions sur les forces et les manœuvres des armées françaises. Les désastres des deux dernières campagnes ont rendu cet opiniâtre censeur plus hardi dans l'expression de ses sombres conjectures. « Un soir, dit-il, vers le 4 ou le 5 novembre, on discutait les projets probables de l'ennemi. Je dis qu'il allait re-

---

[1] Marmont, après avoir rappelé des paroles de Napoléon exprimant la confiance et l'espoir, s'écrie : « *C'était à ne pas se croire éveillé que d'entendre de pareilles choses !* » Et il ajoute immédiatement : « *Cependant il y eut un enchaînement de circonstances si extraordinaire, que la balance a failli pencher en notre faveur.* » (VI, 23.)

Pourquoi donc déclarer tout d'abord l'Empire irrévocablement désorganisé et l'Empereur dupe de ses illusions, quand il résistait au découragement des alarmistes et des frondeurs de son quartier général?

monter le Rhin avec une partie de ses forces, violer
le territoire suisse, et passer le Rhin à Bâle. Ce
calcul était basé sur la nécessité où il était d'avoir
un pont à l'abri des glaces pendant l'hiver. Le pont
de Bâle remplissait parfaitement ce but. L'Empereur s'impatienta, et dit : « Et que fera-t-il ensuite?
— Il marchera sur Paris, répondis-je. — C'est un
projet insensé, répliqua l'Empereur. — Non, sire,
car où est l'obstacle qui peut l'empêcher d'y arriver ? » Là-dessus, Napoléon se mit à déblatérer et
à se plaindre du peu de zèle dont les chefs de ses
armées étaient maintenant animés, et certes il s'a-
dressait mal; car ce zèle de tous les instants, ce feu
sacré, comme il l'appelait, n'a pas cessé de m'ani-
mer jusqu'à la catastrophe accomplie.

» Le silence le plus complet parmi les auditeurs
approuvait ce que je venais de dire. L'Empereur
voulut mendier un suffrage au prix d'une flatterie,
et tout à coup il se tourna vers Drouot; puis, le
frappant à la poitrine, il lui dit : « Il me faudrait
cent hommes comme cela. » Drouot, homme de
sens et honnête homme, repoussa ce compliment
avec un tact admirable, et avec cette figure austère
qui donne un poids particulier à ses paroles. Il répondit : « Non, sire, vous vous trompez; il vous en
faudrait cent mille. » (VI, 9, 10.)

Drouot repoussa le compliment, mais sans contredire la pensée de Napoléon, et en reconnaissant

fièrement, au contraire, que l'Empereur aurait eu besoin de compter dans son armée beaucoup de généraux aussi dévoués que lui à la cause de l'Empire, qui était celle de la France. Mais comment le duc de Raguse ne s'est-il pas aperçu, en racontant son colloque avec l'Empereur, que la prophétie de la marche de l'ennemi sur Paris et de son arrivée, *sans obstacle*, dans cette capitale, renfermait la prédiction du concours que l'ennemi trouverait dans un général tout préparé et fatalement destiné à lever les obstacles?

Mais à mesure que le jour de cette fatale assistance prêtée aux étrangers approche, ce général redouble d'efforts pour se faire excuser ou absoudre, et il cherche avec soin un plus grand coupable que lui sur lequel il puisse rejeter la responsabilité de la coopération impie qui lui est imputée. Il ne veut pas que le maréchal Marmont soit le vrai traître de 1814, le véritable auteur de la chute de Napoléon; il a un traître plus illustre, plus haut placé à substituer au duc de Raguse et à signaler à la justice inflexible de la postérité : c'est l'élève, le fils de Napoléon lui-même; c'est le prince Eugène.

Cette conception satanique, aussi ridicule que révoltante, a été mise à néant par la lettre que le général Tascher de la Pagerie, sénateur et ancien aide de camp du prince Eugène, a fait insérer dans le *Moniteur,* et par la réfutation qu'un autre aide de camp de ce prince, M. Planat de la Faye, a également opposée aux attaques incroyables du duc de Raguse.

Toutes les ressources de l'audace, de la perfidie et de la méchanceté, bien qu'elles eussent été adroitement combinées par le maréchal Marmont, ne pouvaient rien contre la mémoire d'un soldat qui fut le modèle de l'honneur et de la fidélité autant que de la valeur et de la sagesse, et qui déjoua d'avance les finesses et les hardiesses de la calomnie, dans la lettre suivante, écrite à Napoléon lui-même :

« Vérone, 23 novembre 1813.

» Sire, j'ai l'honneur de rendre compte à Votre Majesté qu'il s'est présenté, ce soir, un major autrichien, ayant des lettres à mon adresse, qu'il demandait à ne remettre qu'à moi. J'étais alors à cheval, visitant les postes de la Valpentana. Je me suis porté sur la grande route, et j'ai vu avec surprise que ce major autrichien n'était autre que le prince Auguste Taxis, aide de camp du roi de Bavière. Il me remit une lettre de mon beau-père, purement d'amitié, dans laquelle il me priait d'entendre la personne qu'il m'envoyait.

» Je me suis promené environ une heure à hauteur de notre grand'garde, et s'il m'est difficile de rendre à Votre Majesté toute notre conversation, je vais du moins tâcher de lui en faire connaître la

24

substance : 1° assurance d'estime et d'amitié du roi de Bavière; 2° assurance que les alliés consentiraient à tout arrangement que je pourrais faire avec le roi pour assurer à ma famille un sort avantageux en Italie; 3° prière du roi de ne considérer dans cette démarche que le vif désir de voir, dans ces circonstances, le sort de sa fille et de ses enfants assuré; enfin, la proposition de me faire déclarer roi du pays qui serait convenu.

» Si Votre Majesté connaît bien mon cœur, elle peut d'avance savoir tout ce que j'ai répondu. Les phrases du moment étaient certes plus énergiques que tout ce que je pourrais actuellement répéter. Il ne m'a pas fallu de grandes réflexions pour faire assurer au roi de Bavière que son gendre était trop honnête homme pour commettre une lâcheté, que je tiendrais jusqu'à mon dernier soupir le serment que j'avais fait, et que je répétais, de vous servir fidèlement; que le sort de ma famille est et serait toujours entre vos mains; et qu'enfin, si le malheur pesait jamais sur nos têtes, j'estimais tellement le roi de Bavière, que j'étais sûr d'avance qu'il préférerait retrouver son gendre particulier, mais honnête homme, que roi et traître; qu'enfin la vice-reine partageait entièrement mes sentiments à cet égard.

» J'ai l'honneur d'être, etc.

» Eugène NAPOLÉON. »

La conduite du prince Eugène, après la chute de l'Empereur, a noblement confirmé ce langage. Le gendre du roi de Bavière, redevenu *particulier* pour rester *honnête homme*, défie, de la hauteur où il s'est placé dans l'histoire, la malveillance la plus obstinée et la plus perverse. Celui qui n'avait pas reculé devant la trahison pour conserver ou pour agrandir sa fortune politique devait au moins comprendre qu'il échouerait misérablement en venant s'attaquer au héros qui avait mieux aimé rentrer avec son honneur et sa gloire dans la vie privée que d'être *roi et traître*.

§ II.

La tentative contre la mémoire du prince Eugène honteusement et vainement consommée, le duc de Raguse passe à la critique des opérations de l'Empereur pendant cette merveilleuse campagne qui frappa d'étonnement et d'admiration les ennemis les plus acharnés de l'Empire. Suivant lui, Napoléon commit trois fautes capitales qui suffirent à rendre sa chute inévitable : la première, à Brienne ; la seconde, à Laon ; la troisième, à Arcis. (VI, 215.)

Le duc de Raguse, près d'arriver au dénoûment qu'il a eu soin de préparer et d'arranger selon les besoins de sa justification personnelle, ne peut que poursuivre avec plus de persévérance et de rigueur, à mesure qu'il approche du but, le système qu'il a

adopté dès les commencements de ses *Mémoires*. Il
blâmait le général Bonaparte, au premier succès de
la première campagne d'Italie, le lendemain des
victoires de Montenotte et de Millesimo, en vue de
l'intérêt qu'il aurait plus tard à ternir la gloire et à
discréditer l'autorité du vainqueur : comment n'aurait-il pas redoublé d'ardeur et de violence dans
son dénigrement, la veille de la capitulation de
Paris et des événements d'Essonne ?

Marmont regarde la bataille de Brienne comme
ne pouvant être *justifiée par aucun raisonnement*
de la part de Napoléon. « Elle ne pouvait lui donner
aucun résultat favorable à cause de la supériorité
de l'ennemi, car presque toutes ses forces étaient
réunies. » (VI, 39.) Le succès couronna cependant
les efforts et répondit aux espérances de l'Empereur. Le lendemain de la bataille, l'armée française
était maîtresse de la position de Brienne, et les Prussiens battaient en retraite. (*Manuscrit de 1814, 490.*)
Mais ce résultat inespéré n'est compté pour rien par
le duc de Raguse, qui ne voit encore ici que la main
maladroite de l'étranger, faisant tomber la victoire
aux pieds d'un chef d'armée dont aucun raisonnement ne pouvait justifier les plans et l'attaque. « Si
quelque chose doit étonner, dit-il, *après l'idée de
donner cette bataille, c'est d'avoir vu l'ennemi si mal
profiter de ses avantages, et l'armée française échapper à une destruction complète.* » (VI, 39.)

Ce ne fut pas l'armée française qui courut de grands risques à Brienne, mais plutôt l'armée prussienne, dont le généralissime faillit être fait prisonnier dans les rues de la ville. « Dans le nombre des prisonniers, dit le *Manuscrit de 1814*, se trouve le jeune d'Hardenberg, neveu du chancelier de Prusse; et l'on apprend par lui qu'il vient d'être pris au milieu de l'état-major général prussien, *à côté du maréchal Blücher lui-même. Notre vieil ennemi l'a échappé belle!* » (*Manuscrit de 1814*, 495.)

Le duc de Raguse racontant un brillant fait d'armes qui suivit la bataille de Brienne, et dans lequel son corps d'armée repoussa héroïquement, à Rosnay, sur la Voire, des colonnes ennemies bien supérieures en nombre, termine ainsi sa narration :

« L'Empereur, extrêmement satisfait de ce succès [1], récompensa les officiers que je lui désignai. Ce coup de vigueur, fait avec si peu de monde, prouvait qu'il y avait encore un reste d'énergie en nous-mêmes, et que, si le nombre nous accablait, *nous n'avions pas dégénéré.* » (VI, 45.)

---

[1] La satisfaction de l'Empereur est constatée en ces termes dans le *Manuscrit de* 1814: « Si de temps à autre la muse de l'histoire croit devoir arracher quelques feuillets de son livre, qu'elle conserve du moins pour l'honneur du duc de Raguse la page où le combat de Rosnay se trouve inscrit! Cette journée suffira pour justifier la confiance que Napoléon mettait dans l'intrépidité de Marmont. » (*Manuscrit de* 1814, 102, 103.)

Cette confiance *dans la bravoure du duc de Raguse* était légitime; ce n'est pas l'intrépidité qui a fait défaut à Marmont.

Mais qui donc, si ce n'est le maréchal Marmont, osa jamais prétendre que l'armée française des derniers jours de l'Empire eût dégénéré? N'est-ce pas lui qui disait naguère (V, 303) que *l'esprit militaire était éteint et remplacé par l'abattement et le dégoût?* N'est-ce pas lui qui, venant à peine de dire que l'armée n'avait pas dégénéré, ajoute à la page suivante : « Malgré les efforts de courage si récents dont les soldats devaient être glorieux, *un découragement général se faisait sentir par un symptôme effrayant.* Deux cent soixante-sept soldats du 37ᵉ léger désertèrent pendant la même nuit; des cuirassiers en firent autant avec un officier supérieur prisonnier, qu'ils étaient chargés de garder. » (VI, 46, 47.) Les gazettes étrangères ont-elles insulté plus odieusement l'armée française?

La bataille de Brienne n'eut donc pas de *funestes résultats,* et ne doit pas être comptée comme une *faute injustifiable,* ayant amené, avec celles qui furent commises ensuite, d'après Marmont, à Laon et à Arcis, la chute de Napoléon et le renversement de l'Empire.

§ III.

Après cette bataille, Napoléon se mit à la poursuite de Blücher, qui s'était porté vers la Marne et qui marchait sur Paris. Les victoires de Champaubert, de Montmirail, de Château-Thierry et de Vau-

champs¹ montrèrent bientôt que l'Empereur avait
toujours le secret des merveilleuses combinaisons,
et que ses troupes, dociles à sa puissante impulsion, bien loin d'être atteintes d'un découragement

¹ Le duc de Raguse a inséré dans ses *Mémoires* une anecdote relative au combat de Vauchamps, et dans laquelle il impute au maréchal
Grouchy des faits qui ont provoqué la protestation suivante publiée par
le *Moniteur :*

« J'ai attendu pour répondre aux calomnies et assertions mensongères
du duc de Raguse que les derniers volumes de ses *Mémoires posthumes*
aient paru. Sa haine et sa jalousie débordent dans chaque chapitre contre
tous ses anciens compagnons d'armes; pouvait-il en être autrement pour
mon père?

» Déjà de nombreuses et énergiques réclamations appuyées de pièces
authentiques ont fait justice de ces *Mémoires calomnieux;* je viens
encore donner de nouvelles preuves de la mauvaise foi de leur auteur.

» Ainsi, dans le sixième volume, on lit textuellement :

« Le général Grouchy, dont la cavalerie était restée à Champaubert,
» vint de sa personne me demander à souper, ce qui était bien fait;
» j'avais sur ma table l'épée du prince Ourousoff; le général Grouchy
» me pria de lui en faire cadeau pour remplacer son sabre, qui le gênait
» par suite d'une ancienne blessure.... Mais quel fut mon étonnement
» quand je lus quelques jours après dans le *Moniteur* un article ainsi
» conçu :

« M. Carbonel, aide de camp du général Grouchy, est arrivé à Paris,
» et a remis de la part de son général à S. M. l'Impératrice l'épée du
» prince Ourousoff qu'il a fait prisonnier à la bataille de Vauchamps. »

» Si le commencement de cette anecdote est vrai, la fin est un mensonge.... La preuve en est donnée par le *Moniteur* et le général Carbonel,
cités par le duc de Raguse; depuis la date de la bataille de Vauchamps,
14 février, jusqu'au 1er avril 1814, le journal ne contient point le fait
inventé si insidieusement; il mentionne seulement la remise par le
ministre de la guerre à S. M. l'Impératrice des drapeaux pris aux batailles
de Montmirail et Vauchamps. (*Moniteur* du 27 février 1814.)

» Voici la déclaration du général Carbonel, qui n'était plus aide de
camp de mon père depuis 1812 :

« Mon cher général, je n'ai pas encore lu les *Mémoires du duc de*

général, n'avaient pas cessé de garder héroïquement les nobles traditions de la valeur française et de l'honneur national.

A la suite de ces nombreuses défaites, les Prussiens s'étaient mis en pleine retraite. Bacler d'Albe avait porté cette heureuse nouvelle à Paris, et Rumigny s'était rendu, en courrier, à Châtillon, pour y instruire le duc de Vicence de la situation des affaires. Napoléon avait toute raison de croire à un succès décisif. Les Prussiens ne devaient pas lui échapper. La ville de Soissons leur ouvrit ses portes. Un général, du nom de Moreau, chargé de la défendre, l'avait livrée, un ou deux jours auparavant, à Wintzingerode et à Bulow. Cette capitulation précipitée et inattendue sauva Blücher et trompa les calculs et les espérances de Napoléon. Le duc de Raguse ne prétend plus ici que c'est l'Empereur qui s'est perdu lui-même à Brienne, à Laon et à

Raguse; mais si mon nom est cité dans le sixième volume de cette publication comme ayant été chargé par votre père de porter à l'Impératrice l'épée du général russe Ourousoff fait prisonnier à Étoge, vous pouvez, mon cher général, démentir avec assurance une semblable assertion; car, après avoir été assez heureux pour faire à si bonne école, et sous le patronage d'un aussi remarquable chef, les campagnes de 1807, 1808, 1809 et 1812, en Allemagne, en Espagne, en Italie, en Pologne et en Russie, j'ai été nommé en 1813 aide de camp de M. le général comte de Narbonne, mort à Torgau, et, après son décès, j'ai été appelé à la fin de cette campagne à remplir les mêmes fonctions près du général comte de Flahaut.

» ..... Agréez, etc.

» Général Carbonel. »

» Général Grouchy. »

Arcis. « La fortune de la France, dit-il, le sort de la campagne, ont tenu à une défense de Soissons de trente-six heures. » (VI, 206.)

Ce funeste incident ne fit pas toutefois renoncer Napoléon à la poursuite de l'ennemi. Il continua au contraire de le harceler et de le pousser au combat. Il l'atteignit et le battit à Craonne, le 7 mars. Ce nouvel avantage conduisit le vainqueur au pied des hauteurs de Laon, où Blücher, renforcé des divers corps qu'il avait ralliés dans sa retraite ou sa fuite de dix jours, résolut d'attendre Napoléon.

« Le 10, à quatre heures du matin, dit le *Manuscrit de* 1814, Napoléon mettait ses bottes et demandait ses chevaux, lorsque deux dragons arrivant à pied dans le plus grand désordre lui sont amenés. Ils disent qu'ils viennent d'échapper par miracle à travers un *hourra* que l'ennemi a fait cette nuit sur les bivouacs du duc de Raguse, et que tout est perdu de ce côté. Ils croient le maréchal pris ou tué. Napoléon fait aussitôt monter à cheval tous ses officiers. Tandis que les uns courent aux nouvelles du côté du duc de Raguse, les autres vont à l'avant-garde suspendre le mouvement général d'attaque que l'armée commençait. Bientôt les renseignements arrivent, et l'on ne tarde pas à acquérir la triste certitude que le corps d'armée du duc de Raguse a été en effet surpris et dispersé dans une attaque de nuit; que le désordre a été extrême, que le parc a perdu une grande partie de ses canons; mais que le duc de Raguse n'est pas tué, et qu'il est de sa personne du côté de Corbeny, sur la route de Reims, cherchant à rallier les fuyards.

» Cet événement met le comble aux contrariétés qui depuis quelque temps déjouent tous nos efforts.

» Nous devions attaquer l'ennemi; c'est lui qui nous attaque, encouragé par les avantages qu'il vient d'obtenir dans la nuit; mais il ne peut parvenir à occuper le village de Clacy, où la division Charpentier fait la plus belle contenance. Il est repoussé, et nos détachements le poursuivent jusqu'aux portes de Laon. Cependant on ne peut plus penser à le forcer dans cette position; il faut s'occuper de la retraite, et Napoléon s'y résigne. » (*Manuscrit de 1814, 190, 191.*)

Mais forcé d'abandonner ainsi, à chaque nouveau contre-temps, la poursuite de ses plans et le fruit de ses triomphes, Napoléon ne peut s'empêcher d'exprimer avec amertume le mécontentement que lui cause la conduite du chef de corps qui a compromis le succès de la campagne, et il écrit à son frère Joseph, le lendemain, ces lignes significatives :

« Il est probable que *l'ennemi aurait évacué Laon, dans la crainte d'y être attaqué, sans l'échauffourée du duc de Raguse, qui s'est comporté comme un sous-lieutenant.* « (*Mémoires de Napoléon,* VIII, 357, 358.)

Et ce sous-lieutenant a laissé des *Mémoires* où, pour se disculper d'avoir provoqué par une défection l'issue fatale de la campagne, il comprend l'affaire de *Laon* parmi les trois grandes fautes qu'il attribue à Napoléon, et dont il fait les causes premières de la catastrophe de 1814 [1]!

Le duc de Raguse fut appelé devant l'Empereur pour lui rendre compte du désastre qu'il avait essuyé. « Il se présente, dit le baron Fain : à sa vue, Napoléon s'emporte en reproches, qui n'entrent que trop avant peut-être dans le cœur du maréchal. Cependant, après les plaintes viennent les explications ; bientôt les sentiments que Napoléon a toujours portés à son aide de camp prennent le dessus, et ce n'est plus qu'un maître en l'art de la guerre qui relève les fautes d'un de ses élèves de prédilection : Napoléon finit par le retenir à dîner. » (*Manuscrit de* 1814, 193, 194.)

Marmont avait bien raison de dire que Napoléon était le meilleur des hommes ; mais cette bonté trop exagérée touchait à l'imprévoyance. Marmont, dans son traité avec Schwartzenberg et dans la rédaction

---

[1] Marmont attribue à un brouillard épais qui retarda sa marche l'attaque nocturne et désastreuse dont il fut l'objet au village d'Athier. « L'ennemi, dit-il, jugeant la fausse position dans laquelle j'étais placé, *profita avec habileté et célérité de ses avantages.* » (VI, 212.) L'ennemi, selon le duc de Raguse, avait toujours fait seul, par son ineptie ou sa négligence, les succès de Napoléon ; cette fois l'ennemi fut habile et prompt, parce que sans doute il avait affaire à Marmont, que le destin n'avait jamais gâté.

de ses *Mémoires*, se souviendra des reproches qu'il
reçut à propos de sa conduite à Znaïm, aux Arapiles
et à Laon, et il fera regretter que l'Empereur les ait
trop facilement oubliés et n'en ait pas pressenti les
funestes conséquences.

§ IV.

L'armée autrichienne avait mis à profit l'éloignement de l'Empereur. Schwartzenberg suivait la
vallée de la Seine, et menaçait Paris à son tour. Les
agents de l'ancienne dynastie s'agitaient vivement
dans la capitale. Le comte de Lynch venait d'introduire les Anglais et les Bourbons dans Bordeaux, dont il était maire [1]. Napoléon songea
d'abord à couvrir Paris. Laissant Mortier et Marmont sur la Marne pour disputer pied à pied le
chemin de la capitale aux Prussiens, aux Russes et
aux Suédois, il revint en toute hâte sur la Seine
pour arrêter les Autrichiens. Mais Schwartzenberg,

---

[1] En novembre, le comte de Lynch, accouru au pied du trône pour
y donner de nouveaux gages de sa fidélité, s'écriait : « Napoléon a tout
fait pour les Français, les Français feront tout pour lui. » (Voyez *le
Moniteur* du 28 novembre 1813.) Et le 29 février, en remettant les
drapeaux de la garde nationale de Bordeaux, il n'avait parlé à ses admi-
nistrés que de leurs devoirs « envers leur auguste souverain, dont tous
les soins avaient pour but de conquérir une honorable paix. » *Il avait
traité de téméraires les alliés qui cherchaient à envahir notre territoire;* et si le danger s'approchait de Bordeaux, « il promettait de
donner l'exemple du dévouement. » (Voy. *le Moniteur* du 6 mars 1814.
— *Manuscrit de* 1814, 202.)

averti des échecs de ses alliés sur la Marne, avait craint de trop s'engager sur la route de Paris, et il était revenu à Troyes. Ce mouvement imprévu ramena Napoléon à son dessein primitif de manœuvrer sur les derrières de l'armée autrichienne, et il remonta l'Aube à cette fin. Mais il rencontra l'ennemi à Arcis [1], où Schwartzenberg, à la faveur de sa grande supériorité numérique, força le passage de l'Aube et se remit en marche vers Paris. Mortier et Marmont, accablés également par le nombre, furent obligés de revenir sur la Seine, après avoir été battus à la Fère-Champenoise, et les vaincus de tant de brillants combats qui avaient marqué l'ouverture de la campagne, ralliés par des masses de Prussiens, de Russes et de Suédois, se hâtaient d'arriver sous les murs de la capitale, où ils espéraient terminer d'un coup leurs opérations militaires par une révolution politique.

Cette révolution était en effet activement préparée. Le duc de Raguse ne l'ignorait pas. Son beau-frère Perregaut, chambellan de l'Empereur, l'avait visité à son quartier général.

---

[1] Au combat d'Arcis, dont le duc de Raguse a fait la troisième cause déterminante de la fin désastreuse de la campagne pour Napoléon, l'Empereur donna l'exemple de l'intrépidité la plus héroïque à ses soldats, en se jetant dans la mêlée à la tête de son escorte. L'armée française fit des prodiges de valeur et n'éprouva point de défaite. Mais les masses autrichiennes, bien que décimées par le fer et le feu de nos troupes, parvinrent à effectuer le passage de l'Aube.

« Il s'exprimait très-haut, dit Marmont, sur la nécessité de se débarrasser de Napoléon, et en cela il me semblait l'écho de Paris. Il parlait du retour des Bourbons comme du salut de la France. Ce langage, dans la bouche d'un homme de sa position, me parut singulier. Je combattais ses idées à cet égard. Je lui dis que nous perdrions, nous autres chefs de l'armée, le fruit des travaux de vingt campagnes; ce qui avait fait notre gloire et composait nos souvenirs serait pris à crime auprès de gens dont les intérêts avaient été toujours contraires. Il me répondit : « Dans tous les cas, Macdonald et toi, vous serez certainement dans l'exception. — Mais, dis-je, ce n'est pas la considération d'intérêts personnels qui doit décider en pareil cas, ce sont les intérêts de tous dont il faut s'occuper. »

» Je ne sais quels rêves d'ambition l'avaient saisi tout à coup. Peut-être n'exprimait-il que les opinions au milieu desquelles il vivait, et dont l'action se fait toujours plus ou moins sentir sur nous. Mais telle est la mobilité de certaines gens, telle est la faiblesse humaine, qu'après s'être ainsi mis en avant de si bonne heure, trois mois n'étaient pas écoulés qu'il avait adopté toutes les haines ainsi que tous les préjugés populaires contre les Bourbons, et s'était rangé parmi leurs ennemis. » (VI, 203.)

Une seconde tentative de même nature est attribuée, par le duc de Raguse, à un homme qui a

joué l'un des rôles les plus importants et les plus
honorables sous le drapeau du libéralisme pendant
la Restauration et sous le gouvernement de Juillet.
On était arrivé au jour fatal, non pour Napoléon,
que la perte du pouvoir devait laisser en possession
de toute sa gloire dans l'histoire et de toute la puissance de sa popularité sur l'avenir de la France,
mais pour le duc de Raguse, dont l'orgueil secrète-
ment rebelle allait se revêtir ouvertement des signes
de la trahison. La capitulation de Paris était signée[1].

[1] « Le duc de Raguse, dit l'auteur de l'*Histoire de la bataille et de
la capitulation de Paris*, a mal compris l'empereur Napoléon : sa
justification est fondée sur une erreur. Napoléon ne disait point que
Marmont l'eût trahi en combattant : c'est le traité d'Essonne qu'il considérait comme une trahison. » Mais la capitulation de Paris, si elle ne
fut point l'effet d'une trahison, en fut du moins la préparation par la
manière dont elle fut provoquée et conclue. Marmont s'exprime sur cet
événement de manière à faire croire qu'il fut amené à capituler par des
instructions qu'il aurait reçues du roi Joseph sans les avoir provoquées.
Or, il est certain que Joseph ne l'autorisa à capituler que lorsqu'il eut
déclaré lui-même la continuation de la lutte impossible après quatre
heures. Marmont fit plus; il traita d'un armistice sans en prévenir le
maréchal Mortier, qui combattait à côté de lui, et qui reçut de l'ennemi
une sommation *de mettre bas les armes et de se retirer avec son corps
d'armée à Rennes.* « Le maréchal Mortier est indigné, dit l'historien à
qui ces détails sont empruntés : son sang bouillonne ; ses expressions
ont toute la rudesse des camps. C'est un guerrier qui se croit insulté
dans son honneur.... Il répond : *Les soldats français préfèrent la mort
à la honte; nous ne nous rendrons point, nous défendrons Paris, et
si nous ne pouvions pas le défendre, nous exécuterions notre retraite
devant vous et malgré vous.* » (*Histoire de la bataille et de la capitulation de Paris*, 236, 237, PONS DE L'HÉRAULT.)
   On comprend que le maréchal de l'Empire qui s'exprimait avec *cette
rudesse des camps* et qui faisait une pareille réponse aux sommations

Le maréchal Moncey, à la tête des gardes nationaux, auxquels s'étaient joints les élèves d'Alfort, les pupilles de la garde impériale et les élèves de l'École polytechnique, s'était héroïquement et vainement associé à ses frères d'armes, Mortier, Marmont et Ornano, pour défendre la capitale que l'étranger devait occuper le lendemain. Le 30 au soir, le corps de Marmont bivouaquait dans les Champs-Élysées. Le maréchal commençait à prendre l'importance et l'attitude d'un homme dont les événements pouvaient faire l'un des arbitres du sort de la France.

« Un grand nombre de mes amis, dit-il, s'était réuni chez moi. On parla avec abandon de la situation des choses et du remède à y apporter. En général, tout le monde semblait d'accord sur ce point, que la chute de Napoléon était le seul moyen de salut. On parlait des Bourbons. La voix la plus énergique en leur faveur, celle qui me fit le plus d'impression, fut celle de M. Laffitte. Il se déclarait hautement leur partisan, et quand je renouvelais les

---

insolentes de l'étranger, le 30 mars 1814, n'ait pas été bien traité par celui de ses frères d'armes qui négociait alors à son insu un armistice et une capitulation préliminaires d'une défection. Marmont ne voit dans le vétéran patriote qu'un pauvre homme, *qui ne connaissait pas mieux le sens des expressions de sa langue que les éléments de son métier.* (VI, 232.)

M. Pons de l'Hérault mentionne aussi des réclamations qui se seraient élevées contre le texte de la capitulation, laquelle n'aurait pas reproduit exactement ce qui avait été convenu. (*Histoire de la capitulation,* etc., 75.)

arguments adressés quelque temps avant à mon beau-frère, il me répondit : « Eh ! monsieur le maréchal, avec des garanties écrites, avec un ordre politique qui fondera nos droits, qu'y a-t-il à redouter ? » Quand je vis un homme de la bourgeoisie, un simple banquier, exprimer une pareille opinion, je crus entendre la voix de la ville de Paris tout entière. Peu de mois s'étaient écoulés, et il était devenu un de leurs ennemis les plus ardents ; mais j'aurai lieu de faire connaître plus d'une fois cet étrange caractère dont la vanité est la base, et dont le cœur n'a jamais éprouvé un sentiment véritablement généreux. » (VI, 249, 250.)

La France entière et Napoléon lui-même[1] ont réfuté d'avance et raturé en quelque sorte tout ce qui pouvait tomber de la plume du duc de Raguse contre l'un des citoyens les plus irréprochables qui aient apparu dans nos luttes parlementaires. Quant à l'entraînement qui poussait la bourgeoisie à seconder les hautes classes dans leurs efforts pour le rétablissement des Bourbons, il n'a jamais été contesté. Napoléon le savait bien, quand il écrivait à son frère : « *Partout j'ai des plaintes du peuple contre*

---

[1] Au moment où Napoléon allait quitter la Malmaison, M. Laffitte accourut pour lui remettre un récépissé des cinq millions versés dans sa caisse au nom de l'Empereur. Napoléon refusa en lui disant :

« Je vous connais, monsieur Laffitte, je sais que vous n'aimiez pas mon gouvernement ; mais je vous tiens pour un honnête homme. » (*Mémorial.*)

les maires et les bourgeois qui l'empêchent de se dé-
fendre; je vois la même chose à Paris. Le peuple a
de l'énergie et de l'honneur; je crains bien que ce ne
soient certains chefs qui ne veulent pas se battre. »
Mais ce qui est incontestable aussi, c'est que la
bourgeoisie, au nom de laquelle M. Perregaux,
chambellan de l'Empereur, et M. Laffitte, son banquier, avaient parlé pour les Bourbons au duc de
Raguse, ne tarda pas à imiter ses officieux inter-
prètes et à reconnaître que la restauration de l'ancienne dynastie ne pouvait pas être faite logiquement au profit des idées de 89 et des classes que ce
grand mouvement national avait appelées à une vie
nouvelle. Les Bourbons, nobles et religieux gardiens du caractère que leur avait imprimé leur naissance, se chargèrent d'apprendre bien vite aux
héritiers du tiers état qui l'avaient trop facilement
oublié, ce que devait représenter l'oint du Seigneur,
le descendant de saint Louis, dans le royaume de
France, et ce qu'avait représenté l'élu du peuple,
sous l'Empire comme sous la République.

§ V.

L'Empereur avait exprimé la crainte que certains chefs ne voulussent pas se battre. A partir du
30 mars au soir, le duc de Raguse fut à coup sûr

l'un de ces chefs. Il affirme bien avoir repoussé les ouvertures de MM. Perrégaux et Laffitte, et même celles de M. de Talleyrand (VI, 250); mais sa conduite ultérieure a prouvé qu'il pensait dès lors comme les négociateurs qui lui étaient adressés, et l'on peut tenir pour certain que, s'il s'est fait honneur d'avoir éconduit les princes de la diplomatie et de la banque, c'est que sa vanité répugnait à ce qu'il reconnût n'avoir été, dans les événements de 1814, que l'instrument de la pensée et des machinations d'autrui.

Marmont s'établit à Essonne le 31 mars, et il se rendit la nuit suivante à Fontainebleau, où Napoléon, après lui avoir donné des éloges pour sa belle défense, lui demanda un travail de récompenses en faveur des braves de son corps d'armée.

L'Empereur était alors abattu et disposé à traiter. Le lendemain, il visita la position du sixième corps. Pendant son séjour à Essonne, « les deux officiers laissés à Paris pour faire la remise des barrières aux alliés, dit le duc de Raguse, MM. Denis de Damrémont et Fabvier, rentraient au quartier général. Ils apprirent à l'Empereur *les démonstrations de joie et les transports qui avaient accueilli les troupes ennemies à leur entrée dans la capitale, l'exaltation des esprits,* enfin la déclaration de l'empereur Alexandre de ne plus désormais traiter avec lui. Un pareil récit affligea profondément l'Empereur,

25.

et changea le cours de ses idées. En effet, quoiqu'il fût familiarisé avec la pensée du mécontentement public, il ne pouvait prévoir *l'accueil que rece-*
vraient les étrangers à leur entrée dans Paris de la
part de l'immense majorité des habitants de la capi-
tale.... Dès ce moment, je fus frappé du *dérange-*
ment complet qui avait remplacé *sa lucidité ordinaire*
et cette puissance de raisonnement qui lui était si habi-
tuelle. » (VI, 252, 253.)

Que de choses dans ces quelques lignes!

Le duc de Raguse, foulant aux pieds tout sentiment national, et refaisant l'histoire selon les exigences de sa position personnelle, veut que le
peuple de Paris se soit montré ivre de joie à l'entrée des armées ennemies, et que l'immense majorité des habitants de la capitale ait salué avec transport l'arrivée des troupes étrangères. Il lui faut ce
honteux enthousiasme, ces acclamations impies,
pour qu'il puisse dire qu'en passant lui-même à
l'étranger il n'a été que l'interprète de l'opinion publique et le serviteur empressé de la volonté nationale; et afin de couvrir ou d'effacer la tache imprimée par la population parisienne et par l'empereur
Napoléon au nom du transfuge d'Essonne, ce transfuge déclare hardiment que les Parisiens, par leur
exaltation en faveur des alliés, furent les complices
ou pour mieux dire les instigateurs de sa propre défection, et que l'empereur Napoléon, par le déran-

gement complet de ses idées et la perte de sa lucidité ordinaire [1], se trouva déchu de ses droits à
l'obéissance, au dévouement et à la fidélité.

Si le duc de Raguse avait réservé l'enthousiasme
parisien pour la rentrée de Louis XVIII ou du comte
d'Artois, la discussion qui aurait pu s'établir, sur
cette question de politique et d'histoire, n'aurait affecté en aucun cas le patriotisme, l'esprit national,
dont la capitale a légitimement la prétention de
garder et d'entretenir l'un des foyers principaux.
Mais prétendre que le peuple de Paris, toujours sentinelle avancée du peuple de France dans les luttes
nationales, courut au-devant de l'ennemi pour le
fêter, parce qu'on s'est livré soi-même à l'étranger,
c'est trop accorder au besoin de sa propre défense,
c'est presque faire descendre la justification au niveau du crime qu'elle est destinée à excuser.

« Le peuple, dit le baron Fain, était dans la stupeur.... Des cris en faveur des Bourbons s'étaient
fait entendre; et *les Parisiens étonnés, cherchant des
yeux l'empereur d'Autriche, avaient appris avec inquiétude qu'il était encore bien loin.* (*Manuscrit de
1814, 359.*) « Le peuple est calme; *sa contenance
dit aux alliés qu'ils ne sont point en pays ami.* » (*His-*

---

[1] Comment concilier *la lucidité ordinaire et la puissance de raisonnement* de l'Empereur brusquement dérangées à Essonne en 1814
seulement, avec les confidences de Decrès en 1805 et 1809? Il y a
quelqu'un dont les hautes facultés furent dérangées à Essonne en 1814
et qui raisonna mal, et ce quelqu'un n'est pas Napoléon.

toire de la bataille et de la capitulation de Paris, 311.)
« Les sentiments qui dominaient parmi la foule, dit
Vaulabelle, étaient la surprise et la stupeur. Ce
jour-là on voyait, à l'attitude du plus grand
nombre, que la population ressentait profondément
l'abaissement national. » (*Histoire des deux restaurations,* I, 280.)

§ VI.

Mais ce calme, cet étonnement, cette stupeur,
s'ils avaient été constatés par le duc de Raguse, ne
lui auraient pas permis de préparer favorablement
ses lecteurs à ne voir dans ce qu'il allait raconter
d'Essonne et de Versailles, que la conséquence naturelle de l'enthousiasme et de l'ivresse manifestés
par le peuple de Paris [1] au moment de l'entrée des
étrangers.

Voilà donc le maréchal Marmont à Essonne, le
1er avril, persuadé, ou s'efforçant de se persuader,
que la capitale a reçu les alliés en libérateurs, et
que l'empereur Napoléon, à qui la nouvelle de cet
accueil a fait perdre la tête, ne peut plus conserver
l'empire. Un gouvernement provisoire est établi à

---

[1] « La fierté nationale, dit le duc de Raguse, le sentiment d'un noble
patriotisme si naturel aux Français, disparaissaient devant la haine
inspirée par Napoléon. » (VI, 254.) Marmont a besoin de faire croire
à la disparition du patriotisme à une époque où il est trop certain
qu'il en manqua lui-même.

Paris, et Marmont en connaît le président et les autres membres, avec lesquels il a passé la nuit du 30 au 31 mars. Le 2 avril, un décret du Sénat prononce la déchéance de Napoléon et de sa famille, et appelle Louis XVIII au trône de France. Il n'y a plus à hésiter. Quand tant d'autres, toujours admirateurs et pleinement dévoués jusque-là, cherchaient à sauver leur position et leur fortune du naufrage inévitable de l'Empire, pourquoi l'envieux opiniâtre, le censeur obstiné, le détracteur clandestin, se serait-il fait illogiquement le martyr de la fidélité? Ce rôle ne pouvait pas convenir au duc de Raguse. N'ayant jamais été attaché que conditionnellement à l'Empereur et à l'Empire, le moment lui sembla venu de mettre ses actes publics en harmonie avec ses restrictions mentales. Dès le 2 avril, Napoléon, déchu par un Sénat qui se couvrait d'opprobre, n'était plus rien pour lui. Mais une difficulté pouvait embarrasser l'esprit cauteleux de Marmont. L'empereur d'Autriche, résolu au sacrifice de son gendre, était-il disposé à abandonner également les intérêts de son petit-fils? Marmont avait des raisons particulières de connaître les intentions du cabinet de Vienne, et de se mettre en parfaite intelligence avec les représentants de la politique de l'Autriche. N'avait-il pas été gratifié d'une dotation considérable en Illyrie? Cela ne devait pas s'oublier au milieu des préoccupations du sauvetage. A peine nanti du décret du Sénat, Marmont se hâta de le faire passer à l'Empereur à Fontainebleau, et il ne mit pas moins d'empressement à entrer en négociation avec le prince de Schwartzenberg. Le 3, la négociation dut être couronnée d'un plein succès, puisque le duc de Raguse put l'apprendre à ses lieutenants dès le lendemain matin à huit heures. Le prince de Schwartzenberg, qui avait été des premiers à parler en faveur des Bourbons à son entrée dans Paris, avait sans doute édifié complétement le duc de Raguse sur les dispositions de la cour de Vienne au sujet de la régence. Tous les obstacles étaient levés pour Marmont; il se sépara pour toujours de l'Empereur et de l'Empire; et comme cette résolution, pour profiter aux alliés, devait être suivie d'un mouvement du sixième corps qui pût le soustraire à l'action de l'Empereur, le duc de Raguse s'engagea à faire évacuer Essonne par ses troupes, et à les diriger sur Versailles. Les généraux étrangers Schwartzenberg et Barclay publièrent à cette occasion les ordres du jour suivants :

Ordre du jour du prince de Schwartzenberg[1]
pour les armées coalisées.

« Le corps ennemi du maréchal Marmont marchera par Juvisy, sur la grande route, jusqu'à
Fresnes, où il s'arrêtera pour repaître ; il suivra
ensuite son mouvement, d'après les ordres du gouvernement provisoire.

» Les troisième, quatrième, cinquième et sixième
corps se tiendront, à l'entrée de la nuit, prêts à
tout événement ; il en sera de même de l'armée de
Silésie. Le corps ennemi sera escorté jusqu'à Fresnes
par deux régiments de cavalerie du cinquième corps,
et de là à Versailles, par deux régiments de cava-

---

[1] Le prince de Schwartzenberg exprima son contentement au duc de
Raguse par la lettre suivante :

« MONSIEUR LE MARÉCHAL,

» Je ne saurais assez vous exprimer la satisfaction que j'éprouve en
apprenant l'empressement avec lequel vous vous rendez à l'invitation
du gouvernement provisoire, de vous ranger, conformément au décret
du 2 de ce mois, sous les bannières de la *cause française.*

» Les services distingués que vous avez rendus à votre pays sont
reconnus généralement ; mais vous y mettez le comble en rendant à leur
patrie le peu de braves échappés à l'ambition d'un seul homme.

» Je vous prie de croire que j'ai surtout apprécié la délicatesse de
l'article que vous demandez, et que j'accepte, relativement à la personne de Napoléon. Rien ne caractérise mieux cette belle générosité naturelle aux Français, et qui distingue particulièrement Votre Excellence.

» SCHWARTZENBERG. »

lerie russe de la réserve. Tant par ce motif qu'à cause de l'indisposition des habitants de Versailles, cette ville devra être fortement occupée par les troupes alliées. »

Ordre du maréchal Barclay pour l'armée de Silésie.

« Le maréchal français Marmont ayant promis de passer de notre côté (*zu uns überzugehen*) avec son corps de dix mille hommes, il doit se diriger par Fresnes sur Versailles; mais comme il pourrait arriver que Napoléon eût acquis la connaissance du projet du maréchal Marmont, et qu'il voulût en profiter pour tenter une surprise de nuit sur notre aile gauche, il est indispensablement nécessaire que tous les commandants des corps se tiennent prêts à marcher avec leurs troupes, jusqu'à ce qu'on ait appris avec certitude que le passage a eu lieu tranquillement. On donne en conséquence les dispositions suivantes pour l'armée de Silésie, en cas d'une attaque de nuit. » (*Suivent les dispositions.*)

Ces deux pièces, qui constatent que l'enlèvement du sixième corps à Essonne et son mouvement sur Versailles ne furent point l'œuvre accidentelle des lieutenants du duc de Raguse, comme celui-ci a osé le prétendre, mais au contraire l'exécution d'un traité convenu par le maréchal Marmont lui-même avec les généraux ennemis, ces deux pièces ont été insérées dans un livre [1] que j'ai déjà cité, et qui fut publié en 1828, sous les yeux du duc de Raguse, alors tout-puissant, et qui garda le silence.

La défection ou la trahison, comme on voudra l'appeler, est donc incontestable. Le duc de Raguse la conteste cependant. Il se déclare innocent du mouvement d'Essonne, dont il renvoie toute la responsabilité aux généraux de division placés sous ses ordres, parce que ce mouvement fut exécuté par eux en son absence. (VI, 260 à 265.)

A l'appui de cette accusation contre ses lieutenants, le maréchal cite une lettre qui lui fut écrite de Versailles le 5 avril par le général Bordesoulle, et qui commence ainsi : « Monseigneur, M. le colonel Fabvier a dû dire à Votre Excellence les motifs qui nous ont engagés à exécuter le mouvement *que nous étions* CONVENUS *de suspendre* jusqu'au retour de M. le prince de la Moscowa et des ducs de Tarente et de Vicence.... » (*Id.*, 264, 265.)

Mais s'il n'y avait pas d'autres preuves, et des preuves formelles, que le mouvement du sixième corps avait été positivement *convenu* entre le duc de Raguse et ses lieutenants, par suite d'un traité du maréchal avec Schwartzenberg, la lettre du général Bordesoulle invoquée par Marmont suffirait

---

[1] *Histoire de la bataille et de la capitulation de Paris,* par Pons de l'Hérault, 73, 74.

pour établir cette *convention* sans la moindre incertitude. Bordesoulle, en disant qu'il a exécuté le mouvement qu'on était *convenu de suspendre*, constate de la manière la plus évidente que le mouvement *suspendu* avait été nécessairement décidé, *convenu* même avec le général en chef.

Mais le général Bordesoulle a levé tous les doutes à cet égard dans une lettre adressée en 1830 au maréchal Mortier, et dont un extrait a été inséré dans une publication récente [1].

« Après l'évacuation de Paris, dit le général Bordesoulle, le corps d'armée du duc de Raguse alla, le 1er avril, prendre position en arrière d'Essonne. Je m'établis avec le premier corps de cavalerie à Corbeil. Bien que mon quartier général ne fût pas éloigné de celui du maréchal, je le voyais rarement. Le 4, vers huit heures, je me rendis chez lui, et je rencontrai à sa porte le général Digeon, qui commandait son artillerie. — Vous allez chez le maréchal, me dit-il, eh bien, il va vous apprendre du nouveau. — J'insistai vainement pour qu'il s'expliquât davantage. J'entrai. Après avoir fait le rapport de ce qui se passait sur la ligne, j'exprimai vivement la peine que me faisait éprouver l'état de découragement des troupes. — Que pouvons-nous faire à cela? me dit le maréchal. — Je l'ignore, car

_____

[1] *Le duc de Raguse devant l'histoire*, etc., 96, 97, 98, Dentu, éditeur.

si je pouvais y remédier, je ne vous en parlerais pas. — Général, reprit-il alors, vous êtes un homme d'honneur, jurez-moi que vous ne révélerez pas ce que je vais vous confier. — Je lui donnai ma parole, bien éloigné de m'attendre à l'étrange confidence qu'il allait me faire. — Vous savez, général, qu'un gouvernement provisoire, établi à Paris depuis deux jours, a proclamé la déchéance de Napoléon; j'ai en conséquence fait un traité avec le prince de Schwartzenberg pour mon corps d'armée, qui, d'après mes conditions, va occuper la Normandie et n'aura aucun rapport avec les troupes alliées. Il ne recevra d'ordres que du gouvernement provisoire. — Comment, monsieur le maréchal, vous avez fait un semblable traité, et sans nous consulter? — Général, j'ai votre parole. — Je la tiendrai, mais vous ne devez pas compter sur ma cavalerie. — Vous ferez ce que vous voudrez; moi, je suis décidé à prendre les armes ce soir, à six heures, sous prétexte d'une revue, et je passerai. — Comment, monsieur le maréchal, vous allez donc découvrir Fontainebleau et mettre l'Empereur à la merci de l'ennemi? — L'ennemi, reprit-il, ne fera point de mouvement cette nuit. J'ai d'ailleurs stipulé la sûreté de Napoléon dans le cas où des événements de guerre le feraient tomber entre les mains des alliés. — Et que deviendra le corps de M. le duc de Trévise? (A la manière dont il me répondit d'être tranquille sur votre sort, j'avoue que je vous crus informé de ce qui se passait.) J'insistai pour qu'au moins il ne partît pas avant la nuit. — C'est très-bien, dit-il, mais répondriez-vous de moi si deux cents chevaux venaient pour m'enlever? — Monsieur le maréchal, vous ne m'avez pas consulté sur ce que vous avez déjà fait, vous ne devez donc pas vous adresser à moi si vous avez quelque chose à craindre. — Réfléchissez, dit-il en nous séparant, et venez à quatre heures me dire votre résolution.

» Rentré dans nos bivouacs, j'y remarquai un redoublement d'inquiétude. En arrivant chez moi, je trouvai une lettre du général Belliard qui me demandait confidentiellement dans quelles dispositions se trouvaient les troupes. Je vis les officiers généraux des corps de cavalerie que je commandais. Je les exhortai à faire tous leurs efforts pour remonter le moral des hommes. A quatre heures, je me rendis seul chez le maréchal. Il était dans son jardin avec son chef d'état-major et le général Meynadier. Au même instant arrive de Fontainebleau un aide de camp que je crois être le général Fabvier, apportant la grande nouvelle de l'abdication de l'Empereur. En remontant chez le maréchal, je lui dis à part : — Voilà un événement qui tire Votre Excellence d'une fâcheuse position. — Cela m'est égal, répondit-il, je n'en opère pas moins mon mouvement ce soir. Il serait fort aise de me faire arrêter. — Rentrés avec lui dans son appartement, l'aide de camp raconta les détails de l'événement et annonça la très-prochaine arrivée des maréchaux Ney et Macdonald, et du duc de Vicence, tous trois nommés commissaires par l'Empereur pour porter son abdication aux alliés. Le maréchal Ney et le duc de Vicence entrèrent au même instant. Ney nous parla de ce qu'il avait fait pour décider l'Empereur à abdiquer, et nous montra un papier, sans nous le lire, et en disant : — Voilà son acte d'abdication. — Ceci vous tire de peine, dis-je alors au duc de Raguse. — Celui-ci, à ces mots, crut probablement que j'allais divulguer ce qu'il m'avait confié, et s'empressa de faire part à ces deux messieurs de son traité avec Schwartzenberg. — Y pensez-vous, monsieur le maréchal? s'écria le duc de Vicence; la moindre division dans l'armée serait sa perte et celle de la France. — C'est l'observation que j'avais déjà faite à monsieur le maréchal, repris-je alors. Il est urgent de mettre au plus tôt cette abdication à l'ordre du jour de l'armée; cette mesure rassurera les esprits et arrêtera la désertion. — Eh bien, général, mettez-la à l'ordre, me dit le duc de Raguse. — Monsieur le maréchal, votre chef d'état-major est ici et peut s'en charger, cela sera plus simple et plus régulier. A ces mots, je me retirai pour faire connaître à mes régiments la nouvelle de l'abdication. »

Cette révélation, si elle eût été publiée au moment où elle fut confiée au maréchal Mortier, eût grandement embarrassé le duc de Raguse dans ses efforts apologétiques au sujet des événements d'Essonne, et l'eût empêché sans doute de rejeter sur ses lieutenants la responsabilité de sa propre défection.

Le 4 avril, à huit heures du matin, il avait traité avec le prince de Schwartzenberg, à l'insu des généraux de son corps d'armée, et il ne leur en fit part que pour les inviter à exécuter, dès le soir de ce jour même, le mouvement convenu avec le généralissime autrichien. L'arrivée fortuite de Ney, de Macdonald et de Caulaincourt, annonçant l'abdication de l'Empereur, ne changea rien aux dispositions de Marmont. Il se décida seulement à accompagner à Paris les plénipotentiaires de Napoléon[1], et il recommanda aux généraux dépositaires de son secret de suspendre le départ des troupes pour Versailles jusqu'à son retour de Paris, à moins que la connaissance du traité, parvenant à Fontainebleau, n'y fît prendre des mesures menaçantes pour la sûreté des chefs du sixième corps. Ce fut en effet l'arrivée de quelques officiers de l'Empereur à Essonne qui

---

[1] Napoléon avait témoigné le désir que le duc de Raguse fût adjoint aux autres plénipotentiaires. « C'est le plus ancien des compagnons d'armes qui lui restent, dit le baron Fain, et dans une circonstance aussi grave, où les derniers intérêts de sa famille vont être décidés, il croit avoir besoin de s'appuyer sur son vieil aide de camp. » (*Manuscrit de 1814*, 273.)

alarma les généraux, munis des instructions de Marmont, et qui les détermina à exécuter le mouvement sur Versailles, tel qu'il avait été convenu, et sans tenir compte de la suspension conditionnellement prescrite.

Mais les soldats du 6ᵉ corps ignoraient le pacte de leur général en chef avec l'ennemi, et, en arrivant à Versailles, ils se répandirent dans les rues et sur les places, accusant hautement leurs généraux et demandant à rejoindre l'Empereur. Les officiers partageaient l'indignation et l'emportement des soldats. Les colonels, animés du même esprit, se réunirent chez l'un d'entre eux, le colonel Ordener, et convinrent d'emmener le 6ᵉ corps à Rambouillet, et de là à Fontainebleau.

Le maréchal Marmont se rendait alors à Versailles. Était-ce pour y ramener ses lieutenants au devoir, et pour leur reprocher d'avoir, en son absence, et malgré l'opposition énergique de Fabvier, son aide de camp, *repris l'exécution de leur coupable dessein?* S'il avait été étranger à cet acte criminel, n'aurait-il pas été impatient d'en punir les auteurs et d'en arrêter les conséquences? Est-ce là ce qu'il fit à Versailles?

Non, le duc de Raguse, arrivé dans cette ville, ne fut pressé que de courir après les soldats et les officiers fidèles qui allaient rejoindre l'Empereur, afin de les faire rentrer dans la voie de la défection.

26

Son empressement et son succès mirent en relief sa complicité, ou plutôt sa culpabilité principale, son initiative, dans le mouvement des chefs du 6ᵉ corps. Il mentionne l'accueil qu'il reçut le soir, dans le salon de M. de Talleyrand (où il fut d'autant plus *fêté* et *complimenté,* que sa présence et son récit firent cesser de *vives inquiétudes,* VI, 269), sans s'apercevoir que les félicitations dont le souvenir semble le flatter ne pouvaient que confirmer l'accusation dont les générations contemporaines l'ont chargé, et qu'il s'est efforcé de faire retomber sur ses lieutenants.

Napoléon ne voulut pas croire d'abord à la défection du duc de Raguse. Quand il ne lui fut plus permis d'en douter, il se livra aux idées les plus sombres, et ne rompit le silence que pour s'écrier : « *L'ingrat ! il sera plus malheureux que moi !* »

L'Empereur publia ensuite un ordre du jour où il signalait à l'armée la trahison de Marmont : « Le soldat, disait-il, suit la fortune et l'infortune de son général, son honneur et sa religion. Le duc de Raguse n'a point inspiré ce sentiment à ses compagnons d'armes ; *il a passé aux alliés*..... Si l'Empereur avait méprisé les hommes, comme on le lui a reproché, alors le monde reconnaîtrait aujourd'hui qu'il a eu des raisons qui motivaient son mépris..... Le bonheur de la France paraissait être dans la destinée de l'Empereur ; aujourd'hui que la fortune s'est décidée contre lui, la volonté de la nation seule pourrait le persuader de rester plus longtemps sur le trône..... L'armée peut être certaine que l'honneur de l'Empereur ne sera jamais en contradiction avec le bonheur de la France. »

L'Empereur avait alors abdiqué en faveur de son fils. La défection du duc de Raguse enhardit les alliés à repousser cette condition et à exiger une abdication complète. L'armée leur semblait abandonner la cause de Napoléon ; Fontainebleau n'était plus une position militaire. Napoléon repoussa d'abord avec indignation les exigences de l'étranger ; il finit par céder aux sollicitations des grands officiers de la couronne. « Vous voulez du repos, leur dit-il, ayez-en donc ! Hélas ! vous ne savez pas combien de chagrins et de dangers vous attendent sur vos lits de duvet ! Quelques années de cette paix que vous allez payer si cher moissonneront un plus grand nombre d'entre vous que n'aurait fait la guerre, la guerre la plus désespérée ! » Puis, prenant une plume, il écrivit et signa une renonciation, pour lui et ses enfants, aux trônes de France et d'Italie, déclarant qu'il n'était aucun sacrifice qu'il ne fût prêt à faire aux intérêts de la France.

Le triomphe de l'orgueil et de l'envie est complet. Napoléon, déchu, insulté, prisonnier, va être conduit à l'île d'Elbe, et Marmont, devenu le héros de l'armée sous l'occupation étrangère, prend l'attitude d'un arbitre suprême des destinées de la France, et il se croit assez puissant pour menacer un membre du gouvernement nouveau, qu'il ne trouve pas assez respectueux envers lui, *de le faire sauter par la fenêtre.* (VII, 7.)

Mais cette haute influence ne procura pas une félicité parfaite au duc de Raguse. Le souvenir des événements d'Essonne fut pour lui *la source de cuisants chagrins* [1] (VI, 269), si bien qu'en rédigeant ses *Mémoires*, il en est venu à dire qu'*il ne regrettait qu'une seule chose, c'était de n'avoir pas suivi Napoléon à l'île d'Elbe, après qu'il fut descendu du trône.* (*Id.*) Il n'aurait pas moins fallu, en effet, que cette résolution, héroïquement exécutée tant à l'île d'Elbe qu'à Sainte-Hélène, pour que le duc de Raguse, après sa conduite des premiers jours d'avril 1814, pût parvenir à persuader ses contemporains que son jugement et son raisonnement avaient été seuls coupables dans les funestes événements de cette époque. Mais le maréchal Marmont ne suivit son bienfaiteur, tombé du premier trône du monde, ni dans son exil de la Méditerranée ni dans sa prison de l'Océan; il aima mieux se laisser faire *capitaine des gardes* du prince qu'il affectait autrefois d'appeler *le prétendu roi de France*, en se glorifiant d'avoir contribué à le chasser de Vérone.

---

[1] Napoléon avait été prophète quand il s'était écrié, en apprenant la défection du Duc de Raguse : « L'ingrat ! il sera plus malheureux que moi ! »

LIVRE QUATORZIÈME.

PREMIÈRE RESTAURATION. — RETOUR DE L'ILE D'ELBE. — WATERLOO.
— SECONDE RESTAURATION. — RÉVOLUTION DE JUILLET.
— MARMONT A VIENNE. — SON DERNIER OUTRAGE A LA MÉMOIRE
DE NAPOLÉON.

---

§ I.

« Retomber de Bonaparte et de l'Empire à ce qui les a suivis, dit Chateaubriand, c'est tomber de la réalité dans le néant, du sommet d'une montagne dans un gouffre. » (*Mémoires d'outre-tombe,* VII, 197.)

Le duc de Raguse, abordant à son tour le passage de l'Empire à la Restauration, s'exprime en ces termes :

« Je vais quitter cette époque de gloire et de calamité, où tant de grandes choses ont été faites et où les jours étaient marqués par des événements qui bouleversaient les peuples, pour peindre un monde nouveau. Ici tout est petitesse, et souvent la petitesse va jusqu'à la dégradation. » (*Mémoires du maréchal Marmont*, VI, 276.)

C'est ainsi que les deux hommes qui attachèrent leur nom avec tant d'éclat à la chute de Napoléon, l'un par le plus virulent des pamphlets, l'autre par la plus scandaleuse des défections, saluent le retour des Bourbons. Le grand écrivain parle en homme

d'État méconnu, le soldat en traître déçu. La parole de Chateaubriand est dure, mais elle garde
le cachet de l'élévation; celle de Marmont reste au
niveau de la plus basse injure.

Les loyaux adversaires, les francs ennemis de la
Restauration, l'ont vivement combattue, mais sans
l'insulter : Marmont, après l'avoir servie, en dé-
sertant l'Empire, la couvre de boue, en lui ouvrant le temple de l'histoire. C'est que, du seuil de
ce temple, il aperçoit déjà le cercueil préparé, à
quelques pas, pour l'antique royauté à'peine ranimée, et qu'il distingue, sur ce catafalque, les tron-
çons [1] de l'épée qui a trahi Napoléon.

[1] Le duc de Raguse raconte ainsi la scène de Saint-Cloud, en 1830 :
« M. le Dauphin, dit-il, était entré chez le roi au moment où j'en sor-
tais, mais par une autre porte. Je ne le rencontrai donc pas, mais je ne
l'attendis pas longtemps. Deux minutes à peine étaient écoulées, et il
arriva avec un air égaré. En passant devant moi, il me dit avec un air
furieux : « Entrez ! »
» A peine dans son salon, il me prend à la gorge en s'écriant :
» — Traître ! misérable traître ! vous vous avisez de faire un ordre
du jour sans ma permission !
» A cette attaque subite, je le saisis par les épaules et le repousse loin
de moi; lui, redoublant ses cris et recommençant ses insultes :
» — Rendez-moi votre épée ! — On peut me l'arracher, mais je ne la
rendrai jamais !
» Il se jette sur moi, la tire; il semble vouloir m'en frapper, et s'écrie :
» — Gardes du corps, à moi ! saisissez ce traître; emmenez-le !
» Dire la sensation que j'éprouvai dans cet horrible moment est chose
impossible. Un sentiment d'horreur, d'indignation, de mépris, me
domina.... Mais je m'arrête; car j'aurai cessé d'exister quand ces *Mémoires* paraîtront. Le récit des faits sera pour la postérité ma seule
vengeance. » (VIII, 293, 294.)

La Restauration, qui avait dû être étonnée d'obtenir le concours du duc de Raguse, ne devait pas s'attendre non plus à ses outrages. Elle a éprouvé, à son tour, ce qu'un orgueil sans frein et jamais satisfait réservait à ses bienfaiteurs de tous les régimes.

Fatalement contemporaine de l'invasion, obligée d'accepter l'assistance de la trahison et donnant nécessairement raison à l'émigration, la Restauration ne pouvait être du reste que le triomphe des principes que la révolution avait renversés, et pour lesquels toutes les coalitions avaient été formées et n'avaient pas cessé de combattre. Les changements survenus dans la société française, depuis vingt-cinq ans, lui imposèrent bien quelques concessions et certains ménagements, mais ne purent jamais la contraindre à changer de nature. Si Napoléon, rétablissant l'étiquette e le blason, était toujours, malgré ces déviations superficielles, le représentant de 89, Louis XVIII, octroyant une charte et promettant un gouvernement libéral, n'en restait pas moins le représentant nécessaire de l'ancien régime. Il le comprit bien, quand on lui proposa de conserver le drapeau tricolore, ce que le duc de Raguse déclare avoir lui-même conseillé en 1814. « J'aimerais mieux, dit le roi, retourner à Hartwel. » Le roi avait raison; il se montrait le digne héritier de ses ancêtres. Le plan qu'on lui offrait équivalait au suicide. En l'acceptant, il eût renié ses proches, ses amis, ses alliés, l'émigration, la Vendée, l'ancienne France et la vieille Europe ; il se fût renié lui-même, il eût dénaturé, amoindri, déchiré les titres dont il avait poursuivi l'application pleine et entière pendant vingt-cinq ans, au prix de tant de sang versé sur les échafauds et sur les champs de bataille. Un tel désaveu des siens et de lui-même devait révolter le gardien suprême de la tradition monarchique. Louis XVIII était sans nul doute le royaliste de France qui comprenait le mieux ces deux choses : 1° qu'il ne pouvait être que le roi de l'ancien régime plus ou moins amendé et rétabli par la force irrésistible des circonstances; 2° qu'un roi de la révolution, autre qu'un Bonaparte, imaginé dans la précipitation d'une déroute par des révolutionnaires à bout d'expédients, était impossible, et devait, dans tous les cas, être pris ailleurs que parmi les frères et les héritiers de Louis XVI.

Sous le règne d'un tel prince, et sous celui de son successeur, qui comme lui, et plus que lui, s'attacha religieusement au culte des souvenirs et des grandeurs du passé, tout ne dut pas être, tout ne fut pas *petitesse, et petitesse jusqu'à la dégradation ;* et le serviteur de la Restauration, qui a osé inscrire cette phrase odieuse au fronton de l'édifice qu'il aida à élever en 1814, a plus ajouté à sa propre flétrissure qu'il n'a réussi à entacher les hommes dont il fut le complaisant et jaloux collaborateur.

Que la Restauration ait eu des hommes d'État que leur éducation avait rendus peu propres à comprendre les besoins et les tendances de la France nouvelle, nul n'a le droit de s'en étonner. Mais ces hommes, dans leur inaptitude à suivre et dans leurs efforts pour arrêter le mouvement accéléré des sociétés modernes, ne se montrèrent ni *petits* ni *dégradés*. Retenus par leur naissance dans les voies du passé, les ducs de Richelieu et de Doudeauville, le comte de Labourdonnaye et le prince de Polignac, les uns modérés, les autres exaltés dans leur royalisme, se firent également remarquer par la noblesse de leur caractère, et ils n'apportèrent au pouvoir, pas plus que MM. de Chateaubriand, Hyde de Neuville, de Damas, de Laferronais, Martignac, Lainé, Gouvion Saint-Cyr, Dessoles, et tant d'autres ministres des deux règnes de la branche aînée des Bourbons, aucun signe de *petitesse ni de dégradation*.

Vivaient-ils aussi dans un monde où *tout était petit, et petit jusqu'à la dégradation*, ces publicistes, ces orateurs, ces philosophes, ces poëtes, qui s'appelaient Bonald et Lamennais, Camille-Jordan et Royer-Collard, Guizot et Villemain, Lamartine et Victor Hugo?

Qu'on ne croie pas que le duc de Raguse s'en prenne ainsi au monde tout entier de la Restauration pour venger seulement l'injure cruelle qu'il eut

à subir de l'un des membres de la famille royale.
Quand il rabaisse tout un système, tout un ordre
de choses, c'est qu'il a dû en souffrir plus d'un jour,
et à l'occasion de plus d'une personne, dans son
amour-propre et dans ses prétentions.

La Restauration prit quelquefois ses ministres
parmi les maréchaux et les généraux de l'Empire;
elle confia l'exercice du pouvoir suprême à Dessoles, à Gouvion Saint-Cyr, au duc de Bellune,
compagnons d'armes du duc de Raguse, et dans
lesquels celui-ci n'avait vu constamment que des
inférieurs sous tous les rapports; et elle ne songea
jamais à donner un portefeuille au duc de Raguse
lui-même, qui croyait pourtant avoir donné des
preuves éclatantes de sa capacité administrative.

La Restauration voulut faire la guerre; la révolution espagnole lui en avait offert l'occasion. C'était
une bonne fortune pour la maison de Bourbon dans
la pensée du duc de Raguse. « Le baptême de sang,
dit-il, est nécessaire à de nouveaux drapeaux,
à de nouvelles couleurs. » Le maréchal Marmont
croyait donc *la guerre d'Espagne une chose politique
et raisonnable*. (VII, 293.) Il ne s'en cachait pas; et
la Restauration, qui ne pouvait ignorer que ce vieux
guerrier avait acquis par son expérience personnelle
une connaissance parfaite du pays où l'on allait combattre, n'eut pas l'idée de lui donner le premier
commandement de l'armée d'expédition, et elle

prit pour généralissime le duc d'Angoulême, assisté de Guilleminot, de Bordesoulle, de Lauriston, de Molitor et d'autres généraux, sur lesquels le duc de Raguse n'a jamais exprimé que des sentiments et des opinions peu favorables.

La Restauration eut l'idée de tirer vengeance du dey d'Alger, qui avait insulté la France. « Depuis le commencement des hostilités avec Alger, le rêve de ma vie, dit le duc de Raguse, avait été de commander l'expédition qui tôt ou tard serait dirigée contre cette ville. Les diverses administrations avaient semblé consacrer en principe que *moi seul* je pouvais être chargé de cette opération. Aussi je m'étais regardé constamment comme ayant des droits acquis et comme le général désigné de cette expédition future. Effectivement, je paraissais remplir mieux qu'un autre les conditions exigées. » (VIII, 212.) Indiquant ensuite les qualités que doit réunir le général en chef d'une grande expédition, il ajoute : « Il lui faut *l'autorité du grade,* qui lui donne d'une manière constante une supériorité sociale; il doit y ajouter *l'autorité du caractère, celle de l'opinion de sa capacité,* fondée sur ses actions antérieures; et *celle de son crédit.* » (*Id.,* 213.) Un maréchal devait ainsi être préféré à un lieutenant général. Marmont avait donc pour lui *l'autorité du grade,* il ne manquait pas non plus de celle de *l'opinion de sa capacité,* et puis « plusieurs circonstances,

dit-il, militaient encore en ma faveur, et me dési-
gnaient particulièrement. Parmi les maréchaux,
j'étais le seul qui eût fait la guerre d'Égypte. Or, la
guerre qu'on méditait était de même nature. J'avais
été en outre longtemps en rapport avec les musulmans, et je connaissais leurs mœurs. Il était question d'un siége, et j'avais parcouru la première
partie de ma carrière dans le service de l'artillerie.
Enfin, *ma position politique devait inspirer toute confiance.* » (VII, 214.) Eh bien, malgré tous ces titres,
appuyés sur des promesses formelles de divers ministres et du roi lui-même, la Restauration écon-
duisit le vétéran de l'artillerie, le soldat d'Égypte,
le maréchal qui possédait toutes les qualités exigées
d'un commandant en chef, et elle lui préféra [1] le

---

[1] Le maréchal Marmont laisse voir dans ses *Mémoires* toute la profondeur de la blessure que fit à son orgueil la préférence accordée au
général Bourmont. Pour écarter cette préférence, il s'adressa d'abord
au duc d'Angoulême et ensuite au roi. Il finit par dire au Dauphin :
« Monseigneur, si le commandement de cette expédition m'est enlevé,
j'en éprouverai, je crois, un tel chagrin et un tel dégoût, qu'il ne me
restera plus qu'à me faire capucin. » (VIII, 228.) Quand le général
Bourmont eut été nommé, la duchesse de Berry ayant demandé dans un
grand cercle de la cour où était le duc de Raguse, le Dauphin prit la
parole et répondit tout haut : « Le maréchal ! il s'est retiré dans un
couvent et se fait moine. » (*Id.*, 231.)

Le duc de Raguse avoue qu'il a rarement éprouvé en sa vie une peine
aussi vive que celle qu'il ressentit de la nomination du général Bourmont, et il ajoute qu'elle aurait été bien plus vive encore s'il avait pu
en deviner toutes les conséquences. (*Id.*, 230, 231.) « Mais comment
deviner, dit-il, la masse de maux dont une absence de Paris m'aurait
garanti ! » (*Id.*)

général Bourmont, dont la position politique ne lui inspirait pas moins de confiance que celle du déserteur d'Essonne.

Ainsi, dans toutes ses grandes entreprises militaires comme dans tous les grands mouvements de sa politique, la Restauration dédaigna les services du duc de Raguse, en se réservant seulement de les réclamer en un jour de guerre civile.

Évidemment il y avait déception pour l'homme qui se complaisait dans les souvenirs du temps où il était reçu en triomphateur dans le salon de M. de Talleyrand, et où sa voix menaçante faisait trembler les membres du gouvernement provisoire. C'est sous l'influence du ressentiment provoqué par cette longue déception qu'ont été écrites sans doute non-seulement les lignes insultantes pour la Restauration, et par lesquelles le maréchal Marmont sépare cette époque de celle de l'Empire, mais aussi toutes les pages où les serviteurs des Bourbons, et les Bourbons eux-mêmes, ne sont pas mieux traités que les serviteurs de l'Empire et que l'Empereur.

C'est donc l'esprit de vengeance, et non pas l'esprit de justice, qui a fait accuser la Restauration d'avoir tout réduit à la petitesse, et à la petitesse souvent voisine de la dégradation.

La Restauration fut tout ce qu'elle pouvait être; elle ne mérita pas d'être honnie et brutalisée par ses propres serviteurs, parce qu'il ne lui avait pas

été donné de s'élever et de maintenir la France à la
hauteur où l'Empire s'était placé et avait fait monter
le grand peuple.

Les gouvernements sont nécessairement liés par
leur origine et par leur principe dans la direction
de leur politique.

Les dynasties qui ont perdu la faculté de représenter la société, et qui ressemblent à la sibylle
dépouillée du sens prophétique, selon le mot de
Ballanche, peuvent jouir plus ou moins longtemps
des derniers reflets de la gloire antique; mais ce
reste d'éclat, emprunté aux grandeurs du passé,
quelque droit qu'il conserve au respect des nations,
n'éclaire jamais suffisamment les anciennes races
royales sur les intérêts et les besoins nouveaux des
peuples. Certes, le représentant de la dynastie des
Bourbons, remis en possession du trône de ses pères
en 1814, se faisait remarquer par les lumières de son
esprit et par la solidité de sa raison. Eh bien, toutes
ses qualités furent dominées par les nécessités de sa
position. *Homme principe,* et préféré à ce titre à
tous les expédients imaginés par la vieille Europe
pour s'assurer le plus possible de l'inaction de la
jeune France, il transigea bien quelquefois, dans la
pratique gouvernementale, avec les existences nouvelles, mais sans abandonner, sans altérer, sans
subalterniser jamais les principes fondamentaux de
la monarchie dont il était l'expression vivante. La

logique légitimiste maîtrisait le roi, en dépit de la sagacité, de la prudence et des combinaisons particulières de l'homme. Cette logique porta ses fruits, et ramena Napoléon de l'île d'Elbe.

§ II.

La vieille Europe, qui était occupée à Vienne à dépecer et à se partager les États, fut surprise, au milieu des joies de cette immense curée, par le bruit de la réapparition miraculeuse et de la course triomphale de son prisonnier, qu'elle affectait de ne plus appeler que *Bonaparte*, comme si elle eût espéré l'abaisser et l'amoindrir, aux yeux du monde, en le réduisant au nom qu'il avait rendu immortel, et dont le prestige avait préparé les prodiges de l'Empire.

Le congrès de Vienne, frappé de stupeur, ne revint de son étourdissement que pour s'abandonner aux excitations de la vengeance et pour mettre au ban de l'Europe celui qui, selon l'expression du poëte, avait laissé *la poussière de ses pieds empreinte sur le bandeau des rois.* Une seconde invasion de la France fut résolue; Napoléon essaya vainement d'entrer en négociation avec l'empereur d'Autriche. Il fallut accepter le défi de l'ancien régime européen, et la fortune s'obstina à trahir le champion de la révolution française. Après deux jours de campagne, marqués par de brillants succès, l'empereur Napoléon, privé du concours d'une partie de son armée, attachée à la poursuite ou à la surveillance d'un corps prussien, vit succomber ses phalanges héroïques sur le champ de bataille de Waterloo.

« Journée incompréhensible!... a dit Napoléon; concours de fatalités inouïes!.... singulière campagne où, dans moins d'une semaine, j'ai vu trois fois s'échapper de nos mains le triomphe assuré de la France et la fixation de ses destinées.

» Sans la désertion d'un traître, j'anéantissais les ennemis en ouvrant la campagne.

» Je les écrasais à Ligny si ma gauche eût fait son devoir.

» Je les écrasais encore à Waterloo si ma droite ne m'eût pas manqué.

» Singulière défaite où, malgré la plus horrible catastrophe, la gloire du vaincu n'a point souffert ni celle du vainqueur augmenté. La mémoire de l'un survivra à sa destruction, la mémoire de l'autre s'ensevelira peut-être dans son triomphe. » (*Mémorial.*)

Napoléon ne croyait point sa gloire entamée, sa renommée compromise, son génie frappé de suspicion et convaincu de défaillance par l'issue fatale d'une bataille où son intrépidité personnelle et celle du plus jeune de ses frères, le prince Jérôme Napo-

léon Bonaparte, avaient servi d'exemple aux héroïques vétérans de la grande armée, et où *le concours
de fatalités inouïes* avait seul dérangé les plans,
trompé les prévisions, et fait avorter toutes les
espérances du grand homme.

Telle n'est point, on doit s'y attendre, l'opinion
du duc de Raguse sur les causes et le caractère de
cet immense désastre. Comment l'ancien frondeur
d'Italie, d'Égypte et d'Allemagne, accoutumé à
censurer les projets et les combinaisons de son général, sous le poids de ses bienfaits et au milieu de
ses plus beaux triomphes, ne saisirait-il pas avec
empressement l'occasion d'une complète déroute
pour rejeter sur son ancien maître, dont il a déserté
le drapeau, toute la responsabilité d'une horrible
catastrophe essuyée par l'armée française?

« Pendant le cours de la journée, dit le maréchal
Marmont, *Napoléon s'était trouvé si éloigné du champ
de bataille,* qu'il n'avait pas pu modifier l'exécution
de ses projets, et particulièrement faire soutenir à
temps le mouvement de cavalerie qui aurait pu produire un effet si utile et si décisif. Prématuré et
exécuté d'une manière isolée, il devint inutile; et
cependant, si, quand il commença, on eût fait
donner la garde, on aurait remédié au mal.

» Au moment du désordre, *la terreur s'empara
de l'esprit de Napoléon. Il se retira au galop à plusieurs lieues, et à chaque instant (il était nuit) il*

27

croyait voir sur sa route ou sur son flanc de la cava-
lerie ennemie et l'envoyait reconnaître.

» Je tiens ces détails, ajoute Marmont, d'officiers attachés à l'Empereur et en ce moment près de lui, et entre autres du général Bernard, officier du génie, son aide de camp, officier distingué et homme très-véridique. » (VII, 121, 122.)

Le duc de Raguse, pour couronner par un trait inqualifiable sa conduite odieuse envers un grand homme qui fut son ami, son patron et son bienfaiteur, a invoqué l'autorité d'un officier général qui n'était plus là pour le démentir. Mais un aide de camp de l'Empereur, encore vivant, et qui fut attaché au service de Napoléon sur le champ de bataille de Waterloo, a pu protester, au nom de son frère d'armes descendu au tombeau, contre l'incroyable récit que l'ancien aide de camp du vainqueur de Lodi et d'Arcole a osé placer sous la garantie d'un témoin respectable dont il n'avait plus de contradiction à redouter, et le *Moniteur* a publié la lettre suivante, en réponse aux lignes mensongères que je viens de citer, et qui sont reproduites en tête de cette même lettre :

« Il est impossible de ne pas remarquer, dit le général de Flahaut, la haine qui perce dans tout ce récit, que le maréchal prétend tenir du général Bernard; ce qui est impossible, car le général Bernard était un brave et honnête homme, et par conséquent incapable de lui avoir raconté un tel tissu de faussetés.

» L'Empereur s'est placé, pendant la bataille, sur un mamelon, au centre de la position, d'où son regard embrassait l'ensemble des opérations et d'où il aperçut le mouvement de la cavalerie qu'avait ordonné le maréchal Ney, qui lui parut en effet prématuré et intempestif; aussi s'écria-t-il : « Voilà Ney qui d'une affaire sûre en fait une affaire incertaine; mais maintenant, puisque le mouvement est commencé, il n'y a plus autre chose à faire qu'à l'appuyer. » Et il m'ordonna de porter l'ordre à toute la cavalerie de soutenir et de suivre celle qui avait déjà passé le ravin qui la séparait de la position occupée par l'ennemi. Ce qui fut fait. Malheureusement le moment n'était pas arrivé pour qu'un tel mouvement pût réussir, et l'Empereur l'avait bien senti; mais on ne pouvait pas arrêter et rappeler les corps déjà engagés, et il y a à la guerre des fautes qu'il n'y a moyen de réparer qu'en y persévérant.

» Je laisse au maréchal Marmont, sans le lui envier, l'honneur du parallèle (*voyez page* 125) qu'il cherche à établir entre les chefs des deux armées et la part qu'il fait à chacun dans le résultat de la bataille; il se complaît à faire le panégyrique du général anglais aux dépens de l'Empereur; mais au lieu de prendre tant de peine pour l'accuser de

27.

fautes auxquelles il attribue l'issue funeste de cette journée, il aurait pu sentir que l'arrivée inattendue sur notre flanc d'un corps de trente mille Prussiens, dont l'artillerie traversait et labourait de ses boulets notre ligne d'opération, a été la véritable cause de la perte de la bataille et de ses suites désastreuses. Dans son rapport à son gouvernement, le duc de Wellington a la justice d'en convenir.

» Quant à la terreur que le maréchal prétend s'être emparée de l'esprit de l'Empereur au moment du désordre, je ne puis mieux faire, pour réfuter cette assertion mensongère, que de raconter les faits tels qu'ils se sont passés sous mes yeux, et par conséquent personne n'est plus en état de le faire que moi.

» Après avoir assisté à l'attaque de la cavalerie et à celle de la garde, et lorsque le mouvement de retraite se fut' prononcé, je suis revenu chercher l'Empereur. Il était nuit; je l'ai retrouvé dans un carré, et je ne l'ai plus quitté; après y être resté quelque temps, et la bataille était perdue sans ressource, il est sorti pour se porter sur la route de Charleroi.

» Nous avons suivi cette direction, *non pas au galop,* comme on a l'infamie de le dire dans ces *Mémoires,* mais au pas, et aucune poursuite de l'ennemi n'a pu inspirer à l'Empereur les craintes que le maréchal, dans sa haine, voudrait lui attribuer.

Loin d'avoir l'esprit troublé d'aucune crainte personnelle, et bien que la situation ne fût pas de nature à lui inspirer une grande quiétude, il était tellement accablé par la fatigue et le travail des jours précédents, qu'il n'a pu s'empêcher plusieurs fois de céder au sommeil qui s'emparait de lui, et il serait tombé de cheval si je ne l'avais pas soutenu.

» Nous sommes arrivés le lendemain matin à Charleroi, où nous avons pris la poste pour nous rendre à Laon; il s'y est arrêté pour écrire le bulletin dans lequel il rend compte de cette fatale journée, et s'est ensuite mis en route pour Paris : voilà la vérité. Qu'on la compare avec le récit haineux et mensonger du maréchal Marmont, et qu'on juge!

» Mais quel sentiment d'indignation et de dégoût n'éprouve-t-on pas en voyant un homme, dont tous les efforts auraient dû tendre à se faire oublier ou au moins pardonner, venir ainsi attaquer celui qui avait été son bienfaiteur, et, après l'avoir trahi vivant, le calomnier après sa mort! »

Il n'y a rien à ajouter à cet énergique et irrécusable témoignage, qu'un cri général d'adhésion a vivement accueilli. Le vaincu de Waterloo, qui avait l'orgueil et le droit d'espérer que la gloire du vainqueur ne serait pas augmentée au préjudice de la sienne, n'a rien à craindre pour sa mémoire du faux bulletin d'un grand officier de l'Empire, dont la défection d'Essonne avait fait un émigré de Gand, et qui, à l'heure solennelle du duel à mort entre les Français et les Anglo-Prussiens, se trouva réfugié derrière les baïonnettes étrangères et le garde du corps du prince qui n'avait été si longtemps pour lui que le *prétendu roi de France.*

§ III.

La catastrophe de Waterloo amena l'étranger victorieux sous les murs de Paris. « Le maréchal Davout, qui commandait, dit le duc de Raguse, l'aurait détruit cent fois pour une s'il avait eu la moindre résolution; mais il fit de la politique là où un succès ne pouvait qu'améliorer singulièrement la position des choses. » (VII, 126, 127.)

Le maréchal Marmont, qui avait douté du succès et tremblé pour l'armée française dans les plus belles journées des grandes guerres de la République et de l'Empire, et pendant qu'il combattait encore lui-même sous les couleurs nationales, éprouva ainsi tout à coup, en rentrant en France avec l'ennemi, et le lendemain de l'épouvantable déroute de Waterloo, une confiance dans la force des débris de nos armées qu'il n'avait jamais manifestée au moment même où elles étaient triomphantes dans toute l'Europe.

C'est que cette confiance soudaine et insolite sert de prétexte au maréchal Marmont pour accuser le maréchal Davout, et pour essayer d'établir, à son propre avantage, une comparaison entre les deux capitulations de Paris, de 1814 et de 1815.

Si Paris pouvait être défendu, ce n'était pas seulement par le maréchal Davout ni par tout autre de ses collègues. La première condition de la défense, c'était la présence de l'Empereur à la tête de l'armée, et l'Empereur fut sommé d'abdiquer une seconde fois.

Le libéralisme parlementaire exigea ce sacrifice sans prévoir que sa sollicitude pour la liberté serait fatale à l'indépendance nationale. Fier de reparaître sous les auspices d'anciennes illustrations et de célébrités naissantes; espérant trouver la nation docile à la voix de ses tribuns, il se crut assez populaire et assez fort pour se charger seul des destinées de la France et pour entreprendre de la préserver de la contre-révolution, sans le bras et le génie du grand homme en qui la révolution s'était incarnée.

Quand cette illusion de quelques illustres vétérans de 89 et des jeunes libéraux de 1815 se produisit, elle souleva une méfiance universelle. L'armée criait : *Plus d'Empereur, plus de soldats !* Et le peuple, dans son admirable instinct, ne se montrait pas plus confiant que l'armée. C'était là ce qu'avait

pressenti Carnot, lorsqu'il s'était élevé seul dans le
conseil contre l'abdication de l'Empereur; lui, le
votant solitaire contre l'Empire, au sein du Tribunat; lui, l'organisateur de la victoire sous la Convention; lui, le démocrate sage et ferme sous tous
les régimes.

Le grand officier de l'Empire qui marchait à la
trahison d'Essonne quand le républicain du Tribunat
allait prendre la défense d'Anvers, dut juger autrement que lui la seconde abdication de Napoléon. Le
duc de Raguse ne croyait plus depuis longtemps au
prestige qui avait entouré autrefois le nom de son
général; sans cela il eût été moins prompt à abandonner la cause de l'Empire. N'a-t-il pas osé dire
que dès 1809 l'opinion publique était fortement prononcée contre le grand homme? Si, après Waterloo,
le nom de l'Empereur est encore bruyamment invoqué, Marmont ne voit donc dans ces démonstrations que les cris insignifiants *de quelques groupes
d'ouvriers ou de gens du peuple*, qui pouvaient bien
entretenir Napoléon dans ses illusions, mais qui
étaient appréciés à leur juste valeur par les *gens
sensés* de son entourage. (VII, 130.) A ses yeux,
l'Empereur et l'Empire sont perdus pour toujours.

L'opinion de Marmont n'a pas été isolée. En dehors des ouvriers et des gens du peuple, qui forment, il est vrai, le gros de la nation, et dans ce
monde plus élevé où Napoléon signalait, en 1814,

des tendances peu favorables à la défense nationale, il s'établit, sous l'influence des gens d'esprit
qui avaient travaillé en secret à ruiner moralement
l'Empire, un préjugé qu'on n'a pas cessé d'opposer
depuis à la légende populaire, et qui ne faisait tout
au plus de Napoléon qu'un émule et un imitateur
de Cromwell, un brillant météore, le sujet merveilleux d'un éblouissant épisode pour l'histoire, mais
sans élément de suite et de continuité, sans aucun
lien possible avec l'avenir.

Aux temps voisins de la catastrophe de Waterloo,
ce préjugé gagna les plus hautes intelligences.
Napoléon mourait lentement à Sainte-Hélène, et sa
famille, dispersée dans l'ancien et le nouveau
monde, semblait tombée entièrement dans l'oubli.
L'épreuve de la puissance impérissable du grand
homme sur son pays et sur son siècle n'était pas
faite encore. Béranger chantait bien, attentivement
écouté et universellement applaudi par le peuple;
mais les superbes docteurs, qui avaient pris la mission providentielle de Napoléon pour un simple
accident dont ils aimaient à se croire définitivement
délivrés, ne prenaient garde ni au peuple ni à
Béranger, et Napoléon restait pour eux le Cromwell
de la France.

Quel contraste cependant entre le Protecteur et
l'Empereur, quand on considère l'influence posthume qu'ils ont exercée l'un et l'autre sur l'avenir

de leur pays; quand on mesure la portée de leurs conceptions et l'action de leur génie, au delà de leur existence personnelle, et que l'on met en regard, soit la destinée si contraire de leurs successeurs, soit le sort si différent de leur héritage!

Cromwell meurt en pleine possession de sa toute-puissance, dont son fils se fait investir sans contestation, et en quelques mois la grandeur, attachée au nom du parvenu, disparaît complétement pour faire place à la splendeur de l'ancienne monarchie, sans que le peuple anglais prenne le moindre souci de la lignée du Protecteur, sans que l'étranger ait besoin d'intervenir pour rétablir les Stuarts. Puis, lorsque la descendance de Charles Ier se fait de nouveau exclure du trône, et que deux révolutions, filles de la première, se succèdent rapidement, à aucun des grands changements qui s'opèrent sous l'invocation du principe populaire et dans les limites de l'ordre monarchique, personne ne songe à remuer la poussière, à réveiller le souvenir de Cromwell; personne ne s'inquiète de savoir s'il a laissé des héritiers, s'il serait possible de lui trouver une représentation directe ou collatérale.

Que l'on compare maintenant cette destinée de l'héritage politique de Cromwell à ce qui s'est passé en France pour les Bonaparte. Que l'on mette le Protecteur, mort tout-puissant, et dont la succession fut si vite dissipée et anéantie, à côté de l'Empereur, détrôné par un million de soldats étrangers et reprenant ensuite le sceptre avec une poignée de soldats français; à côté de l'Empereur mourant captif à Sainte-Hélène, et ramené en France pour y présider, du fond de sa tombe, après plus d'un quart de siècle, à l'élection de l'héritier de son nom et de sa mission, par six millions de suffrages!

L'Empereur, déchu, prisonnier au milieu des mers, abreuvé d'outrages, séparé des siens et manquant de tout, ne perdit jamais le sentiment de la puissance de son nom et de l'influence de son souvenir sur l'avenir de la France, parce qu'il sentait profondément aussi la puissance de l'idée qu'il avait merveilleusement liée à ce nom; et que, loin d'accepter le rôle éphémère d'un parvenu politique, comme ses ennemis voulaient le lui assigner dans leurs actes et dans l'histoire, il se considérait toujours, au contraire, comme le fondateur de l'ordre dans le domaine de la révolution, comme le génie organisateur de la démocratie française, chargé de transmettre la continuation de son œuvre à ceux de sa race qui hériteraient en même temps de son nom et de sa pensée, et qui mériteraient et obtiendraient comme lui la confiance de la nation.

C'est sous l'empire de ces préoccupations, qui ont acquis depuis un caractère prophétique, que, quinze jours seulement avant sa mort, il formula ainsi le programme politique des chefs de la nouvelle France, pour être appliqué dans la suite des temps à la société européenne tout entière :

« Établir partout des institutions qui fassent disparaître les traces de la féodalité, qui assurent la dignité de l'homme, développent les germes de prospérité qui dorment depuis des siècles, faire partager à la généralité ce qui n'est aujourd'hui que l'apanage du petit nombre. »

Napoléon, captif, faisait son testament politique comme s'il était encore sur le trône ; il donnait pour double tâche à ses successeurs de relever la dignité nationale et d'améliorer la condition des classes laborieuses. Mais quand il signalait la nécessité de faire partager à la généralité ce qui n'était que l'apanage du petit nombre, il entendait que cette satisfaction des vœux, des intérêts et des besoins populaires, serait graduellement assurée aux masses, par des réformes politiques, sans brusque déplacement de la fortune, sans atteinte brutale aux droits acquis, sans agrariat, sans communisme.

L'avenir dira comment cette mission nationale et populaire, religieusement acceptée, a été remplie avec gloire au dehors et poursuivie avec sollicitude au dedans [1].

---

[1] Les grands perfectionnements sociaux s'effectuèrent, aux beaux jours de l'ancienne monarchie, par l'action lente des idées et par le concours de la puissance souveraine, auxiliaire du travail contre le privilége. Le prêtre et le bourgeois furent admis successivement au droit de propriété primitivement réservé au noble, sans que cette grande

§ IV.

Le duc de Raguse eut dans son exil volontaire des préoccupations d'une autre nature. L'avenir de la France et de l'Europe lui importait peu. L'activité de son esprit était avant tout dirigée vers le passé, au sein duquel il avait vécu ; et ce n'était pas pour entretenir et raviver l'admiration universellement excitée par les grandes choses qu'il avait vues, et auxquelles il avait pris part, qu'il interrogeait minutieusement sa mémoire. Il ne faisait un appel si pressant à ses souvenirs que pour y trouver quelques vestiges des faiblesses, des erreurs et des fautes dont il avait été témoin ou qui étaient parvenues à sa connaissance, et pouvant diminuer et ternir, à l'aide d'une imagination aussi féconde que déréglée, le lustre d'une grande époque et la gloire de nos soldats, à commencer par celle de Napoléon.

conquête des nouveaux ordres, introduits dans le cercle du pays légal, prit le caractère d'un bouleversement social et dépouillât violemment l'ordre ancien de ses droits. Le prolétaire, à son tour, ne deviendra légitimement et solidement propriétaire qu'à la condition de laisser faire le progrès des idées et des mœurs, aussi bien que l'action intelligente et sympathique de l'autorité, et de ne pas faire de son élévation, qui doit être progressive, une menace permanente de ruine soudaine pour les anciens propriétaires. Sa participation à la possession immobilière et industrielle, en se généralisant de plus en plus, doit marquer le terme de l'antagonisme traditionnel, et former le couronnement de l'unité nationale et sociale, au lieu de n'être qu'un nouvel épisode et la triste continuation de la vieille querelle des races et des castes.

On a vu avec quelle habileté perfide et quelle méchanceté infatigable il a poursuivi jusqu'ici son but, et combien de hautes renommées il a entrepris d'entacher ou d'abattre.

Il s'est vengé des Bourbons, qui ne lui tinrent pas assez compte du sacrifice qu'il leur avait fait de ses devoirs envers la France et l'Empereur, en prononçant d'avance contre la Restauration un anathème général, qui sert comme de préface à l'histoire de cette époque. Il ne lui reste plus qu'à renouveler et à développer, après le récit de la dernière heure des anciens rois, la phrase outrageante qu'il laissa tomber de sa plume pour annoncer leur avénement et caractériser leur règne.

« Cette malheureuse dynastie a été perdue, dit-il, d'abord par le défaut absolu de talent et le goût décidé chez elle pour la médiocrité, ensuite par son éloignement invincible pour tout ce qui avait de la noblesse, de la force et de l'élévation; par son ignorance des choses de ce monde, par son mépris profond pour ce qui n'était pas elle, par cette faiblesse innée envers tout ce qui composait son misérable entourage, par l'influence du clergé trop évidente, et dont l'action dans les affaires est si en opposition avec l'opinion publique; par sa mauvaise foi dans toutes ses démarches, et le rêve continuel de pouvoir absolu qui aurait mis entre les mains de pygmées, sous des auspices bien différents et dans de bien autres circonstances, l'épée de Napoléon, dont le poids seul les aurait écrasés; enfin, en dernier lieu, par cette ignorance du prix du temps qui a empêché de rien faire à propos, quoique cependant on se soit toujours résolu à tout, mais toujours trop tard. » (VIII, 341.)

Et ce n'est pas le dernier trait que le duc de Raguse ait aiguisé contre la famille pour laquelle il disait professer un respect *inné* dans le premier livre de ses *Mémoires*. Il étend tout de suite au chef de la branche cadette, couronné par l'insurrection victorieuse, le système de dénigrement qu'il a largement appliqué aux divers princes de la branche aînée, renversés ou exclus du trône par cette même insurrection. Il fait intervenir le nom du prince de Metternich et celui du prince Eugène pour accuser le duc d'Orléans d'avoir *poussé de toutes ses forces à la démolition de l'édifice, dans l'espoir qu'il trouverait le moyen de se loger dans les décombres.* (VIII, 355, 356.)

Ainsi les Bourbons, vainqueurs ou vaincus, parés de la cocarde nationale ou du panache blanc, retrouvent tout à fait endormi dans le duc de Raguse le royalisme traditionnel dont il prétendait avoir senti le réveil en 1814. Ses conversations à Vienne[1]

---

[1] Après la révolution de juillet, le duc de Raguse se retira d'abord à Vienne. Depuis la négociation d'Essonne avec le prince de Schwartzenberg, le maréchal n'avait pas cessé d'entretenir les meilleures rela-

avec le prince de Metternich lui sont une occasion de faire répéter par cet homme d'État les jugements qu'il a portés lui-même, sous une forme injurieuse, sur l'inaptitude de l'ancienne dynastie à régir la France nouvelle.

Mais le maréchal Marmont ne rappelle pas son séjour dans la capitale de l'Autriche pour continuer seulement ses tristes vengeances contre les Bourbons. Il a bien dit qu'il ne prononcerait plus le nom de Napoléon (VII, 133, 134), sur la mémoire duquel il semblait avoir jeté sa dernière goutte de venin à propos de Waterloo, mais cet engagement n'avait rien de sérieux. Napoléon, mort, déchu et prisonnier, trouble autant que Napoléon, vivant et au faîte de sa puissance, le sommeil du duc de Raguse. Cette agitation intime et perpétuelle, supplice de l'ingrat, se trahit presque à chaque page de ses *Mémoires*. Il veut faire croire, il veut se persuader à lui-même que le grand homme pensait toujours à son ancien aide de camp, et qu'il a regretté de l'avoir accusé, de l'avoir perdu. Tantôt c'est Drouot, tantôt c'est Clausel ou tout autre qu'il cite (VII, 131, 132, 133) en témoignage des sentiments de bien-

tions avec les hommes d'État et les généraux autrichiens, et même avec les princes de la famille impériale, et il n'avait pas négligé de mettre à profit la faveur dont il jouissait à la cour de Vienne, pour se faire rendre sa dotation en Illyrie, convertie en une rente de cinquante mille francs sur le trésor.

veillance qu'il suppose à son bienfaiteur déloyalement abandonné.

Ce tourment intime du duc de Raguse se révèle
surtout dans les détails qu'il donne au sujet du duc
de Reichstadt. « Un intérêt *d'affection* et de curiosité, dit-il, tenant au plus beau temps de ma vie,
devait me faire vivement désirer de voir le fils de
Napoléon. » (VIII, 374.) Mais cet *intérêt d'affection*
allait-il amener tout à coup l'ingrat repentant aux
pieds du fils du bienfaiteur trahi? Marmont, qui
paraissait se complaire à dire que Napoléon avait
exprimé l'espoir de voir son aide de camp favori
revenir à lui, était-il disposé à réaliser dans les bras
du fils les espérances qu'avait conçues le père?

Oui, il est impatient de rencontrer le fils du grand
homme qui le combla de ses faveurs et dont il provoqua la chute; mais ce n'est pas pour déposer dans
son sein l'aveu expiatoire, l'hommage réparateur
vainement attendu par le père. Oui, il sera libre de
voir et d'entretenir le fils de Napoléon. Le prince de
Metternich, l'ennemi le plus constant et le plus
dangereux de l'Empereur et de la France, lui a
dit « *qu'on ne pouvait mettre le jeune prince en meilleures mains que les siennes* » (VIII, 378); et Marmont a déjà justifié cette haute confiance du doyen
des diplomates de la vieille Europe. Il a rencontré
le duc de Reichstadt dans un bal donné par lord
Cowley, ambassadeur d'Angleterre, et là, bien loin

28

d'exalter l'orgueil du jeune homme en rendant pleine justice au génie de son père, ce qui aurait pu devenir compromettant pour le *statu quo* européen, il lui fit en quelques phrases le résumé de tout le système de dénigrement qu'il avait adopté à l'égard de l'empereur Napoléon, et qu'il était en train de développer dans de nombreux volumes.

« J'eus bien soin, dit-il, de jeter promptement mes idées générales sur le caractère et la carrière de Napoléon, qui présentent des changements tellement complets dans sa personne, que l'on peut considérer en lui *deux hommes*. Son élévation, due sans doute *à ses talents*, mais *puissamment favorisée par le temps* où il a paru, fut l'expression sentie par tout le monde des besoins de la société d'alors. A ce titre *chacun l'aida, le soutint et le favorisa;* TANDIS QUE SA CHUTE FUT SON OUVRAGE ET LE RÉSULTAT DE SES EFFORTS CONSTANTS. *Enfin, ce beau génie, si calculateur dans les premières années de sa grandeur, fut obscurci par les illusions de l'orgueil, qui ont faussé son jugement.* » (VIII, 377.)

L'empressement du duc de Raguse à approcher le fils de Napoléon est maintenant expliqué, sans qu'on ait besoin de recourir à l'*intérêt d'affection* que le maréchal donnait pour son principal mobile en cette circonstance. Marmont a résolu de faire revenir le monde de son admiration exclusive pour l'Empereur; il tient dans ce but neuf volumes en réserve pour la postérité; et, comme l'idolâtre de Napoléon le plus dangereux serait certainement celui qui pourrait se prévaloir de son nom, de sa gloire et du prestige de son souvenir, le premier enthousiaste à convertir dans l'intérêt de la sainte alliance qui a fait mourir l'empereur Napoléon à Sainte-Hélène, c'est évidemment le fils même de Napoléon. Le duc de Raguse vient de commencer cette conversion difficile et délicate. Il a dit, en quelques mots, dans une soirée de bal, au duc de Reichstadt, ce que c'était que son père tant prôné, tant adulé, tant gâté par le vulgaire. Il lui a présenté, au milieu des chants et des danses, l'analyse rapide de tous les griefs principaux qu'il a ressassés infatigablement dans ses *Mémoires* contre le favori du destin, contre l'idole de la multitude. Le prince de Metternich sera content et pourra rassurer toute la vieille diplomatie : le fils du conquérant, qui abusa tant contre les anciens rois de l'engouement des peuples régénérés, sait à présent que son père, malgré ses *talents*, eut besoin pour s'élever d'être *favorisé par le temps, aidé et soutenu par chacun;* tandis qu'une fois réduit à ses propres inspirations et à ses seules ressources, il devint bien vite l'artisan, et l'artisan unique, de sa ruine. Le duc de Raguse assure avoir démontré à Napoléon II qu'il y avait deux hommes dans Napoléon Ier, deux hommes dont il n'oublia pas sans doute d'esquisser le portrait

28.

devant ce jeune prince, et qu'il a déjà peints en entier et confrontés dans ce passage qui termine le
vingtième livre de ses *Mémoires*.

« Il y a deux hommes en lui (Napoléon), au
physique comme au moral.

» Le premier, maigre, sobre, d'une activité prodigieuse, insensible aux privations, comptant pour
rien le bien-être et les jouissances matérielles, ne
s'occupant que du succès de ses entreprises, prévoyant, prudent, excepté dans le moment où la
passion l'emportait, sachant donner au hasard,
mais lui enlevant tout ce que la prudence permet
de prévoir; résolu et tenace dans ses résolutions,
connaissant les hommes et le moral qui joue un si
grand rôle à la guerre; bon, juste, susceptible d'affection véritable et généreux envers ses ennemis.

» Le second, gras et lourd, sensuel et occupé de
ses aises jusqu'à en faire une affaire capitale, insouciant et craignant la fatigue, blasé sur tout, indifférent à tout, ne croyant à la vérité que lorsqu'elle
se trouvait d'accord avec ses passions, ses intérêts
ou ses caprices, d'un orgueil satanique et d'un
grand mépris pour les hommes, comptant pour rien
les intérêts de l'humanité, négligeant dans la conduite de la guerre les plus simples règles de la prudence, comptant sur sa fortune, sur ce qu'il appelait son *étoile*, c'est-à-dire sur une protection toute
divine; sa sensibilité s'était émoussée, sans le rendre

méchant; mais sa bonté n'était plus active, elle était toute passive. Son esprit était toujours le même, le plus vaste, le plus étendu, le plus profond, le plus productif qui fût jamais; mais plus de volonté, plus de résolution et une mobilité qui ressemblait à de la faiblesse.

» Le Napoléon que j'ai peint d'abord a brillé jusqu'à Tilsitt. C'est l'apogée de sa grandeur et l'époque de son plus grand éclat. L'autre lui a succédé, et le complément des aberrations de son orgueil a été la conséquence de son mariage avec Marie-Louise. » (VI, 274, 275, 276.)

Est-ce là le double portrait que le duc de Raguse a fait passer rapidement sous les yeux du duc de Reichstadt pour rendre plus saillante la distinction qu'il avait établie entre les deux hommes dont se composait, à son avis, la carrière prodigieuse de Napoléon? Cette distinction était peu flatteuse pour le prince à qui elle enlevait la paternité du grand homme primitif, et dont elle ne faisait plus que le fils d'un Napoléon gras et lourd, sensuel et occupé de ses aises, blasé sur tout et indifférent à tout, d'un orgueil satanique, et ayant trouvé le complément des aberrations de cet orgueil dans son mariage avec Marie-Louise.

Malgré l'extrême audace que le maréchal Marmont a étalée dans ses *Mémoires*, et dont il a tant abusé pour se mettre au-dessus de toutes les convenances, y compris celles que les devoirs sacrés de la famille lui commandaient de respecter [1], nul ne croira que cet opiniâtre détracteur de toutes les réputations contemporaines, si hardi et si intrépide qu'il fût, ait poussé la méchanceté et l'effronterie jusqu'à essayer de prouver à Napoléon II que son père n'avait été qu'un *demi-grand homme,* produit du *temps* et de *chacun.*

Mais alors pourquoi s'attribuer faussement une franchise qui aurait été une indélicatesse, une insolence, une cruauté ?

Ce dernier calcul, ce dernier mensonge du duc de Raguse complète dignement la tâche détestable qu'il a poursuivie depuis les premières lignes de son premier volume jusqu'aux dernières pages du huitième.

Il avait dressé, pour le faire accepter par la postérité, un jugement tout nouveau sur Napoléon, et il l'avait appuyé sur des motifs longuement, patiemment et parfois habilement développés. Les générations contemporaines y étaient sévèrement condamnées pour avoir couru, dans un accès de superstition injustifiable, aux autels d'un faux dieu. Napoléon n'avait été grand que jusqu'à Tilsitt, et

---

[1] Les quelques lignes que le maréchal Marmont a consacrées au souvenir de son mariage avec mademoiselle Perregaux indiquent suffisamment qu'il était bien décidé à ne s'arrêter devant aucune considération dans la poursuite de ses vengeances et la satisfaction de ses ressentiments.

encore la plus belle part de cette grandeur passagère devait-elle revenir au *destin*, au *temps*, à
chacun. Après Tilsitt, réduit à ses propres forces,
il avait montré à nu sa petitesse, son orgueil satanique, sa folie [1], sa débilité.

En coupant ainsi en deux la vie du héros, le duc
de Raguse savait bien que son Napoléon du lendemain de Tilsitt, *sensuel, occupé de ses aises, insouciant et craignant la fatigue*, n'était autre pourtant
que le Napoléon de la campagne de Wagram, de
l'expédition de Russie, des deux campagnes d'Allemagne en 1813, de la campagne de France
en 1814, de la course triomphale de Cannes à Paris,
et des combats et batailles de Ligny et de Waterloo
en 1815, et aussi de la captivité stoïquement subie
à Sainte-Hélène [2]. N'importe : il avait cru néces-

---

[1] Marmont a fait dire à Decrès, en 1805 et en 1809, que Napoléon
était *fou, tout à fait fou*, tant son ambition était exagérée, sa confiance
illimitée et sa volonté tranchante. En 1815, l'ancien ministre de la marine aurait repris avec le duc de Raguse ses conversations sur leur ancien
maître, et il aurait dit : « Il y a toujours en lui *un esprit prodigieux.*
Sous ce rapport, il est tel que vous l'avez connu, mais *plus de résolution, plus de volonté, plus de caractère.* Cette qualité, autrefois
si remarquable chez lui, a disparu. Il ne lui reste que son esprit. »
(VII, 110.) Il ne faut pas oublier qu'aux beaux jours où cette qualité
si remarquable brillait dans Napoléon, son ministre, s'il faut en croire
Marmont, la prenait pour un symptôme de *folie.*

[2] Napoléon, qui se connaissait bien, ne se croyait pas moins fort ni
moins grand à la fin qu'au commencement de sa carrière : « Je crois
que la nature, disait-il à Sainte-Hélène, m'avait calculé pour les grands
revers; ils m'ont trouvé une âme de marbre. La foudre n'a pu mordre
dessus; elle a dû glisser.... » (*Mémorial.*)

saire au succès de sa justification que cette absurde
distinction fût faite; que Napoléon ne fût reconnu
grand que pendant une certaine période, et sous la
réserve de l'appui prêté par les circonstances et
par tout le monde à son élévation : dès lors l'histoire devait fléchir et s'accommoder aux vues et
aux imaginations du duc de Raguse. Mais il ne suffisait pas à l'entreprenant maréchal d'avoir subordonné la vérité historique aux exigences de sa position personnelle. Il voulait revêtir son apologie et
la condamnation de son accusateur d'un sceau dont
personne ne pût contester ou méconnaître l'inviolabilité. Eh bien, tout ce qu'il a dit de Napoléon dans
ses *Mémoires*, il l'a répété sommairement à son fils,
assure-t-il, et ce fils pieux, si fier de porter le nom
du grand homme, si prompt à s'exalter au souvenir
de son père, s'est incliné et s'est tu devant le juge
suspect du héros dont le sang coulait dans ses
veines, et il a donné, non-seulement par son silence, mais aussi par l'accueil sympathique qu'il a
continué de faire à ce juge partial, un acquiescement non équivoque à la scandaleuse et inique
sentence qui dépouille Napoléon de son auréole,
pour laisser apparaître d'innombrables taches sur
sa grande figure.

Qui donc oserait contester l'autorité souveraine
des opinions du duc de Raguse sur l'Empereur et
sur l'Empire, après qu'elles ont reçu le caractère et

la force de la chose jugée par l'adhésion, même implicite, de l'héritier, du fils de Napoléon?

Mais le maréchal Marmont a-t-il pu espérer que le monde, s'inclinant et se taisant à son tour devant son audacieuse parole, croirait à cette ratification tacite résultant du simple récit de ses entretiens avec le duc de Reichstadt?

Le monde n'a vu et ne verra, à travers les adroites combinaisons de ce récit, qu'un tort nouveau, ajouté, par le duc de Raguse, à tous ceux dont il était déjà chargé envers Napoléon.

Après avoir trahi et déchiré l'Empereur, il a voulu donner une dernière satisfaction aux mauvais sentiments qui ont rendu son épée et sa plume également coupables envers lui, et il a cherché à faire croire non-seulement que Napoléon II avait entendu sans protester la condamnation de son père, mais qu'il s'était montré plein d'empressement, de courtoisie et de prévenance, pour le détracteur qui n'avait pas craint de rapetisser et d'amoindrir Napoléon Ier, en s'adressant à son fils lui-même.

Ce trait, je le répète, devait servir de couronnement à toutes les appréciations malveillantes, à toutes les allégations mensongères, à toutes les insinuations perfides du maréchal Marmont contre la mémoire de l'empereur Napoléon. Mais ce trait restera aussi impuissant que les autres. A la dernière comme à la première page de sa longue apologie, le duc de Raguse, s'attaquant au grand homme qui fut son maître, son ami et son bienfaiteur, mord toujours sur le granit. Après la lecture de son immense plaidoyer, on reviendra plus empressé que jamais à la simple et sublime chanson du poëte populaire qui a si bien compris le héros du peuple ; et Napoléon, inaccessible à l'injure sur le piedestal que l'admiration universelle lui a élevé, semblera dire encore comme à Sainte-Hélène :

« Je puis demeurer tranquille, je n'ai qu'à laisser faire ; et la suite des événements, les débats des partis opposés, leurs productions adverses feront luire chaque jour les matériaux les plus sûrs, les plus glorieux de mon histoire. Et à quoi ont abouti, après tout, les immenses sommes dépensées en libelles contre moi ? Bientôt il n'y en aura plus de traces ; tandis que mes monuments et mes institutions me recommanderont à la postérité la plus reculée. » (*Mémorial.*)

FIN.

TABLE.

Introduction 1

LIVRE PREMIER.

L'école de Châlons. — Le siége de Toulon. — Le 13 vendémiaire.   27

LIVRE DEUXIÈME.

Campagne d'Italie. — Le 18 fructidor. — Traité de Campo-Formio.   57

LIVRE TROISIÈME.

Retour à Paris. — Armée d'Angleterre. — Expédition d'Égypte. .   116

LIVRE QUATRIÈME.

Campagne de Syrie. — Retour en France.   142

LIVRE CINQUIÈME.

Le 18 brumaire. — Le Consulat. — Nouvelle campagne d'Italie.
— Bataille de Marengo.   157

LIVRE SIXIÈME.

Reprise des hostilités. — Nouvelle campagne en Italie. — Brune.
— Davout. — Sébastiani. — Armistice de Trévise. — Paix de
Lunéville. — Rétablissement du culte. — Code civil. — Légion
d'honneur. — Déclaration de guerre. — Fulton. — Projet de
descente en Angleterre. — Le général Foy   199

LIVRE SEPTIÈME.

Commandement de Marmont en Hollande. — Victor. — Érection
de l'Empire. — Bessières. — Decrès.   227

LIVRE HUITIÈME.

Campagne de 1805. — Austerlitz. — Le prince Eugène. — Les
provinces illyriennes. — Lauriston, Molitor, Marmont, Clausel.   251

LIVRE NEUVIÈME.

La bataille d'Essling. — L'archiduc Charles. — Bataille de Wagram. — Marmont à Znaïm. — Armistice. — Marmont nommé
maréchal. 269

LIVRE DIXIÈME.

Le duc de Raguse à Paris. — Conversations intimes. — Le duc
Decrès. 283

LIVRE ONZIÈME.

Affaires d'Espagne. — Le roi Joseph. — Soult. — Masséna. —
Marmont. 297

LIVRE DOUZIÈME.

Retour de Marmont à Paris. — Retraite de Russie. — Arrivée de
Napoléon. — Campagne de 1813 en Allemagne. 314

LIVRE TREIZIÈME.

Campagne de 1814. — Défection de Marmont. — Chute de
Napoléon. 365

CHAPITRE QUATORZIÈME.

Première Restauration. — Retour de l'île d'Elbe. — Waterloo. —
Seconde Restauration. — Révolution de juillet. — Marmont à
Vienne. — Son dernier outrage à la mémoire de Napoléon. . . 405

FIN DE LA TABLE

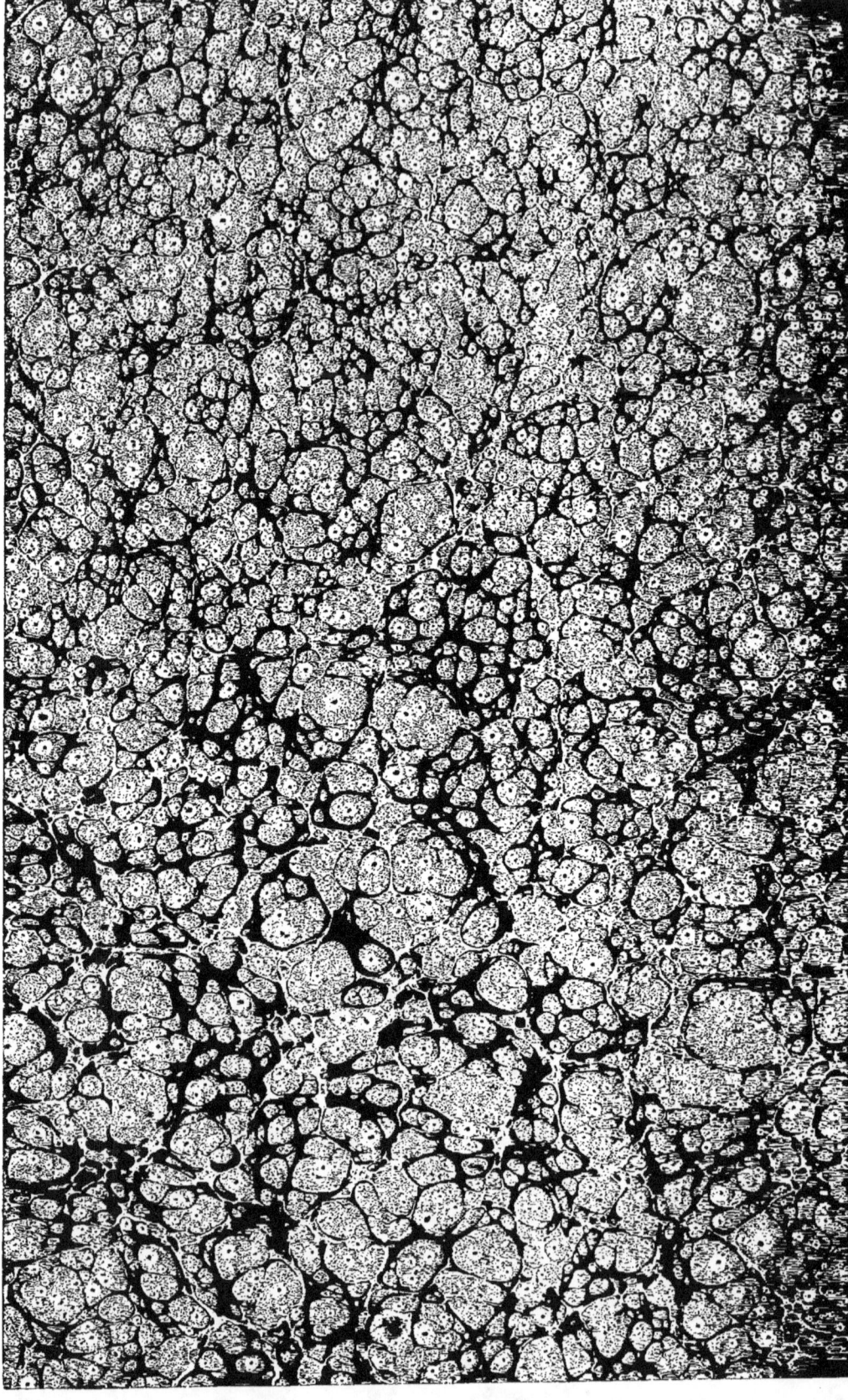

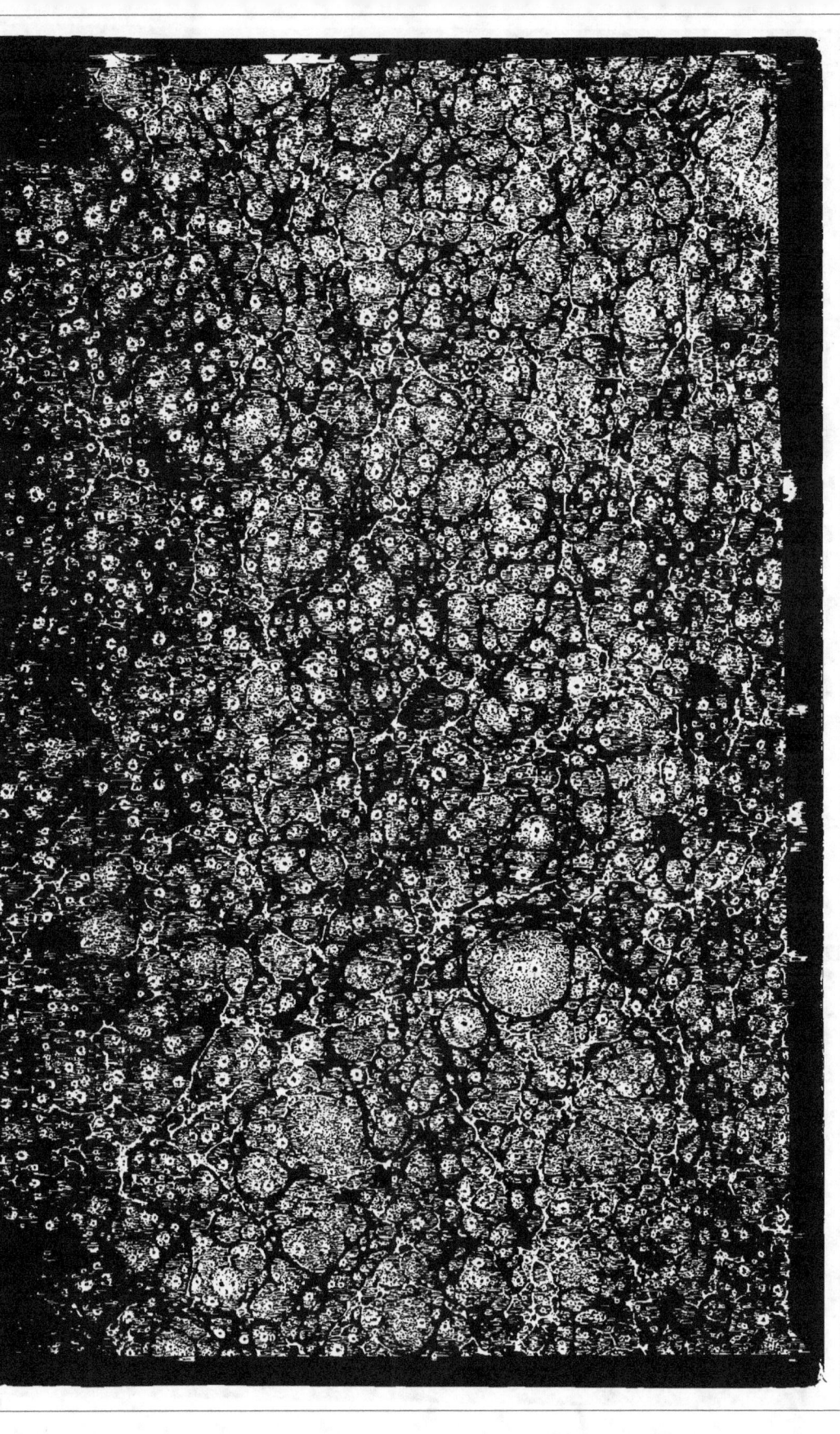